Regina Nössler

Wanderurlaub

Roman

konkursbuch
Verlag Claudia Gehrke

Inhalt

Die Früchte der Opuntien

Ich weiß nicht mehr, wo ich bin. Es ist so heiß. Ich habe meine Mütze verloren, und nun fühlt es sich so an, als würde die Sonne mein Gehirn frittieren. Wie diese kleinen Schnecken, die im Meer an den Felsen kleben, Lapas, und zusammen mit Knoblauch in einer Pfanne mit siedendem Öl serviert werden.

Die Luft ist erfüllt von dem Geruch überreifer Früchte, süß, üppig, schwer, leicht vergoren, mir wird davon fast schwindelig. Die Luft macht betrunken. Ich stecke in einer gigantischen Schüssel mit Bowle, die nicht nur mit Obst und billigem Sekt, sondern auch mit Schnaps angefüllt ist. Die Natur verschwendet sich. Als hätte sie zu viel von allem. Als gäbe es das immer, diesen Überfluss, als wäre es die pure Lust, all das zu produzieren, als ginge es ewig so weiter und das Leben würde niemals enden.

Hier müssen auch Gärten sein, obwohl wir lange Zeit an keinem vorbeigekommen sind und das Gelände sehr steil ist. Doch von irgendwoher muss dieser Geruch kommen, es können nicht allein die reifen Kaktusfeigen ringsherum sein. Sie sind so prall, dass sie allein durch ihr Gewicht vom Kaktus fallen, manchmal kann ich sogar das Geräusch hören, wenn sie auf den Boden plumpsen. Hier müssen Menschen sein. Es gibt doch gar keinen Ort ohne Menschen. Auch wenn hier nur 85.000 Einwohner leben. Auf der ganzen Insel nur 85.000 Bewohner – die Touristen nicht mitgezählt –, das muss man sich mal vorstellen. Das entspricht der Stadt, in der ich aufgewachsen bin und die mir immer zu eng war. Zu provinziell. In dieser viel zu kleinen Stadt, in der ich aufgewachsen bin, würde inzwischen längst irgendwo jemand stehen, hinter dem Gartenzaun, hinter den Gardinen, um zu gucken, wer da herumlungert. Hier ist das nicht der Fall. Oder es haben sich alle vor mir versteckt, sie sind da, aber ich kann sie nicht sehen.

Es muss an der Brechung in der Luft oder irgendeinem anderen physikalischen Zeug liegen, dass nichts von den anderen zu hören ist. Oder sind sie inzwischen schon kilometerweit von mir entfernt? Sind sie einfach ohne mich zurückgefahren und haben mich vergessen?

Es ist unheimlich still, abgesehen vom Geräusch der herunterfallenden Kaktusfeigen. Nicht mal ein Vogel ist zu hören – wahrscheinlich ist ihnen zum Singen zu heiß. Meine Füße sind auch heiß. Heiß und geschwollen. Meine Füße fühlen sich so geschwollen an, als würden sie gleich aus den Bergschuhen platzen. Vielleicht sitzen die Vögel gut verborgen in den Drachenbäumen und schlafen ihren Rausch aus, weil sie den ganzen Tag von den vergorenen Früchten gefressen haben. Es gibt hier eine bestimmte Sorte Krähen mit rotem Schnabel, die nur auf La Palma vorkommt,

Buchfinken, die sich auch von unseren unterscheiden, und eine eigene Blaumeisenart. Blaumeisen mag ich. Ich stelle mir betrunkene kanarische Blaumeisen in den Zweigen der Drachenbäume vor.

Es ist so heiß. Zu Hause hat frühzeitig der Herbst eingesetzt, das habe ich gestern Abend in den Fernsehnachrichten gesehen. Deutsches Programm auch hier. Stürme, überraschend einsetzende Kälte und Regen. Deutschland. In ein paar Tagen bin ich wieder zu Hause. Das weiß ich zwar, im Hotelzimmer liegt ja das Flugticket eingeschlossen im Safe, aber gleichzeitig kommen mir Zweifel.

Ich bin durstig. Meine Wasserflasche ist aufgebraucht. Oder doch nicht? Rucksack absetzen, eine Wohltat, seine Last einen Moment nicht tragen zu müssen, und nachsehen. Ausgerechnet heute habe ich nur eine kleine Flasche mitgenommen. Ich ziehe sie aus dem Rucksack, sie ist leer, bis auf einen letzten Rest. Ich öffne die Flasche und trinke den Rest. Es ist nicht mehr als ein winziger Schluck, gerade mal genug, um den Mund zu befeuchten, und durch das Gehen in der Sonne warm wie Teewasser. Ich habe ein kleines Messer dabei und könnte damit eine Kaktusfeige zerteilen. Das würde den schlimmsten Durst löschen. Aber auf ihnen sitzen unzählige winzige Stacheln mit Widerhaken, und ich bräuchte Handschuhe, um sie zu schälen.

Wo sind denn die anderen nur, und warum warten sie nicht auf mich? Ich muss an den Bericht über einen Wanderer denken, der fünfzehn Stunden umherirrte.

Fünfzehn Stunden! Er war in den österreichischen Alpen unterwegs und hatte den Anschluss an seine Gruppe verloren; die Gründe hierfür blieben unklar, ebenso, weshalb ihn eigentlich niemand vermisste. Da er weder Mobiltelefon noch Geld dabei hatte, war er gezwungen gewesen, sechzig Kilometer zu Fuß zu seiner Unterkunft zurückzulegen. Sechzig Kilometer! Fünfzehn Stunden! Würde ich das überhaupt schaffen?

Über den Verlust meiner Mütze könnte ich Tränen vergießen. Eine Eidechse sitzt auf einer zu Boden gefallenen und aufgeplatzten Kaktusfeige. Sie hockt mit allen vier Füßen mitten in ihrem roten, süßen, klebrigen Essen, wie im Schlaraffenland. Vor lauter Gier stört sie sich nicht an mir, was mich froh macht. Ein lebendes Wesen. Endlich ein lebendes Wesen. Hallo! Jetzt halte ich schon Zwiesprache mit Eidechsen. Ich habe die Orientierung verloren. Ich weiß überhaupt nicht mehr, wo ich bin. Eigentlich habe ich einen guten Orientierungssinn, und der Weg ist doch ganz einfach. Vielleicht hat die sengende Sonne meinen Orientierungssinn eintrocknen lassen. Und mit ihm meinen Verstand. Vielleicht sollte ich doch eine dieser verlockenden Früchte klein schneiden, den Stacheln zum Trotz. Ich bin so durstig.

Ich höre ein Geräusch und bleibe stehen. Es stammt eindeutig nicht von einer herabgefallenen Kaktusfeige, einer Blaumeise oder einer Eidechse. Auch nicht vom Meer. Plötzlich spüre ich, dass ich nicht mehr allein bin. Ich sehe es nicht, aber trotzdem weiß ich es. Als würde eine Wolke, die aus dem Nichts gekommen ist, die Sonne verdunkeln. Endlich hat jemand bemerkt, dass ich fehle. Doch warum bin ich darüber nicht erleichtert?

Als ich wieder zu der aufgeplatzten Kaktusfeige auf dem Boden sehe, ist die Eidechse verschwunden. Etwas muss sie vertrieben haben, und plötzlich weiß ich auch, was.

Donnerstag. Park am Gleisdreieck

Hartmann war froh, dass er Berlin endlich verließ. Er hatte diese Stadt noch nie gemocht und verstand beim besten Willen nicht, wie man ihr etwas abgewinnen konnte und was die ganzen Touristen hier suchten. Sie war schmutzig. Roh. Grobschlächtig. Sie war viel zu groß, als hätte man sie an allen Ecken mit riesigen Händen gepackt und dann künstlich auseinandergezogen.

Hinter ihm lag ein vergeudeter Tag ohne Resultat. Hartmann hatte nichts in Berlin erreicht, obwohl seine Chefin ihm eingeschärft hatte, wie wichtig der Markt hier sei und insbesondere die Firma, die er gestern aufgesucht hatte. Mit dieser Stimme, die er an seiner Chefin nicht leiden konnte: nach außen sanft, fast wie eine Mutter oder wie eine verdammte Therapeutin, in Wirklichkeit aber grausam, hart, unerbittlich. Ein vergeudeter Tag, an dem er sich zum Idioten gemacht hatte, lag hinter ihm. Er hätte sich die Reise auch schenken können. Zu Hause in seiner Firma würden sie ihm demnächst wahrscheinlich mitteilen, dass der Vertrieb wohl doch nicht das Richtige für ihn sei. Und dann? Man würde ihn von den Kunden abziehen. Und bald darauf würde man ihm *den*

Wechsel nahe legen, so hieß das. Die Kollegen würden schon mit sabbernden Mäulern Schlange stehen. Verfluchte Aasgeier. Das war es, was ihm unweigerlich blühte, wenn er realistisch war. Hartmann erreichte seine Zielvorgaben nicht. Versager, Versager, Versager, hämmerte es in seinem Kopf. Die Präsentation in Berlin war nicht die erste, die er in den Sand gesetzt hatte. Seine Kollegen tuschelten hinter seinem Rükken über ihn, er konnte es ihnen ansehen, ihre Blicke verrieten es. Er konnte es selbst dann hören, wenn sie nichts sagten.

Eine undurchdringliche Wolkendecke hing über der Stadt, die Stadt war grau, als hätte man alle Farben gelöscht. Hartmann fühlte sich aus der Welt gefallen, so sehr, dass es ihn fast überraschte, wirklich hier auf diesem Platz im Zug zu sitzen, den Tisch unter seinen Händen zu spüren. Nicht, dass es irgendjemanden interessierte, ob er in der Welt vorhanden war oder nicht. Wahrscheinlich interessierte das nicht einmal seine Frau. Seine Hände hinterließen feuchte Abdrükke auf dem Plastik des Tisches. Er lehnte sich zurück und schloss für einen Moment die Augen. Auf seiner Stirn stand der Schweiß, und auch unter seinen Achseln und am Rücken breitete er sich aus, obwohl es hier im Großraumwagen des ICE wie immer viel zu kalt war. Vielleicht stimmte etwas mit seinem Kreislauf nicht. Oder mit dem Herzen? Schließlich kam er jetzt in das Alter. Ein Herzinfarkt im Zug, das hätte ihm gerade noch gefehlt. Hartmann roch seinen eigenen Schweiß, mit geschlossenen Augen noch viel deutlicher, den alten, der in der Kleidung steckte, und den frischen, der aus seinen Poren strömte. Nahmen auch die Mitreisenden seinen Gestank wahr? Er war froh, ohne Reservierung noch einen Platz ergattert zu haben. Wenigstens ging nicht alles schief, obwohl die Gesetzmäßigkeit des Scheiterns es eigentlich verlangt hätte.

Versehentlich trat er gegen das Bein des Mannes, der ihm am Tisch gegenübersaß, entschuldigte sich leise, ohne ihn anzusehen, und setzte sich anschließend Kopfhörer auf. Opernarien von Händel. Händels Musik war erhebend, sogar jetzt, als Hartmann in das triste Grau eines neuen unseligen Tages blickte.

Der Zug war brechend voll. Im Mittelgang zwischen den Sitzreihen standen unzählige Koffer herum, sodass es kein Durchkommen gab, Kinder schrien, und orientierungslose Reisende suchten noch immer ihren Platz, obwohl sie den Hauptbahnhof längst hinter sich gelassen hatten. Hoffentlich erhob niemand Anspruch auf seinen. Hartmann saß auf einem Platz für Expressreservierungen, es war also möglich, dass sein unverhofftes Glück nicht von Dauer sein würde. Und wenn er sich gleich nach der Fahrkartenkontrolle einfach in die erste Klasse setzte? Er hätte die erste Klasse verdient. Wenn er eine souveräne, lässige Selbstverständlichkeit ausstrahlte und so wirkte, als gehörte er dorthin, fiele es dem Schaffner sicher gar nicht auf.

Der Mann gegenüber stieß nun gegen Hartmanns Bein und nickte ihm kurz zu, was wohl als Entschuldigung zu verstehen war. Die junge Frau neben ihm auf dem Fensterplatz telefonierte und schob ihren Arm auf die Lehne zwischen ihren Plätzen. Mit welchem Recht beanspruchte sie die Armlehne für sich allein? Es war Hartmann unangenehm, mit dem Ellbogen gegen ihren zu stoßen, er zuckte bei der Berührung zurück wie bei einem Stromschlag. Überall stank es. Nach Essen. Nach ungewaschener Kleidung und menschlichen Ausdünstungen. Oder waren es bloß seine eigenen?

Er hatte nicht einmal im Hotel gefrühstückt, so froh war er gewesen, als es endlich an der Zeit war, zum Bahnhof aufzubrechen. Er würde gleich hier im Zug etwas essen. Hartmanns nächstes Ziel war München. Ob er dort erfolgreicher sein würde, stand in den Sternen. Er glaubte es nicht, doch er wollte so gern daran glauben. Er wollte glauben, dass Berlin an allem schuld war. Oder die Wirtschaftslage. Egal, was – zumindest nicht er.

Jetzt blieb der Zug auch noch auf freier Strecke stehen, nur wenige Minuten, nachdem sie den Hauptbahnhof verlassen hatten. Was für ein grauenhaftes, überproportioniertes Gebäude, Hartmann hatte Mühe gehabt, sich darin nicht zu verirren und rechtzeitig das richtige Gleis zu finden. Er warf einen Blick auf das Faltblatt, das auf dem Tisch lag. Der Mann gegenüber hatte sich inzwischen mit seinem Notebook breitgemacht. Die junge Frau neben Hartmann hatte ihr Telefonat beendet und die Augen geschlossen, den Ellbogen immer noch auf der gemeinsamen Armlehne. Die alte Frau auf dem anderen Fensterplatz hielt ihre Handtasche krampfhaft auf dem Schoß fest. Der nächste Halt war Berlin-Südkreuz. Sie müssten schon längst dort sein, seit genau vier Minuten. In einem Zug zu sitzen, der nicht vorankam, machte Hartmann nervös, und selbst Händels Arien konnten seine aufkommende innere Unruhe nicht mildern. Er nahm die Kopfhörer ab. Keine Durchsage des Zugführers. Sie hielten einfach hier an, im Nirgendwo, ohne Erklärung und ohne erkennbaren Grund.

»Das ist doch in Ordnung, oder?«, fragte der Mann gegenüber und deutete auf sein Notebook.

»Ja, ja, sicher«, sagte Hartmann.

»Der Zug ist aber voll«, sagte die alte Frau. »Das hätte ich ja nicht gedacht. Gott sei Dank habe ich noch einen Sitzplatz bekommen.«

Hartmann nickte und lächelte sie an. Er setzte seine Kopfhörer wieder auf. Ein roter doppelstöckiger Regionalzug fuhr in entgegengesetzter Richtung an ihnen vorbei. Im Wagen quengelten mehrere Kinder lautstark, und der unangenehme Geruch hatte sich noch verstärkt. Hartmann sah die Mitreisenden an. Er hasste alles Schäbige, Ärmliche, und er erkannte es sofort, es war fast wie ein besonderer Instinkt. Er las die Überschrift auf einer Zeitungsseite, *Abstiegsangst der Berliner*, brauchte einen Moment, bis ihm aufging, dass es sich um den Sportteil handelte und nicht die Berliner Bevölkerung gemeint war, sondern Hertha BSC. Er blickte wieder aus dem Fenster. Rechts, weiter weg, standen Häuserzeilen. Links befand sich eine trostlose Grünfläche. Das musste ein ganz neu angelegter Park sein. Oder waren in Berlin alle Parks so kahl? Hier wuchs nichts. Der sogenannte Park am Gleisdreieck, jetzt erinnerte er sich, nach seiner katastrophalen Präsentation gestern hatte eine Frau erwähnt, dass dort ihre neue Joggingstrecke sei. Um Hartmann hatte sich zu diesem Zeitpunkt bereits niemand mehr gekümmert – als hätten sie ihn längst vergessen, obwohl er noch im Konferenzzimmer stand. »Sie hören von uns.« Hand geben. Lächeln. Sie waren höflich zu ihm gewesen. Sie hatten ihn höflich untergehen lassen. Wie das Von-ihnen-Hören aussehen würde, konnte er sich denken. Hartmann sah breite Wege, verkrüppelte Birken, weiter nichts. Kein einziger Mensch. Aber wer wollte bei diesem Wetter auch spazieren gehen, noch dazu an einem Vormittag mitten in der Woche, an dem die Leute für gewöhnlich arbeiteten. Allerdings fragte er sich, ob Letzteres auch auf Berlin zutraf. War Berlin nicht die Hauptstadt der Arbeitslosen, der Untätigen, der Schmarotzer?

Hartmann war hungrig, und er ärgerte sich jetzt, dass er das Hotel so übereilt verlassen und auf das Frühstück verzichtet hatte. Im Speisewagen des Zuges war es wahrscheinlich genauso voll wie hier. Er würde mit anderen Menschen am Tisch sitzen müssen. Er hasste das. Er hasste ihre Nähe, ihre Gerüche, die Haut ihrer Gesichter, ihre lärmenden Stimmen, die die Welt verpesteten. Es sollte ein Gesetz zum Schutz vor lärmenden Stimmen geben. War es empfehlenswert, so kurz vor dem nächsten Bahnhof den Platz zu verlassen? Plötzlich überkam ihn eine überwältigende Angst, seinen Sitzplatz zu verlieren – als verlöre er damit auch seinen ganzen Halt im Leben. Gleichzeitig hatte er bohrenden Hunger. Und er brauchte unbedingt einen zweiten Kaffee, sonst könnte er seine Unterlagen für München nicht durchsehen. Den ersten Kaffee des Tages hatte er im Berliner Hauptbahnhof im Stehen getrunken, angeekelt von den verwahrlosten Gestalten, die schon am frühen Morgen mit Bierflaschen herumstanden, und ängstlich darauf bedacht, dass im Gedränge niemand seine Brieftasche stahl.

Er sah zu den Birken. Verliefen dort hinten, zwischen den Bäumen hindurch, nicht verrostete Gleise? Hartmann hätte gerne ein Fernglas zur Hand gehabt. Ein Mann tauchte im ansonsten menschenleeren Park auf. Er trug grobe Arbeitskleidung und hielt eine Schaufel in der Hand. Bald darauf war er wieder verschwunden.

Hartmann war bemüht, seinem Gegenüber nicht zu nahe zu kommen. Hier war alles so eng, er wagte nicht einmal, normal zu atmen. Wie sollte er das bloß bis München aushalten? Sein Magen rumorte jetzt aufdringlich. Der Zug stand noch immer, inzwischen waren sie fast zehn Minuten verspätet. Hartmann sah draußen eine Frau. Eine Joggerin, ihrem Tempo nach zu schließen. Sie lief schnell, rannte sogar. Allerdings passte ihre Kleidung nicht dazu, soweit er es von hier erkennen konnte. Die Frau sah eher so aus, als würde sie gleich ins Büro gehen. Doch wer rannte zum Büro und noch dazu quer durch einen Park? Jetzt entdeckte

Hartmann auch einen Mann, der ihr folgte. Ein anderer Mann, nicht der in Arbeitskleidung. Er holte die Frau rasch ein und hielt sie am Arm fest. Sein Griff schien äußerst grob zu sein, denn die Frau riss wie im Schmerz den Mund auf. Ihr stummer Schrei fiel mit der wehklagenden Passage des Soprans in der Händel-Oper zusammen. Vielleicht wurde Hartmann unfreiwillig Zeuge eines Streits unter Liebenden? Jetzt bedauerte er es fast, dass sich das Ganze so weit von ihm entfernt abspielte. Er dachte an seine eigene Ehe, die mittlerweile so verkümmert war, dass sie sich nicht einmal mehr stritten. Was würde seine Frau wohl zu seiner misslungenen Präsentation sagen, wenn er ihr morgen Abend davon erzählte? Sollte er ihr überhaupt davon erzählen? Besser nicht. Sie fragte sowieso nicht.

Hartmann erschrak, als der Mann die Joggerin, die keine Joggerin war, jetzt mit solcher Gewalt nach hinten stieß, dass sie stürzte. Gleichzeitig fühlte es sich so an, als sähe er nicht die Wirklichkeit, sondern einen Film. Wurden in Berlin nicht ständig Filme gedreht? Oder war das hier vielleicht eine Art Test, ein Experiment, um herauszufinden, wie er auf das Gesehene reagierte? Ob er Zivilcourage besaß oder etwas Ähnliches? Aber wieso ausgerechnet er? Außerdem saß er im Zug nach München, in ein paar Minuten hätte er Berlin verlassen. Und was für ein Experiment sollte das sein, alles war doch viel zu weit weg, und er konnte gar nichts richtig erkennen.

Er blickte sich um. Die anderen Reisenden waren mit sich selbst beschäftigt. Der Mann gegenüber starrte auf sein Notebook, die beiden Frauen am Tisch hatten die Augen geschlossen. Einer anderen Frau war mitten im Gang der Koffer aufgeplatzt, dessen halber Inhalt nun auf dem Boden verstreut lag. Angewidert sah Hartmann auf einen pinkfarbenen Kulturbeutel und schmutzige Unterhosen. Währenddessen ging der Mann draußen auf die Knie und schlug auf die Frau ein. Es gelang ihr jedoch, den meisten seiner Schläge auszuweichen oder sie mit den Armen abzuwehren. Sie rappelte sich auf, machte stolpernd ein paar Schritte und wurde von dem Mann sofort wieder eingeholt. Er ließ nicht von ihr ab. Erneut warf er sie zu Boden und schlug sie. Hartmann glaubte sogar das Geräusch hören zu können – obwohl das hier im Zug gar nicht möglich war –, wie zuerst die flache Hand und bald darauf die Faust mit voller Wucht auf das Gesicht traf. Sie waren jetzt fast zwischen den Birken verschwunden, sodass er sie nicht mehr richtig sehen konnte. Der Mann, so viel bekam er noch mit, kniete mit einem Bein auf ihrem Unterleib. Die Frau blutete am Kopf. Oder war es nur ein rotes Halstuch?

Mit einem Ruckeln fuhr der Zug wieder an.

Gedämpft durch die Opernarien hörte Hartmann den Zugführer: »In wenigen Minuten erreichen wir Berlin-Südkreuz.«

Er rieb sich die Augen. Am liebsten hätte er das soeben Gesehene von seinen Augen fortgewischt, es nachträglich von seiner Netzhaut radiert. Es war beinahe so, als hätte er etwas Verbotenes getan. Als hätte er in ein fremdes Fenster gesehen und dort etwas beobachtet, das nicht für seinen Blick bestimmt war. Was sollte er jetzt tun? Jemandem Bescheid sagen? Aber wem? Dem Schaffner? Bestimmt würde der denken, Hartmann wolle sich nur wichtigmachen. Und was hatte er dort draußen überhaupt gesehen? Er war viel zu weit entfernt gewesen, um wirklich etwas erkennen und die Situation richtig einschätzen zu können.

Hartmann beschloss, dass es ihn nichts anging. Er hasste Schwierigkeiten. Er beschloss, sich ein wenig zu entspannen, Händels Arien zu hören und nach dem nächsten Halt, wenn sich das größte Gedränge gelegt hätte, endlich zu frühstücken. Brötchen mit Wurst und Käse, dazu Rührei, Vollkornbrot. Das teuerste Frühstück, das im Speisewagen angeboten wurde. Das hatte er sich verdient.

Donnerstag. Ein Bild von Edward Hopper

Eva stand im Schlafzimmer neben dem Bett. Auf dem Bett lag ihr nagelneuer Koffer. Ihr nagelneuer Koffer war noch vollkommen leer, obwohl sie seit fast einer Stunde zu packen versuchte. Morgen früh ging ihr Flug, und die letzte Gelegenheit, die Reise noch abzusagen, war längst verstrichen.

Der Mann gegenüber beobachtete sie wieder. Draußen auf der Straße hätte Eva ihn wahrscheinlich gar nicht erkannt, er schien nur hier in der engen Architektur der Kreuzberger Hinterhöfe real. Hatte er nichts Besseres zu tun als in ihr Schlafzimmer zu starren? Er bewegte sich nicht von der Stelle, sondern glotzte sie unverfroren an und machte sich nicht einmal die Mühe, es vor ihr zu verbergen. Eva hätte ihn ignorieren können wie sonst auch, doch heute fühlten sich seine Blicke anders an. Intensiver. Bedrängender. Wie ein unsichtbares Gas, das auch die Barriere des doppelt verglasten Fensters überwinden konnte, schienen sie über den Hof direkt in ihr Schlafzimmer zu dringen.

Sie taxierten sich über die kurze Entfernung, die zwischen ihnen lag, als wollten sie testen, wer es länger aushielt.

Der Mann gegenüber war der Gewinner. Wie meistens. Eva gab klein bei und ging zum Fenster. Eine Sekunde spielte sie mit dem Gedanken, ihm zuzuwinken, und musste darüber lachen. Das hatte sie natürlich noch nie getan, und er wäre sicher sehr verblüfft gewesen.

Über den Dächern der Häuser lag ein orangefarbener Streifen, der spätestens in einer Viertelstunde verschwunden sein würde. Auf dem Schornstein gegenüber hockte eine Nebelkrähe und wärmte sich den Hintern. Eva zog die Vorhänge zu. Berliner Hinterhöfe boten gute Sicht in fremde Wohnungen, doch das hatte sie nie gestört. Im Gegenteil, all die erleuchteten Fenster am Abend hatten ihr immer ein Gefühl von Behaglichkeit vermittelt und sie außerdem an die Bilder von Edward Hopper erinnert – als sähe sie direkt in ein Kunstwerk hinein oder würde sich mitten in einem solchen befinden. Bis der Mann gegenüber eingezogen war. Seitdem gab es blickdichte Vorhänge, und Eva schlief noch schlechter als vorher, denn sobald sie zugezogen waren, fühlte sie sich wie in einer dunklen Gruft.

Die Vorhänge hatte ihre Lebensgefährtin Rebecca ausgesucht, so wie das meiste andere in ihrer gemeinsamen Wohnung auch. Rebecca hatte den besseren Geschmack, einen untrüglichen Sinn für Stil. Das galt als Tatsache, die keine von ihnen je in Frage gestellt hätte. In ihrer Wohnung dominierten dunkles Leder, ein wenig Massivholz und viel Stahl. Kühle, klare Flächen, an der Wand Drucke abstrakter Kunst.

Bei ihnen sah es nicht übertrieben teuer und protzig aus, aber, und das war das Wichtigste, vor allem nicht billig oder gewöhnlich. Wenn Besuch kam – was selten der Fall war –, zeigte er sich jedes Mal von der geschmackvollen Wohnung beeindruckt.

Sicher starrte der Mann immer noch zu ihrem Fenster. Vielleicht gab es inzwischen technische Instrumente, die blickdichte Vorhänge durchdringen konnten, so wie Röntgenstrahlen oder Nachtsichtgeräte? Neuerdings bildete Eva sich ein, überall Feinde zu sehen, auf der Straße, im Park, in der U-Bahn, im Haus gegenüber. Doch vielleicht lag das einzig an Heike König, ihrer Arbeitskollegin im Verlag. Eva und sie teilten sich ein Büro. Heike König hatte eine gleichwertige Stelle, benahm sich aber immer so, als stünde sie in der Hierarchie weit über ihr. Sie wollte Eva rausdrängen, das war unübersehbar. Spräche man sie darauf an, würde sie es allerdings weit von sich weisen, denn nach außen hin legte sie Wert darauf, die Gute zu sein. Einige Abteilungen des Verlags sollten aus Kostengründen verkleinert werden, auch Evas, das Lektorat. Seit mindestens einem Jahr war es ein offenes Geheimnis, um das alle wussten, über das aber niemand sprach – als könnte es durch Totschweigen noch abgewendet werden.

Vor ihr lagen zehn Tage Urlaub, und Eva wollte jetzt nicht an ihre Kollegin denken. Außerdem war Heike König heute Morgen gar nicht bei der Arbeit erschienen – unentschuldigt –, sodass Eva das Büro für sich allein gehabt hatte. Sie hatte keinen einzigen

Gedanken daran verschwendet, wo ihre Kollegin wohl abgeblieben sein könnte, ob sie krank war und warum sie nicht einmal angerufen hatte. Obwohl Eva das Zimmer für sich allein, ein seltener Fall, heute ausgiebig hätte genießen können, war sie mittags gegangen. Mittags hatte ihr Urlaub begonnen. Sie war nur kurz ins Büro gekommen, um eine angefangene Korrespondenz zu Ende zu bringen.

Der bevorstehende Urlaub war allerdings auch nicht verlockend. Rebecca hatte ohne Evas Wissen eine Reise inklusive Wandergruppe samt Führung gebucht und sie damit überrascht. Eva hasste Überraschungen. Und vor allem hasste sie Gruppen. Schon seit der Schulzeit. Oder vielleicht gerade wegen der Schulzeit. Ihr reichten die Kollegen im Verlag jeden Tag, die Betriebsfeier kurz vor Weihnachten, das letzte Mal von der Furcht begleitet, im kommenden Jahr nicht mehr dabei zu sein.

Vielleicht sah sie seit einiger Zeit aber auch überall Feinde, wo gar keine waren, weil sie schon so lange schlecht schlief. Evas Nächte waren eine Qual. Erst kamen die endlosen Stunden, die sie zum Einschlafen brauchte. Ihr Herz und ihr Hirn liefen auf Hochtouren. Ihr Herz klopfte und klopfte, und in ihrem Kopf überschlugen sich die Gedanken. Fiel sie dann endlich in einen unruhigen Schlaf, wurde sie bald darauf wieder wach, im Morgengrauen, noch vor dem Klingeln des Weckers.

Wenn sie nicht in allzu große Zeitnot kommen wollte, musste sie sich nun wirklich beeilen. Packen sollte wohlüberlegt geschehen, nicht überstürzt und kopflos. Doch Eva tat nichts, sie stand einfach mitten im Zimmer und sah in den Koffer, der aufgeklappt auf dem Bett lag, und je länger sie hineinsah, desto weniger konnte sie sich rühren. Rebecca hatte natürlich längst gepackt. Ihr Koffer stand im Flur neben der Wohnungstür, bereit für den Aufbruch, und jedes Mal, wenn Eva daran vorbeiging, strahlte er etwas Anklagendes aus. Rebecca saß im Wohnzimmer, vermutlich auf einem der beiden eleganten schwarzen Ledersofas. Eva hörte die Stimmen des Fernsehers. Bislang hatte Rebecca noch nicht gedrängelt, aber das würde erfahrungsgemäß nicht mehr lange auf sich warten lassen. Dieser verdammte Koffer. Er war leer, vollkommen leer, kein einziges Kleidungsstück befand sich darin, nicht einmal ein jämmerliches Paar Socken. Sie hatten den Koffer erst kürzlich gekauft, extra für diesen Urlaub, und das Innenfutter glänzte neu und unberührt.

Eva hätte jetzt gute Laune haben, voller prickelnder Vorfreude sein müssen. Ließ sich gute Laune eigentlich befehlen? Sie versuchte es und sagte: »Los, freu dich. Komm schon, du musst dich doch freuen!« Hier hörten ihr nur der neue Koffer und die geschmackvollen Schlafzimmermöbel zu, und ihre Stimme klang wenig überzeugend.

Dann gab sie sich einen Ruck und öffnete den Kleiderschrank. Worauf hatte sie sich einzustellen? Auf Wärme? Vielleicht sogar auf unerträgliche, schweißtreibende Hitze, die für einen beständigen klebrigen Film auf der Haut sorgte? Regen, dachte sie. Pausenloser Regen. Hatte sie einen Urlaub vor sich, in dem es zehn Tage lang ununterbrochen regnete? Rebecca hatte allerdings gesagt, dass die Wetterlage jetzt, Anfang Oktober, stabil sei, vor allem im Westen der Insel, wo ihr Hotel lag. Bei den Wanderungen könnten sie zwar vom Regen überrascht werden, das Wort *Nebelwald* zum Beispiel sage ja schon alles, aber sie seien schließlich bestens gerüstet.

Seit ungefähr zwei Wochen lieferte Rebecca regelmäßig einen Bericht über das aktuelle Wetter auf den Kanarischen Inseln ab und sprach von nichts anderem als von Atlantikströmungen und dem Nordostpassat. Eva hatte nie richtig hingehört, sondern immer nur »ja, ja« erwidert, was sich jetzt rächte. Doch sie wollte nicht ins Wohnzimmer gehen, um Rebecca am Abend vor dem Flug nach dem Wetter zu fragen, und ebenso wenig wollte sie sich im Internet darüber informieren. Am liebsten wollte sie einfach hier in diesem Zimmer bleiben und nicht in wenigen Stunden zum Flughafen fahren. Am liebsten wollte sie ausschlafen. Endlich ausschlafen. Sie konnte sich gar nicht mehr daran erinnern, wie es sich anfühlte.

Rebecca hielt ihr nahezu täglich ihre schlechte Kondition vor und zog sie damit auf. »Ich sehe es schon kommen«, sagte sie oft, »du wirst uns im Urlaub blamieren.« Was sie beide voneinander unterschied, war ihrer Meinung nach die Tatsache, dass sie mit dem Fahrrad zur Arbeit fuhr und Eva mit der U-Bahn. Außerdem ging Rebecca, anders als Eva, regelmäßig joggen und das schon seit Jahren.

Ihre Ermahnungen waren nicht ohne Wirkung geblieben: neuerdings benutzte Eva nicht mehr den Aufzug, sondern stieg zu Fuß in den vierten Stock bis zu ihrer Wohnung. Jeden Tag. Neunzig Stufen, sie hatte mitgezählt. Sie musste sich dazu überwinden, jedes Mal der Versuchung widerstehen, es sich doch bequemer zu machen, sie musste den Nachbarn, denen sie im Hausflur begegnete, versichern, der Aufzug sei nicht kaputt, aber Treppensteigen doch viel gesünder. Und die ganze Zeit wartete sie darauf, dass sich etwas an ihr veränderte. Dass sie merklich ausdauernder wurde. Dass sich endlich das von Rebecca prophezeite wunderbare Glücksgefühl einstellte.

Zusätzlich zum Treppensteigen ging Eva mehrmals in der Woche im Park am Gleisdreieck spazieren, der nur wenige Minuten von ihrer Wohnung entfernt lag. Entweder am späten Nachmittag, wenn sie von der Arbeit kam, oder, das allerdings selten, schon am frühen Morgen. Da sie zusammenlebten, ließ es sich schlecht vor Rebecca verbergen, deshalb begründete Eva die für sie ungewöhnliche Freizeitbeschäftigung damit, dass sie die Wanderschuhe einlaufen müsse, was ja auch der Wahrheit entsprach. Die Schuhe waren tatsächlich noch ganz neu, eigens für diesen Urlaub gekauft. Schwere, klobige Dinger. Eva vergaß immer den Herstellernamen – in Rebeccas Augen ein Frevel. »Das sind die besten Bergschuhe, die es gibt, und du weißt sie gar nicht zu schätzen!«

Seit Wochen klapperten sie an Samstagen die Sportabteilungen der Kaufhäuser und Geschäfte für

Outdoor-Bekleidung ab. Der Urlaub war anstrengend, noch bevor er begonnen hatte. Rebecca fachsimpelte mit den Verkäufern, während Eva so tat, als gehörte sie nicht dazu. Neben den Schuhen brauchten sie unbedingt *Funktionskleidung*, wie Rebecca immer betonte, obwohl Eva sich auch mit alten Jeans und verwaschenen T-Shirts aus Baumwolle zufrieden gegeben hätte. Und zwei neue Rucksäcke. Als besäßen sie nicht schon genug davon. »Guck mal, die sind zum Wandern doch viel praktischer«, hatte Rebecca ihr im Laden erklärt und die Vorteile gepriesen, unterstützt von einem eifrigen Verkäufer.

Eva hielt diese Anschaffungen für überflüssig und für zu teuer. Seit die Gerüchte im Verlag aufgekommen waren – *verkleinern, straffer, effizienter, kostengünstiger* –, hielt sie so gut wie alles, was nicht unbedingt notwendig war, für zu teuer, und ein vorher nie gekannter Geiz machte sich bemerkbar, dem die Angst zugrundelag, es könnte schon bald so weit sein und sie ohne Geld dastehen. Das Schlimmste war, damit allein zu sein. Im Verlag sprach es niemand an. Und auch zu Hause mit Rebecca redete Eva nicht darüber. Rebecca vertrat den Standpunkt, wenn man seine Arbeit gut mache, könne einem nichts passieren. Was würde sie dazu also sagen? Dass Eva ihre Arbeit nicht gut machte?

Natürlich wären Spaziergänge zu zweit weitaus unterhaltsamer gewesen, doch Eva wollte sich nicht die Spur einer Blöße geben. Sie war unsportlich. War es schon immer gewesen. Noch heute dachte sie mit Schaudern an den Sportunterricht in der Schule zurück, obwohl er Jahrzehnte hinter ihr lag, an Stufenbarren, Gymnastik mit Bändern, Zirkeltraining, Bodenturnen. Hatte sie damals eigentlich je einen Handstand ohne Hilfestellung geschafft? Auch mit Mitte vierzig erinnerte sie sich noch an die Hände der Hilfestellung leistenden Mitschülerinnen, die mit hartem Griff ihre Beine nach oben rissen. Der Wanderurlaub erforderte »gute bis durchschnittliche Ausdauer«, was immer das hieß. Und »Trittsicherheit«. Noch so ein neues Wort, von Rebecca genauso oft in den Mund genommen wie Nordostpassat, Wanderschuhe, Caldera. Was war eine Caldera eigentlich? Eva hätte den Reiseführer lesen sollen, für den sie sich bislang nicht interessiert hatte. Aber das konnte sie im Flugzeug noch nachholen. War Wandern nicht einfach nur Spazierengehen, das, was alle Leute sonntags bei schönem Wetter taten, nur unter anderem Namen? Noch dazu auf La Palma, einer kleinen Urlaubsinsel, die zu Europa gehörte, und nicht auf einem entlegenen Kontinent, in einem wilden, gefährlichen Land mit unberechenbarer Natur und ebensolchen Menschen.

Je nach Tageszeit begegneten Eva bei ihren Trainingsmärschen Jogger, Eltern mit ihrem Nachwuchs, Fahrradfahrer, einige Spaziergänger. Einmal war ihr eine Frau um die sechzig entgegengekommen, die ihre offensichtlich neue Sportkleidung ausführte und, unterstützt durch die entsprechenden Stöcke, Nordic Walking betrieb. Eva hatte sie insgeheim belächelt. Das Wichtigste beim Sport, selbst wenn es sich nur um selten ausgeübten Freizeitsport handelte, schien das Zurschaustellen des Zubehörs und der eigens dafür angeschafften Hosen, Hemden, Schuhe und Mützen zu sein.

Auf den harten Betonwegen wurden die Wanderschuhe nach einer Weile unangenehm, und außerdem kam Eva sich mitten in der Stadt lächerlich damit vor, aber zu ihrer Erleichterung war sie in den ganzen Wochen niemandem begegnet, den sie kannte. Anders als das Gelände des ehemaligen Flughafens Tempelhof wurde der Park am Gleisdreieck nachts nicht verschlossen. In der Öffentlichkeit waren deshalb Diskussionen über nächtlichen Vandalismus und wie er zu verhindern sei entbrannt. Sobald es zu dämmern begann, sah Eva zu, dass sie den Park schnell verließ. Diese große freie Fläche hatte etwas Unheimliches, und dem Alter, in dem man nachts im Park billigen Wein aus der Flasche trank oder Joints rauchte, war sie fast genauso lange entwachsen wie dem Sportunterricht.

Sogar heute Morgen, einen Tag vor dem Urlaub, war Eva noch spazieren gegangen. Ganz früh. Doch wegen des deprimierenden Wetters hatte sie nicht ihr übliches Pensum absolviert, sondern war mittendrin wieder umgekehrt. Tief hängende Wolken, Tristesse wie im November, dabei war es erst Anfang Oktober. Drumherum waren die Autos zu hören gewesen, das beständige Rauschen der Stadt, das niemals verstummte, doch der Park hatte wie ausgestorben gewirkt. Kein einziger Mensch weit und breit. Nicht einmal ein Vogel hatte sich blicken lassen – als wäre Eva das einzige lebende Wesen auf der Welt.

Morgen in aller Herrgottsfrühe ging ihr Flug.

»Das ist doch schön«, hatte Rebecca gesagt. »Dann haben wir fast noch den ganzen ersten Tag.«

Ich packe meinen nagelneuen Koffer und nehme eine Wanderhose mit. Ich packe meinen nagelneuen Koffer und nehme eine Wanderhose und eine Mütze gegen die Sonne mit. Ich packe meinen nagelneuen Koffer und nehme eine Wanderhose, eine Mütze gegen die Sonne und ein rot kariertes atmungsaktives Wanderhemd mit.

Eva empfand keine Vorfreude. Nur tiefen Widerwillen. Wenn sie ehrlich war, wünschte sie sich, der Urlaub wäre schon vorbei und sie wieder zu Hause. Sie würde freiwillig noch einen weiteren Monat in diesen wuchtigen Schuhen, die auch für die Alpen geeignet waren, über die betonierten Wege gehen, sie würde sogar zwei Monate auf den Aufzug verzichten und täglich die neunzig Stufen nach oben steigen, klaglos, sie würde alles Mögliche tun, wenn sie dafür bloß nicht in diesen Urlaub fahren müsste.

Sie blickte zur Uhr auf dem Nachttisch und rechnete. Inzwischen brauchte sie so lange für das Einschlafen, dass es sich nicht mehr lohnte, heute noch ins Bett zu gehen. Sie würde sowieso nur die ganze Zeit wach liegen, wäre am Ende viel müder als vorher und morgen am ersten Urlaubstag schlecht gelaunt. Sie würde wach bleiben, bis sie zum Flughafen aufbrachen.

Als sie erneut auf- und abging, stieß sie sich den kleinen Zeh am Bettpfosten, was ihr normalerweise nie passierte, da ihr der Raum und die Wege darin vertraut waren. Der Schmerz war im ersten Moment so groß, dass sie laut aufschrie und sich aufs Bett neben den aufgeklappten Koffer fallen ließ.

Kurz darauf erschien Rebecca im Schlafzimmer.

»Ist was passiert?«

Eva rieb sich den Fuß. Zu ihrem Ärger hatte sie Tränen in den Augen, alberne Tränen wegen eines angestoßenen Zehs.

Rebecca blickte auf sie herab. Dann wanderten ihre Augen weiter, und sie entdeckte den leeren Koffer.

»Du hast ja noch gar nichts gepackt!«

Eva schwieg. Sie rieb sich noch immer den Fuß und hielt es für klüger, Rebecca nicht anzusehen.

»Hast du mal auf die Uhr gesehen?«, sagte Rebecca. Ihre Stimme nahm diesen Schulmeisterton an, den Eva nicht leiden konnte.

Eva stand auf und schloss den leeren Koffer. Sie hätte ihn auch gleich verpackt im Abstellraum stehen lassen können.

»Ich komme nicht mit«, sagte sie. »Du hast mich ja sowieso nicht gefragt, ob ich das überhaupt will. Mich interessiert Wandern nicht. Du kannst alleine fahren.«

»Wenn du nicht mitkommst«, sagte Rebecca, »dann war's das.«

»Was meinst du?«

»Dann war's das mit uns! Das meine ich!« Vom Schulmeisterton, der immer verdächtig ruhig und besonnen klang, niemals zornig, wechselte Rebeccas Stimme jetzt in eine laute und schrille Lage. »Dann kannst du dir eine andere Wohnung suchen!«, schrie sie. »Ich bin deine verdammten Launen endgültig leid!«

Rebecca verließ das Schlafzimmer. Sie knallte die Tür so fest hinter sich zu, dass ein Stück Lack vom Rahmen platzte.

Wie sollte Eva sich eine andere Wohnung suchen, wenn sie ihre Stelle verlor? Die Zukunft war ein grässliches Ding. Feindlich. Monströs. Wie ein gewaltiger Krater, der sich vor ihr auftat. War die Zukunft je schön gewesen?

Freitag. Gesunkenes Kulturgut

Der Paketbote klingelte, es konnte niemand anders sein, endlich kamen die Reiseführer, die sie bestellt hatte; Carina eilte zur Gegensprechanlage, doch als sie davorstand, hatte sie in derselben Sekunde vergessen, welchen der Knöpfe sie drücken musste, damit sich unten die Tür öffnete. Sie hatte es so lange nicht mehr getan, auf den Knopf gedrückt, dass sie sich einfach nicht mehr erinnern konnte. Seit Monaten hatte sie keinen Besuch mehr bekommen.

Am liebsten würde ich jetzt schon meinen Koffer packen, dachte sie, nachdem sie die Reiseführer in Empfang genommen hatte. Sie hatte alles, was sie mitnehmen wollte, im Kopf, für jede Gelegenheit die passende Kleidung – fürs Frühstück, fürs Wandern bei Hitze, Wandern im Regen, Wandern bei starkem Wind, fürs Entspannen am Swimmingpool und fürs Abendessen. Es könnte sofort losgehen, dachte sie. Doch wenn sie jetzt schon packen würde, um sich verfrüht ihrer Vorfreude hinzugeben, wären alle Kleidungsstücke bei der Ankunft heillos zerknittert. Ihr Flug ging erst am Montag. Vorher musste sie noch ein elendig langes, zähes Wochenende hinter sich bringen.

Carina Michaelsen hasste ihr Leben. Es war zwar nicht besonders beschwerlich, aber absolut freudlos. Genauso wie die langen Wochenenden, die sie zwischen ihren Klauen gepackt hielten, rund fünfzig Mal im Jahr. Die eine Klaue hieß Samstag, die andere Sonntag, und Carina begann sich bereits ab Donnerstag vor ihnen zu fürchten. Doch was blieb ihr anderes übrig als zu leben?

Sie war schon oft alleine verreist, und es machte ihr nicht das Geringste aus. Carina meisterte alle Hürden des Lebens, die Arbeit, den Alltag, und ihr war vor nichts bange – mit Ausnahme der Wochenenden. Sie konnte nicht auf den nächsten Urlaub warten, bis sie wieder in einer Partnerschaft lebte. Gab es das noch für sie, einen neuen Partner? Mit zweiundvierzig war sie schließlich nicht alt. Die Männer in ihrem Alter, vorher lange vergeben, ließen sich inzwischen wieder scheiden.

Ihre Mutter hatte Carina mehrfach den in ihren Augen großartigen Vorschlag gemacht, doch mit einer Freundin zu verreisen. *Dann bist du nicht so allein.* Ihre Mutter glaubte auch heute noch, sich beständig um Carinas Seelenheil kümmern zu müssen. Ihre Mutter, die in ihrem miefigen Reihenhaus vor sich hingammelte, zusammen mit ihren stinkenden, neurotischen Katzen. Ihre Mutter mit ihren dauernden Rufen: Miez miez miez, ja, wo sind denn meine kleinen Tiger?

Als Carina ihr von ihrem bevorstehenden Urlaub erzählt hatte, war sie voller Mitleid gewesen. Ausgerechnet ihre Mutter hatte Mitleid mit ihr! Oder war es gar kein Mitleid, sondern Scham? Schämte sie sich –

vor der Verwandtschaft, vor den Nachbarn in ihrer schrecklichen Reihenhaussiedlung, vor den scheußlichen alten Frauen, mit denen sie sich zu Kaffee und Kuchen traf –, weil ihre Tochter keine Familie vorzuweisen hatte, nicht einmal einen Mann?

Zuerst hatte ihre Mutter gedacht, La Palma sei gleichbedeutend mit Mallorca. Kein Wunder, was sollte sie auch anderes kennen als Mallorca und vielleicht noch den Harz. Oder Sylt. Und Tirol.

»Nein, Mutter, das ist eine Kanarische Insel.«

»Ach so. Aber das ist ja dann noch viel weiter weg, oder?«

»Ja, und?«

»Ich meine ja nur. Das ist doch gefährlich. Und du ganz allein.«

»Mutter, falls du es vergessen haben solltest: ich fahre nicht zum ersten Mal alleine in Urlaub. Und die Kanarischen Inseln gehören zu Spanien. Was soll denn da gefährlich sein?«

»Du so allein … als Frau … ich meine ja nur. Warum fährst du denn nicht mit dieser einen Kollegin, von der du manchmal erzählst, dieser netten, wie heißt sie noch – Almuth? Die ist doch auch allein, oder? Dann könnt ihr euch doch zusammentun. Dann wärt ihr schon zu zweit.«

»Sie heißt Annette, Mutter, das habe ich dir schon hundertmal gesagt, aber du hörst mir einfach nicht zu! Annette, nicht Almuth! Annette nimmt ihren Urlaub immer im Sommer. Die kann jetzt gar nicht weg, selbst wenn sie wollte.«

»Ach so, na ja. Das ist aber schade. Ich dachte ja nur. Weil du doch immer alleine verreisen musst.«

»Ich verreise gern alleine. Das macht mir gar nichts aus.«

»Erzähl mir doch nichts, Karin! Niemand verreist gern alleine. Man will sich doch austauschen. Eine Ansprache haben. Und abends ein bisschen Unterhaltung. Es wäre doch keine Schande, mit einer Freundin zu fahren, wenn du niemanden hast.«

Wenn du niemanden hast, dachte Carina an dieser Stelle des Gesprächs. *Wenn du niemanden hast*. Wie das klang. Wie eine ekelhafte Krankheit.

»Oder hast du Angst, dass die Leute dann denken … Ich meine natürlich mit zwei getrennten Zimmern. Auch wenn das teurer ist.«

»Mutter! Ich verreise gerne allein! Ich kann dann tun und lassen, was ich will, und muss auf niemanden Rücksicht nehmen. So wie du all die Jahre auf Vater.«

An dieser Stelle war das Thema Urlaub beendet. Ihre Mutter fügte noch an, bei der Rücksichtnahme auf Carinas verstorbenen Vater habe es sich um eine Selbstverständlichkeit gehandelt, sie habe es gerne und aus freien Stücken getan. Das sagte sie immer, und sie sagte es immer mit denselben Worten. Wie ein vor Jahrzehnten auswendig gelerntes Gebet. Wie das Vaterunser. Als stünden dafür keine anderen, neuen Worte zur Verfügung. Das gehöre bei einer Ehe dazu, »aber davon verstehst du ja nichts«. Was mit ihr denn eigentlich verkehrt sei, dass sie keinen Mann finde. Ihre Mutter benutzte immer dieses Wort: *verkehrt*. Ob sie vielleicht zu anspruchsvoll sei? Ja, das müsse der Grund sein.

Dann redete sie ohne Übergang von Aldi und was sie am Tag zuvor dort alles gekauft habe. Ihre Mutter konnte stundenlang über Aldi reden, obwohl sie wusste, dass Carina Discounter auf den Tod nicht ausstehen konnte. Aber vielleicht stachelte die Abscheu ihrer Tochter sie auch erst richtig an.

»Bei Aldi ist es doch jetzt ganz fein«, sagte sie. »Es gibt da sogar Sushi. Isst du das nicht immer? Ich hab mir das ja nicht gekauft. Drei Euro für so ein paar kleine Klöpschen.«

Die Aldi-Proleten fraßen inzwischen also Pasta, Vitello tonnato und Sushi. Hoffentlich gab es solche Leute nicht in ihrer Wandergruppe auf La Palma. Doch das hielt Carina für sehr unwahrscheinlich. Sie hatte einen Wanderurlaub mit Niveau gebucht.

Ihre Mutter sprach sie unbeirrt mit diesem alten, längst abgelegten Namen an: Karin. Das trieb Carina, mehr noch als alles andere, zur Weißglut. »Karin« entfachte in ihr die Fantasie, ihre Mutter auf der Stelle zu erwürgen, was am Telefon leider nicht möglich war. Muttermord. Fast so schlimm wie Kindsmord. Warum wollte ihre Mutter nicht begreifen, dass sie sich schon vor langer Zeit von diesem Namen gelöst hatte? Karin gab es nicht mehr. Sie hieß Carina. Carina mit C. Dabei handelte es sich nicht nur um einen anderen Namen, mit einem völlig anderen Zungenschlag ausgesprochen, sondern um einen komplett anderen Menschen. Das unsichere junge Mädchen namens Karin war gestorben, mitsamt dem deprimierenden Reihenhaus im Ruhrgebiet und seinen grauenhaften halben Gardinen vor den Fenstern, und die Entbehrungen ihrer Jugend waren genauso begraben, die unerträgliche Enge, die Sparsamkeit, die weitaus mehr gewesen war als nur der Mangel an Geld. Sie war fast einer Religion gleichgekommen.

Carina hatte ganz sicher nicht die Absicht, die Ferien mit ihrer Arbeitskollegin Annette zu verbringen. Annette rannte auch dauernd zu Aldi. Es reichte vollkommen, sie täglich bei der Arbeit zu sehen oder hin und wieder einen Kaffee mit ihr zu trinken. In Wahrheit konnte Carina Annette nicht besonders gut leiden, und die Vorstellung, sie auch noch im Urlaub von früh bis spät um sich zu haben, machte sie ganz nervös.

Sie zog ihren Koffer unter dem Bett hervor, wischte den Staub ab und klappte ihn auf. Sie begann zu packen, obwohl heute erst Freitag war. Im Hotel auf La Palma gab es bestimmt die Möglichkeit zu bügeln. Schnuff kam ganz nach oben. Carina schaltete jetzt doch schon auf Vorfreude um. Am Wochenende würde sie die bestellten Reiseführer lesen, um einen Wissensvorsprung vor den anderen Gruppenteilnehmern zu haben und dem Samstag und Sonntag ihren Schrecken zu nehmen. Zwei Fliegen mit einer Klappe.

In diesem Urlaub, das ahnte Carina, würde sich endlich alles zum Guten wenden.

Freitag. Gespenster

Die Urlaubsstimmung, auf die Eva die ganze Zeit wartete, stellte sich auch in rund zehntausend Metern Höhe nicht ein. Die schweren Stiefel trugen sie an den Füßen, weil sie nicht in die Koffer gepasst hatten. Bei der Sicherheitskontrolle am Flughafen hatten sie sie ausziehen müssen, bevor man sie durch den Metalldetektor schickte.

Eva blickte nach draußen. Mit den Worten »Dann kannst du vielleicht ein bisschen schlafen« hatte Rebecca ihr großzügig den Fensterplatz überlassen. Draußen war nichts weiter zu sehen als ein dichter, undurchdringlicher Wolkenteppich.

Der Getränkewagen erreichte sie, und Rebecca verlangte Tomatensaft.

»Mit Salz und Pfeffer?«, fragte die Flugbegleiterin, deren Dauerlächeln Eva schon die ganze Zeit auf die Nerven ging.

»Ja, bitte.«

»Du magst doch gar keinen Tomatensaft«, sagte Eva und wählte Kaffee.

Sie hätte ihre Bemerkung am liebsten sofort wieder rückgängig gemacht. Die Schallwellen in der Luft mit einem Kescher eingefangen und zurück in ihren

Mund gestopft. Für einen kurzen Moment erstarb das Lächeln der Flugbegleiterin und wich leichter Verunsicherung. Wie kam Eva dazu, Rebeccas Getränkewahl zu kommentieren? Und dann noch, wenn fremde Leute zuhörten? Was war in sie gefahren? Es konnte ihr doch egal sein, was Rebecca trank. Bloß keinen Streit provozieren, nicht hier auf den viel zu engen Plätzen im Flugzeug, eingepfercht zwischen all den anderen Passagieren. Nicht jetzt, wenn noch mindestens drei Stunden Flug vor ihnen lagen. Hier war es unmöglich auszuweichen. Eva konnte nicht mittendrin den Raum verlassen – ihre bevorzugte Strategie bei Auseinandersetzungen.

Rebecca und sie stritten in letzter Zeit häufig. Nahezu jeden Tag. Harmlose Bemerkungen machten Eva fuchsteufelswild. Seit Wochen herrschte diese unterschwellige Spannung zwischen ihnen, und Streit begann fast immer mit Banalitäten. Wie zum Beispiel Tomatensaft. Als drohte die größte Gefahr vom Gewöhnlichen. Von der Alltäglichkeit.

Rebecca neben ihr reagierte nicht, sodass Eva sich schon fragte, ob sie es tatsächlich ausgesprochen oder womöglich nur gedacht hatte. War sie so übermüdet, dass sie nicht mehr zwischen Gedanken und laut geäußerten Worten unterscheiden konnte?

Doch dann, als Eva gar nicht mehr damit rechnete, sagte Rebecca: »Wie kommst du darauf, dass ich keinen Tomatensaft mag?«

Eva betrachtete ihre Freundin, die gerade einen Schluck aus dem Becher nahm, und versuchte, ihren

Gesichtsausdruck zu deuten. Aber sie konnte weder Genuss noch Widerwillen erkennen.

»Weil du zu Hause nie Tomatensaft trinkst«, sagte sie.

»Dass ich zu Hause keinen trinke, heißt ja wohl noch lange nicht, dass ich keinen mag, oder? Was ist eigentlich mit dir los? Willst du dich streiten? Hier? Über Tomatensaft?«

»Ich wollte nur wissen, warum du ihn jetzt trinkst, nichts weiter.« Plötzlich hatte Eva das Gefühl, als würde sie viel zu laut sprechen, als hätte sie ihre Stimme nicht richtig unter Kontrolle – es musste an der schlaflosen Nacht liegen, die ihre Wahrnehmung massiv beeinflusste – und als würden alle Passagiere um sie herum interessiert ihren Dialog verfolgen.

»Warum, warum, was ist das denn für eine blöde Frage!«, sagte Rebecca. »Weil er mir schmeckt, darum. Könntest du übrigens bitte ein bisschen leiser reden?«

»Aber du trinkst ihn doch sonst nie.«

»Könntest du bitte ein bisschen leiser reden? Das müssen ja nicht alle mitkriegen. Was ist denn mit dir los? Hast du schlechte Laune, weil du müde bist? Du hättest doch ein paar Stunden schlafen sollen, das habe ich dir gleich gesagt.« Rebecca atmete tief ein und aus. »Also gut. Ich trinke ihn, weil er mir im Flugzeug schmeckt.«

»Weil er dir im Flugzeug schmeckt?«

»Ja, und? Was ist daran so merkwürdig?« Rebecca nahm eine abwehrende Körperhaltung ein, soweit das auf den engen Sitzen möglich war. »Außerdem habe ich mal gehört« – sie sprach jetzt ganz leise, flüsterte fast –, »dass Tomatensaft im Flugzeug besonders gesund sein soll.«

»Besonders *gesund?*«, sagte Eva laut. »Das ist nicht dein Ernst, oder?«

Doch Rebecca hatte sich bereits von ihr abgewendet und schlug das Buch auf, das sie mit ins Handgepäck genommen hatte. Das Signal war eindeutig: Thema beendet.

Eva blickte zu dem kleinen durchsichtigen Plastikbecher auf dem heruntergeklappten Tisch mit der roten Flüssigkeit darin, und sie fühlte eine schreckliche Distanz zwischen Rebecca und sich. Das fängt ja gut an, dachte sie. Dabei hatten sie ihr Ziel noch gar nicht erreicht. Wie sollte das erst im Urlaub werden? Beim Frühstück, beim Abendessen, am Swimmingpool? Unterwegs bei den grässlichen Wanderungen? Zehn Tage in einem kleinen Hotelzimmer und tagsüber zusammen mit völlig fremden Menschen? »Es wird dir gefallen, du wirst sehen«, hatte Rebecca gesagt. Immer wieder. Wie eine Beschwörung. Aber vielleicht hatte sie ja recht. Vielleicht rührten Evas Stimmung und ihre auffällige Streitlust einfach daher, dass sie nicht geschlafen hatte, dass ihr Schlafmangel sie allmählich zermürbte, und es gab keinen anderen, tieferen Grund. Und hatte sie nicht schon oft die Erfahrung gemacht, dass etwas zuerst abscheulich erschien und sich dann, ganz überraschend, doch noch als schön erwies?

Zu ihrer eigenen Verwunderung hatte Eva es am Abend zuvor tatsächlich rechtzeitig geschafft, ihren Koffer zu packen. Rebecca hatte sich irgendwann ins Bett gelegt. Eva beneidete sie darum, jeden Abend wie auf Knopfdruck einschlafen zu können. »Du musst etwas tun«, ermahnte Rebecca sie seit Monaten, »so geht das nicht weiter.« Doch was sollte Eva dagegen tun? Inzwischen erzählte sie Rebecca nach Möglichkeit nichts mehr von ihren anhaltenden Schlafproblemen. Meist verließ sie in der Nacht das gemeinsame Schlafzimmer, lange bevor es zu dämmern begann. Die Wolfsstunde. Sie ging dann entweder in der Wohnung umher, leise, sehr leise, oder sie blickte zu den dunklen Fenstern gegenüber oder las etwas im Wohnzimmer, wobei sie im ersten Moment jedes Mal über den kalten Lederbezug der Sofas erschrak und Rebeccas dominanten Einrichtungsgeschmack verfluchte. Manchmal versuchte sie, auf einem der Sofas ein wenig zu schlafen, was ihr aber nur selten gelang, und wenn, handelte es sich um einen sehr flachen Schlaf, der sich kaum vom Wachsein unterschied. Bevor der Wecker klingelte, schlich sie zurück ins Schlafzimmer, im festen Glauben, Rebecca hätte von all dem nichts mitbekommen. Beim Klingeln des Weckers – meist war Eva gerade erst eingeschlafen – war ihr erster Gedanke, dass sie den Arbeitstag, der vor ihr lag, nicht überstehen würde.

Wie geplant war Eva die ganze Nacht wach geblieben. Anfangs hatte sie es mit erstaunlicher Leichtigkeit genommen und sich, anders als an allen anderen Tagen, voller Energie gefühlt, fast beschwingt. Als sie dann jedoch zum Flughafen fuhren, wurde sie zusehends müde und wortkarg. Draußen war es dunkel. Es war noch sehr früh, vier Uhr. Am Flughafen tranken sie schweigend Kaffee und aßen ein Brötchen. Eine unheilvolle Mischung aus Übellaunigkeit und Überdrehtheit nahm von Eva Besitz. Gar nicht zu schlafen unterschied sich eindeutig davon, wenig und schlecht zu schlafen. Eva sehnte sich nach ihrem Bett. Sie mäkelte entweder an allem herum, was sich dafür anbot, oder sie lachte hysterisch. In ihrem Kopf herrschte ein eigentümliches Rauschen. Warum hatte sie sich bloß auf den Urlaub eingelassen? Auf einen Urlaub, der überhaupt nicht ihren Wünschen entsprach? Um Rebecca eine Freude zu machen? Weil sie nicht richtig nachgedacht hatte? Weil er ihr viele Wochen zuvor noch so weit entfernt erschienen war? Weil er die Hoffnung in sich barg, mit seiner Hilfe ihre Beziehung wieder ins Lot zu bringen?

Im Flugzeug glaubte Eva kurz, Heike Königs Stimme hinter sich zu hören. Doch das war vollkommen unmöglich. Heike hatte ihren Urlaub bereits im Sommer genommen. Heike mochte die Kanaren nicht. Mochte sie überhaupt irgendetwas, außer sich selbst? Um diese Zeit saß sie wahrscheinlich längst in ihrem gemeinsamen Büro. Heike König war eine Frühaufsteherin und morgens fast immer die Erste. Wenn Eva kam, war Heike König schon da. Jeden Tag. Heike König versuchte mit allen Mitteln, sich den Anschein von Unentbehrlichkeit zu geben.

Sie flogen über Nordspanien und dann an der portugiesischen Küste entlang. Eva entfernte sich immer weiter von Heike König und ihrem Büro. Trotzdem musste sie sich ständig umdrehen.

»Was ist denn los?«, fragte Rebecca. »Willst du aufstehen?«

»Nein, nein, ich dachte nur …«

»Du dachtest was?«

»Ich dachte kurz, Heike wäre hier. Ich dachte, ich hätte ihre Stimme gehört. Das ist natürlich Blödsinn, das weiß ich selbst.«

»Meinst du deine Kollegin?«

»Ja, wen sonst? Ich kenne keine andere Heike.«

»Ich glaube, das nennt man Verfolgungswahn«, sagte Rebecca. »Höchste Zeit, dass du mal abschaltest. Vergiss deine Kollegin. Wir sind auf dem Weg in den Urlaub! Die schönste Zeit des Jahres.«

»Woher hast du das denn? Aus einem Reiseprospekt?«

»Fang nicht schon wieder an! Ich weiß, zehn Tage sind viel zu kurz. Vielleicht können wir ja über Weihnachten oder Silvester noch mal wegfahren, was meinst du? Noch mal wandern, wenn du erst auf den Geschmack gekommen bist. Auf den Kanaren ist es ja auch im Winter recht warm. Langsam könntest du dich ruhig ein bisschen freuen.«

»Zu Befehl«, sagte Eva. »Ich freue mich.«

»Eva, du musst abschalten! Dich entspannen! Wir sind auf dem Weg in den Urlaub. Urlaub! Entspannen! Schon mal davon gehört? In drei Stunden sind wir auf La Palma. Nein, sogar in zweieinhalb. Deine Kollegin ist nicht hier im Flugzeug. Die ist in Berlin. Das hättest du ja wohl mitbekommen, wenn sie jetzt auch Urlaub hätte. Du hättest nicht die ganze Nacht wach bleiben sollen. Dann wärst du jetzt auch besser gelaunt.«

»Wahrscheinlich hast du recht.«

»Ich habe ganz sicher recht.«

Mit leiser Stimme hielt Rebecca ihr danach einen weiteren Vortrag über La Palma, wie sie es in den vergangenen Wochen zu Hause schon oft getan hatte. Auf ihrem Schoß lag ein Reiseführer. Sie sprach über kleine, aromatische Bananen, über Schildläuse, die auf Feigenkakteen lebten und aus denen roter Farbstoff gepresst wurde. Inzwischen sei die gesamte Insel zum Biosphärenreservat der UNESCO erklärt worden. Die berühmte Caldera sei nicht ungefährlich, es habe schon zahlreiche Todesopfer gegeben. Abgestürzte Wanderer. Von Schlammlawinen verschüttete Wanderer. Verschwundene und niemals wieder aufgetauchte Wanderer.

»Wie gut, dass wir uns für eine geführte Wanderung entschieden haben«, sagte sie.

Du hast dich dafür entschieden, dachte Eva. Du. Nicht wir.

Und plötzlich überfiel sie eine grenzenlose Müdigkeit, so bleiern und schwer, als hätte man ihr ein Narkosemittel verabreicht; sie vergaß Heike König, den Verlag, die Angst vor der Zukunft, sie vergaß sogar die klobigen neuen Wanderschuhe an ihren Füßen und was ihr bevorstand, diese Gedanken wurden immer flüchtiger, flogen aus ihrem Kopf heraus und stoben in alle Himmelsrichtungen davon. Stattdessen dachte sie an die neuen Worte. Schöne Worte: Biosphärenreservat. Lorbeerwald. Cochenille. Caldera. Schlammlawine. Sie dachte an zerquetschte Schildläuse, aus denen karminrote Farbe spritzte. Wurden sie dazu gekocht? Das Flugzeug brummte in beruhigender Gleichmäßigkeit. Eva sah aus dem Fenster, auf die Wolken, die zum Greifen nah schienen. Ein verlockender Anblick. In diesem Moment liebte sie Rebecca unendlich dafür, dass sie ihr den Fensterplatz überlassen hatte. Am liebsten hätte sie sich auf den weichen Wolkenteppich fallen lassen, um zu schlafen, endlich zu schlafen. Am liebsten ganz ohne Träume. Dann schloss sie die Augen.

Eine knappe Stunde später wurde sie wach. Es gab schon wieder Getränke. Andauernd rollte im Flugzeug dieser Wagen durch den Gang, entweder, um etwas zu bringen, oder um danach die Überreste einzusammeln, Berge von Plastik. Eva vermied es, sich darüber zu beschweren, denn sie war sicher, dass Rebeccas Geduld allmählich ihr Ende erreicht hatte. Sie wählte Kaffee, Rebecca Orangensaft.

»Ich wollte mich nicht schon wieder über Tomatensaft streiten«, erklärte Rebecca leise und deutete auf ihren Becher, »außerdem reicht ein Tomatensaft auch. Ehrlich gesagt schmeckt Tomatensaft ziemlich ekelhaft. Bist du jetzt wach?« Sie legte ihre Hand auf Evas.

Eva bejahte. Wenn du wüsstest, dachte sie. Ich bin ununterbrochen wach. Ich bin schon seit Monaten wach.

»Ich wollte dir doch noch was von der Arbeit erzählen«, sagte Rebecca. »Dazu kam ich gestern und heute Morgen gar nicht. Weil wir ja auch packen mussten.«

Sie berichtete Eva von dem Mann, diesem armen kleinen Wicht, wie sie ihn nannte, der Software in ihrer Firma präsentiert und sich dabei, laut Rebecca, wie ein Tölpel angestellt hatte.

»Wie kann man diesen Beruf ausüben, wenn man kein Talent dafür hat? Nicht nur, dass er kein Talent und null Charisma hat, Ahnung von der Materie hatte er genauso wenig. Ich frage mich, ob er das Programm, das er uns verkaufen wollte, überhaupt versteht. Es war eine erbärmliche Vorstellung.« Als wollte sie die eisige Verachtung in ihrer Stimme damit noch unterstreichen, drehte Rebecca die Lüftung über ihrem Kopf auf die höchste Stufe.

»Vielleicht hatte er ja einfach nur einen schlechten Tag«, sagte Eva, denn damit kannte sie sich aus.

»Glaube ich nicht. Ich glaube, der ist immer so. Ich frage mich, wie er an diese Stelle gekommen ist. Das muss doch auch den Leuten in seiner Firma auffallen. Seine Präsentation war so miserabel, das kannst du dir nicht vorstellen. Richtig peinlich. Wir mussten uns alle zusammenreißen, um nicht laut zu lachen.«

Rebecca imitierte die unsichere Art seines Vortrags, schmückte es mit vielen »äh«, »oder so« und »ja, das weiß ich gerade auch nicht« aus.

»›Das weiß ich gerade auch nicht‹, wer soll das denn sonst wissen, wenn nicht er?«, sagte sie. »Ich glaube nicht, dass der seinen Job noch lange behält.«

Der ihr unbekannte Mann, der sie im Grunde nicht im Mindesten interessierte, tat Eva plötzlich leid. Und gleichzeitig erschrak sie vor ihrer Freundin. War Rebecca immer so gewesen? Hatte sie acht Jahre lang die Augen davor verschlossen?

Sie schlief erneut ein, trotz des Kaffees, und in ihrem unruhigen Traum belauschte sie heimlich ein Gespräch, in dem Rebecca auf genau diese hässliche Weise über sie sprach: dass ihr jede Fähigkeit für ihren Job fehle, dass sie ihn am besten nicht weiter ausüben solle, dass das ja lachhaft sei und Eva ein armes kleines Würstchen und dass sie sich nicht wundern müsse, keinen Erfolg zu haben. Wie sich alle beherrschen müssten, um nicht in lautes, schadenfrohes Gelächter auszubrechen, ob sie das denn nicht bemerke?

Eva erwachte von einem flauen Gefühl im Magen. Sie flogen so niedrig, dass die Schaumkronen auf den graublauen Wellen des Atlantiks zu erkennen waren. Rebecca legte ihre Hand auf Evas Arm und beugte sich über sie.

»Wir sind gleich da«, sagte sie. »Es wird dir gefallen, du wirst sehen. Schau mal, da vorne!«

Jetzt entdeckte Eva ihn auch: den Teide, höchster Berg Spaniens auf der Insel Teneriffa. Sie drehten noch ein paar Schleifen und landeten kurz darauf. Die Landung war so hart, dass Eva nach Rebeccas Hand griff. Wenigstens verzichteten die Passagiere auf das bei Urlaubsflügen übliche Applaudieren, was Eva als gutes Omen deutete.

Sobald das Flugzeug stand, zwängte Rebecca sich mit Gewalt an ihrem Sitznachbarn vorbei, holte das Handgepäck aus dem oberen Fach und warf Eva ihren Rucksack auf den Schoß.

»Na los, beeil dich!«, sagte sie.

Eva blieb noch sitzen. In nahezu jeder Lebenslage ließ sie den Ehrgeiz vermissen, die Erste sein zu wollen – an der Supermarktkasse, in überfüllten Restaurants, bei freien Plätzen in der U-Bahn. Wahrscheinlich auch bei der Arbeit. Sie wäre eine lausige Sportlerin gewesen, ohne jeden Siegeswillen.

»Du kommst doch sowieso nicht an den ganzen Leuten vorbei.«

Doch Rebecca brachte es fertig, sich im schmalen Mittelgang an all den Menschen, die damit beschäftigt waren, ihre Taschen aus der Gepäckablage zu holen, vorbeizudrängeln. Konnte sie nicht einen Moment warten? Als dann auch Eva endlich im Gang stand und sich ihren Rucksack aufsetzte, stieß sie damit einem kleinen, alten Mann, der dicht hinter ihr stand, gegen die Brust.

»Unverschämtheit«, empörte er sich, »können Sie nicht aufpassen?« Er fuhr seinen Ellbogen ruckartig aus und rammte ihn Eva so schmerzhaft in den Bauch, dass ihr kurz die Luft wegblieb. Sie hatte sich für diesen Urlaub keine Ellbogenattacken ausgemalt, sondern wunde Füße am Abend nach langen Wanderungen.

Die Luft draußen war im ersten Moment schwer und feucht und niederdrückend und ließ Eva an einen Urwald denken. Kein Wunder, dass hier überall Bananen angebaut wurden. Es war viel wärmer als in Deutschland, und sie begann sofort zu schwitzen.

»Das werden fantastische Tage«, sagte Rebecca, »das spüre ich.«

Das spürst du?, dachte Eva. Ich spüre nichts dergleichen. Sie warf ihr einen zweifelnden Blick zu.

»Jetzt guck nicht so«, sagte Rebecca.

»Wie denn?«

»So … missmutig. So schlecht gelaunt. Bitte setz im Urlaub ein freundlicheres Gesicht auf. Es wird dir gefallen, du wirst sehen.«

Es wird dir gefallen. Du wirst sehen. Wenn du das noch einmal sagst, dachte Eva, nur noch ein einziges Mal, dann … – Sie schwieg. Sie würde sich in den kommenden Tagen um ein neutrales Gesicht bemühen, sodass Rebecca ihr zumindest deswegen keine Vorwürfe machen konnte.

Als sie auf ihr Gepäck warteten, befürchtete Eva wie immer, dass ausgerechnet ihr Koffer verloren gegangen sein könnte, als einziger, und dass sie dann nur mit dem dastünde, was sie am Leib trug. Andererseits kam es ihr so vor, als wäre ungefähr die Hälfte des Koffers mit der neu gekauften *Funktionskleidung* gefüllt, und darum wäre es vielleicht gar nicht so schade gewesen. Abgesehen vom Geld, das sie dafür ausgegeben hatten. Zu viel Sonne. Zu viel Regen. Zu viel

Schweiß. Das richtige Schuhwerk. Seit Wochen sprach Rebecca von nichts anderem. Sie erweckte den Eindruck, Expertin für Outdoor- und Trekkingkleidung zu sein. Als verbrächte sie den Großteil ihres Lebens in der freien Natur. Dabei war sie genauso ein Büromensch wie Eva, auch wenn sie mit dem Fahrrad zur Arbeit fuhr und joggen ging. Auch Wanderstöcke hatten sie gekauft. Zwei Paar. »Ich laufe ganz bestimmt nicht mit solchen Dingern rum!«, hatte Eva gesagt. »Das ist rausgeschmissenes Geld! Ich nehme sie sowieso nicht mit. Ich lasse sie im Hotel.«

Doch Rebecca hatte ihren Protest nicht beachtet, sie nur gebeten, im Geschäft nicht so laut zu werden. »Du wirst schon sehen, wie angenehm es ist, mit Stöcken zu gehen«, hatte sie gesagt. »Wenn man die vierzig überschritten hat, braucht man Stöcke. Du wirst mir noch dankbar sein. Du und deine Knie auch.«

In der Halle hielten sie Ausschau nach ihrem Reiseveranstalter. Eva sah sich um. Ein kleiner Flughafen, offenbar kürzlich renoviert und erweitert, mit mäßigem Betrieb. Etliche Urlauber, die gerade abreisten. Einheimische ohne viel Gepäck, die von La Palma nach Teneriffa fliegen wollten. Ein Mann fiel ihr auf, ungefähr zehn Meter von ihr entfernt. Er kam ihr bekannt vor. Es war eher ein plötzliches Gefühl des Unbehagens als wirkliches Wiedererkennen. Einen Moment fröstelte sie, obwohl es hier ganz warm war, sicher weit über zwanzig Grad. Der Mann war in Begleitung, stand jedoch etwas abseits davon, als gehörte er nicht richtig zu der kleinen Gruppe dazu oder als wollte er sich bewusst von ihr absondern. Er hatte einen griesgrämigen Gesichtsausdruck, das glaubte Eva sogar aus dieser Entfernung zu erkennen. Es würde zu ihm passen, dachte sie. Genauso hatte sein Gesicht immer ausgesehen. War die Welt denn so klein? Nein, sie musste sich täuschen. La Palma war noch keine Insel des Massentourismus und jetzt keine Hauptsaison. Außerdem lag alles so lange zurück, dass sie Mühe hatte, sich an sein Aussehen zu erinnern. Sie verwechselte den Urlauber da vorne mit ihm, weil ihr übermüdetes Gehirn ihr erneut einen Streich spielte. Die Welt war nicht von lauter Bekannten bevölkert, ganz im Gegenteil, die Welt war unermesslich groß und fremd. Inzwischen hatte Eva sogar fast seinen Namen vergessen, was sie als ausgesprochen wohltuend empfand, wie ihr jetzt auffiel. Thorsten? Thomas? Er würde sie doch nicht bis hierhin verfolgen – nicht nach dieser langen Zeit. Wahrscheinlich konnte er sich heute auch nicht mehr an sie erinnern. Thorben, er hieß Thorben, jetzt fiel es ihr wieder ein. Solche Zufälle gab es gar nicht: dass Eva an einem beliebigen Tag Anfang Oktober auf einer kleinen Kanarischen Insel am Flughafen ausgerechnet ihrem einstigen Erzfeind über den Weg lief.

Obwohl sie fest davon überzeugt war, dass es sich unmöglich um Thorben handeln konnte, drehte Eva sich instinktiv zur Seite, damit der Mann ihr Gesicht nicht sah. Reiste er ab und würde bald in ein Flugzeug steigen, oder kam er gerade an?

Rebecca griff nach ihrem Arm. »Da ist unsere Reiseveranstalterin!« Eva zuckte bei der Berührung zusammen, und Rebecca zog ihre Hand zurück. »Mein Gott, was ist denn heute mit dir los?«, sagte sie und klang dabei so, als hätte sie endgültig die Geduld verloren. »Warum bist du so schreckhaft?«

Eva folgte ihrer Freundin und einer Reihe anderer Urlauber und zog langsam ihren Koffer hinter sich her. Der Mann sah Thorben nur ein wenig ähnlich, das war alles. So eindrucksvoll war er schließlich nicht. Damals zumindest nicht und das hatte sich seitdem wohl kaum geändert. Er sah durchschnittlich aus. Wie Millionen anderer Männer auch. Dass sie neuerdings überall Feinde sah, lag am Schlafmangel. Und war ein Feind eigentlich noch ein Feind, wenn man sich nicht einmal mehr an sein Aussehen erinnern konnte?

»He, worauf wartest du?«, sagte Rebecca. »Wir müssen zum Bus!«

»Ja, ja, ich komme ja schon.«

Sie konnte Rebecca nicht ein zweites Mal an diesem Tag sagen, dass sie jemanden erkannt zu haben glaubte – zuerst Heike Königs Stimme im Flugzeug, jetzt Thorben kurz nach der Landung. Das klang ja paranoid, und Rebecca würde zu Recht den Kopf schütteln. Der menschliche Geist verglich vermutlich alles Fremde zwanghaft mit den eigenen Lebenserfahrungen, weil er bestrebt war, vertraute Muster herzustellen. Gesichter. Stimmen. Gerüche. Orte. Verhaltensweisen. Eva dachte, dass sie die folgenden zehn Tage am liebsten mit geschlossenen Augen und verbarrikadierten

Ohren am Hotel-Swimmingpool verbrächte, doch das würde Rebecca nicht zulassen.

Bevor sie die Flughafenhalle verließ, drehte sie sich noch einmal um. Der Mann war verschwunden.

Samstag. Mit Kopf

»Du tust mir weh.«

Erst ihre Stimme holte ihn zurück. Zurück aus einer anderen Welt, die ganz woanders war, nicht hier im Speisesaal des Hotels. Plötzlich spürte Frank auch das weiche Fleisch ihres Oberarms, in das sich seine Finger mit Macht gegraben hatten. Für einen Moment war er nicht bei sich gewesen. Weggetreten. So wie manchmal zu Hause, wenn er in die Küche ging, in die Garage oder den Keller und dann, dort angekommen, plötzlich nicht mehr wusste, was er hier eigentlich wollte.

Frank ließ augenblicklich ihren Arm los, und er sah, was er angerichtet hatte: seine Finger zeichneten sich deutlich als rote Druckstellen ab. Er hatte mit aller Kraft zugedrückt, der Griff fest wie ein Schraubstock, und es gar nicht bemerkt. Er hatte die Anspannung seiner Muskeln, die dazu erforderlich war, nicht wahrgenommen. Als gehörte seine Hand nicht zu ihm, als wäre sie von ihm losgelöst. Die Schamesröte stieg vom Hals nach oben und breitete sich in seinem Gesicht aus.

Es war ihr erster Abend im Hotel. Als sie sich oben im Zimmer umgezogen hatten, hatte Miriam den Wunsch geäußert, beim ersten Abendessen draußen zu sitzen. Doch natürlich wollten alle draußen sitzen, und auf der Terrasse gab es nur noch einen einzigen freien Tisch. Miriam hatte ihn übersehen und sich einen Platz im stickigen Inneren suchen wollen, wo es nach gebratenem Fisch und Fleisch stank und einem sofort der Schweiß ausbrach. Frank war davon besessen, diesen freien Tisch in Besitz zu nehmen, bevor jemand anderer ihn vor ihrer Nase wegschnappte. Er hatte Miriam festgehalten, damit sie stehen blieb. Er hatte sie nur ganz kurz festgehalten.

»Da vorne«, sagte er, »da ist noch ein Tisch frei!«

Er hatte sich von Miriam abgewendet, damit sie seinen roten Kopf nicht sah.

Als sie den Tisch erreicht hatten, zog er Miriams Stuhl ein Stück nach hinten – eine übertriebene, altmodische Geste, die ihm jetzt wichtig war. Sie sollte die gut sichtbaren Abdrücke seiner fünf Finger, die auf ihrem Arm prangten, wiedergutmachen.

Er blieb noch einen Augenblick neben ihr stehen, unschlüssig, was er als Nächstes tun sollte, und strich zögerlich und sehr sanft über ihren Arm. Miriam ließ es ohne Regung geschehen.

»Jetzt setz dich doch endlich«, sagte sie schließlich. »Du machst mich ganz nervös, wenn du da so rumstehst.«

Miriam trug ein ärmelloses Oberteil, für das es jetzt am Abend auf der Terrasse für sein Empfinden fast ein wenig zu kühl war, und um den Hals einen dünnen Schal, den er ihr vor zwei Jahren zum Geburtstag geschenkt hatte. Sie löste den Schal und drapierte ihn dann so, dass er ihren Arm bedeckte.

»Ist dir kalt?«, fragte er.

»Nein, nein, geht schon.«

Hieß *nein, geht schon*, dass es schon ging, oder bedeutete es das Gegenteil, nämlich, dass es überhaupt nicht ging, dass sie fror und er gefälligst etwas dagegen unternehmen sollte? Frank war sich oft im Unklaren darüber, was seine Frau ihm sagen wollte und ob es eine versteckte, anders lautende Botschaft zwischen den Zeilen gab.

»Ich kann dir auch eine Jacke von oben holen«, sagte er.

»Später vielleicht.«

Sie bestellten Wasser und Wein – den Wein sollte wie immer er aussuchen – und gingen anschließend gemeinsam zu den Buffets. Vor den Buffets sprachen sie über die angebotenen Speisen, vor allem Miriam, und für einen Moment kehrte die alte Vertrautheit zurück, dieses wohlige Gefühl des Aufgehobenseins. Glück. Die Ahnung davon. Oder die Erinnerung daran. Die Gewissheit, nicht alleine zu sein. Die Gewissheit und der Glaube daran, dass die Zukunft noch besser werden würde, als es die Gegenwart schon war. Miriam mäkelte, wie es ihre Art war, am angebotenen Essen herum, noch ehe sie davon probiert hatte. Miriam meckerte gerne. Meckern war eine Art Lebensessenz für sie. Frank konnte sich nicht entscheiden und nahm das Gleiche wie sie. Das Gemüse, das Fleisch, der Fisch auf den Platten, all das wirkte auf einmal nicht wie reale Nahrung auf ihn, sondern eher wie ein Bild davon. Eine Fotografie. Ein Gemälde. Ein Stillleben. Er hatte vergessen, ob er hungrig war. Wann hatte er zuletzt etwas gegessen? Am Nachmittag in der Poolbar des Hotels, ein kleiner Imbiss anlässlich ihrer Ankunft. Er horchte in seinen Körper hinein. Hunger war elementar. Es war doch nicht möglich, dass er nicht wusste, ob er hungrig war oder nicht.

Miriam konnte gleichzeitig genussvoll essen und über das, was in ihrem Mund verschwand, nörgeln; es sei nicht gut, es sei zu wenig gewürzt, zu stark gewürzt, falsch gewürzt, zu lange oder zu kurz gekocht, es sei nicht »authentisch«, das sagte sie auch oft. Sie saßen an dem letzten freien Tisch auf der Hotelterrasse, den Frank wie ein Ritter für sie erobert hatte, sie aß und zog zwischendurch immer wieder ihren Schal zurecht, damit er nicht verrutschte.

Miriam sprach nicht mehr mit ihm. Schon lange nicht mehr. Das wurde Frank in dem Moment klar, als er zu seiner Frau hinübersah und sie sich gerade eine Gabel Paella in den Mund schob. Wie seltsam, dass ihm dieser Gedanke ausgerechnet jetzt kam, denn von außen wirkten sie wahrscheinlich wie ein Paar, das miteinander vertraut war und sich noch immer viel zu sagen hatte.

Ein Reiskorn blieb an Miriams Kinn hängen. Sie merkte es nicht. Frank wollte sie darauf aufmerksam machen, wollte dieses verirrte Reiskorn mit einer liebevollen, zärtlichen Geste vom Kinn seiner Frau entfernen; sein Gehirn hatte schon den Befehl an seine Hand geschickt, sich zu heben, an seinen Arm, sich auszustrecken, über den Tisch hinweg, aber Hand und Arm verweigerten den Gehorsam. Seine Hand blieb neben dem Teller liegen. Frank sah sie wie einen Fremdkörper an, wie eine abgehackte Hand, die zufällig hier auf dem weißen Tischtuch lag. Er fragte sich, ob seine Finger schon immer so dunkel behaart waren oder ob das mit dem Älterwerden zunahm. Ob er sich in einen haarigen Affen verwandelte, je älter er wurde. Nächstes Jahr war sein fünfzigster Geburtstag.

»Wir haben weiß Gott schon bessere Paella gegessen«, sagte Miriam. »Oder was meinst du?«

Was hatte Gott mit Paella zu tun? Wenn Frank ehrlich war, wusste er es insgeheim schon lange und nicht erst seit jetzt. Natürlich sprach Miriam noch mit ihm, sie redete sogar ohne Unterlass. Am liebsten über die Nachbarn, über Verwandte, Freunde und vor allem über ihre beiden Kinder – gerne im direkten Vergleich mit den Kindern der Nachbarn, Verwandten und Freunde, wobei ihre stets besser abschnitten. Lukas und Lisa waren zu Hause geblieben, weil sie erstens zur Schule mussten und zweitens ohnehin nicht mehr in dem Alter waren, mit ihren Eltern zu verreisen. *Wandern?*, hatten sie in seltener Eintracht gesagt und das Wort regelrecht ausgespuckt. Wandern? Das ist ja echt was für Alte. Für alte Spießer. Für alte Spießer wie euch. Lukas machte nächstes Jahr Abitur, Lisa in drei Jahren, wenn alles gut ging. Lukas und Lisa. Beide Vornamen mit L. Auf diese Idee hatte auch nur

Miriam kommen können. Sie fand es elegant und originell. Frank hingegen erinnerten Namen mit denselben Anfangsbuchstaben an Haustiere, aber er hatte es niemals geäußert, sondern sich schweigend gefügt.

»Wie fandest du denn die Paella?«, fragte sie. »Sag doch mal was.«

»Ich hab sie noch gar nicht probiert.« Frank hätte jetzt gerne einen Spiegel zur Hand gehabt, um zu überprüfen, ob auch die Behaarung in seinen Ohren zugenommen hatte. Und in seiner Nase. Ob es überall an seinem Körper wucherte und spross, ohne dass es ihm bislang aufgefallen war.

»Aber Frank, du hast doch gerade Paella gegessen«, sagte Miriam, »ich hab es doch mit eigenen Augen gesehen.«

Er trank sein Weinglas in einem Zug leer, goss sich sofort wieder nach.

»Ich fand sie ganz okay«, sagte er und stand auf. »Ich hole mir noch ein bisschen Brot. Soll ich dir was mitbringen?«

Sie verneinte.

Er wollte gar kein Brot. Oder doch? Vielleicht half ihm eine so ursprüngliche Speise wie Brot dabei, sein Sättigungsgefühl wieder einschätzen zu können. Vielleicht machte Brot ihn wieder gesund. Normal. Außerdem wollte er weg von Miriam. Er überlegte kurz, ob er zur Toilette gehen sollte, um dort im Spiegel die Behaarung seiner Ohren und seiner Nase zu inspizieren, entschied sich aber dagegen und verschob es auf später in ihrem Zimmer. Auf dem Weg zum Brot- und Käsebuffet versuchte er, sich den Geschmack der Paella ins Gedächtnis zu rufen. Reis. Ein gelbes Reiskorn, das auf Miriams Kinn klebte. Garnelen. Vor den Garnelen hatte er sich geekelt, obwohl er sie normalerweise gerne aß. Heute waren sie ihm wie widerliche, fette Maden vorgekommen. Hühnerfleisch. Muscheln. Bohnen. Grüne Bohnen. Sehr grün. Rote Paprika. Hatte er das gegessen? Ja, er hatte es gegessen, aber er konnte sich nicht mehr an den Geschmack erinnern.

So sehr Frank sich auch bemühte, hier an ihrem Urlaubsort gefiel ihm nichts, rein gar nichts. Weder die Insel noch das Hotel, nicht die Poolbar und auch nicht das Abendessenbuffet. Der Strand in Puerto Naos war lächerlich klein, und er mochte den schwarzen Sand nicht, dem etwas Schmutziges anhaftete. Ihm gefiel nicht einmal der Atlantik. Das ist nicht normal, dachte er. Das ist einfach nicht normal. Vielleicht war ihm die Fähigkeit, sich über etwas zu freuen, abhandengekommen?

Frank stellte sich beim Brot- und Käsebuffet an. Es ging nur langsam voran, wofür die Frau direkt vor ihm verantwortlich war, die sich offenbar nicht entscheiden konnte. Während Frank darüber nachdachte, wann er sich zum letzten Mal über etwas gefreut hatte – ganz gleich, worüber, Sonnenschein, der Gesang einer Amsel oder eine blühende Blume hätten ihm schon gereicht, aber ihm kam nichts dergleichen in den Sinn –, beobachtete er, dass die Frau das Brot, von dem sie eine Scheibe abschneiden wollte, mit der

Hand anfasste, obwohl ein Küchentuch danebenlag, um genau das zu vermeiden.

Wahrscheinlich war nicht der Mangel an Sonnenschein oder blühenden Blumen das Problem, das alles existierte ja durchaus, sondern er selbst. Er war nicht mehr in der Lage, es zu sehen. Oder er sah es, aber es glich fremden Schriftzeichen, die er nicht decodieren konnte. Sogar beim Anblick des türkisfarbenen Atlantiks empfand er nichts.

Frank horchte, ob die Frau vor ihm mit jemandem sprach, um ihre Nationalität in Erfahrung zu bringen. Sie sah deutsch aus, fand er. Oder englisch. Doch sie sprach mit niemandem, sondern legte nun den ersten Brotlaib wieder zurück, ohne davon abgeschnitten zu haben, und griff nach einem dunklen Baguette, auf das er, seiner allgemeinen Lustlosigkeit zum Trotz, vorhin noch Appetit gehabt hatte.

Er wurde wütend. Er spürte, wie die Wut in ihm hochstieg. Endlich ein Gefühl.

»Hören Sie, davon wollen noch andere Gäste essen!«, sagte er. Falls die Frau ihn nicht verstand, weil sie englisch, schwedisch, niederländisch oder sonst etwas sprach, konnte ihr zumindest die scharfe Zurechtweisung in seiner Stimme nicht entgehen. Ihn ekelten ihre Unentschlossenheit, ihre Gier. Am Ende aß sie wahrscheinlich nicht einmal alles auf, was sie sich auf den Teller geschaufelt hatte.

Die Frau reagierte nicht, obwohl er jetzt so dicht hinter ihr stand, dass sie seinen Atem im Nacken spüren musste. Sie hielt noch immer das dunkle Baguette in der bloßen Hand, in der anderen das Brotmesser mit Wellenschliff. Frank griff nach dem zweiten Messer neben dem karierten Küchentuch. Es war schwer und lag gut in der Hand. Er blickte auf den Nacken der Frau. Ihr Parfüm stach ihm unangenehm in die Nase. Hatte sie nicht bemerkt, dass er mit ihr redete?

»He, Sie!«, sagte er, jetzt lauter.

Sie reagierte immer noch nicht. Wieso bemerkte sie ihn nicht? War er Luft?

Er hätte jetzt natürlich alles auf sich beruhen lassen können. Er hätte das Brot- und Käsebuffet verlassen können, vergessen, dass die Frau alles angefasst hatte, auf Brot verzichten. Dass es durch die Frau kontaminiert worden war, machte es ihm unmöglich, davon noch zu essen.

Er tippte ihr auf die Schulter. In der Rechten hielt er noch immer das zweite Brotmesser. Endlich drehte sie sich um, und da sie viel kleiner war als er, sah sie zuerst das Messer in seiner Hand, dicht vor ihrem Körper.

»Haben Sie mich nicht gehört?«, sagte er und fuchtelte mit dem großen Messer vor ihr herum. »Sie können das doch nicht alles begrapschen! Wer soll das denn jetzt noch essen?« Die Messerspitze zeigte auf ihr Herz oder dorthin, wo er es vermutete. Nur ein winziges Stück, einen Zentimeter weiter vorwärts und das Metall würde mit ihrer Bluse in Berührung kommen.

Und gerade, als Frank darüber nachdachte, wie er es auf Englisch formulieren sollte – was hieß denn noch gleich »begrapschen« auf Englisch? –, sagte die Frau: »Was wollen Sie von mir?«

Sie sprach deutsch. Also hatte sie ihn von Anfang an verstanden und ihn einfach ignoriert. Ihr Blick war nicht auf ihn, sondern auf das Messer in seiner Hand gerichtet.

Etliche Gäste drehten neugierig die Köpfe zu ihnen. Ein Hotelangestellter in schwarzer Hose und weißem Hemd, der an einem anderen Buffet Melonenstücke auffüllte, wurde auf sie aufmerksam. Er stellte sein Melonentablett ab und kam zu ihnen.

»Ist hier ein Problem?«, fragte er.

»Dieser Mann belästigt mich.«

»Sie fasst alles an!«, sagte Frank. »Sie beschmutzt das ganze Brot! Das geht doch nicht! Wer soll das denn noch essen, wenn sie alles anfasst?«

Der junge Mann blickte zuerst auf das Brot, dann starrte er auf das Messer in Franks Hand, dessen Spitze unverändert auf die Frau gerichtet war. In seinen Augen lag ein eigentümliches Flackern, und ein stechender Geruch nach Schweiß ging von ihm aus.

Inzwischen hatten sich noch weitere Hotelgäste neugierig gaffend in der Nähe des Zwischenfalls versammelt. Sie tuschelten miteinander und wirkten sensationslüstern und belustigt zugleich. Jemand lachte. Eine Frau stieß einen Schrei aus. Ein Mann zeigte auf Frank und sagte etwas zu seiner Begleitung.

Der Restaurantchef kam, ein kleiner, untersetzter, schwitzender Mann in schwarzem Anzug, und fragte ebenfalls, ob es ein Problem gebe.

»Nein, es gibt kein Problem«, knurrte Frank und ließ das Brotmesser, das so angenehm in der Hand lag, neben das Holzbrett fallen.

»So was ist mir ja noch nie passiert!«, sagte die Frau und griff sich an die Brust.

Der Restaurantchef tätschelte ihren Arm und bat in vorzüglichem Deutsch um Entschuldigung für die Unannehmlichkeiten. Er redete besänftigend und widerwärtig einschmeichelnd auf die Frau ein, und er tat so, als handelte es sich um einen verstopften Abfluss im Hotelzimmer oder um schlechten Service. Als wäre Frank das Problem, für das man sich entschuldigen musste, Frank und nicht die Frau.

Kurz bevor der Mann sich ihm zuwenden konnte, drehte Frank sich um. Mit schnellen und erstaunlich sicheren Schritten ging er zum Salatbuffet, weil es am weitesten von Brot und Käse entfernt war. Ihm war ganz heiß geworden. Sein Gesicht brannte. Die Salate waren nicht mehr im besten Zustand, die Platten sahen abgegessen und zerwühlt aus, aber das war ihm egal. Er nahm sich einen Teller und häufte wahllos Tomatenstücke, grünen Salat, Maiskörner, Sardinen darauf und übergoss das Ganze anschließend mit Dressing.

Draußen auf der Terrasse hatte niemand etwas von dem Geschehen am Brotbuffet mitbekommen. Frank hoffte, dass der Restaurantchef ihm nicht folgte, um ihn zur Rede zu stellen. Die frische Luft tat ihm gut, und er atmete kräftig ein und aus. Miriam trank Wein und sah mit ausdruckslosem Gesicht zum Meer, das nur noch als dunkle Fläche zu erkennen war. Frank setzte sich und begann sofort zu essen. Seine Augen waren auf nichts anderes als auf den Teller gerichtet. Das Messer in seiner Hand hatte ihm gefallen. Daran dachte er, während er sich Salat in den Mund stopfte und Öl über sein Kinn lief, das er achtlos mit dem Handrücken wegwischte. Das Messer hätte ruhig noch ein wenig größer, schwerer und spitzer sein können. Diese Sekunde, in der die Angst in den Augen der Frau und des Hotelmitarbeiters aufgeblitzt war. Angst vor ihm. Als Frank daran zurückdachte, kehrte der Geschmack zurück, die Tomaten, der grüne Salat, der Mais, die Sardinen, es war so, als schmeckte er diese Speisen zum ersten Mal in seinem Leben. Ihr Aroma war überwältigend. Hatte er je zuvor wahrgenommen, wie köstlich grüne Salatblätter schmeckten?

Miriam berührte seine Hand.

»Geht's dir gut?«, fragte sie.

Jetzt erst blickte Frank von seinem Teller auf, aß dabei aber weiter. Miriam hatte schöne grünbraune Augen, mit kleinen goldenen Punkten in der Iris, die je nach Lichteinfall manchmal aufleuchteten. Er hatte sich damals zuerst in ihre Augen verliebt.

Es tut mir leid, wollte er sagen. Ich wollte nicht. Es tut mir leid, wollte er sagen, vorhin, dein Arm, ich weiß auch nicht, was da in mich – ich war so in Gedanken. Ich wollte das nicht, das musst du mir glauben – doch er sagte es nicht.

»Ja, mir geht's gut. Ist dir kalt? Soll ich dir eine Jacke von oben holen?«

»Nein, geht schon«, sagte Miriam.

Dann zog sie ihre Hand zurück. In ihrem Blick lag jetzt der Anflug von Ekel. »Seit wann isst du die denn mit?«

»Was?«

»Die Köpfe der Sardinen. Seit wann isst du denn die Köpfe?«

Sonntag. Hungrige Eidechsen

Eva hatte noch das ganze Wochenende Schonfrist, denn das erste Treffen der Wandergruppe fand erst am Montag statt.

Für diese Zeit schienen Rebecca und sie stillschweigend das Übereinkommen getroffen zu haben, sich zu vertragen. Sie lebten sich im Hotel ein, fanden die günstigsten Zeiten für Abendessen und Frühstück heraus und spazierten durch den Ort, der vorwiegend aus Ferienwohnungen und einigen kleinen Läden und Restaurants bestand. Auf der anderen Seite des Hotels, da, wo Puerto Naos bereits endete, schlug die Brandung donnernd gegen das Vulkangestein, oberhalb davon lagen zahlreiche Bananenplantagen. Am Sonntag aßen sie mittags in einem Lokal am Strand gebratene Sardinen und warfen Kopf, Gräten und Schwanz unter dem Tisch heimlich den herumstreunenden, räudigen Katzen zu.

Eine Frau am Nebentisch sah es und lächelte sie an. Eva schätzte sie auf Mitte, Ende fünfzig. Da sie mit der Kellnerin spanisch sprach, hielt Eva sie zunächst für eine Einheimische oder eine Festlandspanierin, doch sie entpuppte sich als Deutsche.

»Wohnen Sie hier im Hotel?«, fragte die Frau.

Eva und Rebecca bejahten. »Ja, Sie auch?«, sagte Rebecca. »Sind wir uns dort schon mal begegnet?«

»Nein, aber ich wohne ganz in der Nähe. In einem kleinen Haus. Ich heiße übrigens Valerie.«

Eva und Rebecca stellten sich ebenfalls vor. Im Urlaub schien das Leben tatsächlich unbeschwerter zu sein. Man kam schnell mit Fremden ins Gespräch, dazu reichte es, dass sie am Tisch nebenan saßen. Rebecca berichtete von ihren bevorstehenden Wanderungen und fragte, ob Valerie auch zum Wandern hier sei, was sie verneinte. Augenblicklich erlosch Rebeccas Interesse. Eva erkannte es daran, dass sie mit der Speisekarte herumspielte und zum Strand sah. Keine Wandersfrau, keine interessante Gesprächspartnerin. Wandern könne sie leider nicht mehr so gut, sagte Valerie und deutete auf ihre Knie. Aber sie gehe sehr gerne schwimmen, und auf der ganzen Insel sei das am schönsten hier in Puerto Naos. Natürlich nur, wenn die Wellen nicht so hoch seien wie heute, sie wolle schließlich keine unnötigen Risiken eingehen. Sie lachte und zeigte zum Strand, der gerade von weißer Gischt überflutet wurde. Seit einer Woche schon sei die Brandung so stark, aber erfahrungsgemäß folgten danach ein paar ruhigere Tage mit überwiegend sanften Wellen. Rebecca fragte, woher sie das denn so genau wisse, und Valerie antwortete, dass sie mehrere Monate im Jahr auf La Palma verbringe und sich deswegen auskenne.

Am Strand – eher anthrazitfarben als schwarz – glitzerten die Sandkörner wie kleine Edelsteine in der

Sonne. Kinder liefen schreiend umher, und ein paar Unerschrockene versuchten, ins Wasser zu gelangen, obwohl sie von den mächtigen Wellen immer wieder zurückgeworfen wurden und eine rote Fahne wehte, als Zeichen, dass Schwimmen jetzt untersagt war. Eine Frau wurde von einer Welle fortgerissen, stürzte und verschwand für einen Moment im weißen Schaum. Eva fragte sich kurz, ob sie nach unten zum Wasser laufen müsste, um ihr zu helfen, aber dann tauchte die Frau von selbst wieder auf, kroch auf allen vieren an Land und hielt sich einen blutenden Fuß, den sie sich vermutlich an einem scharfkantigen Stein verletzt hatte. Eva würde vorerst nicht schwimmen gehen.

Sie bezahlten, verabschiedeten sich von Valerie und machten sich auf den Rückweg zum Hotel.

»Seltsame Person«, sagte Rebecca.

»Wieso? Sie war doch ganz nett.«

»Ach, findest du?«

»Ja, finde ich.«

»Ich wundere mich, wen du nett findest. Sie hat ja ganz schön mit ihren Kenntnissen von La Palma angegeben.«

»Bist du neidisch?«

»Quatsch. Morgen lernen wir jemanden kennen, der sich wirklich hier auskennt. Unseren Wanderführer.«

Eva fragte sich, ob sie Valerie tatsächlich nett gefunden hatte oder ob sie unbedingt anderer Meinung als Rebecca sein wollte.

Das Hotel hatte Eva sofort gefallen. Es hatte den Charme des Morbiden, auch wenn das erst auf den zweiten Blick ins Auge fiel. In ihrem Bad wuchs um die Wanne herum Schimmel, einige Fliesen auf dem Fußboden lockerten sich, der Duschschlauch war an einer Stelle gebrochen, sodass die Hälfte des nach Chlor stinkenden Wassers nicht aus dem Duschkopf strömte, sondern aus dem Schlauch spritzte, die Pflanzen in den Kübeln auf den Balkonen waren teilweise vertrocknet oder gar nicht mehr vorhanden, von den Swimmingpools blätterte der Anstrich, die Sonnenschirme aus Bast neben den Liegestühlen waren so ausgedünnt und schütter, dass sie kaum einen Strahl abhielten.

Sanfte Wellen, von denen Valerie gesprochen hatte und die bald zu erwarten wären, lagen außerhalb von Evas Vorstellungskraft. Sie war bisher noch gar nicht schwimmen gegangen, und Rebecca hatte mit dem Hotel-Swimmingpool vorliebgenommen. Es gab zwei davon. Den an der Poolbar verweigerte Rebecca, denn dort lungerten ihrer Meinung nach zu viele »Billigtouristen« herum, die in preiswerten Apartments ohne Meerblick wohnten. Von ihnen bekomme sie schlechte Laune, wie sie sagte. Sie bestand auf dem kleinen Becken, das hinten am Rand des Gartens lag, direkt am steil abfallenden Felsen zum Wasser. Eva konnte die Dünkelhaftigkeit ihrer Freundin nur schwer ertragen, aber seit dem Tomatensaft im Flugzeug war sie um Frieden bemüht und kommentierte es nicht.

Die von Natur aus aktive Rebecca verbrachte das vor den Wanderungen liegende Wochenende zusammen mit der unsportlichen Eva in trägem Nichtstun am Swimmingpool und im Café daneben, ohne ein einziges Mal zu murren. Sie lasen, dösten, blickten aufs Meer oder spielten Schach, was sie allerdings beide nicht beherrschten. Sie stritten sich nicht. Wenn es nach Eva gegangen wäre, hätten die gesamten zehn Tage Urlaub auf diese Weise verstreichen können. Doch sie spürte Rebeccas wachsende Unruhe. Rebecca brannte darauf, endlich loswandern zu können.

Rebecca schlief wie immer gut. Eva schlief auch hier schlecht. Rebecca brauchte nur wenige Minuten zum Einschlafen. Eva brauchte Stunden. Wie zu Hause. Gelang es ihr endlich – ein leichter und unruhiger Schlaf, wie der eines Fluchttiers –, schreckte sie kurz darauf wieder hoch. Unter den Hoteldecken fühlte sie sich gefangen, wie in einer Zwangsjacke oder als wäre sie ans Bett fixiert. Zwei Laken dienten als Decke, was bei der Hitze auch völlig ausreichte; sie wurden jeden Morgen vom Zimmerdienst kunstvoll unter die Matratze geschlagen. Eva wurde von einem fremden Brummen geweckt, ausgelöst durch unbekannte Maschinen, von den Wellen, die unten mit Macht gegen das Vulkangestein schlugen, von Stimmen im Hotel. Von ihren eigenen Träumen. War der Mann am Flughafen Thorben gewesen?

Er war damals in ihre Wohnung eingebrochen. Es lag viele Jahre zurück, lange bevor Eva Rebecca kennengelernt hatte. Beim Verlassen ihrer Wohnung hatte sie wie so oft die Tür nur nachlässig zugezogen, statt abzuschließen, so war es ein Leichtes für ihn gewesen. Er hatte bloß ein paar Mal kräftig gegen die instabile Altbau-Flügeltür treten müssen, in der Hoffnung, dass die Nachbarn es nicht hörten. Und selbst wenn, in dem Haus, in dem Eva damals lebte, kümmerte sich niemand um den anderen; wahrscheinlich wäre nur jemand aufmerksam geworden, wenn die Feuerwehr mit Blaulicht und ausgerolltem Schlauch vor der Einfahrt gestanden hätte. Er hatte Evas Wohnung verwüstet, ziellos und in blindem Hass. Es bestand kein Zweifel, dass es Thorben gewesen war. Er hatte keine Visitenkarte hinterlassen, aber das war auch nicht nötig gewesen. Eva wusste, dass er sie hasste, kannte aber das ganze Ausmaß nicht. Thorben hatte die Gardinen heruntergerissen, alle Geräte auf den Boden geworfen, die Wände beschmiert. Gestohlen hatte er nichts. Wahrscheinlich nicht einmal etwas gesucht – »Beweise«, wie er es damals immer nannte. Aber darum war es auch gar nicht gegangen. Es war einzig und allein um Zerstörung gegangen und darum, ihr Angst einzujagen, was ihm auch vortrefflich gelungen war.

Nach dem Essen am Strand von Puerto Naos holten Eva und Rebecca das Obst, das sie morgens vom Frühstücksbuffet mitgenommen hatten, und die Handtücher für die Liegestühle aus ihrem Zimmer.

»Willst du das wirklich mit zum Pool nehmen?«, sagte Rebecca und blickte auf das Handy in Evas Hand. »Nachher wird es noch geklaut. Leg es doch lieber in den Safe, wozu haben wir den denn. Warum guckst du überhaupt immer auf dieses verdammte Ding, seit wir aus dem Flugzeug gestiegen sind? Jetzt im Urlaub? Das ist ja nicht auszuhalten! Kein Wunder, dass du nicht gut schläfst. Kannst du es nicht einfach mal ausschalten?«

»Ich wollte nur nachsehen, ob ich Nachrichten aus dem Verlag habe«, sagte Eva.

»Aus dem Verlag? Im Urlaub? Ich will dich ja nicht beleidigen, aber ich glaube, die kommen auch mal zehn Tage ohne dich klar.«

»Ja, sicher.«

Widerwillig schaltete Eva das Telefon aus und legte es in den Safe.

Unten cremte Rebecca sich mit Sonnenmilch ein, setzte die Sonnenbrille auf und griff nach dem Reiseführer über La Palma.

»Wenn die Wanderungen erst mal angefangen haben«, sagte sie, »wirst du abends einfach nur froh sein, deine Beine hochzulegen. Du wirst schlafen wie ein Stein.«

»Müssen wir eigentlich jeden Abend zusammen mit der Gruppe essen?«, fragte Eva.

»Das gehört dazu.«

»Und deshalb müssen wir das machen? Weil es dazugehört?«

»Im Leben muss man eben manchmal Dinge tun, weil sie dazugehören, das weißt du doch. Außerdem ist es nett, du wirst sehen. Der Wanderführer ist übrigens auch dabei.«

»Beim Abendessen im Hotel?«

»Ja, das ist Tradition. Du wirst ihn noch zu schätzen lernen. Die Wanderführer kennen die Gegend und können dir Ecken zeigen, die du alleine nie finden würdest. Außerdem erklären sie dir das richtige Gehen. Richtig bergauf gehen, richtig bergab gehen. Stell dir das bloß nicht so einfach vor.«

Rebecca übertrieb maßlos. Sie tat so, als stünden ihnen sechs Tage Hochleistungssport bevor. Wenn wir nach Italien gefahren wären, dachte Eva, nach Florenz, hätten wir uns die ganzen Museen und Kunstdenkmäler ansehen können. Auf La Palma gab es nichts dergleichen. Kirchen. Wenige Spuren der palmerischen Ureinwohner. Laut Rebecca ein paar Museen, für die sie aber sicher keine Zeit haben würden, denn sie wollten ja wandern. Ihnen schwebten ganz unterschiedliche Arten von Urlaub vor. Wandern war in Evas Augen etwas für alte Leute, die bei jedem Blümchen am Wegrand in ekstatisches Schwärmen gerieten. Die Distanz zwischen ihnen, die schreckliche Distanz, die sie zwei Tage lang fast vergessen hatte, machte sich wieder bemerkbar.

»Wir lernen bestimmt nette Leute kennen«, sagte Rebecca.

Eva sah den Eidechsen zu, die an den Liegestühlen vorbeihuschten. Sie war müde, denn in der Nacht zuvor – der zweiten im Hotel – hatte sie kaum geschlafen. Sie wollte keine netten Leute kennenlernen.

»Es wird dir gefallen«, sagte Rebecca. »Das weiß ich.«

Die Eidechsen stritten sich um das kleine Stück Banane, das Eva ihnen hingeworfen hatte. Weitere kamen rasch hinzu, und nach kurzer Zeit wimmelte es auf dem Boden von Eidechsen. *Es wird dir gefallen.* Wie oft hatte Rebecca diesen Satz inzwischen eigentlich von sich gegeben? Wie ein Automat. Es wird dir gefallen. Du wirst schon sehen. Gefallen. Wirst schon sehen. Gefallen. Gefallen. Gefallen. Wirst schon.

Eva war zu müde, um zu widersprechen. Und außerdem hatte sie ja beschlossen, dass im Urlaub Frieden zwischen ihnen herrschen solle. In der Hotelanlage am hinteren Swimmingpool wuchsen, neben einigen gigantischen Palmen, Kakteen, Agaven und Sukkulenten; all das, was zu Hause erst verkümmerte, um dann jämmerlich vor sich hinzusterben, gedieh hier prächtig. Die Sonne fiel jetzt direkt auf Evas Liegestuhl und machte sie noch schläfriger. Sie war sogar zu müde, um den Stuhl näher zum Sonnenschirm zu rücken, was aber ohnehin nicht viel genützt hätte. Zumindest regnete es also nicht zehn Tage ununterbrochen, wie sie vor ihrer Abreise noch befürchtet hatte, im Gegenteil, es war sehr heiß, und die Sonne brannte erbarmungslos. Eva schloss die Augen. Die Gleichmäßigkeit der heranrollenden Wellen bewirkte, dass sie halb in einen Traum glitt. Kurz schreckte sie auf, weil irgendwo eine Frau schrie, die aber gleich darauf zu lachen begann.

»Keine Lust zu lesen?«, fragte Rebecca.

»Nein, zu müde.«

»Dann schlaf doch ein bisschen.«

Rebeccas Stimme war jetzt warm, dunkel und liebevoll. Eva suchte ihre Hand. Vielleicht bildete sie sich die Distanz zwischen ihnen bloß ein. Vielleicht entwickelte sie müde pausenlos finstere Gedanken. Oder es gab diese Distanz, aber sie war viel geringer als befürchtet und ließ sich mit Leichtigkeit überwinden.

»Ich gehe lieber schwimmen«, sagte Eva.

Oben im Zimmer hatte sie sich extra ihren schwarzen Badeanzug angezogen, in dem sie viel sportlicher aussah, als sie war. Eva machte auch im Wasser nicht die beste Figur, aber für ein paar Runden im kleinen Hotel-Swimmingpool sollte es reichen. Wenn sie jetzt auf dem Liegestuhl einschliefe, würde sie sich erstens einen Sonnenbrand holen und zweitens eine weitere Nacht viele Stunden wach liegen.

»Schwimmen?«, fragte Rebecca verwundert. »Du meinst doch nicht etwa im Meer, oder? Hast du nicht die Wellen gesehen? Nicht, dass du mir hier absäufst. Passiert gar nicht so selten.«

»Nein, natürlich nicht im Meer«, sagte Eva, »wofür hältst du mich denn? Im Pool.« Sie wäre gar nicht auf die Idee gekommen, im Meer zu schwimmen, erst recht nicht, wenn die rote Fahne gehisst war. Wahrscheinlich auch nicht bei der gelben. Die hohen Wellen waren beängstigend.

»Wenn die Wanderungen angefangen haben«, sagte Rebecca, »bist du deine Schlafprobleme auf einen Schlag los. Komm, lass uns wetten. Um eine Flasche spanischen Sekt. Ich wette, dass du dann schläfst wie eine Tote.«

»Gut, ich wette dagegen.« Erst ein Stein, jetzt eine Tote. Eva war sicher, dass sie die Wette gewinnen würde.

Sie stand auf und zog ihr altes kariertes Baumwollhemd aus, für das es ohnehin viel zu warm war. Inzwischen war es von ihrem Schweiß völlig durchnässt. Eva hing an diesem Hemd, obwohl es vom vielen Waschen über die Jahre hinweg ganz dünn geworden war und Rebecca es gerne als »Putzlappen« bezeichnete. Als würde heutzutage noch jemand mit abgetragenen Hemden und alten Unterhosen putzen.

Das Wasser war so kalt, dass ihr im ersten Moment der Atem stockte und sie schlagartig wach wurde, so wach wie seit Tagen oder sogar Wochen nicht mehr. Eva war die Einzige im Swimmingpool. Sie wollte sich nicht die Blöße geben und bereits nach zwei, drei Schwimmzügen wieder aus dem Becken steigen, obwohl die Leute ringsherum auf den Liegestühlen nicht den Eindruck machten, als würden sie ihr Beachtung schenken. Alle lasen, schliefen oder sonnten sich. Eva schwamm hin und her, in der Hoffnung, dass ihr davon wärmer werden würde. Angesichts der Temperatur vergaß sie vorübergehend die bevorstehenden Gruppenwanderungen, genauso wie die Gespenster aus Berlin, die sie bis zum Atlantik verfolgten. In dem kurzen Becken fielen ihre mangelnden Schwimmkünste nicht weiter auf. Ein paar Meter bis zum Rand, umdrehen und wieder zurück. Das schaffte sogar Eva. Sie bemerkte eine Frau auf einem Liegestuhl nahe beim Beckenrand, die Zeitung las. Sie war ungefähr in Evas Alter, Anfang, Mitte vierzig, und klassisch schön. Große Augen. Hohe Wangenknochen. Perfekte Proportionen. Eva hatte nicht damit gerechnet, in diesem Hotel auf schöne Menschen zu treffen, obwohl es natürlich keinen Grund gab, der dagegensprach.

Sie las eine deutsche Zeitung. Eva hätte sie ansprechen können, doch sie wusste nicht, wie. Rebecca wäre sofort mit ihr ins Gespräch gekommen. Rebecca konnte sich unbekümmert und ohne jede Scheu mit völlig Unbekannten unterhalten. Eva hingegen fiel es schwer, auf Fremde zuzugehen, und sie verspürte auch fast nie den Wunsch danach. Außer jetzt. Jetzt wollte sie unbedingt mit der Frau am Beckenrand in Kontakt kommen. Sie wünschte sich Rebeccas Naturell. Ob der Grund für dieses ungewohnte Bedürfnis ihre dauerhafte Müdigkeit war? Der Schlafmangel bewirkte, dass sie sich manchmal wie bekifft vorkam. Oder eine wohlige Urlaubsstimmung hatte trotz ihrer vehementen Gegenwehr allmählich Besitz von ihr ergriffen.

Die Frau trug eine wadenlange Leinenhose und ein weit geschnittenes kariertes Hemd, das schon bessere Tage gesehen hatte. Ein Hemd wie meins, dachte Eva, sie mag es auch bequem und hängt wie ich an alten Sachen. Die Ärmel des Hemdes bedeckten ihre Handgelenke, und sobald einer hochzurutschen drohte, in Richtung Ellbogen, zog sie ihn sofort wieder nach unten. Für lange Ärmel war es in der Sonne zu warm. Die anderen Hotelgäste lagen in Badekleidung auf ihren Liegestühlen. Im Moment war es auch noch fast windstill.

Der Beckenrand war viel zu hoch, als dass Eva lässig ihre Arme hätte darauflegen können. Sie schwamm zur Treppe und stieg zwei Stufen nach oben, blieb aber im Wasser. Der Liegestuhl der Frau befand sich nun direkt vor ihr. Sie schien vollkommen in die Zeitung vertieft und nichts anderes um sich herum wahrzunehmen, auch nicht, dass Eva sie ansah.

»Steht was Interessantes drin?«, fragte Eva.

»Was?« Die Frau blickte irritiert auf und brauchte einen Moment, um zu verstehen, dass Eva, halb im Swimmingpool, halb auf der Treppe, diejenige war, die sie angesprochen hatte. »Ach so, in der Zeitung meinen Sie.« Sie sah auf das bedruckte Papier, das auf ihrem Schoß lag, und wirkte plötzlich so, als würde sie es erst jetzt zur Kenntnis nehmen. »Ich habe gar nicht richtig gelesen. Nur vor mich hingeträumt.«

»Das Wasser ist ganz schön kalt«, sagte Eva und legte sich wie zur Bestätigung die Arme um den Körper. Die Augenbrauen der Frau auf dem Liegestuhl waren die schönsten, die sie je gesehen hatte.

»Ja, das finde ich auch. Deswegen gehe ich auch nie in den Pool.« Die Frau lächelte Eva an. Auch ihr Lächeln war schön. Sie zog den Kragen ihres Hemdes am Hals enger zusammen.

Vielleicht hat sie eine Sonnenallergie, dachte Eva. Oder Angst vor Hautkrebs. Aber warum lag sie dann nicht im Schatten?

»Wie lange sind Sie denn schon hier?«

»Erst seit ein paar Tagen. Aber lange genug, um zu wissen, wie kalt das Wasser ist.« Die Frau deutete zum Becken. »Sehr mutig von ihnen. Insgesamt ist das Hotel aber ganz in Ordnung, wir können uns nicht beklagen. Die Gäste könnten zwar etwas …«, sie sprach jetzt leiser und beugte sich auf dem Liegestuhl nach vorne, näher zu Eva, nicht ohne darauf achtzugeben, dass ihre Arme vom Hemd bedeckt blieben, »sie können etwas niveauvoller sein. Aber darauf hat man ja leider keinen Einfluss, nicht wahr? Mein Mann schwimmt übrigens immer im Meer. Jeden Tag, seit wir hier sind. Jetzt gerade auch.«

»Ist das nicht gefährlich?«, fragte Eva. »Am Strand weht doch die rote Fahne.«

»Ja, schon, aber das ist ihm egal. Sie wissen doch, wie Männer sind.«

Eva bezweifelte, dass sie wusste, wie Männer waren. Sie wusste es ja nicht einmal von Frauen. Oder warum stritten Rebecca und sie in letzter Zeit so oft? Ein, zwei Minuten des Schweigens vergingen. Eva begann erneut zu frieren, mit den Beinen im Wasser. Sie sollte sich entscheiden: zurück in den Pool oder ganz aus dem Becken steigen und das Schwimmen für heute beenden. Die schöne Frau wurde unruhig, als hielte sie es plötzlich nicht mehr auf ihrem Liegestuhl aus. Bereute sie längst, eine Unterhaltung mit Eva begonnen zu haben, und suchte nun einen Ausweg aus dieser misslichen Lage, ohne allzu unhöflich zu erscheinen?

Sie sah sich um. »Ach, da vorne ist ja mein Mann«, sagte sie, doch es schien nicht mehr an Eva gerichtet.

Die Frau hatte sich so abrupt von ihr abgewendet, als hätte ihr kurzes Gespräch gar nicht stattgefunden. Sie lächelte nicht mehr und zog wieder ihr altes Baumwollhemd am Kragen zusammen.

Vielleicht hat sie einen nervösen Tick, dachte Eva. Oder einen hässlichen Hautausschlag. Hatten schöne Menschen hässlichen Hautausschlag?

Die Frau stand auf, dabei fiel die Zeitung zu Boden, was sie nicht weiter beachtete, und ging in Richtung des Cafés, in dem Eva und Rebecca auch schon gesessen hatten. Eva stieg aus dem Becken und sah ihr hinterher. Ein Mann in Badehose, mit feuchtem Haar und einem Handtuch um die Schultern, kam der Frau entgegen. Er trug ein Tablett mit zwei Tassen darauf. Er wirkte glücklich, und das aufleuchtende Glück in seinem Gesicht wurde zwischendurch nur von seiner Konzentration getrübt, weil er offenbar Mühe hatte, das Tablett mit zwei vollen Tassen zu balancieren. Dann schien er etwas verschüttet zu haben und fluchte kurz – Eva war zu weit weg, um zu verstehen, was er sagte, aber es sah nach »Ach Mist, verdammt« oder etwas Ähnlichem aus –, um gleich darauf wieder zu lachen. Ein aufmerksamer Ehemann, der nicht nur an sich selbst dachte, sondern auch seiner Frau etwas zu trinken holte. Er war genauso attraktiv wie sie. Ein schönes Paar. Kurz loderte ein Gefühl von Neid in Eva auf. Der gut aussehende Mann mit dem feuchten, gerade dem wilden Atlantik entstiegen, und seine schöne Ehefrau, die ihm entgegenging, wirkten wie das personifizierte perfekte Leben. Der Mann hielt das Tablett in einer Hand und strich mit der anderen seiner Frau über die Wange. Er sagte ihr etwas ins Ohr und lachte. Sie berührte seine Hüfte. Sie lachte nicht. Er küsste ihr Ohr.

Auf dem Weg zu ihrem Liegestuhl überlegte Eva, ob sie Rebecca etwas zu trinken holen sollte, doch sie hatte keine Lust dazu.

Sie trocknete sich ab und legte sich hin. Rebecca las inzwischen nicht mehr in dem Reiseführer, sondern einen skandinavischen Krimi.

»Meinst du, erwachsene Frauen ritzen sich noch die Unterarme?«, fragte Eva. »Oder tun das nur gestörte Teenager?«

»Was?« Rebecca sah von ihrem Buch auf. »Unterarme ritzen? Teenager? Meinst du dieses Mädchen, das wir beim Abendessen gesehen haben? Wovon um Himmels willen sprichst du?«

»Ach, von gar nichts«, sagte Eva. »Ist mir nur gerade so durch den Kopf gegangen. Vergiss es.«

»Hör mal«, Rebecca griff nach ihrer Hand, »ich glaube, du musst dringend schlafen.«

»Ja, das glaube ich auch.«

Unterhalb der Hotelanlage knallten die Wellen mit lautem Getöse gegen die Felsen. Nahe beim Strand war das Wasser türkisfarben, dann, weiter in der Ferne, tiefblau, gespickt mit kleinen weißen Schaumkronen. Leichter Wind zog auf. Die Eidechsen waren verschwunden. Rebecca hatte sich längst wieder zur Seite gedreht und ihre Hand zurückgezogen. In diesem Augenblick war sie ihr so fremd, dass

Eva trotz der hochsommerlichen Hitze ein kalter Schauer durchfuhr. Am liebsten wäre sie auf der Stelle zurückgeflogen, um an einem kühlen Berliner Oktobersonntag aus dem Schlafzimmerfenster auf den Seitenflügel schräg gegenüber zu blicken. Sie sehnte sich nach vertrautem Terrain, und Sonne, Liegestuhl und Meer waren für Selbstmitleid einfach nicht die passende Umgebung.

Montag. Ekelhafte Einsamkeit

Die Reise war wenig komfortabel. Carina hatte einen Fensterplatz neben einem beleibten Ehepaar. Ihr schwabbelndes Fett ekelte sie an, ihre Bäuche, die es ihnen fast unmöglich machten, die kleinen Tische herunterzuklappen, der Schweiß, der ihnen unaufhörlich aus allen Poren zu strömen schien, ihre wulstigen Hälse und konturlosen Gesichter. Wegen des aufkommenden Gegenwindes dauerte der Flug auch noch eine Stunde länger als geplant. Das hieß, noch eine weitere Stunde neben den dicken Leuten eingezwängt zu sein.

Bei einem Flugzeugabsturz waren vermutlich alle Insassen sofort tot, und es ergab sich gar nicht erst die Notwendigkeit, sich mit anderen zusammenzutun – Zweckbündnisse, um zu überleben. Flugzeugabsturz. Ungeahnte Katastrophen. Solche Gedanken kamen Carina ganz von selbst in allen möglichen Alltagssituationen in den Sinn. Im Bus, im Wartezimmer einer Arztpraxis, im Kino, in Geschäften, in Restaurants. Wer würde als Erster die Nerven verlieren, wenn etwas passierte, und ohne zu zögern den anderen schaden, um die eigene Haut zu retten? Carina würde zu den wenigen gehören, die nicht nur an sich selbst dachten, sondern Schwächeren halfen, dessen war sie sich so sicher, dass sie manchmal eine Katastrophe geradezu herbeisehnte, damit sie es endlich unter Beweis stellen konnte.

Auch heute stürzte das Flugzeug nicht ab. Nachdem sie gelandet waren, fürchtete Carina einen Moment, ihre Beine nicht mehr bewegen zu können. All die Schreckensberichte über Thrombosen auf längeren Flugreisen, von denen sie je gehört hatte, fielen ihr ein. Was, wenn der Urlaub schon vorbei wäre, bevor er überhaupt begonnen hatte? Konnte man an einer Thrombose nicht auf der Stelle sterben? Und dann? Würde sie dann direkt zurückgeflogen? Eingeklemmt im Frachtraum zwischen den ganzen Rollkoffern? Würde ihre Mutter sie in Düsseldorf oder Köln/Bonn im Empfang nehmen, flankiert von Carinas beiden Geschwistern, und sie später auf dem Friedhof nicht weit von ihrer Siedlung begraben und verkünden, sie habe sie ja noch gewarnt, dass diese Reise gefährlich sei?

Das beleibte Ehepaar erhob sich schwerfällig und holte in quälender Langsamkeit das Handgepäck aus dem Fach über den Sitzen. Carina war ihr Tempo ganz recht, denn im ersten Moment wagte sie nicht aufzustehen, aus Angst, mit ihren Beinen könnte etwas nicht stimmen. Zu Hause hatte sie für diese eine Woche Wandern trainiert, sie hatte sich von Tag zu Tag gesteigert und immer kräftiger gefühlt, doch von diesen Vorbereitungen merkte sie nun nichts mehr.

Die Flugbegleiterin, die einigen Passagieren zur Hand ging, lächelte auf Carina herab und fragte: »Kann ich Ihnen behilflich sein?«

»Nein danke.« Das fehlte gerade noch. Carina war doch keine alte Frau, der man unter den Arm fassen musste, damit sie nicht umkippte. Sie rutschte über die beiden Plätze, auf denen das Ehepaar gesessen hatte, und stand auf. Sie fühlte sich zwar, als hätte sie zu lange im Bett gelegen, aber mit ihren Beinen schien immerhin alles in Ordnung.

Eine Frau stieß Carina an, und von der anderen Seite drückte ein Mann sein Bein gegen ihres. Versehentlich, weil das in solch einem Gedränge passierte. Oder geschah es mit voller Absicht? Carina verabscheute es, wenn Fremde ihr zu nahe kamen. Einen Augenblick spürte sie seine Körperwärme. Hatte er sie womöglich schon während des gesamten Fluges beobachtet und war an ihr interessiert, konnte sein Interesse aber nur auf diese plumpe Art zum Ausdruck bringen? Sie sah zu, dass sie ihre Tasche schnell aus dem Fach zog und zur Tür kam.

Der Atlantik hatte eine schmutzige, dunkle Farbe, die Luft war feucht. Nachdem sie ihr Gepäck vom Band geholt hatten, strebten die Passagiere in die Flughafenhalle, wo die Servicekräfte der Reiseunternehmen sie erwarteten. Dauerlächeln als Beruf. Die aufgeregten Urlauber machten auf Carina den Eindruck von Erstklässlern bei der Einschulung. All diese Abläufe waren ihr bekannt, und sie wusste, dass auch sie jetzt nach einem Mitarbeiter mit hochgehaltenem

Schild suchen musste, doch es widerstrebte ihr, das zu tun, was alle anderen taten. Carina mochte das Mittelmaß nicht, den Durchschnitt, das Herdenverhalten, das die meisten Leute an den Tag legten, und außerdem konnte sie der Versuchung nicht widerstehen, sich zuerst in einem kleinen Geschäft umzusehen, das Souvenirs anbot. Nur ein, zwei Minuten. So lange konnten die anderen schließlich warten. Sie hatte jetzt Urlaub, und es bestand kein Grund zur Eile. Nur drei, vier Minuten. Wahrscheinlich hatte sich bis dahin sowieso noch niemand in Bewegung gesetzt.

In dem Laden fand Carina allerdings nichts, was ihr gefiel, obwohl sie in der Stimmung war, Geld auszugeben. Sie hatte richtig Lust darauf. Besitz – und es musste nichts Kostbares sein – machte ihr bewusst, dass sie existierte. Doch sie hätte mehr Zeit gebraucht, um das Angebot gründlicher zu studieren. Sie hielt sich ein grünes T-Shirt mit niedlichen aufgedruckten Eidechsen vor die Brust. Grün stand ihr normalerweise gut. Aber vielleicht war es doch zu grell? Die Verkäuferin ermunterte sie auf Englisch, es anzuprobieren. Carina schüttelte den Kopf und hängte das T-Shirt wieder auf den Bügel.

Als sie das Geschäft verließ, stand in der Flughafenhalle niemand mehr, der ein Schild hochhielt. Alle waren plötzlich fort. So schnell? Das war doch nicht möglich. Sie hatte sich nur kurz in dem Laden aufgehalten, nicht viel länger als ein Atemhauch. Die Halle wirkte auf einmal zu groß für den mäßigen Betrieb, der hier herrschte. Unheimlich und riesig. Carina zog ihren Koffer hinter sich her, was ihr jetzt mühsamer vorkam als zu Hause. Als hätte er an Gewicht zugenommen, was doch normalerweise erst nach dem Urlaub der Fall war, mit den ganzen Andenken darin, den Muscheln und Steinen und kleinen Souvenirs. Gab es hier Muscheln am Strand? Die Rollen quietschten und waren von schlechter Qualität, sodass der Koffer mehrfach zur Seite kippte. Eine leichte Unruhe überkam sie, aber Carina beruhigte sich sofort wieder: Natürlich würde der Bus auf sie warten. Natürlich würde man ihr nicht zumuten, alleine zum Hotel zu finden. Schließlich hatte sie für alles bezahlt.

Carina musste vor dem Flughafengebäude eine Weile suchen, bevor sie den richtigen Bus fand. Alle saßen bereits darin; nur die Reisebegleiterin stand draußen neben dem rauchenden Fahrer und unterhielt sich auf Spanisch mit ihm. Sie sah Carina zwar freundlich, aber auch mit unverhohlener Ungeduld an und blickte auf ihre Liste.

»Frau Michaelsen?«

Carina nickte.

»Wir warten alle auf Sie! Wo waren Sie denn so lange? Na, Hauptsache, wir können jetzt los. Sie wollen doch sicher auch endlich in Ihr Hotel.« Sie lachte, und als sie den Arm hob, um sich eine Haarsträhne aus dem Gesicht zu streichen, sah Carina den dunklen Schweißfleck unter ihrer Achsel.

Der Busfahrer trat seine Zigarette aus und griff nach Carinas Koffer, riss ihn ihr regelrecht aus den

Händen. Er quetschte ihn unsanft zu dem anderen Gepäck in den Bus. Dann sagte er, mit Blick auf Carina, etwas zur Reisebegleiterin. Es klang ungehalten. Die Reisebegleiterin war noch mit ihrer Liste beschäftigt und reagierte nicht darauf. Der Busfahrer stieg ein und setzte sich auf seinen Platz. Die Reisebegleiterin fasste mit erstaunlich hartem Griff nach Carinas Arm, als fürchtete sie, dass sie sonst wieder verschwände, und schob sie in den Bus. Carina dachte darüber nach, sich beim Reiseveranstalter über diese ungeheuerliche Behandlung zu beschweren. Der Bus war fast voll besetzt, sogar jetzt außerhalb der Hauptsaison. Für Urlaub hatten also alle offenbar noch Geld. Größtenteils waren es Paare, wie Carina schnell überblickte. Alle sahen sie an. Der Mann, der im Flugzeug sein Bein gegen ihres gedrückt hatte, saß auch da, das dicke Ehepaar, neben dem sie fünf unerträgliche Stunden verbracht hatte. Während Carina noch einen Sitzplatz suchte, fuhr der Bus bereits los, sodass sie beinahe gestürzt wäre und sich festhalten musste. Ganz hinten war neben einer Frau um die siebzig noch Platz. Carina arbeitete sich durch den Gang dorthin, setzte sich und holte als Erstes die Sonnenbrille aus ihrer Handtasche. Draußen war es zwar bedeckt, aber Urlaub und Sonnenbrille gehörten für sie untrennbar zusammen.

Die Reisebegleiterin stand auf. »So, es hat etwas gedauert, aber jetzt sind wir ja endlich komplett«, sagte sie über ein Mikrofon. In ihrer Stimme schwang ein leiser Vorwurf mit.

Carinas Sitznachbarin begann sofort, sie mit Fragen zu belästigen. Woher sie denn komme, wie lange sie auf La Palma bleibe, in welchem Hotel sie untergebracht sei. Carina antwortete knapp und unwirsch. Sie wollte keine Bekanntschaft schließen, jedenfalls nicht mit dieser Frau. Von der Busfahrt und der Landschaft bekam sie nicht allzu viel mit. Es stellte sich heraus, dass sie im selben Hotel wohnten. Carina würde der aufdringlichen Frau also beim Frühstück und beim Abendessen über den Weg laufen, aber nicht nur das, zu allem Überfluss waren sie in Deutschland ebenfalls fast Nachbarinnen. Carina lebte in Münster, die Frau in Bösensell, einem Dorf in der Nähe. Zumindest würde sie aber ganz sicher nicht an der IWO-Wanderung teilnehmen. IWO, Internationale Wanderorganisation. Das traute Carina ihr zum einen nicht zu, und zum anderen hätte sie es in ihrer Geschwätzigkeit längst erwähnt. Sie fuhren durch einen Tunnel, und die Frau redete und redete. Carina behielt auch im Tunnel ihre Sonnenbrille auf.

»Ich verreise zum ersten Mal allein«, sagte die Frau. »Ich hab mich zuerst ja nicht getraut, aber dann hat mich mein Sohn dazu überredet. Wie soll das denn beim Essen werden? Soll ich immer alleine am Tisch sitzen? ›Mama, du lernst jede Menge Leute kennen‹, hat mein Sohn gesagt, aber ich weiß ja nicht.«

Carina schwieg.

»Sie sind ja auch alleine«, sagte die Frau, »und wir wohnen doch im selben Hotel. Da könnten wir doch hin und wieder zusammen etwas unternehmen, was meinen Sie?«

»Ich werde rund um die Uhr beschäftigt sein«, sagte Carina.

»Ach, im Urlaub?«

»Ich bin in einer Wandergruppe angemeldet, einer richtig professionellen, nicht nur für leichte Spaziergänge, und abends essen wir dann auch gemeinsam in der Gruppe.«

»Ach so. Na ja. Schade. Aber vielleicht könnten wir trotzdem … ich meine ja nur. Wo wir doch auch zu Hause so nah beieinander wohnen. Ich fahre ja oft nach Münster. Vielleicht können wir ja mal einen Kaffee in Münster trinken. Natürlich nur, wenn Sie Zeit haben.«

»Ja, vielleicht«, sagte Carina. »Ich bin allerdings auch zu Hause sehr beschäftigt.«

Sie ekelte sich plötzlich vor der Frau neben ihr. Vor ihrer Einsamkeit. Die ekelhafte Einsamkeit stand ihr ins Gesicht geschrieben, sie sickerte ihr aus allen Poren. Carina wollte nichts damit zu tun haben. Sie würde krank davon werden, wenn sie ihr länger zuhörte, am Ende wäre ihre Einsamkeit noch ansteckend und Carina liefe Gefahr, sich damit zu infizieren. Sie musste den Abstand zwischen ihnen auf der Stelle vergrößern. Doch wie sollte das gehen, hier in diesem Bus? Wenn sie doch endlich ankommen würden. Wie lange dauerte die Fahrt denn noch?

Die Frau aus Bösensell beschränkte sich nicht allein auf ihren Teil des Doppelsitzes, sondern rückte unangenehm nah an sie heran. Carina spürte ihre Wärme, ihre schweißigen Ausdünstungen.

»Sind Sie eigentlich empfindlich?«, fragte die Frau.

»Wie bitte?«

»An den Augen. Haben Sie da was?« Sie deutete mit einer übertriebenen Geste zu ihren eigenen Augen, als verstünde Carina sonst nicht, wovon sie sprach. »Ich meine, weil Sie die ganze Zeit eine Sonnenbrille tragen, sogar hier im Tunnel. Ich trage ja nur eine Sonnenbrille, wenn es mich blendet. Oder auf Beerdigungen. Soll ich sie Ihnen mal zeigen?« Die Frau wühlte in der Tasche auf ihrem Schoß, fand das Gewünschte aber offenbar nicht. »Die Sonne hat sich hier ja noch nicht blicken lassen«, fuhr sie unbeirrt fort. »Vom Urlaub hat man sich was anderes vorgestellt, oder? Obwohl es auf La Palma ja auch oft regnet, hat mein Sohn gesagt. Morgen scheint aber bestimmt die Sonne für uns. Gut, dass ich an Sonnenschutzmittel gedacht habe, wer weiß, was das hier kostet. Von Aldi. Das soll ja sehr gut sein, haben sie im Fernsehen gesagt. Billig heißt ja nicht schlecht. Ich meine *preiswert*, nicht billig. So nötig habe ich es dann doch nicht. Obwohl ich schon darauf achten muss. Aber das müssen wir ja alle, nicht wahr? Wenn die Sonne scheint, können wir uns doch morgen an den Swimmingpool legen, was meinen Sie? Den gibt's ja im Hotel, darüber habe ich mich informiert. Sind Ihre Augen empfindlich?«

Carina antwortete nicht. Sie verschränkte die Arme vor der Brust und hörte einfach nicht mehr zu. Was für eine widerwärtige Vorstellung, neben der Einsamkeit am Swimmingpool zu liegen. Die ganze Frau war Carina widerlich. Sie hörte sich so an wie ihre Mutter. Hatten sie denn kein anderes Thema außer Aldi? Natürlich kaufte Carina hin und wieder auch dort ein, wer tat das nicht, aber meistens fühlte sie sich von dem bei Aldi verkehrenden Publikum derart abgestoßen, dass sie lieber darauf verzichtete.

Nach einer knappen Stunde erreichten sie Puerto Naos an der Westseite der Insel. Die erste Station war das große Hotel, in dem auch Carina die nächsten sieben Tage verbringen würde. Bei der Buchung der Reise hatte sie sich nicht um die Unterkunft gekümmert, sondern das von der IWO empfohlene Hotel gewählt. Das schien ihr am einfachsten, zumal sie auch von dort zu den täglichen Wanderungen aufbrechen würden. Ein Großteil der Urlauber stieg hier aus, und es entstand erneut Gedrängel wie im Flugzeug. Carina beachtete die Frau aus Bösensell einfach nicht mehr und stürzte so schnell aus dem Bus, dass sie ihr nicht folgen konnte. Vielleicht war ihr auf diese – und nur auf diese – Weise begreiflich zu machen, dass sie keinen Wert auf ihre Gesellschaft legte. Sonst hätte sie ja gleich mit ihrer Mutter verreisen können. Draußen wuchtete Carina ihren Koffer aus dem Gepäckraum, ohne darauf zu warten, bis der Busfahrer ihn heraushob, und zog ihn zum Eingang des Hotels.

Auf der Westseite war es viel wärmer als beim Flughafen im Osten. In der Eingangshalle hing eine dekorative Bananenstaude, von der sich die Gäste nach Belieben Früchte pflücken konnten. Carina malte sich aus, wie die Frau aus Bösensell Abend für Abend einsam an einem kleinen Tisch im Hotelrestaurant saß, woraufhin sie ihr fast leidtat. Wahrscheinlich war sie so eine, die ihr von Weitem zuwinken würde. Allein die Vorstellung war unendlich peinlich, und Carina nahm sich fest vor, dann so zu tun, als bemerkte sie es nicht.

Im Unterschied zu der einsamen Frau war Carina nicht bedürftig. Sie hatte keinen Zweifel, dass sie in der Gruppe nette Bekanntschaften machen würde – das war bisher jedes Mal der Fall gewesen. Es war ihr dritter Urlaub mit der IWO, im ersten, vor etlichen Jahren, war sie auf Zypern gewandert, im zweiten, vergangenes Jahr, auf La Gomera. Es waren wohltuende Ferien mit dem richtigen Maß an körperlicher Anstrengung und Kontakt zu Gleichgesinnten gewesen, die wie sie die Natur genießen wollten und ein unendliches Bedürfnis nach Kontemplation hatten. Kontemplation, dieses Wort konnte die Frau aus Bösensell wahrscheinlich nicht mal buchstabieren – geschweige denn seine Bedeutung begreifen. Die IWO-Urlaube waren nicht ganz billig, aber dieser Umstand bot verlässlichen Schutz vor unliebsamen Teilnehmern, die nicht in die Gruppe passten. Mit einem Ehepaar, das sie bei den Wanderungen auf Zypern kennengelernt hatte, hatte Carina jahrelang eine Freundschaft gepflegt, die dann leider irgendwann eingeschlafen war. Bis heute konnte sie sich keinen Grund dafür erklären. An ihr hatte es ganz sicher nicht gelegen. Sie hatte in ihren Bemühungen nie nachgelassen, hatte regelmäßig angerufen, E-Mails geschrieben, zu Geburtstagen gratuliert und die beiden nach Münster eingeladen. Es lag an der Frau, nicht an ihm, davon war sie überzeugt. Hatte sie sich mit ihm nicht ohnehin viel besser verstanden? Die Frau war vermutlich irgendwann misstrauisch geworden – falls sie es nicht von Anfang an gewesen war – und hatte ihr Eigentum, den Ehemann, von Carina fernhalten wollen.

Die Hotelmitarbeiterin an der Rezeption sprach hervorragend deutsch, ohne die Andeutung eines Akzents. Sie wollte wissen, warum sich der Vorname bei der Buchung von dem in Carinas Personalausweis unterschied.

»Mein richtiger Name ist Carina«, sagte Carina.

Die Frau betrachtete eingehend den Ausweis. »Aber hier steht doch …«

»Ach das«, sagte Carina, »das war einfach nur ein Versehen. Beim Einwohnermeldeamt.«

»Ein Versehen? Ein-woh-ner-me-«

»Einwohnermeldeamt. Ja, ein Versehen.« Warum gab sie sich nicht damit zufrieden? Vielleicht war ihr Deutsch doch nicht so gut, und sie verstand das Wort nicht. »Ein Irrtum«, sagte Carina. »*A mistake*. Da hat sich irgend so ein Idiot vertan.« Sie tippte auf ihren Personalausweis, den die Frau inzwischen auf den Tresen gelegt hatte. »Das«, sagte sie, »ist nicht mein richtiger Vorname. *It's not the right forename*.«

»Nicht der richtige …«

»Nein, nicht der richtige. Mein richtiger Name ist Carina. Ich heiße Ca-ri-na. Carina Michaelsen.«

Die Augen der Frau hinter der Rezeption wanderten skeptisch zwischen Carina und ihrem Ausweis hin und her, und auch ihre Kolleginnen wurden nun aufmerksam. Dann, endlich, schien sie den Entschluss gefasst zu haben, sich damit nicht weiter zu beschäftigen. Sie lächelte und schob den Ausweis zu Carina.

»Nicht, dass das zwei sind«, sagte sie.

»Zwei? Zwei was?«

»Zweimal Frau Michaelsen, die dasselbe Zimmer wollen.« Sie lachte, wirkte aber gleichzeitig auch irritiert. »Das ist nämlich nur ein Einzelzimmer.«

»Mich gibt es garantiert nur einmal«, sagte Carina und steckte ihren Ausweis zurück ins Portemonnaie, damit der verhasste Name – Karin – aus ihrem Blickfeld und auch aus dem der Hotelmitarbeiterin verschwand.

Die Frau gab ihr den Zimmerschlüssel, eine Plastikkarte, und beschrieb ihr den Weg. Sie nannte ihr die Frühstücks- und Abendessenzeiten und erklärte, wo sie Handtücher für die Liegestühle am Swimmingpool ausleihen könne. »Willkommen bei uns«, sagte sie. »Ich wünsche Ihnen einen angenehmen Aufenthalt, Señora *Carina* Michaelsen.«

Warum betonte sie ihren Namen so auffällig? Und was bildete sie sich ein, so herablassend zu grinsen? Carina dachte schon zum zweiten Mal an diesem Tag darüber nach, sich beim Reiseveranstalter zu beschweren.

Das Zimmer lag im ersten Stock. Vom Balkon konnte Carina, wenn sie sich weit nach vorne beugte, einen Zipfel des Meeres sehen. Ihre Unterkunft ließ zu wünschen übrig, sie hätte wirklich etwas Besseres verdient, doch sie haderte nicht damit. Schließlich hatte sie nicht die Absicht, ihren siebentägigen Urlaub als Stubenhockerin zu verbringen. Sie würde sich in diesem Zimmer kaum aufhalten. Sie würde hier nur schlafen. Den ganzen Tag würde sie an der frischen Luft unterwegs sein und danach, wenn noch Zeit blieb, ein bisschen am Pool liegen oder hinunter zu dem kleinen Strand mit dem schwarzen Sand und den Palmen gehen, von dem sie im Reiseführer gelesen hatte. Am Pool liegen, fiel ihr dann ein, sollte sie allerdings besser nicht, weil sie dort bestimmt der Frau aus Bösensell über den Weg liefe und nicht mehr von ihr loskäme. Carina wollte keine lästige Klette. Kein Gerede ohne Punkt und Komma. Nicht den deprimierenden Geruch nach Bei-Aldi-einkaufen-Armut, der ihr anhaftete.

Sie packte noch nichts aus, bloß Schnuff, damit er Luft bekam. Dann verließ sie ihr Zimmer und das Hotel und ging zur Strandpromenade, denn sie wollte etwas kaufen. Irgendetwas, und wenn es nur Ansichtskarten waren. Kaufen war gleichbedeutend mit Ankommen.

Auf der Strandpromenade betrat sie den erstbesten Laden und erwarb eine Mütze gegen die Sonne, denn die hatte sie zu Hause vergessen. Außerdem zehn Ansichtskarten. Aus dem Urlaub Ansichtskarten zu verschicken, war doch viel persönlicher als elektronische Nachrichten. Würde sie zehn Karten verschicken? Egal. Wenn welche übrig blieben, könnte Carina sie als Erinnerung behalten. Einen Moment beobachtete sie das Treiben am Strand unter Palmen, die einen Hauch von Südsee vermittelten. Danach ging sie zurück zum Hotel. Die Wege in Puerto Naos waren kurz; wie gut, dass morgen die Wanderungen anfingen, sonst wäre Carina nicht ausgelastet. Sie riss eine der kleinen kanarischen Bananen von der Staude im Foyer und aß sie an Ort und Stelle. Der Frau an der Rezeption warf sie im Vorbeigehen einen finsteren Blick zu und hoffte, dass sie es auch bemerkte. Sie trat auf die große Hotelterrasse, setzte sich an die Bar bei den Swimmingpools und bestellte einen Cappuccino. Ihr erstes Getränk auf La Palma. Hoffentlich kam die Frau aus Bösensell nicht auf die gleiche Idee. Aber wahrscheinlich scheute sie die Kosten für einen Kaffee in der Poolbar und hatte sich von zu Hause Tütchen mit Instantkaffee mitgebracht.

Carina lehnte sich zurück, genoss den Anblick der Schwimmbecken, auch wenn größtenteils hässliche Menschen drum herum lagen, und, weiter entfernt, den des Atlantiks. Sie nippte an ihrem Cappuccino, breitete die Ansichtskarten vor sich auf dem Tisch aus und holte einen Kugelschreiber aus ihrer Handtasche. Die mit dem am wenigsten ansprechenden Motiv, karge, schwarze Vulkanfelsen ohne das kleinste bisschen Grün, würde ihre Mutter bekommen.

Liebe Mutter, ich bin nun schon seit drei Tagen hier, und es ist alles wunderschön. Die Natur ist ein Traum, und ich habe viele nette Leute in meiner Wandergruppe kennengelernt. Ich erhole mich gut. Mein Handy habe ich übrigens ausgeschaltet, du musst also gar nicht versuchen, mich zu erreichen. Ich melde mich, wenn ich wieder zu Hause bin. Jetzt gleich geht es zur nächsten Wanderung. Bis bald, deine Carina

Sie schrieb noch drei weitere Karten, an ihre Arbeitskollegin Annette, der sie von den netten Männern hier berichtete, an ihre Schwester, an ihren schwulen Nachbarn Erik, der in Münster über ihr im Dachgeschoss wohnte und dem sie von den attraktiven spanischen Männern hier berichtete, und trank ihren Cappuccino aus. Sie lehnte sich wieder zurück und blickte aufs Meer. Noch einen zweiten Cappuccino? Schließlich hatte sie Urlaub. Sie konnte an der Poolbar sitzen, so lange sie wollte, niemand kontrollierte sie, und sie war niemandem Rechenschaft schuldig. Ihr erster Urlaubstag. Die Luft war samtig und warm. Carina setzte ihre Sonnenbrille ab und schloss die Augen. Sie vergaß den strapaziösen Flug und die entwürdigende Behandlung an der Hotelrezeption. Dann hörte sie eine Stimme, die sie sofort wiedererkannte. Die Frau aus dem Bus. Sie hatte Carina an ihrem Tisch entdeckt und kam auf sie zu. Sie winkte, wie Carina befürchtet hatte, wedelte mit einem schwabbeligen Arm herum. Sie hatte sich ein ärmelloses Oberteil angezogen und rief jetzt: »Hallo! Hallo!« Als würden sie sich kennen. Sie sah absolut lächerlich in ihrem Strand-Outfit aus, das Billige und Ordinäre war überall an ihr präsent, sie trug es vor sich her wie eine Flagge. Wie werde ich sie nur wieder los?, dachte Carina. Sie setzte ihre Sonnenbrille auf, packte die Ansichtskarten in ihre Tasche, legte hastig ein paar Münzen auf den Tisch – viel zu viele –, sprang auf und eilte in die andere Richtung, bevor die Frau sie erreicht hatte.

Montag. Einfach verschwinden

Ja, verschwunden«, sagte die Hotelmitarbeiterin hinter dem Tresen der Rezeption. »Wie sagt man – spurlos. Keiner hat ihn gesehen.«

Verschwunden. Das Wort übte einen so starken Reiz auf Frank aus, dass er aufmerksam wurde und das Gespräch zwischen der Mitarbeiterin in ihrer adretten Uniform und einer nach Parfüm stinkenden Frau, die vor der Rezeption stand, belauschte.

Einfach verschwinden, dachte er, das wär's doch.

»Die Hubschrauber haben schon nach ihm gesucht«, sagte die Hotelmitarbeiterin.

Hubschrauber, dachte er. Vor Hubschraubern musste man sich natürlich verstecken. Im Gebüsch. In einer Felsspalte. Im Lorbeerwald.

»Wir haben vier Hubschrauber auf La Palma. Wenn sie nicht ausreichen, bekommen wir Verstärkung von Teneriffa.«

An einem Ort sein, dachte er, den nur er kannte. Und niemand wüsste, wo er war, nicht einmal Miriam. Nur er selbst. Außer ihm selbst vielleicht noch irgendein Viehzeug, das an seinen Füßen vorbeihuschte. Gab es auf der Insel überhaupt Tiere?

»Ein Gast hier aus dem Hotel?«, fragte die parfümierte Frau. »Wie kann so was denn passieren?«

»Nein, nicht aus unserem Hotel. Aus dem Princess in Fuencaliente, soweit ich weiß. Das große Hotel im Süden. Noch viel größer als unser Haus. Aber bei uns ist es ja viel persönlicher. Es ist wohl bei einer Wanderung in der Caldera passiert.«

»Ach! Bei einer Wanderung!«, sagte die Frau. »Ich wusste es ja. Wie gut, dass ich nicht wandern gehe.«

Du und wandern, dachte Frank und betrachtete sie von der Seite. Dass ich nicht lache. Das würdest du doch gar nicht schaffen.

»Passiert das hier öfter?«, fragte er. »Dass jemand verschwindet?«

»Nein, nein«, versicherte die Hotelmitarbeiterin eilig, »ganz selten!«

Eine Frau mit Rollkoffer, die zusammen mit einem Schwung neuer Urlauber angekommen war, beschwerte sich gerade bei einer anderen Rezeptionsmitarbeiterin – Frank konnte nicht ergründen, weswegen – und zog damit die ganze Aufmerksamkeit auf sich, sodass der verschollene Wanderer in Vergessenheit geriet. Sie trug eine Sonnenbrille, was hier in der Hotellobby lächerlich wirkte, zeigte dauernd auf ihren Personalausweis und gestikulierte wild.

Nur mit Mühe hatte Frank seiner Frau ausreden können, heute einen Ausflug nach Los Llanos zu unternehmen, der größten Stadt auf der Westseite der Insel, größer noch als die Hauptstadt Santa Cruz im Osten. Die Wanderungen begannen am nächsten Tag und würden noch anstrengend genug, hatte er zu bedenken gegeben, bis dahin sollten sie sich Ruhe gönnen. »Du vielleicht«, hatte Miriam geantwortet. »Ich brauche keine Ruhe.« Aber immerhin hatte sie sich mit der kleinen Strandpromenade von Puerto Naos begnügt. Warum hatte sie so viel Vergnügen am Geldausgeben?

Anschließend waren sie an den Strand gegangen. Der schwarze Sand gefiel ihm zwar immer noch nicht, aber er war allemal besser, als in überfüllten Städten herumzuhetzen. Die kreischenden Kinder störten ein wenig, doch wenn Frank die Augen schloss, konnte er alles um sich herum ausblenden. Er stellte sich einen Strand mit weißem, feinkörnigem Sand vor, menschenleer. Sogar Miriam in ihrem pinkfarbenen Bikini dachte er sich fort. Sie störte das Bild, ebenso wie die lärmenden Kinder. Er stellte sich vor, wie es sich wohl anfühlte, wenn das Leben schön war.

Als er aufstand, sagte Miriam: »Du willst doch jetzt nicht etwa schwimmen gehen? Hast du nicht die gelbe Fahne gesehen?«

Frank blickte sich um. Tatsächlich, neben den Duschen wehte eine gelbe Fahne. Aber sie hielt niemanden davon ab, ins Wasser zu gehen.

»Bei Gelb kann man doch auch noch über die Ampel«, sagte er.

»Du musst mir nichts beweisen«, sagte Miriam.

Dir will ich auch nichts beweisen, dachte er, sondern mir.

Wie sich dann herausstellte, war es allein schwierig, überhaupt ins Wasser zu gelangen, denn die Wellen – von weiter weg hatten sie noch harmlos gewirkt – hoben ihn fast von den Füßen. Doch mit einem beherzten, kühnen Sprung, mit der Sekunde Mut, die es brauchte, glückte es ihm schließlich. Bald darauf spürte er keinen Boden mehr unter den Füßen und schwamm ein paar kräftige Züge, bis er sich ein ganzes Stück vom Strand entfernt hatte und es sich so anfühlte wie das offene Meer. Im Reiseführer hatte er gelesen, dass es auf La Palma nirgendwo flach abfallende Strände gab. Hier ging es sofort weit hinab in die Tiefe. Tiefe war noch viel unvorstellbarer als Höhe. Beängstigend, aber auch frei, dachte er. Ich bin frei, dachte er, wenigstens in diesem Augenblick.

Draußen war das Meer ruhiger, und die Geräusche des Strandes wurden komplett verschluckt. Miriam erkannte er gerade noch als kleinen pinkfarbenen Fleck auf dem schwarzen Sand. Das wogende Wasser schaukelte ihn sanft. Frank kam sich vor wie ein Korken. Er brauchte gar nicht zu schwimmen, sondern konnte sich treiben lassen. Er schwamm nicht, sondern wurde geschwommen. Ich werde geschwommen, dachte er, musste lachen und verschluckte sich am Salzwasser. Das Meer war so unglaublich tiefblau, und über ihm erstreckte sich ein ebenso blauer, wolkenloser Himmel. Für einen kurzen Moment war es wieder da, das verloren geglaubte Gefühl, Freude an etwas zu haben. War jetzt eigentlich Ebbe oder Flut? Er wusste es nicht. Am Felsen auf dem Strand war es theoretisch gut zu erkennen, aber bislang hatte er nicht darauf geachtet, obwohl ihn so etwas doch normalerweise interessierte und er gut darin war. Wenn er sich umdrehte, weg von dem schwarzen Sand, den bunten Handtuchflecken darauf, den angepflanzten Palmen, sah er nichts als dunkelblaue Weite. Er sah Wellen, die auf ihn zurollten. Wie lange würde er wohl durchhalten können, wenn er nicht zurück zum Strand schwamm, sondern in die andere Richtung, immer weiter, der Endlosigkeit entgegen? Da hinten lag nichts. Nur der Ozean. Und irgendwo die Ostküste Amerikas. Wie lange würde es bis zur Erschöpfung dauern? Ab wann wäre er völlig entkräftet? Und wäre das, völlig entkräftet zu sein, wirklich ein so schlimmes Gefühl?

Aber es nützte ja nichts, er musste wieder zurück. Mit wem sollte Miriam sonst zu Abend essen? Bei dem verzweifelten Versuch, wieder an Land zu kommen, wurde eine Frau direkt vor ihm von schaumiger Gischt überspült. Eine Ewigkeit konnte Frank sie nicht mehr sehen und fragte sich schon, ob sie einfach verschwunden war, so wie der Hotelgast des Princess auf der Wanderung. Zurück zum Strand zu schwimmen, bereitete ihm keinerlei Mühe. Also herrschte offenbar Flut. Die Frau vor ihm tauchte wieder auf. Sie hatte sichtlich Probleme, an Land zu krabbeln. Die Wellen warfen alles, was ihnen im Weg war, auf den Sand, kleine und größere schwarze Steine, Menschen. Die nächste Welle überrollte die Frau von hinten, und der Rücksog zog sie wieder ein weites Stück ins offene Wasser.

Sollte er ihr helfen? Nein, er hatte genug mit sich selbst zu tun. Er wartete zwei, drei große Wellen ab, dann fasste er sich ein Herz und schwamm so nah zum Strand, bis er Boden spürte. Bevor ihn die nächste Welle mit voller Wucht überspülen konnte, war er bereits an Land.

Frank strich sich das Wasser aus den Haaren. Auch die Frau hatte inzwischen das Land erreicht, aber mehr kriechend als im aufrechten Gang. Ein jämmerlicher Anblick. Frank straffte die Schultern und ging an ihr vorbei. Miriam lag noch am selben Platz wie vorhin und hatte die Augen geschlossen. Frank blieb einen Moment vor ihr stehen. Sie bemerkte seine Anwesenheit erst, als Wassertropfen auf ihr Bein fielen. Wäre ihr überhaupt aufgefallen, wenn er nicht mehr zurückgekommen wäre?

Abends fühlte Frank sich von Leoparden, Tigern und einigen wenigen Zebras umzingelt. Er achtete normalerweise nicht auf die Kleidung anderer Leute, aber hier, in dieser riesigen Fütterungsanstalt, fiel es sogar ihm auf. Leoparden waren in der Überzahl, dicht gefolgt von Tigern. Leopardenblusen. Tiger-T-Shirts. Raubkatzenhalstücher. Es handelte sich ausnahmslos um Frauen ab Mitte vierzig. War Raubkatze zurzeit modern? Oder wollten die Frauen ab Mitte vierzig auf die immer noch in ihnen wohnende Wildheit aufmerksam machen? Frank dachte angestrengt darüber nach, ob auch Miriam etwas Derartiges im Kleiderschrank hatte, aber es fiel ihm nicht ein.

Auch am dritten Abend konnten Frank und Miriam wieder einen Tisch auf der Terrasse ergattern.

Inzwischen legte Frank großen Wert darauf, da er Gefallen an der spanischen Getränkekellnerin mit russischem Vornamen gefunden hatte, die an den Plätzen draußen bediente.

»Hola«, sagte sie und lächelte Frank an, als sie den Wein einschenkte und darauf wartete, dass er probierte. »Sie kommen aus Deutschland?«

»Ja, wir kommen aus Deutschland«, sagte Miriam. »Wieso?«

»Deutsche sind lustig«, sagte die Kellnerin, die laut ihrem Namensschild Tatiana hieß. »In Deutschland gehen Reiche zu Aldi. Auf den Parkplätzen vor Aldi stehen lauter Mercedes. In Deutschland sind auch Reiche sparsam.«

Frank lachte über ihre Bemerkung. Miriam nicht. Nachdem Frank Tatiana mit einem Nicken signalisiert hatte, dass der Wein gut war, und sie sich wieder entfernt hatte, sagte Miriam: »Was sollte das denn? Warum hat sie das gesagt? Wollte sie damit sagen, dass wir ihr gestern zu wenig Trinkgeld gegeben haben?«

Frank blickte Tatiana hinterher. Sie räumte leere Teller ab und stapelte sie auf einen Wagen.

»Frank! Ich rede mit dir!«

»Was?«

»Die Kellnerin. Meinst du, wir haben ihr gestern zu wenig Trinkgeld gegeben?«

»Nein, ich glaube nicht. Aber wir können ihr heute ja mehr hinlegen, wenn du willst.«

»Wieso das denn? Das will ich doch gar nicht!«

»Hast du das nicht gerade gesagt? Dass es zu wenig war?«

Miriam sprach weiter, aber Frank hörte nicht mehr richtig zu. Er beobachtete Tatiana, wie sie geschäftig hin- und herging, ihre eingespielten, zugleich sicheren und geschmeidigen Handgriffe, wie sie die Gäste anlächelte – freundlich, aber nicht so warmherzig wie ihn – und keinerlei Anzeichen von Müdigkeit zeigte. Sie trug flache Schuhe, was er für sehr vernünftig hielt. Noch nie hatte er so attraktive flache Schuhe gesehen. Überhaupt konnte er sich an Tatiana nicht sattsehen. Das war ungemein beruhigend – bedeutete es doch, dass er sehr wohl noch dazu in der Lage war, sich zu freuen. Erst hatte er sich über das Essen gefreut. Dann über die Wellen und die Weite der See. Jetzt über Tatiana.

Frank aß an diesem Abend viel, und er schmeckte alles, jede noch so feine Nuance, jedes kleinste Atom der Speisen. Weil ihm die Entscheidung schwerfiel, nahm er sich von jedem Buffet etwas. »Pass lieber ein bisschen auf mit dem Essen«, sagte Miriam. Wieso sollte er aufpassen? Er war nicht zu dick. Er hatte momentan zwei Bedürfnisse: Erstens satt werden. Als befürchtete er, schon bald nichts mehr zu bekommen. Zweitens Tatiana betrachten.

»Haben wir eigentlich das Spanisch-Wörterbuch dabei?«, fragte er zwischen zwei Bissen Kuchen.

»Das Wörterbuch? Ja, oben auf dem Nachttisch. Wieso? In der Wandergruppe sprechen doch alle deutsch.«

»Vielleicht würde die Kellnerin sich ja über ein paar Worte in ihrer Sprache freuen.«

»Die Kellnerin? Was haben wir denn mit der zu schaffen? Außerdem hast du doch gehört, dass sie gut Deutsch kann. Frank, du musst langsam mal fertig werden. Beeil dich! Wir müssen zum Gruppentreffen.«

Frank aß hastig sein letztes Stück Kuchen auf und fügte sich. Dabei hatte er Tatiana doch noch nach dem verschollenen Wanderer aus dem Hotel Princess und den Hubschraubern fragen wollen. Er entschied sich für ein üppiges Trinkgeld. Miriam wollte protestieren, er sah es ihr an, doch als sie den Mund öffnete, schob er sie zur Terrassentür und sagte: »Lass uns gehen. Du willst doch nicht zu spät kommen.«

Der Raum, in dem das erste IWO-Treffen stattfand, lag direkt neben dem Restaurant. Miriam versuchte sofort, mit den anderen Teilnehmern in Kontakt zu kommen. Sie fragte sie nach ihrer Meinung über das Hotel, ihre Zimmer, das Essen, Puerto Naos und die Strandpromenade. Frank saß stumm daneben und stellte sich vor, wie geschickt Tatiana eine Weinflasche öffnete und wie jung ihr Gesicht aussah.

Ein Mann mit kurz geschorenen Haaren und einem kleinen Kinnbart in kariertem Hemd, der vorne stand und offenbar für die nächsten sechs Tage ihr Anführer war, sagte: »Menschen, die wandern und die Natur genießen, sind gute Menschen.«

Alle hingen an seinen Lippen, stimmten ihm zu, als wäre er der Weisheitsverkünder, und murmelten etwas, auch Miriam. Hätte noch gefehlt, dass sie »Amen«

sagten. Frank schloss wie nachmittags am Strand die Augen und damit seine Umgebung aus. Als er sie wieder öffnete und in die Runde sah, erkannte er sie. Seine Brust wurde eng. Er bekam keine Luft und musste husten. Er täuschte sich nicht. Er war sich ganz sicher. Es hatte doch gerade angefangen, schön zu werden: Das Essen. Die Wellen. Tatiana.

Montag. Menschen mit Niveau

Natürlich war ihre Kleidung zerknittert, nachdem sie etliche Tage im Koffer gelegen hatte, aber nicht so schlimm wie befürchtet.

Carina sah in den Spiegel und befand, dass sie gut aussah. Sie hatte das T-Shirt mit Leopardenmuster und weit ausgeschnittenem Dekolleté gewählt. Genau das Richtige für diesen Abend. Sie war davon überzeugt, dass der erste Eindruck wichtig war, mehr noch, dass er die Weichen stellte und über den gesamten weiteren Verlauf entschied.

»T-Shirt« war eindeutig nicht das treffende Wort. Für ein ordinäres T-Shirt hatte dieses glatte, weich fallende Kleidungsstück zu viel gekostet. Carina hatte es in der Münsteraner Boutique gekauft, in der ihre Chefin sich einkleidete, an einem freudlosen Tag, als es notwendig gewesen war, sich etwas Besonderes zu gönnen.

Sie wollte das kleine Badezimmer schon verlassen, zufrieden mit sich, ihren Schlüssel und das Portemonnaie in die Handtasche stecken und nach unten gehen, doch etwas hielt sie vor dem Spiegel gefangen. Sah man es ihr an? Wenn man den Preis des T-Shirts außer Acht ließ, sah man ihr an, woher sie kam? Erkannte man in ihren Gesichtszügen noch heute das schäbige Reihenhaus im Ruhrgebiet, die Siedlung, in der alle stolz darauf waren, grundsolide Arbeiter zu sein, obwohl sie schon lange von Hartz IV oder der Rente lebten? Bereits in Carinas Jugend hatte das Haus einen heruntergekommenen Eindruck gemacht, so sehr sich ihre Mutter auch bemüht hatte, die Trostlosigkeit dieses Daseins mit Geranien zu übertünchen. Noch heute hasste Carina Geranien. Grässliche kleine Spießerblumen.

Sie versuchte, vor dem Spiegel des Hotelbadezimmers den Makel, der an ihr haftete, obwohl sie seit mehr als zwanzig Jahren dagegen ankämpfte, von ihrem Gesicht abzulesen. War sie davon gezeichnet, wie von einer Tätowierung oder einem Brandmal, und alle Mühe umsonst?

Als Nächstes fragte Carina sich, ob sie nicht zu elegant aussah. Vielleicht sollte sie sich beim ersten Treffen der IWO lieber sportlich kleiden, kariertes Hemd, derbe Hose, so wie für die Wanderungen auch. Warum mussten Wanderhemden eigentlich immer kariert sein? Doch fürs Umziehen war es jetzt zu spät, und vor dem Treffen wollte sie zum Abendessenbuffet, um die dortigen Gegebenheiten zu erkunden.

Am Eingang zum Hotelrestaurant erwartete sie, dass ihr ein Platz zugewiesen würde, doch ein Mitarbeiter, tadellos gekleidet, dem man anmerkte, dass sein Lächeln nicht echt, sondern verordnet war, wollte lediglich ihre Zimmerkarte sehen. Carina musste sich selbst einen Tisch suchen.

Natürlich waren alle Plätze mit Meerblick belegt, und so blieb ihr nichts anderes übrig, als sich an einen kleinen Tisch nahe bei den Buffets zu setzen. Sie fühlte sich dort nicht wohl. Aber an diesem ersten Abend würde sie es noch hinnehmen. Ab morgen wäre sowieso alles anders. Carina war neugierig auf die Gruppe und konnte das Treffen kaum erwarten.

Die Kellnerin, die für die Getränke zuständig war, kam an ihren Tisch, und Carina wählte Wasser und ein Glas Rosé. Wasser, sie brauchte Wasser, denn sie musste viel trinken. Carina war überzeugt, dass sie sonst auf der Stelle krank werden würde. Austrocknen. Wie eine Amphibie ohne Feuchtigkeit. Sie gehörte zu den Menschen, die in ihrer Tasche stets eine Flasche Wasser bei sich trugen, selbst wenn sie nur kurz das Haus verließ.

Nachdem die Kellnerin die Getränke gebracht und Carina gierig einige Schlucke Wasser getrunken hatte, stand sie auf und ging zum Salatbuffet. Zu Hause war sie selbstverständlich davon ausgegangen, dass die Gäste des Hotels Stil hätten, schließlich war der Urlaub nicht billig. Doch bereits die aufdringliche Frau im Bus, die sie in den kommenden Tagen wahrscheinlich auf Schritt und Tritt verfolgen würde, hatte sie misstrauisch werden lassen. Nach einem schnellen Taxieren der Leute an den Buffets bestätigte sich dieser Eindruck. Aber für eine Woche Urlaub das Hotel wechseln? Und gab es auf La Palma überhaupt so viele Möglichkeiten?

Da vorne war doch tatsächlich ein Mann mit kurzen Hosen. In einem gut geführten Haus sollten kurze Hosen beim Abendessen verboten sein. Voller Verachtung begutachtete Carina die Fettpolster an den Hüften, Hintern und Oberschenkeln, die schlecht sitzende Kleidung. Sie konnte ihren Blick nicht davon abwenden, sodass sie minutenlang vergaß, sich etwas zu essen zu nehmen. Eine Frau forderte sie auf, aus dem Weg zu gehen, »wenn Sie hier bloß rumstehen und vor sich hinträumen«. Carina bohrte ihr einen hasserfüllten Blick in den Rücken, sobald sie sich wieder umgedreht hatte. Sie war überzeugt davon, dass andere Menschen solche Blicke und Gedanken spürten. Carina sah eindeutig am besten aus. Ein Stern in all dieser trostlosen Durchschnittlichkeit. Sie war von Natur aus schlank und blieb es, egal, was sie aß. Im Moment war sie außerdem gut in Form, da sie für die Wanderungen trainiert hatte. Sie war regelmäßig mit ihren Nordic-Walking-Stöcken um den Aasee in Münster gegangen, manchmal auch mit dem Auto in die nähere Umgebung gefahren, um dort spazieren zu gehen. Sie hatte sich allerhand Neues gekauft, neuen Rucksack, neue Stöcke. Sie liebte Wanderstöcke, denn sie gaben ihr das Gefühl, fest mit dem Boden unter sich verbunden zu sein. Carina war für alles gerüstet.

Sie musste einen guten Eindruck machen. Auf den Wanderführer. Auf die anderen Teilnehmer. Der erste Eindruck war entscheidend. Sie aß den Salat und blickte sich um, auch weil sie nach der Frau aus Bösensell Ausschau hielt. Nachher setzte sie sich noch zu ihr an den Tisch! Carina sehnte sich nach einem Gefährten, nach jemandem, der ihre Ansichten teilte und mit dem sie sich über ihre Beobachtungen an diesem ersten Abend auf La Palma hätte austauschen können. Da es keinen gab, sprach sie im Stillen zu sich selbst.

Kannst du dir nicht was anderes anziehen?, dachte Carina, als eine Frau direkt an ihrem Tisch vorbeiging. Wie sieht das denn aus? Und die da vorne, dachte sie und bewegte beim Denken die Lippen, als würde sie laut sprechen, die jetzt aufsteht und sich bestimmt zum dritten Mal Nachschlag holt. Da vergeht einem ja der Appetit. Tut so, als würde sie nur an Salatblättern knabbern. Das glaubt dir doch kein Mensch. Da! Da! Da! Ich hab's doch gewusst! Sie geht zu dem Buffet mit dem fetten Fleisch. Fettes Fleisch mästet fettes Fleisch. Und die da vorne, mit ihrem Schmuckgeklimper und ihren blondierten Haaren und der ledrigen Sonnenstudiobräune. Willst du was von mir? Ich weiß, dass ich hundertmal geschmackvoller angezogen bin als du und tausendmal besser aussehe, dazu brauche ich deinen neidischen Blick nicht. Du willst mir doch was weggucken. Mich durch Anglotzen bestehlen willst du.

Carina wollte ihren Magen nicht belasten und aß an diesem ersten Abend außer dem Salat nur ein wenig Fisch. Die Getränkekellnerin kam und fragte, ob sie noch einen Wunsch habe. Carina verneinte. War da nicht ein Ausdruck des Mitleids im Gesicht der jungen Spanierin? Weil Carina alleine an diesem unattraktiven Tisch direkt bei den Buffets inmitten der Kochdämpfe saß? Oder bildete sie sich ihr Mitleid bloß ein?

Sie schwankte, ob sie zur Strafe gar kein Trinkgeld zurücklassen sollte oder im Gegenteil sehr viel, damit die Kellnerin sie am nächsten Tag zuvorkommend behandelte – bis ihr einfiel, dass sie am nächsten Tag gar nicht mehr alleine zu Abend essen würde, sondern zusammen mit der Gruppe. Kein Trinkgeld, entschied sie, nicht einmal fünfzig Cent.

Beim Hinausgehen sah Carina zu ihrer Überraschung, dass die aufdringliche Frau aus Bösensell an einem Tisch mit Meerblick saß und sich angeregt mit einer anderen unterhielt. Carina war erleichtert. Und zugleich verspürte sie diesen Druck im Inneren, als würde unten etwas ihren Leib zusammenpressen und oben die Tränen hinaustreiben. Die schreckliche Frau aus dem Bus hatte Carina offenbar gar nicht nötig. Sie hatte gleich am ersten Abend Anschluss gefunden und bemerkte sie nicht einmal. Eilig verließ Carina den Speisesaal.

Sie mutmaßte, dass sie beim ersten Treffen der Wandergruppe lauter Paare erwarteten. Zur Schau gestellte Zweisamkeit. Carina kannte von anderen Urlauben diese Ehefrauen, die sie argwöhnisch beäugten, wenn sie mehr als zwei Worte mit ihren Männern wechselte. Aus irgendeinem Grund schienen sie das Wandern tagsüber bedrohlicher zu finden als das Abendessen in großer Runde abends im Hotel. Beim Abendessen saßen die Männer brav neben ihren Frauen, gingen gemeinsam mit ihnen zu den Buffets und nahmen sich das Gleiche zu essen wie sie. Beim Wandern hingegen bildeten sich im Laufe des Tages unterschiedliche Gruppierungen. Fürchteten die Frauen, Carina könnte mit ihren Männern hinter einer Wegbiegung zurückbleiben, ihnen näher kommen, wenn niemand zusah und sie nicht unter Kontrolle standen?

Sie verzichtete darauf, noch einmal ihr Zimmer aufzusuchen, um ihr Äußeres zu begutachten oder ihr Outfit doch noch von elegant in lässig-sportlich umzuändern. Es gab nichts zu verbessern. Der eigentümliche Druck im Inneren ließ langsam nach. Sie ging zu Fuß über die breite Wendeltreppe einen Stock nach oben, zur Lobby des Hotels. Bei jedem Schritt versuchte sie, ihren Körper bewusst wahrzunehmen, den Bewegungsablauf des Gehens, wie ihre Muskeln arbeiteten, ihre Füße sich hoben und wieder auf den Boden traten. In der Lobby standen Korbsofas, auf denen vereinzelt Gestalten saßen, die auf ihren Laptops herumtippten. Die Bar war noch verwaist, nicht mal ein Kellner stand dahinter. Carina tat so, als würde sie gedankenverloren herumschlendern. Oder als hätte sie hier eine Verabredung, auf die sie wartete. Sie sah auf die Uhr. Noch zu früh. Sie setzte sich auf eins der Korbsofas. Davor stand ein niedriger Couchtisch, auf dem Prospekte lagen. Carina griff nach einem und blätterte darin herum. Die Schönheiten La Palmas wurden dort beschrieben, der Isla Bonita, der schönen Insel, vor allem aber das Hotel und die Freizeitmöglichkeiten angepriesen, die es bot. Auf Spanisch, Englisch, Deutsch und Französisch. Carina las nicht wirklich in dem Prospekt, ihre Augen wanderten ruhelos hin und her. Sie spähte immer wieder zur Bar. Warum war denn noch niemand hier? Lachende Hotelgäste spazierten an ihrem Sofa vorbei. Laut redende und wild gestikulierende Spanier. Auf der Bar standen gar keine Sektgläser bereit. Es gab doch immer einen Begrüßungssekt beim ersten IWO-Treffen. Sahen die anderen Hotelgäste mitleidig auf sie herab, weil sie hier alleine auf einem der Sofas saß, die wahrscheinlich nie jemand benutzte, weil sie nur zur Dekoration herumstanden? Weil sie so aussah wie bestellt und nicht abgeholt?

Carina blätterte wieder durch den Prospekt, den sie immer noch in der Hand hielt. Keine Sektgläser auf der Theke der Bar. Kein Wanderführer und keine Gruppe. Sie sah auf die Uhr. Kurz nach sieben. Für neunzehn Uhr war das erste Treffen der Wandergruppe angesagt. Wieso war hier denn niemand, nur sie? Sie stand auf, ging zum Eingang und trat nach draußen. Es war selbst jetzt, Anfang Oktober, noch sehr heiß. In einer Voliere gegenüber dem Eingang zwitscherten bunte, exotische Vögel, für die sie jetzt keinen Blick hatte. Sie ging wieder hinein. Hinter der Rezeption stand die Frau, die sie heute beim Einchecken wegen ihres Vornamens geplagt hatte, und sah neugierig zu ihr. Der Tisch ihres Reiseveranstalters, bei dem sie sich hätte beschweren können, war um diese Zeit natürlich nicht mehr besetzt. Carina ging weiträumig am Rezeptionstresen vorbei, in Richtung Bar. Keine Sektgläser. Kein Wanderführer. Nichts.

Sie sah wieder auf die Uhr. Dann kramte sie in ihrer Handtasche herum, in der auch die Unterlagen für die Wanderungen steckten. Neunzehn Uhr, stand dort. Im Freizeitraum namens »Rincón del Senderista« direkt neben dem Restaurant. Freizeitraum. Neben dem Restaurant. Das Restaurant befand sich eine Etage tiefer. Sie war hier falsch. So langsam wie möglich, um nicht gehetzt auszusehen, ging sie zur großen Wendeltreppe. Ihr wurde ganz heiß, und sie schwitzte ihr Leoparden-T-Shirt voll. Andere Hotelgäste, die gerade vom Abendessen kamen oder zum Essen gingen, rempelten sie an. In der Nähe des Restaurants stand ein Billardtisch, ebenso verwaist wie die Bar ein Stockwerk höher. Ob hier jemals Leute Billard spielten? Daneben die gleichen Rattansofas und -sessel wie oben, zu kleinen Ensembles arrangiert. Und ein Raum mit offener Tür.

Jetzt war keine Zeit mehr, zurück in ihr Zimmer zu gehen, um sich zurechtzumachen. Carina betrat den Raum.

»Hier ist doch das IWO-Treffen?«, fragte sie.

In dem Raum befanden sich etliche Clubsessel vor kleinen Tischen. Ein Mann ordnete Papiere und sagte: »Ja, hier bist du richtig. Wir wollten gerade anfangen. Setz dich doch.«

Carina setzte sich auf den erstbesten Sessel ganz vorne, wo ein Tisch mit Sektgläsern stand. Sie war verschwitzt. Ihr feuchtes T-Shirt klebte unangenehm am Rücken. Kein guter Anfang.

Der Mann legte die Papiere beiseite und verteilte Sekt und Orangensaft.

»Heute erst angekommen?«, fragte er sie.

Carina bejahte, erwähnte kurz den anstrengenden Flug und ihre Angst vor Thrombosen und lobte das Abendessenbuffet des Hotels, obwohl sie nicht viel davon gegessen hatte.

»Thrombosen?«, sagte der Mann. »Hast du etwa irgendwelche gesundheitlichen Probleme?«

»Gesundheitliche Probleme? Nein, nein.«

»Dann ist ja gut.«

Carinas Herzschlag normalisierte sich wieder. Jetzt erst nahm sie die anderen Menschen im Raum zur Kenntnis und zählte, neben sich selbst und dem kurzhaarigen Mann mit Ziegenbart, der wohl der Wanderführer war, zwölf Personen. Vor allem Paare, wie sie vermutet hatte. Außerdem ein junger und ein älterer Mann und zwei Frauen. Die Frauen saßen nebeneinander. Wahrscheinlich so eine Freundinnenreise, zu der ihre Mutter sie immer überreden wollte. Die beiden Frauen machten nicht den Eindruck, als führen sie gerne zusammen in Urlaub.

»Und, wie gefällt dir das Hotel?«, fragte der Mann, und jetzt ging Carina auf, dass sie ganz vorne einen strategisch günstigen Platz erwischt hatte, ganz nah bei ihm.

»So weit ganz gut«, antwortete sie. »Aber so viel habe ich ja noch nicht gesehen.«

»Ab morgen hast du dann ja Gesellschaft beim Essen«, sagte er. »Wir essen morgens und abends im Hotel immer in der Gruppe. Aber das weißt du ja sicher. Du warst doch schon mal mit der IWO unterwegs?«

»Ja, schon oft.«

»Das ist gut. Neue hab ich nämlich nicht so gern dabei. Denen muss man so viel erklären. Ich bin übrigens Markus.«

»Carina.«

Warum hatte er extra erwähnt, dass sie morgen beim Essen Gesellschaft haben würde? Sah sie etwa einsam aus? *Einsam*, was für ein unappetitliches Wort. Genauso unappetitlich wie *arm*. Carina betrachtete den Wanderführer verstohlen von der Seite. Er trug sein Haar ganz kurz geschoren und einen modernen Kinnbart. Kariertes Hemd, saloppe Cargohose. Er sah sehr männlich aus, auch ein bisschen verwegen und gefährlich. Bestimmt duftete er nach Lagerfeuer, nach einer Nacht auf dem nackten Waldboden.

»Willkommen miteinander«, sagte Markus und sah in die Runde. »Ihr wisst ja, wir duzen uns bei der IWO. Für die, die es immer noch nicht mitbekommen haben, IWO, Abkürzung für Internationale Wanderorganisation. Ich bin Markus, und ihr verbringt die nächsten Tage mit mir. Auf eine gute Zeit! Ihr werdet sechs unvergessliche Tage erleben! Lasst uns darauf anstoßen.« Alle hoben die Gläser und tranken einen Schluck. »Passenderweise sind wir hier in der ›Ecke der Wanderer‹ versammelt, so heißt dieser Raum, den uns das Hotel zur Verfügung gestellt hat. Wir fangen am besten damit an, dass ihr euch der Reihe nach vorstellt. Ihr wisst ja, nur eure Vornamen und woher ihr kommt. Keine Berufe. Das ist gute alte IWO-Tradition. Wir wollen uns in den Ferien ja nicht mit dem Alltag belasten. Fangen wir doch gleich hier neben mir an.« Er blickte auffordernd zu Carina.

Carina räusperte sich. »Ja, Hallo«, sagte sie. »Ich heiße Carina und komme aus Münster.«

Alle sahen sie an. Auch Markus. Sie nahm einen großen Schluck aus ihrem Sektglas. Die anderen Teilnehmer interessierten Carina an diesem ersten Abend nicht besonders, und sie vergaß auch sofort ihre Namen und die Orte, aus denen sie stammten. Mit Ausnahme von Julius und Anja, ein Paar aus Niedersachsen. Beide sahen sehr gut aus und hatten von allen Anwesenden mit Abstand am meisten Stil. Leute, die gut verdienten, etwas hermachten, ohne dabei protzig zu wirken. Carina prägte sich ihre Gesichter ein. Eine der beiden Frauen, die gemeinsam verreisten, weil sie niemanden hatten und zu feige waren, es allein zu tun, sah die ganze Zeit zu Carina herüber. Warum glotzte sie so? Der alleinstehende ältere Mann beobachtete sie von der anderen Seite, versuchte sogar mal einen längeren Blickkontakt. Wollte er etwas von ihr? Carina fragte sich, zu wem sie sich bei der ersten Wanderung gesellen würde. Ganz sicher nicht zu den beiden Frauen oder dem älteren Mann. Zu Julius und Anja? Oder lieber gleich zu Markus? Markus, entschied sie. Carina wollte ganz vorne mitspielen.

Montag. Am Swimmingpool

»Wer von euch war noch nie mit der IWO unterwegs?«

Eva hatte das Gefühl, dass alle Köpfe sich zu ihr wandten, was natürlich nicht stimmte, denn woher sollten sie wissen? Außer Rebecca nahm niemand von ihr Notiz, abgesehen vielleicht von der Frau, die als Letzte gekommen war und dauernd zu ihr herübersah.

»Alle sind also schon mal mit der IWO gewandert, das ist gut«, sagte Markus. »Das erleichtert vieles. Dann wisst ihr ja, wie es abläuft, und ich muss euch nichts mehr erklären.«

Rebecca stieß ihr mit dem Ellbogen in die Seite.

»Na los!«, flüsterte sie.

»Was, na los?«, zischte Eva verärgert, obwohl sie natürlich genau wusste, was Rebecca nun von ihr verlangte.

Zögerlich hob sie den Arm. Der Wanderführer sah zu ihr und mit ihm alle anderen zwölf. Und Rebecca. Diese fremden Leute auf den Sesseln ringsherum, mit denen sie die kommenden Tage verbringen würde, ihre Freundin eingeschlossen, erschienen ihr plötzlich wie ein elitärer Club, eine Art Geheimbund besonders wertvoller Menschen, die ein Wissen miteinander teilten, von dem sie ausgeschlossen war.

»Aha, also doch ein Frischling unter uns«, sagte Markus und lachte. »Na ja, das Wesentliche hast du ja schon mitbekommen, oder?« Er wartete keine Antwort ab. »Und wenn du nicht weißt, wie es bei der IWO läuft, kannst du ja auch die anderen fragen, die helfen dir sicher gerne. Außer dir sind ja wohl alle unter uns alte Hasen.« Die meisten in der Runde nickten, mit unverhohlenem Stolz im Gesicht. »Du bist aber sicher, dass du das schaffst?«

»Klar schafft sie das!«, sagte Rebecca, als könnte Eva nicht für sich selbst sprechen. »Sie hat doch zu Hause geübt.«

»Zu Hause geübt?« Markus lachte wieder. »In Hamburg? Da gibt's ja auch so viele Berge.«

Nun lachten auch alle anderen. Sogar Rebecca.

»Berlin«, sagte Eva.

»Was?«

»Ich wohne in Berlin, nicht in Hamburg.«

»Dann eben Berlin. Ist ja auch egal. In Berlin gibt es genauso viele Berge wie in Hamburg, nicht wahr? Das Wandern hier auf La Palma ist schon was anderes. Es gibt erhebliche Höhenunterschiede, und das Gelände ist auch nicht immer ganz leicht. Es ist schon was anderes als ein kleiner Sonntagsspaziergang. Nur, damit du Bescheid weißt.«

Die Tür stand offen. Andere Hotelgäste gingen draußen vorbei, auf dem Weg zum Essen oder von dort zurückkehrend. Sie alle sahen neugierig in den

Raum zu ihrer kleinen Versammlung. Eva beneidete sie. Sie mussten nicht mit wildfremden Menschen herumsitzen, warmen Sekt trinken und sich in die Schulzeit zurückversetzt fühlen. Sie konnte Markus vom ersten Moment an nicht leiden.

Die schöne Frau vom Swimmingpool und ihr attraktiver Mann saßen auch hier, Eva hatte sie gleich erkannt. Anja. Als Zeichen des Wiedererkennens hatte Anja sie angelächelt, ein feines, kaum wahrnehmbares Lächeln, das sicher niemand außer Eva bemerkt hatte.

Zum Abschluss mussten sie auf einem Formular, das Markus herumreichte, ihre genaue Anschrift angeben. Die Frau, die als Letzte gekommen war und ganz vorne saß, weigerte sich, dies zu tun. Markus erklärte ihr, das sei aus versicherungstechnischen Gründen aber notwendig. Sie entgegnete – so laut, dass es alle hören konnten –, sie sei mal von jemandem belästigt worden, über eine lange Zeit hinweg, sie benutzte das Wort »Stalker«, und seitdem gehe sie vorsichtig mit ihren persönlichen Daten um. Niemand sagte etwas dazu, und der Wanderführer sammelte das Formular ohne ihre Anschrift ein.

Eva war erleichtert, als es vorbei war. Allerdings war sie sich darüber im Klaren, dass sie erst den Anfang hinter sich hatte und den Hauptteil noch vor sich. Morgen ging es los. Morgen musste sie mit all diesen fremden Menschen den Tag verbringen, die ganze Zeit mit ihnen plaudern. Sie musste schon im Verlag dauernd plaudern. Gott sei Dank waren die

Berufe tabu. Immerhin etwas. Das Letzte, worüber Eva im Moment sprechen wollte, war ihr Beruf. Nicht mit Fremden – nicht einmal mit Rebecca.

Rebecca und sie holten sich nach dem ersten Treffen der Wandergruppe noch ein Glas Wein an der Hotelbar – der Wein hieß hier »Teneguía«, wie der Vulkan – und schlenderten damit langsam durch den Kakteengarten bis zu den hinteren Swimmingpools.

»Was für eine schöne Luft«, sagte Rebecca.

Und es stimmte, die Luft war mild und rein und außerdem so warm, dass sie auch jetzt am Abend keine Jacken brauchten. Der Ozean lag als gigantische schwarze Fläche vor ihnen, und der Swimmingpool erstrahlte in blauem Licht. Es war nahezu windstill und die Wasseroberfläche des blau leuchtenden Pools kaum bewegt, ein glatter, glitzernder Spiegel. Es sah aus wie Urlaub.

Eva zog ihr Handy aus der Tasche und wollte es einschalten.

»Muss das sein?«, sagte Rebecca. Ihr Blick war so angewidert, als hielte Eva kein Telefon, sondern ein verdorbenes Stück Fleisch oder stinkende Exkremente in der Hand, und die Verärgerung in ihrer Stimme war nicht zu überhören.

»Ich wollte nur mal sehen, ob ich vielleicht Nachrichten aus dem Verlag habe«, sagte Eva.

»Du hast doch jetzt Urlaub! Die paar Tage können deine Kollegen sicher auf dich verzichten.«

»Ja, das hast du schon erwähnt. Du meinst im Sinne von ›Jeder ist ersetzbar‹, oder was?«

»Aber das stimmt doch auch«, sagte Rebecca. »Jeder *ist* ersetzbar.«

Eva schwieg. Natürlich war jeder ersetzbar. Ihre Stelle allerdings, so munkelte man im Verlag, wäre nicht nur problemlos durch jemand anderen zu ersetzen gewesen – sie war überflüssig. Purer Luxus. Geldverschwendung. Ihre Stelle und die etlicher anderer auch. Zum Beispiel die von Sebastian aus der Presseabteilung oder die von Christine aus dem Vertrieb. Sebastian und Christine waren Evas liebste Arbeitskollegen, die Einzigen, die sie wirklich mochte. Es hatte bei der letzten Weihnachtsfeier im Dezember vergangenen Jahres angefangen. Eva hatte mit Sebastian und Christine an einem Tisch gesessen, sie hatten viel zu schnell zu viel getrunken und waren die Letzten im Lokal. Sie hatten sich gegenseitig bemitleidet, sogar Tränen der Verzweiflung waren geflossen, die am Ende jedoch in das schrille Gelächter dreier Betrunkener umgeschlagen waren. Sie hatten sich noch mehr zu trinken bestellt – die übrige Belegschaft des Verlags war längst gegangen, ebenso alle anderen Gäste des Edelitalieners in Prenzlauer Berg –, bis der Wirt sie schließlich rausgeworfen hatte. Eva und Christine hatten denselben Weg und teilten sich ein Taxi. Im Taxi hatte Christine plötzlich wieder angefangen zu weinen und Eva daraufhin ihre Hand genommen. Es hatte sich gut angefühlt. Wann hatte sie das letzte Mal im Fond eines Taxis die Hand einer Frau gehalten?

Seit diesem Abend verbrachte Eva gerne die Mittagspausen mit Sebastian und Christine, wenn sich die

Gelegenheit ergab. Begegneten sie sich in den Verlagsräumen, verhielten sie sich professionell, wie allen anderen Kollegen gegenüber auch, aber ihre Lippen umspielte jedes Mal ein verschwörerisches Lächeln, und in ihren Augen blitzte ein Funkeln auf. Sie alle drei hatten den Abend in Prenzlauer Berg nicht vergessen. Ohne Sebastian und Christine hätte Eva ihren Berufsalltag nicht ertragen, und immer, wenn sie an sie dachte, erfüllte sie ein warmes, tröstliches Gefühl.

Die Wellen schlugen unten gegen den Felsen. Zwei andere Hotelgäste gingen an ihnen vorbei, und Rebecca sprach mit gedämpfter Stimme.

»Du musst im Urlaub doch nicht dauernd auf dein Handy gucken, oder?«, sagte sie. »Dann ist ja die ganze Erholung dahin.«

»Von ›dauernd‹ kann ja wohl keine Rede sein«, sagte Eva. »Ich will nur schnell sehen, ob jemand aus dem Verlag was von mir will, weiter nichts. Dauert ja auch nicht lange.«

»Du weißt schon, dass die Arbeitnehmer sich selbst diesen Druck machen, immer erreichbar sein zu müssen, und gar nicht die Chefs? Nächste Woche sind wir schon wieder zu Hause. Was soll denn bis dahin groß passieren? Meinst du, die Welt stürzt ein, wenn du mal nicht da bist?«

»Nein, die Welt nicht, aber …«

»Aber was?«

»Vielleicht will mir ja Sebastian einen schönen Urlaub wünschen.«

»Einen schönen Urlaub wünschen? Sebastian?«

»Sebastian aus der Presseabteilung. Du weißt doch, der Kollege, mit dem ich mittags manchmal esse.«

»Du bist schon seit Wochen so merkwürdig«, sagte Rebecca. »Langsam frage ich mich, ob da was im Busch ist. Hast du eine andere und sagst mir nichts davon?«

»Eine andere? Was? Natürlich nicht.«

»Läuft da was zwischen dir und …«

»Zwischen mir und wem?«

»Zwischen dir und Heike König.«

»Heike König? Spinnst du?«

»Das ist schon auffällig, wie sehr du über sie schimpfst. Das wäre doch die perfekte Verschleierungstaktik.«

»Du spinnst ja komplett. Im Übrigen geht Heike König mit dem Verlagsleiter ins Bett. Das ist ja das Problem.«

Eva schob das Telefon in ihre Hosentasche, ohne es eingeschaltet zu haben. Wie sollte sie in den nächsten Tagen einen Blick darauf werfen, wenn Rebecca immer um sie war? Nachts, wenn sie nicht schlafen konnte? Heimlich im Bad? Bei einer der Wanderungen in irgendwelchen Nebelwäldern, mit all diesen Menschen um sich herum? Wahrscheinlich hatte man dort nicht mal Empfang.

Sie musste das Gespräch schleunigst auf ein anderes Thema bringen, weg von Heike König, dem Verlag und vor allem von ihrem Telefon. Andernfalls würde Rebecca in den kommenden Tagen ständig kontrollieren, ob sie es hervorzog. Ablenken, dachte Eva. Ich muss sie mit irgendetwas ablenken.

»Ich finde die Wandergruppe übrigens grauenhaft«, sagte sie.

»Und das kannst du jetzt schon beurteilen? Wir haben sie erst einmal kurz gesehen. Du kennst die Leute doch noch gar nicht.«

»Was ich gesehen habe, reicht mir. Ich weiß überhaupt nicht, warum ich mitgekommen bin.«

»Dann flieg doch wieder zurück!« Rebecca, die sonst stets darauf achtete, dass ihre Umgebung nichts von Auseinandersetzungen mitbekam, schrie jetzt. »Flieg doch wieder zurück! Am besten, gleich morgen früh! Vielleicht kann ich die Ferien ohne dich ja endlich genießen.«

»Ja, klar, mit deiner tollen Wandergruppe.«

»Immer noch besser als mit dir!«

Montag. Noch ein Glas Rosé

Das erste Gruppentreffen war viel zu schnell beendet. Nach und nach verließen alle den Raum, zu Carinas Bedauern auch Julius und Anja. Markus sammelte die Sektgläser ein und trug sie ins angrenzende Restaurant. Er hatte es plötzlich sehr eilig gehabt, seine Unterlagen zusammengepackt und allen einen schönen Abend gewünscht. Zum Abschied ermahnte er sie, nicht zu spät schlafen zu gehen, »denn morgen müsst ihr fit sein«.

Carina war enttäuscht von diesem abrupten Schluss. Sie hatte sich ausgemalt, vielleicht noch mit Julius und Anja, mit Markus oder mit allen dreien zusammen einen Wein an der Poolbar zu trinken. Ging Markus denn wirklich so früh schlafen? Die Wanderführer wohnten immer im selben Hotel wie die Gruppenteilnehmer, und sie fragte sich, wo sein Zimmer wohl lag.

Sie war geistesgegenwärtig genug, um ihm mit einigem Abstand zu folgen. Er stieg in den Fahrstuhl. Sollte sie hinterher oder besser die Treppe nehmen? Doch wenn sie zu Fuß ginge, könnte sie nicht in Erfahrung bringen, in welchem Stockwerk er wohnte.

Carina beeilte sich und sprang im letzten Moment in den Aufzug, kurz bevor sich die Türen schlossen.

Ein Ehepaar, das vom Essen kam, stand auch in der Kabine. Markus starrte vor sich hin und bemerkte Carina zuerst nicht.

»Ich freue mich auf die erste Wanderung«, sagte Carina.

»Ach, du bist es.« Markus drehte sich jetzt zu ihr. »Du bist doch … wie war noch gleich …«

Sollte sie gekränkt sein, weil ihm nicht mehr einfiel, wie sie hieß? Nein, sie würde ihm aus seiner Verlegenheit helfen.

»Carina«, sagte sie. »Ich heiße Carina.«

»Ja, sicher, richtig.« Er lächelte. »Carina. Schöner Name.«

»Danke.« Im selben Moment, als sie es aussprach, kam es ihr unsinnig vor, sich dafür zu bedanken, doch andererseits war es ja tatsächlich *ihr* Name, gewissermaßen ihre Kreation, das Kompliment folglich absolut berechtigt. Markus kannte jetzt ihren Namen und würde ihn sicher nicht mehr vergessen. Sie hatte sich in sein Gedächtnis eingebrannt. Ein erster Etappensieg.

Carina überlegte, was sie als Nächstes sagen sollte. Etwas über La Palma? Über ihre früheren Wanderurlaube? Über ihre gewissenhafte Vorbereitung? Doch kurz darauf hielt der Aufzug bereits wieder. In der Etage der Hotellobby.

»Ich muss dann mal«, sagte Markus. »Wir sehen uns ja morgen früh um neun.«

Mit diesen Worten verließ er den Aufzug. Hatte er hier irgendetwas vergessen? An der Rezeption? Dass ein Wanderführer für nur ein Stockwerk den Fahrstuhl benutzte, überraschte Carina. Gleich würde sich die Tür wieder schließen. Das Ehepaar hatte den vierten Stock gedrückt. Carina musste handeln. Schnell.

Sie trat aus der Kabine und hoffte, dass Markus sich nicht ausgerechnet in diesem Moment umdrehte. Wie hätte das denn ausgesehen. Als würde sie ihn verfolgen. Doch er war bereits mit großen Schritten davongeeilt, vorbei an der Rezeption in Richtung Ausgang. Carina folgte ihm. Draußen ging er über den Parkplatz, der voller kleiner Mietautos stand, passierte zuerst die Voliere mit den exotischen Vögeln, dann einen kleinen Supermarkt, der noch geöffnet hatte. Er will einkaufen, dachte Carina. Doch Markus ging weiter und bog um die Ecke. Ein schmaler Weg, kaum Straße zu nennen, führte zwischen Bananenplantagen hindurch zur Hauptstraße. Hierher waren sie heute auch mit dem Bus gekommen. Neben einem alten Toyota mit einheimischem Kennzeichen, der von all den nagelneuen Mietwagen deutlich abstach, blieb er stehen. Er schloss auf, stieg in den Wagen und fuhr davon.

Carina sah dem Toyota nach, bis er um die nächste Biegung verschwunden war. Warum fuhr Markus denn weg? Stürzte er sich jetzt ins palmerische Nachtleben? Gab es das überhaupt? Schließlich war hier nicht Ibiza. War La Palma nicht eine Erholungsinsel? Eine Insel der Ruhe und des Naturerlebnisses? Ein Ort der Kontemplation?

Es war noch viel zu früh, um auf ihr Zimmer zu gehen. Was sollte sie dort tun? Fernsehen wie zu Hause?

Die Reiseführer hatte sie bereits alle studiert. Romane las Carina schon lange nicht mehr, keine Krimis, keine Liebesromane, denn sie konnte sich nicht auf die Handlung konzentrieren. Bereits nach einer halben Seite eilten ihre Gedanken woanders hin, und sie musste wieder von vorne beginnen. Plötzlich fühlte sie sich auf der Straße zwischen den Bananenplantagen schrecklich verloren.

Sie entschied, nicht in ihr Zimmer, sondern zur Poolbar zu gehen. Vielleicht würde sie dort Julius und Anja treffen. Es konnte doch nicht sein, dass alle den Urlaubstag bereits für beendet erklärt hatten. Sie dachte an die Mahnung des Wanderführers zum Schluss: früh schlafen zu gehen. Carinas Kondition war gut. Bestimmt wesentlich besser als die der anderen. Sie hatte zu Hause trainiert. Das Münsterland war zwar vollkommen flach, aber sie war in den vergangenen Wochen so viel gegangen, am Wochenende, nach Feierabend, da würde sie doch auch ein paar Berge schaffen. Sie konnte ihre Beinmuskeln spüren. Carina hatte keinen Zweifel, dass sie die Einzige in der Gruppe war, die sich professionell vorbereitet hatte.

Die Temperatur lag wahrscheinlich immer noch über zwanzig Grad. Carinas Schweiß war getrocknet, und sie fror nicht in ihrem teuren Leoparden-T-Shirt. Sie betrat wieder das Hotel, ging quer durch die Lobby zur großen Terrasse, auf der sich die Poolbar befand, und spähte möglichst unauffällig umher, denn sie wollte ja nicht wie eine Suchende wirken, sondern wie eine Entspannte, in sich Ruhende. Sie holte sich einen Wein an der Theke und schlenderte damit zur Brüstung der Terrasse. Vor ihr rauschte das Meer. Hinter ihr saßen etliche Leute an den Tischen, aber Julius und Anja waren nirgends zu sehen. Dafür schon wieder die Frau aus dem Bus. Sie trank zusammen mit ihrer neuen Bekanntschaft Bier und wirkte, Carina konnte es nicht leugnen, vergnügt. Die Frau aus dem Bus hatte ihresgleichen gesucht und gefunden. Wahrscheinlich zogen sich solche Leute an, erkannten sich auf magische Weise sofort. Ihre Mutter hätte vermutlich auch mit untrüglichem Instinkt bei ihnen Platz genommen und anschließend gesagt: Ach, die sind doch so nett! Sie hätten ja auch auf Anhieb ein gemeinsames Gesprächsthema gefunden. Aldi und Penny und Lidl.

Markus war mit einem alten Toyota davongefahren, und Julius und Anja saßen auch nicht hier unten. Das Publikum, das an diesem Abend in der Poolbar verkehrte, entsprach ganz und gar nicht Carinas Vorstellungen, und erneut ärgerte sie sich über Hotel und Reiseveranstalter. Die Musik war abscheulich. Hätte sie sich doch um ein anderes Hotel bemühen sollen? In den Leuten an der Poolbar sah sie die erbärmliche Siedlung gespiegelt, aus der sie stammte. Arme Leute. Arme Leute waren fett. Arme Leute trugen glänzende Jogginganzüge. In den Wohnungen armer Leute türmten sich kaputte Elektrogeräte, die sie nicht wegbrachten, weil ihnen egal war, wie es bei ihnen aussah. Wie gut, dass morgen die Wanderungen anfingen. Wie gut, dass nicht jeder mit der IWO wandern ging.

Sie trank ihren Wein aus und wollte gerade gehen, als ein junger Mann sie ansprach.

»Hallo, Carina«, sagte er.

»Hallo.«

Wer war das?

»Du weißt nicht mehr, wer ich bin, stimmt's?«

»Ja, stimmt.«

»IWO-Wandergruppe. Wir haben uns gerade beim Treffen gesehen. Aber am ersten Tag kann man sich die Leute natürlich nicht so gut merken.«

Jetzt erkannte Carina ihn endlich. Der junge Mann, der offenbar alleine verreiste und der ihr vorhin kaum aufgefallen war.

»Tobias«, sagte er und kam ihrer Frage zuvor.

»Ach ja, Tobias.«

»Willst du vielleicht noch einen Wein? Es ist ja noch früh.«

Bevor Carina Einwände erheben konnte – dass sie gerade gehen wollte, dass sie in ihr Zimmer wollte, weil sie heute erst angekommen und erschöpft von der Reise war –, war Tobias bereits zur Theke gegangen und kehrte kurz darauf mit zwei Gläsern Wein zurück. Rot für sich, rosé für sie.

Er reichte ihr das Glas. »Sie haben hier unten nur eine Sorte rosé und eine Sorte rot. Ich dachte, rosé ist richtig, das hast du gerade doch auch getrunken. Ich hab dich nämlich beobachtet.«

Carina kramte mit der freien Hand in ihrer Tasche, um ihm das Geld für den Wein zu geben.

»Nein, nein, lass mal«, sagte er, »du bist eingeladen.«

So hatte sich Carina den ersten Abend nicht vorgestellt. Tobias war höchstens dreißig. Ihr war es gar nicht recht, von einem wesentlich jüngeren Mann, den sie nicht kannte und der sie auch überhaupt nicht interessierte, eingeladen zu werden, aber Tobias bestand darauf.

Sie traten an die Brüstung und sahen aufs Meer. Neben ihm zu stehen, das Meer vor sich, das sie entweder alleine oder in anderer Gesellschaft genießen wollte, war unangenehm intim. Carina wusste nicht, was sie sagen sollte, doch Schweigen schien die Intimität eher noch zu verstärken.

»Du machst also auch alleine Urlaub?«, sagte er nach ein paar Minuten.

»Ja, aber nur, weil …«

»Weil du niemanden hast«, unterbrach er sie.

»Was? Doch, doch, ich habe jemanden«, beeilte sie sich zu sagen, »natürlich, aber unsere Urlaubstermine haben nicht zusammengepasst.«

»Eure Urlaubstermine haben nicht zusammengepasst. Klar.«

Carina spürte, wie sie errötete. Ihr Gesicht wurde so heiß, als hätte sie eine schallende Ohrfeige bekommen, weshalb sie den Blick stur auf das Meer gerichtet hielt. Sie hatte aber nur ein bisschen geschwindelt. Sie hätte jemanden haben *können*, jederzeit, daran lag es nicht. Es lag daran, dass diejenigen, die es gab, ihr nicht genügten. Außerdem ging das diesen Tobias überhaupt nichts an. Was bildete er sich ein?

»Wusstest du, dass hier schon Leute ertrunken sind?«, sagte Tobias.

»Was?«

»Hier unten bei uns am Strand. Ertrunken. Sollte man gar nicht meinen, was?«

Er deutete zum Wasser. Wie zur Bestätigung hinterließ in diesem Augenblick eine besonders gewaltige Welle weiße, schaumige Gischt auf dem Sand. Carina sah Tobias von der Seite an, den verträumten Ausdruck in seinem jungen Gesicht. Wahrscheinlich sahen alle Menschen verträumt aus, wenn sie aufs Meer blickten. Das Meer hatte einfach diese ungeheure Wirkung, dass man es mit offenem Mund bestaunte und anbetete, wie ein Kind die Geschenke an Weihnachten, wie Gläubige, wenn sie ihren Herrgott zu erkennen glaubten.

»Aber wir gehen ja wandern und nicht schwimmen«, sagte Tobias. »Und wir haben ja einen professionellen Wanderführer. Uns kann nichts passieren. Sicherheit ist wichtig.«

Carina trank in viel zu großen Schlucken ihren Wein, der ihr sofort zu Kopf stieg und ihre im Münsterland gestählten Beinmuskeln puddingweich machte. Mit leicht schwankenden Schritten ging sie zur Theke und stellte das leere Glas ab. Es war immer noch viel zu früh, um den Abend in ihrem Zimmer zu beschließen. Trotzdem ging sie einfach weg, in eine andere Richtung, ohne darüber nachzudenken und ohne sich von Tobias zu verabschieden. Sie musste es tun, es geschah wie von selbst, als wäre es ihrem

Körper befohlen worden. Hoffentlich blickte Tobias immer noch versonnen auf das Meer und bemerkte ihr Verschwinden nicht. Weiträumig entfernte sie sich von ihm und schlug den Weg zu den hinteren Swimmingpools ein. Als sie sich umdrehte, sah sie, dass er ihr hinterherkam. Anscheinend versuchte er, den Abstand zwischen ihnen zu verringern, woraufhin Carina schneller ging. Sie wollte nicht länger mit ihm reden, wollte seine Anwesenheit nicht. Sie wollte ihm nicht einmal gute Nacht sagen. Sie wollte, dass er zurückblieb, sie in Ruhe ließ. Hinten bei den Pools gab es einen weiteren Eingang. Wenn sie sich beeilte, wenn sie losrannte, vielleicht konnte sie ihn dadurch abschütteln. Falls ein Fahrstuhl bereitstand. Musste sie erst auf den Fahrstuhl warten, würde er sie unweigerlich einholen. Doch Stehenbleiben war jetzt nicht mehr möglich. Stehenbleiben war jetzt noch weniger möglich als Flucht, denn sie hätte ihm erklären müssen, warum sie ohne ein Wort davongelaufen war. Das, was sie tat, war unhöflich, das wusste Carina, doch einmal damit begonnen, gab es kein Zurück.

Bei den Swimmingpools, die jetzt am Abend wegen der Strahler unterhalb der Wasseroberfläche in geheimnisvollem blauem Licht leuchteten, standen zwei Frauen. Carina erkannte sie wieder, sie gehörten auch zur Wandergruppe. Die eine, die dauernd zu ihr gesehen hatte, sodass Carina sich davon sogar belästigt gefühlt hatte. Allem Anschein nach führten sie eine unerfreuliche Unterhaltung, und trotzdem beneidete Carina sie in diesem Moment – obwohl das im

Widerspruch zu allem stand, was sie vertrat und vor ihrer Mutter verteidigte. Sie waren zu zweit. Zu zweit zu sein, bedeutete einen Schutzwall nach außen. Keiner käme auf die Idee, sie zu fragen, ob sie niemanden hatten.

Die eine, die sie beim Gruppentreffen die ganze Zeit angeglotzt hatte, nickte ihr zu. Carina erwiderte den Gruß so knapp wie möglich und drehte sich um, konnte Tobias aber nirgends mehr entdecken. Hatte er sich hinter einer der großen Palmen versteckt? Oder hatte er die Verfolgung endlich aufgegeben? Erleichtert ging sie in Richtung Hoteleingang. Die beiden Frauen sollten bloß nicht auf die Idee kommen, dass sie Anschluss suchte und die Absicht hatte, sich zu ihnen zu gesellen.

Als sie den hinteren Eingang fast erreicht hatte, vorbei an den Kakteen in ihren ordentlichen Beeten und den aufeinandergestapelten Liegestühlen, hörte sie hinter sich platschendes Wasser und kurz darauf einen Schrei. Es kam eindeutig nicht vom Meer, sondern vom Swimmingpool. Carina wollte dieses Geräusch zunächst ignorieren und geradewegs zum nächsten Fahrstuhl im Hotel gehen, bevor Tobias doch noch mit zwei neuen gefüllten Weingläsern hinter einer Palme hervorsprang, aber sie war zu neugierig.

Geschrei und spritzendes Wasser. Es klang wie im Freibad. Allerdings fehlte das für Freibäder typische Lachen. Um in Erfahrung zu bringen, was dort vor sich ging, musste Carina wieder ein paar Schritte zurückgehen. Die Tobiasgefahr nahm sie dafür in Kauf.

Der große Pool in der Mitte glitzerte noch immer in diesem zauberhaften Blau, war jetzt aber ganz aufgewühlt. Etwas Dunkles schwamm darin, was dort nicht hineingehörte, und als sie noch einen weiteren Schritt in seine Richtung machte, sah Carina, dass es sich um eine der beiden Frauen aus der Wandergruppe handelte. War das Baden im Pool um diese Zeit nicht verboten? Sie strampelte, schlug im Wasser wie wild mit den Armen um sich und war, soweit Carina erkennen konnte, vollständig bekleidet. War das Baden im Pool um diese Zeit nicht verboten, noch dazu in normaler Kleidung? Die andere Frau kniete am Beckenrand und beugte sich so bedrohlich weit vor, dass Carina befürchtete, sie würde auch gleich hineinfallen. Waren sie so betrunken? Das war Carina beim Gruppentreffen gar nicht aufgefallen. Die am Rand kniende Frau streckte einen Arm ins Wasser und wedelte mit ihrer Hand herum. Waren sie denn so betrunken oder so enthemmt oder beides, dass sie abends bekleidet und mit lautstarkem Kreischen in den Hotel-Swimmingpool sprangen wie Pubertierende? Ekelhaft.

Dienstag. Trittsicherheit

Der Wecker klingelte um kurz nach sieben, und an diesem Morgen war Eva bereits so weit an das Hotelzimmer gewöhnt, dass sie nach dem Aufwachen nicht mehr irritiert umherblickte, sondern sofort wusste, wo sie sich befand.

Hotel. Swimmingpool. Nasse Kleidung, die im Bad trocknete.

Am Abend zuvor war etwas geschehen, was sie gar nicht mehr für möglich gehalten hatte: Sie war sofort eingeschlafen. So also fühlte es sich an. Kein quälendes Herumwälzen, keine kreisenden Gedanken, die sich immer mehr aufpeitschten und nicht beruhigen ließen, kein rasender Herzschlag. Sie hatte geduscht, um den Geruch des Schwimmbeckens abzuwaschen, was allerdings nicht viel genützt hatte, da auch das Leitungswasser gechlort war, sie hatte ihre Kleidung aufgehängt, ihre tropfnassen Schuhe auf den Balkon gestellt und war ins Bett gegangen. Auf Rebeccas mehrfach geäußerte Aufforderung, sie solle ihr Handy einschalten, um zu überprüfen, ob es nach dem unfreiwilligen Bad noch funktionierte, war sie nicht eingegangen. Sie hatte sich sogar die naheliegende Bemerkung »Ach, auf einmal willst du, dass ich es einschalte?« gespart. Erstaunlicherweise war sie nicht wütend gewesen, nur müde. In ihrem Kopf hatte eine wohltuende Leere geherrscht.

Die Meeresbrandung klang an diesem Morgen beängstigend wild. Eva rieb sich die Augen. Sie hätte noch etliche Stunden weiterschlafen können, endlich ausschlafen, und sie verfluchte den Wecker, die Uhrzeit, die Wandergruppe. Ohne Wanderungen hätten Rebecca und sie sich den Tag nach Belieben einteilen können, doch so waren sie an Termine gebunden, genauso wie zu Hause bei der Arbeit. Wie konnte Rebecca daran Gefallen finden?

Nach dem Duschen gingen sie nach unten zum Frühstück. Am Kaffeeautomaten und den Buffets erkannte Eva einige der Gruppenteilnehmer von gestern wieder, die zögerlich nickten, als wären sie nicht sicher, ob Eva wirklich zu ihnen gehörte. Sie war froh, dass sie heute Morgen noch an einem kleinen Zweiertisch saßen, dass sie nicht so früh am Tag mit fremden Menschen reden musste und der Gruppenzwang erst beim Abendessen begann.

Rebecca sah beim Frühstück die ganze Zeit unruhig auf die Uhr.

»Du bist so ungemütlich«, sagte Eva.

»Ich will nicht gleich am ersten Tag zu spät kommen.«

»Wir kommen schon nicht zu spät. Es ist doch noch Zeit genug.«

»Aber wir müssen noch packen.«

Offenbar bestand das halbe Leben aus Packen.

Einpacken und wieder auspacken. Lebensmittel im Supermarkt, Möbel und Kartons beim Umzug, Geschenke zum Geburtstag, Koffer vor und nach der Reise. Sie frühstückten zügig und packten anschließend oben in ihrem Zimmer die Rucksäcke. Nach dem gestrigen Vorfall verhielten sie sich sehr höflich und freundlich zueinander.

»Vergiss bloß nicht, was zu trinken einzustecken«, mahnte Rebecca.

Eva beobachtete ihre Freundin, die gerade eine Regenjacke verstaute, und fragte sich, ob ihr prall gefüllter Rucksack nicht übertrieben war. Der Himmel war wolkenlos, und der anthrazitfarbene Strand von Puerto Naos lockte. Nichtstun, lesen, schweigen. Nicht wandern. Vor allem keine Wandergruppe.

»Unterwegs kann uns aus heiterem Himmel ein Unwetter überraschen«, erklärte Rebecca. »Man weiß vorher nie, was passiert. Besser, wir sind auf alles eingestellt.«

»Ich dachte, wir machen Urlaub«, sagte Eva. »Und kein Überlebenstraining.«

»Pack auch deine Regenjacke ein. Du wirst mir noch dankbar sein. Hast du eigentlich ausprobiert, ob dein Handy noch funktioniert?«

»Nein, es ist bestimmt noch gar nicht trocken.«

»Wegen gestern …«, sagte Rebecca. »Es tut mir so leid.«

»Schon gut.«

»Du hast mich einfach so in Rage gebracht … Es ist doch unser gemeinsamer Urlaub, und du tust immer so, als hätte ich dich dazu gezwungen.«

Hast du ja auch, dachte Eva.

»Schon gut«, sagte sie. »Vergiss es.«

Das Telefon fühlte sich trocken an, aber natürlich wusste Eva nicht, wie es in seinem Inneren aussah. Sie schob es in eine der Seitentaschen ihres Rucksacks. Durfte sie es überhaupt einschalten, wenn es innen noch feucht war, oder bekam sie dann einen Stromschlag? Die Wanderstöcke ließ sie im Hotelzimmer zurück, ein kleiner Akt des Widerstands, der sie insgeheim befriedigte. Sie fuhren mit dem Aufzug nach unten und gingen an der Rezeption vorbei zum Eingang. Viel zu früh. Nur Markus, der Wanderführer, und das ältere Paar aus Bayern waren schon da und warteten in der Sonne.

Die Frau begrüßte sie so ekelhaft gut gelaunt, dass Eva beschloss, sie nicht zu mögen.

»Guten Morgen! Ich habe eure Namen leider vergessen. Bestimmt geht's euch genauso. Wir haben uns ja gestern Abend erst kennengelernt. Ich bin die Hilde, und das ist mein Mann Richard.«

Nach und nach erschienen auch die anderen. Eva würde sich daran gewöhnen müssen, dass die zünftigen Wandersleute der IWO sich duzten. Rebecca wirkte vergnügt, und Eva fragte sich, ob mit ihr selbst etwas nicht stimmte. Ob sie menschenfeindlich geworden – oder es schon immer gewesen – war. Rebecca sprach die anderen an, verglich deren Wanderstöcke mit ihren eigenen, zeigte nach oben zum Himmel oder sonst wo hin, schien sich zu allem Überfluss auch noch an die meisten Namen zu erinnern, lachte.

Rebecca kam ihr vor wie ein Wesen von einem anderen Stern.

Sie sah sich verstohlen zu Anja um, der schönen Frau vom Swimmingpool, die die ganze Zeit an der Seite ihres Mannes blieb und schwieg. Eva versuchte, Blickkontakt zu ihr herzustellen, doch jedes Mal, wenn sich ihre Augen trafen, sah Anja schnell wieder weg. Der Bus kam und hielt vor dem Hotel. Ein Reisebus, viel zu groß für vierzehn Personen. Ob die IWO so teuer war, weil sie überdimensionierte Busse mietete? Der Fahrer stieg aus. Markus begrüßte ihn und redete eine Weile auf Spanisch mit ihm. Alle warteten darauf, dass er das Kommando zum Einsteigen gab.

»Einer fehlt noch«, sagte Markus, nachdem er durchgezählt und auf seine Liste gesehen hatte. »Damit eins schon mal klar ist: Zuspätkommen kann ich nicht dulden.«

Er hatte jetzt sein Begrüßungslächeln abgelegt. An die Stelle des Begrüßungslächelns trat deutliche und unverstellte Wut. Eva dachte daran, was Rebecca ihr über die Wanderführer erzählt hatte, dass sie sich durch Naturverbundenheit, Freundlichkeit und unendliche Geduld auszeichneten. Nette Kerle, mit denen man gerne ein Bier trinken gehen würde. Sie versuchte, diese Informationen mit Markus' Blick in Einklang zu bringen.

»Ist ja der erste Tag«, sagte der ältere Mann ohne Begleitung beschwichtigend. »Wird schon noch kommen.«

Die Gruppenteilnehmer nutzten die Wartezeit, um sich untereinander noch einmal vorzustellen. Eva prägte sich ihre Namen ein. Sie bemerkte, dass sich Rebecca allen zuwandte, mit Ausnahme von Frank und Miriam. Das fiel allerdings nicht weiter auf, denn Frank und Miriam waren zurückhaltend, blasse Figuren, die immer übersehen wurden, wofür sie auch selbst sorgten, indem sie leicht abseits standen. Herr und Frau Grauemaus. Eva fragte sich, ob Miriam nicht doch Kontakt zu den anderen Gruppenmitgliedern ersehnte, wovon entweder ihr Mann sie abhielt oder ihre eigene Unsicherheit. Frank hingegen machte den Eindruck, als wollte er mit niemandem reden. Seinem griesgrämigen Gesicht war deutlich anzusehen, dass er sich an einen anderen Ort wünschte. Vielleicht sollte Eva sich beim Wandern an ihn halten. Vielleicht war er ein Leidensgenosse. Genauso in diesen Urlaub gezwungen wie sie selbst. Sie wären dann die Underdogs.

Hilde aus Bayern hatte ihre gute Laune beibehalten und trat auf jeden Einzelnen zu. Ihr Mann Richard sprach mit dem älteren Mann ohne Begleitung, schielte aber auffällig zu allen Frauen. In der Gruppe gab es zwei Männer ohne Begleitung: Wolfgang, vermutlich schon im Rentenalter, und den jungen Tobias. Neben Hilde und Richard noch drei weitere Paare: Anja und Julius. Miriam und der schweigsame Frank. Sabine und Holger, die aussahen wie aus einem Katalog für teure Outdoor-Bekleidung. Alles an Sabine und Holger war neu und geschmackvoll, die Hemden, die Hosen, die Schuhe, wahrscheinlich sogar die Socken in den Schuhen. Auf dem Kopf trugen sie keine Mützen wie einige andere, sondern dezent gemusterte multifunktionale Tücher, die sich als Kopfbedeckung und Schal gleichermaßen verwenden ließen. Eva erinnerte sich an die vielen Samstage in den Sportabteilungen der Kaufhäuser, daran, wie sie Rebecca mehrfach davon hatte abhalten müssen, in ihren Augen unnützes Zubehör zu kaufen. »Los, komm«, hatte Rebecca gesagt, »wir können uns das doch leisten«, und bei diesem Satz hatte Eva jedes Mal an ihren unsicher gewordenen Arbeitsplatz im Verlag gedacht.

»Ihr könnt ja schon mal eure Sachen unten in den Bus räumen«, sagte Markus. »Die Stöcke auch bitte unten rein, das ist sonst zu gefährlich, wenn wir plötzlich bremsen müssen und dann die Stöcke durch die Gegend fliegen.«

Folgsam verstauten alle ihre Rucksäcke und auch die Wanderstöcke im Bauch des Busses. Markus sprach wieder mit dem Fahrer, sichtlich um Gelassenheit bemüht, doch seine Verärgerung darüber, dass jemand seinen Zeitplan durcheinanderbrachte, war offensichtlich.

Dann endlich kam auch die letzte noch fehlende Teilnehmerin aus dem Hotel geeilt. Carina. Ihren Namen hatte Eva im Gedächtnis behalten. Die Frau, die gestern Abend ihre Angst vor Stalkern kundgetan hatte und die später wie ein Gespenst bei den Swimmingpools aufgetaucht war, kurz bevor Rebecca sie in voller Montur, mitsamt ihren Schuhen und ihrem Handy, das in der Hosentasche steckte, in den Swimmingpool gestoßen hatte.

»Entschuldigung«, sagte sie atemlos. »Ihr seid ja alle schon da. Bin ich denn zu spät?«

»Ja, du bist zu spät«, sagte Markus und stach in der Luft mit dem Zeigefinger nach ihr. »Ihr müsst euch an die verabredeten Zeiten halten! Wir alle müssen das! Herrgott noch mal! Damit eins klar ist, ich will nicht, dass das noch mal vorkommt!«

Erschrocken über diese unerwartete Heftigkeit sahen alle betreten zur Seite, sogar die dauerfröhliche Hilde, und duckten sich ein wenig, als hätte die barsche Zurechtweisung ihnen gegolten. Danach stiegen sie ein. Eva dachte viel zu spät an ihr Handy im Rucksack; jetzt war es unten im Bus eingeschlossen, und sie konnte nicht ausprobieren, ob es noch intakt war.

Die Gruppe verteilte sich im gesamten Bus. Die Paare blieben unter sich. Eva und Rebecca setzten sich in den vorderen Teil, Carina auf einen Platz direkt vor ihnen.

»Ich fühle mich von Uhrzeiten gegängelt«, erklärte sie und drehte sich kurz zu Eva und Rebecca um.

»Na ja«, sagte Rebecca, »aber Uhrzeiten sind doch nötig fürs menschliche Zusammenleben, oder?«

»Im Urlaub will ich mich nicht gegängelt fühlen. Im Urlaub will ich ganz ich sein.«

Eva fragte sich, was es bedeutete, *ganz ich* zu sein. Und sie fragte sich weiter, ob Carina etwas von dem Vorfall beim Swimmingpool gestern Abend mitbekommen hatte. Der Bus fuhr los. Eva dachte an ihr unerreichbares Handy, und im nächsten Moment befürchtete sie, der Bus würde nicht durch die schmale

Straße zwischen den Bananenplantagen passen, aber schließlich war er auch auf demselben Weg hergekommen, und wie sich herausstellte, meisterte der Fahrer sein Gefährt mit Bravour. Wenn draußen Bananen wachsen, dachte Eva, muss es wohl Urlaub sein.

Markus, der ganz vorne saß, nahm ein Mikrofon in die Hand und begrüßte die Wandergruppe. Als Erstes ging er auf die unpassende Größe des Busses ein und sagte, sie sollten es einfach als Luxus betrachten, sich nach Herzenslust ausbreiten zu können.

Er stand auf, klopfte dem Fahrer auf die Schulter und sagte: »Wir haben schon oft zusammen gearbeitet. Wir kennen uns seit vielen Jahren. Er wird uns in den nächsten Tagen begleiten, uns zu den Wanderungen bringen und wieder abholen. Er heißt …« Markus hielt inne. »Jetzt ist mir doch glatt sein Name entfallen. Er heißt …«

Er fragte den Fahrer etwas auf Spanisch. »Diego«, antwortete der Fahrer.

»Ja, klar, Diego. Also, unsere erste Wanderung führt uns zum Vulkan Teneguía an der Südspitze der Insel. Er ist der jüngste Vulkan La Palmas, den letzten Ausbruch gab es 1971. Wir werden ein Informationszentrum besuchen und dort einen Film über die vulkanischen Aktivitäten der Insel sehen. Dort könnt ihr auch was zu trinken kaufen, obwohl ihr ja hoffentlich alle an ausreichend Wasser gedacht habt, und es gibt auch Toiletten.«

»Wir haben an ausreichend Wasser gedacht«, flüsterte Rebecca, als wollte sie Eva demonstrieren, dass sie eine Musterschülerin war.

Während der Fahrt war nur hin und wieder leises Gemurmel zu hören. Rebecca stieß Eva zwischendurch manchmal an, um ihr draußen etwas zu zeigen, die Überreste zurückliegender Waldbrände oder einen schönen, streunenden Hund mit großen Fledermausohren, der an altägyptische Darstellungen von Hunden erinnerte. Ob ihr Telefon noch funktionierte? Sie sah zum Meer, das bei dem wolkenlosen Himmel strahlend blau war, und konnte dem Verlangen, sich zu Anja umzudrehen, nur schwer widerstehen. Vielleicht hatte Rebecca ja recht, und sie würden tatsächlich nette Leute kennenlernen. »Niveauvolle Leute«, wie Rebecca betont hatte. Machte sich das Niveau an regelmäßigen Theater- und Opernbesuchen fest? Am Einkommen? Und wäre sie selbst noch niveauvoll, wenn sie ihre Stelle verlor? All das hätte sie Rebecca jetzt fragen können, doch solche Fragen würde sie vermutlich als Provokation verstehen – womit sie durchaus richtig gelegen hätte –, und für Provokationen war es noch zu früh am Tag.

Sie erreichten Los Canarios, einen größeren Ort an der Südküste. Von dort fuhren sie weiter zum Besucherzentrum. Das flache schwarze Gebäude war so raffiniert in den Fels gebaut, dass es selbst wie Vulkangestein wirkte. Schnaufend hielt der Bus, und alle stiegen aus. Sie holten ihre Rucksäcke und Wanderstöcke aus dem Gepäckraum und warteten auf Markus' Instruktionen. Er sprach kurz mit Diego, der daraufhin die Türen schloss, geschickt den Bus wendete und davonfuhr.

»Wir sind jetzt hier beim Centro de Visitantes del Volcán de San Antonio«, sagte Markus. »Zuerst werden wir einen Film sehen, und ich möchte auch darum bitten, dass ihn sich *alle* ansehen. Dann muss ich euch das nämlich nicht mehr erklären. Danach gehen wir zum Vulkan San Antonio, das ist eher ein kleiner Spaziergang zum Warmwerden, und anschließend weiter zum Teneguía, was euch aber auch keine größeren Probleme bereiten sollte. Ihr seid ja alle fit und Wanderprofis.«

Er führte die Gruppe in das Gebäude und dort in einen separaten Raum, in dem Stühle und ein Fernsehgerät standen. Alle setzten sich, und der Film begann. Eva spähte vorsichtig zu Anja, die neben ihrem Mann mit unbewegter Miene zum Bildschirm blickte. Es war nicht zu erkennen, ob sie vom Film gebannt oder mit den Gedanken ganz woanders war. Während Bilder vom letzten Vulkanausbruch auf La Palma gezeigt wurden, überblickte Eva die Gruppe. Dreizehn Teilnehmer, zusammen mit ihr. Markus war nicht mit in den Raum gekommen, aber vermutlich hatte er diesen Film auch schon hunderte Male gesehen. Eva bemerkte eine eigentümliche Unruhe an Rebecca, die ihr vorher nicht aufgefallen war und die auch nicht zu ihr passte. Rebecca rutschte auf ihrem Stuhl herum und fuhr sich unentwegt mit den Händen über die Oberschenkel. Sie hätte sich doch pudelwohl fühlen müssen: organisierte Wanderungen, lauter nette Leute und vorab ein bisschen Bildung.

Nach Ende des Films strebten alle Frauen gleichzeitig zur Toilette, vor der sich eine kleine Schlange bildete. »Man weiß ja nicht, wann man wieder Gelegenheit dazu hat«, sagte Hilde und unterhielt die anderen während der Wartezeit mit Erlebnisberichten über heruntergelassene Hosen, stacheliges Gebüsch und das Urinieren in freier Natur.

Anschließend versammelte sich die Gruppe vor dem Eingang des Besucherzentrums. Alle sahen erwartungsvoll zu Markus. Carina stellte sich dicht neben ihn. Will sich lieb Kind machen, dachte Eva. Weil sie gestern Abend beim ersten Treffen zu spät gekommen ist und heute Morgen schon wieder. Markus schien es ihr nicht mehr übelzunehmen, sondern Carinas offensichtliche Bewunderung zu genießen. Sie lachten sich an, beinahe so, als wären sie miteinander vertraut.

Die Gruppe ging zum Kraterrand des Vulkans San Antonio, in der Tat nur ein leichter Spaziergang, wie Markus angekündigt hatte, und Eva fragte sich, ob er nicht auch mit Sandalen zu absolvieren gewesen wäre, statt mit den klobigen Bergschuhen, in denen sie schon jetzt unerträglich heiße Füße hatte. Alle sahen beeindruckt, beinahe ehrfürchtig in den Krater. Markus zeigte zu den kanarischen Kiefern, die sich unten am Grund angesiedelt hatten, und dozierte über deren Widerstandsfähigkeit. Der Himmel war klar, der Atlantik an diesem Tag tiefblau, und in der Ferne waren Teneriffa, La Gomera und El Hierro zu erkennen. Sah und empfand Rebecca in diesem Augenblick das Gleiche wie sie selbst? Eva bezweifelte es. Rebecca nahm sicher ganz andere Dinge wahr als sie, und später, zu Hause, würden sie feststellen, wie sehr sich die Erinnerungen an diesen Ort unterschieden. Dieser Gedanke machte Eva traurig. Die meisten aus der Gruppe holten ihre Digitalkameras hervor und fotografierten, auch Rebecca. Wind zog auf, der Eva trotz des heißen Vormittags frösteln ließ.

»Gleich geht es abwärts«, sagte Markus. »Ihr seid ja alle trittsicher, und ich muss mir keine Sorgen machen.«

Er brach auf, ohne darauf zu achten, ob alle das Fotografieren beendet hatten, ging mit Wanderstöcken bewaffnet vorneweg und bestimmte dadurch das Tempo. Mit Ausnahme von Miriam und Frank, die sich zurückfallen ließen, waren alle Teilnehmer bemüht, den Abstand zum Wanderführer nicht allzu groß werden zu lassen. Sogar Eva, die normalerweise nicht danach strebte, die Schnellste oder die Beste zu sein, hastete hinterher. Eine Schafherde, dachte sie, wir sind eine verdammte Schafherde, und Markus ist unser Leithammel.

Von einem harmlosen Spaziergang konnte bald keine Rede mehr sein. Der schmale Pfad, auf den Markus sie lenkte, führte beängstigend steil bergab. Eva erschrak, als sie ihn sah. Sie war zwar über Wochen hinweg täglich spazieren gegangen, um in Form zu kommen, doch der sechsundsechzig Meter hohe Kreuzberg in Berlin stellte keine wirkliche Herausforderung dar. Bergabgehen lag ihr nicht besonders, und wenn es schon unvermeidlich war, hätte sie es lieber in gemächlichem Tempo getan.

Doch Markus eilte unbarmherzig voran, ohne sich ein einziges Mal zu seiner Gruppe umzusehen, dicht gefolgt von Carina, die offenbar fest entschlossen war, keinen Zentimeter zwischen sich und ihm preiszugeben.

Miriam und Frank blieben am Ende, als wäre dort bereits jetzt ihre unabänderlich festgelegte Position. Hilde versprühte auch beim Bergabgehen ihre ekelhafte gute Laune, und ihr Mann Richard berührte die Frauen ständig wie unabsichtlich am Ellbogen, am Arm oder am Rücken. Anja trug heute kein altes Baumwollhemd wie vorgestern am Swimmingpool, sondern *Funktionskleidung*. Eva konnte sie inzwischen erkennen. Praktische Brusttaschen mit Reißverschluss, eine Art Belüftungsklappe am Rücken und an den Ärmeln eine Vorrichtung zum Knöpfen, um sie nach Wunsch bis zum Ellbogen hochzukrempeln, ohne dass sie immer wieder herunterrutschten. Anjas Ärmel waren nicht hochgekrempelt wie die der meisten anderen, sondern bedeckten ihre Handgelenke.

Eva hatte Angst abzurutschen, keinen festen Boden mehr unter den Füßen zu haben, doch das würde sie niemals zugeben. Das Tempo behagte ihr nicht. Konnte Markus nicht langsamer gehen? Konnte nicht irgendjemand anderer aus der Gruppe langsamer gehen? Doch keiner ließ nach. Alle hetzten Markus hinterher. Rebecca zischte ihr zu, dass es ein Fehler gewesen sei, die Wanderstöcke im Hotel zurückzulassen, sie habe es ihr ja gleich gesagt, ob sie es jetzt endlich einsehe. Rebecca hatte also wieder Oberwasser, und dass sie Eva am Vorabend in den Pool gestoßen hatte, war längst vergessen.

Während sich die vierzehnköpfige Gruppe wie eine bunte, unförmige Schlange bergab bewegte, bemängelten Sabine und Holger, ungeachtet des von Markus an der Spitze vorgelegten Tempos, dass es ihnen zu langsam vorangehe. Angeber, dachte Eva. In den Reiseunterlagen waren die Wanderungen als mittelschwer beschrieben – drei von fünf möglichen Stiefeln. Warum hatten Sabine und Holger sich nicht für andere Wanderungen angemeldet? Fünf Stiefel? Gab es die Leistungsgruppe »fünf Stiefel« überhaupt?

Irgendwann ging Tobias, der junge Mann ohne Begleitung, neben Eva.

»Wusstest du, dass auf La Palma dauernd Wanderer verunglücken?«, sagte er.

»Ich habe davon gehört.«

Unfälle, die sich beim Wandern ereigneten, waren das Letzte, worüber Eva jetzt reden wollte. Sie sah Tobias von der Seite an, aber nur ganz kurz, dann musste sie wieder auf das Geröll unter ihren Füßen achten. Er war rund fünfzehn Jahre jünger als sie. Der Jüngste in der Gruppe. Hätte sie in seinem Alter Urlaub mit der IWO gemacht? Nein, ganz sicher nicht. Vor fünfzehn Jahren war ihr diese Art des Urlaubs noch unbekannt gewesen. Sie bewunderte Tobias', Carinas und Wolfgangs Mut, alleine zu verreisen. Sie hätte diesen Mut wahrscheinlich nicht aufgebracht.

»Ich habe das recherchiert«, sagte Tobias. »Auf der Vulkanroute, einer viel längeren als unserer hier, wurde mal ein Mann tot aufgefunden. Vermutlich Hitzschlag. Ist wohl auch zu einer ungünstigen Zeit gewandert, als es richtig heiß war, und wenn man dann nicht gut beieinander ist … In der Caldera stürzen natürlich auch öfter Leute ab. Oder sie verschwinden einfach und tauchen nie wieder auf. Ist das nicht aufregend? In der heutigen Zeit einfach auf Nimmerwiedersehen zu verschwinden? An einem Aussichtspunkt oben bei der Caldera sind mal zwei Leute in die Schlucht gestürzt, konnten aber gerettet werden. An fast derselben Stelle fiel auch ein Baby runter; später hieß es, es wurde wohl eher runtergeworfen, weil die verrückte Mutter es loswerden wollte, zumindest ging das Gerücht um. Das Baby hat es nicht überlebt.«

Eva sah ihn wieder von der Seite an, vergaß dabei den Weg und geriet auf einem lockeren Stein ins Rutschen.

»Vorsicht!« Tobias griff nach ihrem Arm, viel energischer und kraftvoller, als es sein kindliches Gesicht erwarten ließ, und stützte sie. »Alles in Ordnung?«, fragte er.

Eva entwand sich seinem Griff. »Ja, ja, alles in Ordnung. Wieso …«, sie zögerte, Tobias einfach zu duzen, aber das war ja bei der IWO so üblich, »wieso interessiert dich das eigentlich so?«

»Ich sammle Tode.«

Tobias lächelte sie an, und sie fühlte sich unbehaglich in seiner Gegenwart. Sehnsüchtig hielt sie nach Rebecca Ausschau, doch die unterhielt sich weiter vorne angeregt, wie es schien, mit Hilde und war unerreichbar. Wolfgang, Richard, Julius und Anja gingen zwischen ihnen, und auf diesem abschüssigen, schmalen Weg jemanden zu überholen, war undenkbar. »Wir müssen auch mit den anderen reden«, hatte Rebecca vor dem Urlaub gesagt. »Ich finde es furchtbar, wenn die Paare immer nur unter sich bleiben.« Als hätte hier jemand gewusst, dass Rebecca und sie ein Paar waren.

»Bislang habe ich vor allem in den Alpen gesammelt«, fuhr Tobias fort. »Österreich, Frankreich, Schweiz. Abstürze in den Bergen. Lawinenunglücke. Solche Sachen. Eine Insel ist Neuland für mich. Hier kommt ja noch Wasser dazu, das erweitert die Möglichkeiten. Ich habe mich vorher informiert, es gab auf La Palma auch schon viele Unfälle im Meer. Soll ich dir davon erzählen?«

»Ach, nicht unbedingt.«

Markus und Carina führten die Gruppe unverändert an, gefolgt von Sabine und Holger, die ihnen wie Drängler auf der Autobahn dicht auf den Fersen blieben. Eva drehte sich um. Hinten waren jetzt nur noch Miriam und Frank, die verbissen auf den Weg achtgaben und kein Wort miteinander sprachen. Eva war erleichtert, nicht die Letzte zu sein. Es wäre ihr wie ein schlechtes Omen erschienen und hätte außerdem Rebeccas Bedenken vor dem Urlaub bestätigt.

»Ich erzähl's dir trotzdem«, sagte Tobias. »Hör gut zu. Dieses Jahr erst ist ein Tourist in Puerto Naos ertrunken, sozusagen bei uns vor der Haustür. Er ist trotz roter Flagge und trotz der Warnungen der Rettungsschwimmer und seiner Frau im Meer schwimmen gegangen. Nach ein paar Metern wurde er von einer Welle mitgerissen und hat es nicht mehr zurück an Land geschafft. Er hat eine Weile gekämpft. Von einem Boot aus wurde er gesichtet, und dann kam ein Rettungshubschrauber, aber erst viel später, und hat ihn geborgen. Alle Wiederbelebungsversuche waren zwecklos.«

»Tja, so kann's gehen, wenn man nicht auf seine Frau hört«, sagte Richard vor ihnen und lachte. »Ich halte mich natürlich an alles, was meine Frau mir gebietet oder verbietet.«

Auch Julius lachte, als handelte es sich um einen besonders gelungenen Scherz. Richard berührte Anja am Oberarm, als hoffte er auf weitere Bestätigung von Frauenseite, woraufhin sie gequält das Gesicht verzog. Wahrscheinlich fand sie seinen Witz auch nicht lustig. Er bemerkte ihre Reaktion und zog seine Hand zurück.

Eva kämpfte unterdessen weiter mit dem Geröll, auf dem sie immer wieder ins Rutschen kam. Sie war nicht geübt, wie sie sich eingestehen musste. An einer besonders steilen Passage bot Tobias ihr seinen Arm, doch sie lehnte ab.

»Pass bloß auf, dass du nicht fällst!«, sagte er. »Aber ich war noch nicht fertig. In einer kleinen Bucht wurde ein Mann von einer Welle erfasst und gegen die Felswand geschleudert. Tot. Ich glaube, das war hier irgendwo im Süden, ganz in der Nähe. In einem Naturfelsbecken wurde eine Touristin auch von einer

Welle erfasst und ins offene Meer gerissen, wo sie ertrunken ist.«

Warum erzählst du mir das alles?, wollte Eva fragen, doch gleichzeitig zu reden und sich auf den nächsten Schritt zu konzentrieren, fiel ihr schwer. An sich mochte sie Schauergeschichten, auch ihr Verlag publizierte alle möglichen Arten davon, aber nur, wenn sich die Bedrohung so weit entfernt wie möglich von ihrem eigenen Leben abspielte. Rätselhafte Tode in England und den USA. Seltsame Geistererscheinungen in Island. Grausame Morde in Schweden. Sie wusste nicht, wie sie Tobias loswerden sollte. Und wäre Richard vor ihr wirklich die bessere Wahl? Rebecca war immer noch viel zu weit vorne, um zu ihr zu gelangen. Außerdem hatte Eva ihre Worte nicht vergessen: sie müssten auch mit den anderen reden, nicht nur unter sich bleiben.

Tobias schien keinerlei Schwierigkeiten mit dem Gelände zu haben. Er bewegte sich flink und behände, stieg leichtfüßig den Berg hinab. Ein dauerhaftes Lächeln umspielte seinen Mund. Er sah aus wie ein zufriedenes Kind, dessen Gesicht noch über und über mit den Resten der gerade verzehrten Schokolade verschmiert war.

»Und dann der Mann, der die Gischt fotografieren wollte«, sagte er. »Deutscher Tourist. Es passierte unten am Strand von Puerto Naos, also wieder direkt bei unserem Hotel. Eine riesige Welle riss ihn mit. Stand wohl viel zu nah am Wasser. Die Leute auf der Strandpromenade haben zugesehen. Einige versuchten auch, ihm zu helfen, haben es aber nicht geschafft. Er hat gekämpft, und immer mehr Menschen sahen dabei zu, ohne etwas tun zu können, die Wellen waren zu hoch, bis endlich Rettung kam. Aber zu spät.«

Tobias stützte sich geschickt mit seinen Stöcken ab. Im Unterschied zu Eva hielten die meisten aus der Gruppe Stöcke in den Händen. Ohne Eva wäre er garantiert viel schneller gewesen, aber Tobias verlangsamte immer wieder sein Tempo, wenn sie zurückfiel.

»Und ich habe dir noch nicht mal alles erzählt«, sagte er. »Ich glaube, das wird ein schöner Urlaub.«

»Was machst du denn mit den Toden, die du sammelst?«, fragte Eva. »Ich meine, wie sammelst du sie?«

»Wie nett, dass du fragst. Ich schreibe sie auf. Allerdings nur von den Orten, an denen ich selbst schon war. Sonst wäre es ja langweilig, oder? Übrigens nur Urlaubsorte. Ist das nicht besonders tragisch? Stell dir das mal vor: die schönste Zeit des Jahres, die paar Wochen, auf die man die ganze Zeit hingearbeitet hat, auf die man sich gefreut hat, und dann so was.«

»Du schreibst sie also auf.«

»Ja, ich skizziere die Vorfälle, soweit sie mir bekannt sind. Wie gesagt, bislang vor allem in den Alpen. Da war ich meistens wandern. Wenn möglich, mache ich an den Stellen, wo es passiert ist, auch Fotos.«

»Ein Todesalbum«, sagte Eva.

»Ja, genau, das ist das richtige Wort, ein Todesalbum.« Tobias lachte. »Ich sehe, du verstehst mich. Vielleicht schreibe ich mal ein Buch darüber. Ich glaube, so was suchen die Verlage.«

Ja, ja, dachte Eva. Ganz sicher suchen so was die Verlage.

Nach dem Abstieg erreichten sie flacheres Gelände, und Eva atmete auf. Die Gruppe formierte sich neu, bis auf Markus und Carina, die unverändert die Vorhut bildeten, und die Schlusslichter Miriam und Frank. Bei der erstbesten Gelegenheit löste Eva sich von Tobias, der nun Anschluss bei Wolfgang suchte, und ging zu Rebecca.

Die Gruppe erreichte einen auffälligen gelben Felsen, der mitten im schwarzen Vulkangestein emporragte und dort wie ein Fremdkörper wirkte. Markus blieb stehen und sagte, dass sie hier eine kurze Pause einlegen würden. Sie hätten es ja nicht eilig. Daraufhin setzten die meisten ihre Rucksäcke ab und holten etwas zu trinken hervor, andere fotografierten. Markus sprach von der dringend notwendigen »Entschleunigung der Welt«. Nein, er gehe nie mit einer Uhr wandern. Bei dem Gestein, das sie sahen, handele es sich um Phonolith, erklärte er. Alle nickten, als wären sie Geologen. Er zeigte auf spiralförmige Einritzungen, Überreste der kanarischen Ureinwohner, die jedoch stark verwittert und kaum zu erkennen waren. Die Guanchen, sagte er, hätten diesen Felsen als heilig verehrt. Das helle Gestein leuchtete in der Vormittagssonne, und Eva bemerkte die zahlreichen Eidechsen, die sich darauf tummelten.

Von den Guanchen ging Markus nahtlos zu den Füßen über. »Der Mensch ist zum Gehen geschaffen«, sagte er, und wieder nickten alle. »Ihr solltet viel mehr gehen. Nicht nur den kurzen Weg zum Auto. Dann hättet ihr auch viel weniger Rückenprobleme.«

Die Gruppe lauschte ihm andächtig, fast wie einem Pfarrer bei der Predigt. Wahrscheinlich dachten jetzt alle an ihren Rücken und ihren Bewegungsmangel. Carina sah so aus, als hätte sie seine Worte am liebsten konserviert, um sie auch abends im Bett anhören zu können. Markus berichtete, dass er seit etlichen Jahren auf La Palma lebe, mit Frau und Kindern. Beim Frühstück und Abendessen im Hotel könne er folglich nicht anwesend sein, weil Frau und Kinder zu Hause warteten. Alle nickten verständnisvoll.

»Aber euer Tisch im Hotel ist reserviert«, sagte er. »Gemeinsames Abendessen ist natürlich selbstverständlich. Das hat bei der IWO Tradition.«

Rebecca drückte Evas Hand und flüsterte: »Ja, ja, ich weiß. Aber das wird nett. Du wirst sehen.«

Bildete Eva es sich bloß ein, oder klang Rebecca nicht mehr so euphorisch wie noch vor ein paar Tagen? Weniger überzeugt von ihren eigenen Worten?

Anja holte eine Banane aus ihrem Rucksack, schälte sie, brach kleine Stücke davon ab und warf sie auf den heiligen Felsen. Ihr Ärmel verrutschte dabei ein wenig und gab den Blick auf Hämatome oberhalb ihres Handgelenks frei – wie der Abdruck von Fingern, die sich um ihren Unterarm gelegt hatten –, deren Farbe bereits ins Grün-Gelbliche wechselte. Aus allen Richtungen schossen Eidechsen heran und stritten sich um die Bananenstücke. Anja verlor sich eigenartig selbstvergessen im Anblick der flinken Tiere. Eva, Hilde und Sabine taten es ihr nach, von den Männern der Gruppe belächelt. Richard machte eine Bemerkung über die fürsorglichen Mütter, die alles, was da kreucht und fleucht, füttern müssten. Hilde warf ihm einen bösen Blick zu. Die Männer lachten, am lautesten Julius.

»Richard soll froh sein, dass ich ihn auch füttere«, knurrte Hilde. »Er kann sich nicht mal ein Spiegelei braten.«

»Mein Mann kocht ja sehr gut«, sagte Anja.

»Ach wirklich?«, sagte Hilde. »Das hätte ich auch gern.«

Anja zählte allerlei raffiniert klingende Speisen auf, die Julius zu Hause koche, wenn er Zeit habe, deren Zubereitung Eva viel zu aufwendig gewesen wäre. »Er bindet sich dann auch eine Schürze um«, sagte sie. »›Hier kocht der Chef‹.« Eva hätte nicht gedacht, dass heutzutage jemand noch solch eine Schürze trug. Er vertreibe sie dann sogar aus der Küche, sagte Anja, und er richte im Esszimmer alles schön an.

Tobias stand etwas abseits von den anderen. Niemand außer Eva beachtete ihn, denn alle Augen waren auf die Eidechsen, den Atlantik und sein strahlendes Blau, die Petroglyphen der Ureinwohner und die Vulkanlandschaft ringsherum gerichtet. Tobias stocherte mit einem seiner Wanderstöcke auf dem Boden herum. Wie ein Kind, dachte Eva, das nichts mit sich anzufangen weiß. Sie sah genauer hin, aber nicht zu auffällig. Er stach nicht wahllos auf den Boden ein, wie sie bemerkte, sondern gezielt. Er wollte mit der Spitze seines Stockes etwas treffen. Eine Eidechse, die sich, angelockt von ihren Artgenossen, Hoffnungen auf Obststücke machte. Doch sie war zu schnell, und Tobias verfehlte sie mehrfach, bis er schließlich aufgab.

Obwohl er die Entschleunigung des Lebens propagierte, wurde Markus ungeduldig. Nach einigen Minuten erklärte er die Pause für beendet, indem er seinen Rucksack schulterte und sich mit den Worten »Los geht's!« in Bewegung setzte. Carina beeilte sich, ihm zu folgen. »Das ist unser nächstes Ziel«, sagte er und zeigte zu einem rotbraunen Felsen. »Der Vulkan Teneguía.«

Alle schienen überrascht, fügten sich aber, ohne zu murren. Sie packten schnell ihre Kameras und Wasserflaschen ein und schulterten ihre Rucksäcke.

Rebecca gesellte sich zu Eva. »Du hättest die Stöcke mitnehmen sollen«, sagte sie.

»Ich komme gut ohne Stöcke klar.«

Eva hatte die erste Bewährungsprobe überstanden, das tückische Geröll unter den Schuhsohlen auf dem steilen Weg bergab. Ohne Stöcke.

»Ich muss dir was erzählen«, sagte Eva. »Vorhin, Tobias …«

»Was ist mit Tobias?«

Weiter kam Eva nicht, denn die fröhliche Hilde stieß zu ihnen.

Zu dritt lagen sie nun im Mittelfeld. Sie gingen neben einem betonierten Bewässerungskanal in einer unwirklich schwarz-braunen Landschaft und erreichten bald darauf den Vulkan. Der Wind hatte in der letzten halben Stunde merklich zugenommen. Heftige Böen ließen die Wanderhemden flattern und fegten Carinas Mütze von ihrem Kopf.

Markus blieb stehen und wartete, bis alle aufgeschlossen hatten, als Letzte Miriam und Frank.

»Wir werden jetzt auf den Gipfel steigen«, sagte er und deutete mit seinem Wanderstock nach oben. »Ich sage es lieber gleich: wer von euch nicht ganz schwindelfrei ist oder nicht hundertprozentig trittsicher, sollte besser unten bleiben.« Er sah zu Miriam und Frank, und die Verachtung in seiner Miene war unverkennbar. »Überlegt euch also gut, wer mitkommt. Ich will nicht auf jemanden warten müssen, der plötzlich Angst kriegt.«

Alle sahen ihn an, niemand sprach. Ging den anderen in diesem Moment das Gleiche durch den Kopf wie Eva? Versuchten sie, ihre eigenen Fähigkeiten einzuschätzen? Waren sie von dem Willen getrieben, mithalten zu können, nicht zurückzubleiben wie Schwächlinge? Eva war schlagartig wach. Ihr Mund wurde trocken. Ob dieser Aufstieg auch bei nur siebzig- oder achtzigprozentiger Trittsicherheit möglich war? Vielleicht war das hier ja so eine Art Wettbewerb, und es ging darum, wer den Anforderungen gerecht wurde und wer nicht. Sie wollte nicht die ewige Nachzüglerin sein wie Miriam und Frank. Sie wollte nicht diejenige sein, die allen gleich nach dem ersten Tag durch ihre Angst vor steilen Auf- und Abstiegen im

Gedächtnis blieb. Nicht auf diesen verdammten Vulkan zu steigen, erschien ihr plötzlich wie ein Scheitern insgesamt, als wäre damit auch besiegelt, dass sie ihren Job verlor. Dass Heike Königs Plan aufging.

»Überlegt euch also gut, wer mit nach oben kommt«, wiederholte Markus. »Ich sage es im Guten. Die anderen können hier unten warten.«

Er erwähnte die Spalten im Vulkangestein, aus denen sogar heute noch Wärme trat, mehr als vierzig Jahre nach dem letzten Ausbruch. Zwei Touristen gingen in lockerem Spazierschritt an der Gruppe vorbei. Markus zeigte mit einem hämischen Lachen auf ihre Füße. Sie trugen Sandalen.

»Völlig unverantwortlich«, sagte er. Alle nickten und empörten sich leise darüber, wie man nur in Sandalen auf einen Berg steigen könne. Die Worte »unverantwortlich« und »leichtsinnig« fielen mehrfach, und Eva glaubte in manchen Gesichtern auch eine Art Schadenfreude zu erkennen, obwohl doch noch gar kein Schaden eingetreten war.

»Sollen wir lieber unten bleiben?«, fragte Rebecca leise.

»Wieso? Trage ich etwa Badelatschen?«

»Nein, aber du hast ihn doch gehört.« Rebecca wies mit dem Kopf zu Markus, der bereits losgegangen war, gefolgt von seinem Schatten Carina. »Und du hast die Stöcke im Hotel gelassen. Vielleicht ist der Aufstieg ja …«

»Vielleicht ist der Aufstieg ja *was*?«

»Zu viel für dich.«

»Hast du Angst, dass ich mittendrin wieder umkehren muss und dich blamiere?«, fragte Eva.

»Nein, Quatsch, ich dachte nur ... Ich bleibe auch mit dir hier unten, wenn du willst.«

»Wir gehen jetzt zusammen mit den anderen da hoch.«

Hilde beobachtete sie interessiert, und bevor Rebecca noch weitere Einwände äußern konnte, drängte Eva zum Aufbruch. Zusammen mit Hilde kletterten sie abseits des Weges zu den Felsen, auf die Markus gezeigt hatte. Das Vulkangestein war scharfkantig und Eva jetzt froh über ihre robusten, klobigen Stiefel. Hilde fand als Erste eine Spalte, aus der spürbar Wärme drang. Sie hockten sich hin, hielten ihre Hände hinein und bemerkten fast gleichzeitig den Schwefelgeruch.

»Als wäre der Berg lebendig«, sagte Hilde.

Ob so die Hölle roch? Oder roch die Hölle wie der Warteraum des Jobcenters in der Rudi-Dutschke-Straße in Berlin-Kreuzberg?

»Wir müssen los«, mahnte Rebecca und erhob sich, »die anderen haben schon ein ganzes Stück Vorsprung.«

»Der Wanderführer legt ein strammes Tempo vor«, sagte Hilde. »Aber wir machen das alle ja nicht zum ersten Mal.«

»Eva schon«, sagte Rebecca.

»Ach ja, stimmt, du bist ja noch nie mit der IWO gewandert. Aber du hast doch keine Probleme, oder?«

»Nein, alles bestens«, sagte Eva.

Sie holten die Nachzügler Miriam und Frank bald

ein. Rebecca ging eilig an ihnen vorbei, ohne sie anzusprechen, was Eva verwunderte, denn sie hatte doch mehrfach erklärt, sie wünsche sich Kontakt zu allen Mitgliedern der Wandergruppe. Alle seien sehr nett, wenn man sie erst einmal kennengelernt habe. Waren die Letzten es nicht wert, sich mit ihnen abzugeben?

Eva hatte Mühe, Rebecca auf dem schmalen Pfad zu folgen. Hilde ließ sich zurückfallen und blieb bei Miriam und Frank.

Der Wind war jetzt so stark geworden, dass Eva Angst hatte, er könnte sie bei einem unbedachten Schritt vom Felsen wehen. Fast bereute sie es, nicht unten bei den warmen Spalten, aus denen der Schwefelgeruch strömte, gewartet zu haben. An einer besonders steilen Passage musste sie sich am Fels abstützen, um das Gleichgewicht zu halten, und schürfte sich dabei die Hand auf. Rebecca sagte, bei der nächsten Wanderung werde sie darauf bestehen, dass sie die Stöcke mitnehme, und bot ihr ihre an, die Eva ablehnte.

»Warum bist du so stur?«, sagte Rebecca.

Eva antwortete nicht und war sicher, dass Rebecca auch keine Antwort erwartete.

Die Gruppe war inzwischen wieder zusammengerückt, da alle etwas vorsichtiger gingen, mit Ausnahme von Markus und Carina. Sie waren still geworden, sogar Hilde, und arbeiteten sich Schritt für Schritt nach oben. Für einige Minuten waren nur die Brandung, der pfeifende Wind und das Klackern der Wanderstöcke zu hören.

Vor sich sahen sie wieder den Teide auf Teneriffa, La Gomera und ganz rechts El Hierro.

»Bei El Hierro ist ja ein neuer Vulkan ausgebrochen.« Richard zeigte in die Ferne. »Im Meer. Wenn er noch einmal ausbricht, entsteht vielleicht eine neue Insel.«

»Davon habe ich auch gehört«, sagte Julius. »Die achte Kanarische Insel. Sie gehört dann wohl automatisch zum kanarischen Hoheitsgebiet, oder? Weiß das jemand?« Er drehte sich um. »Sind vielleicht Juristen unter uns? Juristen sind doch fast in jeder Gruppe dabei.«

»Berufe sind bei der IWO tabu«, tadelte Wolfgang.

»Ach, darüber reden irgendwann trotzdem alle gerne, das kenne ich. Spätestens am dritten oder vierten Tag. Leute, die mit der IWO wandern, haben doch in der Regel gute Jobs. Ist ja nicht ganz billig. Für einen guten Job muss man sich schließlich nicht schämen, oder? Deswegen wandern Anja und ich auch immer wieder mit der IWO. Da gibt es keine bösen Überraschungen.«

Alle schwiegen. Niemand fragte, welche »bösen Überraschungen« Julius meinte. Eva betrachtete die anderen, soweit der Weg es zuließ, den Blick für einen kurzen Moment von den Füßen abzuwenden. Sie hatte den Eindruck, dass der schweigsame Frank jetzt noch missmutiger war als am Anfang.

»Diese neue Insel wird wahrscheinlich sowieso erst in ein paar Millionen Jahren interessant sein«, sagte Wolfgang. »Oder zumindest in ein paar tausend.«

Als Eva dachte, der höchste Punkt sei schon erreicht, sah sie, dass sie sich getäuscht hatte. Vor ihnen lag ein kurzer Abschnitt, zwei, höchstens drei Meter lang, aber links und rechts davon ging es steil in die Tiefe. Der Wind hob sie fast von den Füßen, und Eva musste sich mit aller Macht dagegenstemmen. Sie spürte, wie ihr Herz klopfte. Wie ihre Handflächen feucht wurden. *Für die Wanderungen sind Trittsicherheit und Schwindelfreiheit erforderlich.* Nur nicht nach unten sehen, ermahnte sie sich, das war doch der Trick. Markus und Carina hatten diesen Abschnitt längst hinter sich gebracht und nun rund zehn Meter Vorsprung vor dem Rest der Gruppe.

Sabine und Holger, die sich die ganze Zeit beklagt hatten, es gehe ihnen nicht schnell genug, marschierten Stöcke schwingend vorneweg. Sie würden diesen schmalen Pfad mit Leichtigkeit passieren. Wer so edle Outdoorkleidung trug, konnte auch gut wandern. Holger war bereits auf der anderen Seite angelangt, wo der Weg wieder breiter und bequemer wurde. Sabine folgte ihm mit sicherem, stetem Schritt, als ihr Fuß plötzlich ins Rutschen geriet. Eva hatte das lose Geröll unter Sabines Schuh gesehen, hatte »pass auf!« rufen wollen, doch da war es bereits geschehen. Sabine konnte sich nicht halten und rutschte immer weiter nach unten.

Tatsächlich ging es wohl rasend schnell, doch Eva nahm es wie in Zeitverzögerung wahr; gestochen scharf und überdeutlich erkannte sie all die kleinen Details, das bunte Tuch auf Sabines Kopf, ihre geschmackvolle Wanderhose, um die Eva sie ein wenig beneidete, das Bein in der Wanderhose, das wegknickte, die vielen schwarzen Steine, die hinterherrutschten, das derbe Profil der Bergstiefel, das karierte Hemd, den Stock, der Sabine aus der Hand fiel und unaufhaltsam nach unten rollte, auf seinem Weg in den Abgrund von einem Fels abprallte und lustig auf- und abhüpfte – dreißig Euro, dachte Eva, der Stock hat mindestens dreißig Euro gekostet, falls Sabine und Holger nicht gar fünfzig dafür ausgegeben hatten –, der Stock rollte und taumelte scheinbar lautlos, da der pfeifende Wind alle anderen Geräusche übertönte.

Dann, erst dann kam der Schrei, und er war lauter als der Wind.

Dienstag. Jemand, der klassische Musik hört

So schnell kann's gehen, dachte Frank.

Er sah nicht, wie es passierte, weil Miriam und er zu weit hinten lagen. Dass etwas passiert war, etwas Außerplanmäßiges, erkannte er anfangs nur an dem unüberhörbaren Schrei. Der Schrei ließ das Meer und den Wind kurz verstummen.

Frank sah es auch deswegen nicht, weil er viel zu sehr mit sich selbst beschäftigt war. Miriam und er lagen schon die ganze Zeit hinten, was ihn jedoch nicht weiter störte. Im Gegenteil, diese selbstgewählte Position in der Gruppe gefiel ihm sogar, denn er musste sich mit niemandem unterhalten und nichts beweisen. Und er konnte in Ruhe nachdenken. Darüber, wie es nach dem kurzen Urlaub eigentlich weiterging.

Frank war hungrig. Seit dem vorübergehenden Aussetzen seines Geschmackssinns beim Abendessen hatte er, wie ihm schien, nun größeren Hunger als jemals zuvor. Als hätte er etwas verloren Geglaubtes endlich wiedergefunden und müsste es nun bis zur Neige auskosten.

Er malte sich unterwegs allerlei Speisen aus; auf diese Weise konnte er sich auch davon ablenken, wie viel Mühe ihm das Bergab- und Bergaufgehen machte. Lange keinen Sport mehr getrieben. An Essen zu denken, war für ihn eine Art autogenes Training. Er dachte an gebratenes Fleisch. An riesige Koteletts vom Iberico-Schwein. Er dachte an Pommes frites, Käse, gebratenen Fisch und blendete alles um sich herum aus. Er dachte an grüne und rote Mojo-Soße und runzelige Kartoffeln voller Salz. An Gemüse und Brot und Desserts. An diese köstlichen Kuchen, die es hier gab. Nebenbei merkte er, dass es Miriam immer stärker zu den anderen zog, weg von ihm. Miriam störte es, die Letzte zu sein. Frank spürte ihre Unruhe an seiner Seite, wie ein beständiges elektrisches Flirren. Geh doch, hätte er am liebsten zu ihr gesagt, geh ruhig zu den anderen, ich bleibe hier hinten für mich alleine – aber er sagte es nicht.

Miriam wäre lieber in anderer Gesellschaft gewesen und er an einem anderen Ort. Oder am selben Ort, aber ganz ohne Gesellschaft. Niemand aus der Gruppe interessierte ihn. In Julius hatte er gleich den Angeber-Typen erkannt, in Holger ebenso. Markus, der Wanderführer, schüchterte ihn ein, obwohl er sein Ziegenbärtchen albern fand. Markus verkörperte all das, was Frank nicht war. Er war ungestüm, rau und dabei gleichzeitig gefühlvoll, weil er die Natur liebte und sie bewahren wollte. Frank entgingen nicht Miriams anhimmelnde Blicke auf ihn.

Natürlich eilten alle zu der Stelle, an der es passierte, auch er. Nachdem sie zuerst wie eine stampfende Viehherde nach oben getrottet waren, trat nun ein seltsamer Stillstand ein. Sogar das Rauschen der Brandung war leiser geworden. Und der Wind. Die heftigen Böen hier oben kamen jetzt ganz ohne Geräusch. Die bunte Wanderkleidung vor ihm, die Stöcke, die nun ruhten, bewegungslos, und deren metallene Spitzen nicht mehr geräuschvoll auf Vulkangestein stießen, alles war gedämpft und wie erstarrt.

Frank hörte jemanden rufen: »He! Was ist denn da los?« Die Stimme des Alphatiers. Bevor er Sabine sah, hörte er Markus. Markus klang aufgebracht, hektisch, nicht mehr so souverän wie den ganzen Tag, aber auch wütend, was Frank verwunderte, denn es war doch ein Moment, um erschrocken zu sein, nicht wütend.

Dann ging Markus los. Der Hirte kam zu seiner Herde. Carina stand ihm im Weg, und er stieß sie unsanft zur Seite. Die Männer, ausnahmslos alle Männer der Gruppe bis auf Frank, drängten sich nun an der Stelle, an der Sabine abgestürzt war, und wollten helfen, sogar der ältere Richard und Wolfgang, obwohl der sicher schon Rentner war. Frank spürte wieder dieses Flirren neben sich, die aufgeladene Luft, denn er hörte Miriams stummen Vorwurf: Warum bist du nicht dort? Warum hilfst du ihr nicht? Warum bist du nicht wie die anderen Männer?

Sabine war nicht so tief nach unten gestürzt wie zunächst befürchtet, sondern nur ein, zwei Meter. Richard und nicht ihr Partner Holger half ihr nach oben. Richard nahm Sabines Hand und begann, sie hinaufzuziehen, von Wolfgang und Tobias unterstützt. Markus kam hinzu, schob Wolfgang und Tobias beiseite und sagte:

»Lasst mich mal. Ich weiß, wie man das richtig macht.« Als sie sich nicht entfernten, wurde er deutlicher und seine Stimme schärfer: »Los, geht da gefälligst weg!«

Zu zweit zogen sie die Verunglückte ganz nach oben. »Setz dich erst mal hin«, sagte Markus. Doch hier konnte man sich nirgendwo hinsetzen. Der Teneguía war ein junger Vulkan, auf dem noch nichts wuchs, er war abweisend und lebensfeindlich und das schwarz-rötliche Lavagestein so scharfkantig, dass es sogar Bergschuhe aufschlitzen konnte. Hilde nahm Sabine den Rucksack ab, zog ein flaches Sitzkissen aus ihrem eigenen, legte es auf einen etwas bequemeren Stein und half Sabine beim Hinsetzen.

»Wir haben ja vielleicht einen Schreck gekriegt!«, sagte sie.

Sabine hatte einige Hautabschürfungen erlitten, ihre Hose wies an der Seite einen großen Riss auf, aber sie schien nicht ernstlich verletzt.

»Ich weiß überhaupt nicht, wie das passieren konnte«, sagte sie mit Tränen in den Augen. »Und dann noch an dieser Stelle. Hier ist es doch ganz ungefährlich.«

Markus stand vor ihr und sah auf sie herab. »Trittsicherheit ist bei den Wanderungen Voraussetzung. Das wisst ihr doch. Wer das nicht schafft, hätte besser vorher Bescheid gesagt. Ich wusste nicht, dass ich es hier mit Anfängern zu tun habe.«

»Ich *bin* trittsicher!«, empörte sich Sabine. »Wir waren schon so oft mit der IWO wandern! Auf viel schwierigeren Strecken als der hier! Wir waren immer die Besten in der Gruppe!«

»Beim Wandern geht es doch nicht um besser oder schlechter«, wandte Wolfgang ein, »es geht doch um die Natur. Um das Naturerlebnis.«

Fast die gesamte Gruppe stimmte ihm zu. »Natürlich geht es nicht darum, wer besser oder schlechter ist!«, hörte Frank etliche Stimmen. »Wir sind doch alle gleich gut!« Alle gleich gut. Von wegen. Blödes Geschwätz, das sie selbst nicht glaubten. Es ging immerzu und überall im Leben um besser oder schlechter, stärker oder schwächer, reich oder arm.

Vor allem die Frauen umringten Sabine jetzt, und auch Miriam war zu ihr gegangen. Jemand schob ihr Hosenbein hoch, zog ihr den Schuh aus und untersuchte ihren Knöchel. Frank hielt sich im Hintergrund. Ein stiller Beobachter, das war er, kein Handelnder. Markus fragte Sabine, ob sie die Wanderung abbrechen sollten, doch das lehnte sie entschieden ab und bestand darauf, sie wie geplant fortzusetzen. Sie könne weitergehen, es sei ja kaum etwas passiert, nur der Schreck. Sie zog ihren Schuh wieder an und wurde von Hilde und Anja gestützt, als sie aufstand.

»Den ersten Unfall haben wir jetzt hinter uns«, sagte Hilde, »das war die Feuertaufe. Manchmal sieht man nicht gleich, welchen Sinn es hat, wenn etwas Schlimmes passiert. Von nun an werden die Wanderungen schön.«

Auf dem Rückweg wurde Sabine merklich langsamer. Vielleicht war sie doch schlimmer verletzt als zunächst angenommen. Dann wäre der Urlaub für sie im Eimer, dachte Frank. Gleich am ersten Wandertag.

Und überraschenderweise drosselte auch die kleine Streberin Carina ihr anfängliches Tempo. Zwischendurch blieb sie sogar ganz zurück, weit hinter den anderen, ohne dass Markus sich darum scherte, hockte sich auf einen Felsen und hielt sich den Fuß. Frank drehte sich zu ihr um. Bevor er darüber nachdenken konnte, ob er ihr jetzt helfen musste, war Julius bereits zur Stelle.

»Ich kann nicht mehr weiter!«, klagte Carina.

»Was ist denn passiert?«, fragte Julius. »Hast du eine Blase?«

»Nicht nur eine, es müssen hundert sein!«

»Zeig mal.«

Frank war stehen geblieben und sah, wie Julius ihr dabei behilflich war, den Stiefel auszuziehen. Erst hatte Carina sich an den Wanderführer gehängt, jetzt saß sie hier wie ein Häuflein Elend und ließ sich von Julius ihren nackten Fuß untersuchen. Warum tat er das, und was bemächtigte ihn dazu? Wollte er sich wichtigmachen? War er Arzt oder so was?

Plötzlich und ohne ihr Zutun befanden sich Miriam und er nicht mehr ganz hinten. Ganz hinten war jetzt Carina. So schnell, wie sie auf der ersten Strecke den anderen davongeeilt war, so langsam kroch sie jetzt. Wie eine Figur aus Blech mit einem Schlüssel an der Seite, deren Aktivitätsdauer sich dem Ende neigte und die niemand neu aufzog.

Nach dem Teneguía machten sie sich auf den Weg nach unten zum Leuchtturm an der Südspitze

La Palmas. Sie überquerten schwarze Lavaströme, die mitten in der Fließbewegung erstarrt waren, als wäre die Zeit angehalten worden, und weiche Vulkanasche, in der man fast bis zu den Knöcheln versank.

Miriam hatte sich inzwischen von Frank gelöst und hielt sich nun an Hilde. Frank sah sie miteinander lachen. Das Lachen der anderen. Es ließ sich grob in drei Arten unterteilen. Erstens, Frank nahm es wohlwollend zur Kenntnis. Zweitens, die schlimmste Variante, die anderen lachten über ihn. Oder, Nummer drei, das Lachen, das ihn ausschloss und ihn entweder kränkte oder ihm gleichgültig war. Im Augenblick war es ihm egal.

Er wurde von Tobias begleitet, unfreiwillig, der ihm unterwegs etwas von den Gefahren La Palmas erzählte. Frank hörte nur mit halbem Ohr zu. *In die Schlucht gestürzt. Verschwundene Wanderer. Von Wasser- und Geröllmassen mitgerissen. Caldera. Schlucht der Todesängste.*

Sie erreichten ein kleines Lokal, auf dessen Terrasse mehrere Tische für sie reserviert und zusammengeschoben waren. Markus begrüßte den Inhaber auf Spanisch, und alle setzten sich. Die Paare blieben beisammen. So war es fast immer bei IWO-Wanderungen, die Paare blieben meistens beisammen. Es wurde Wein gereicht, Brot, Kartoffeln mit Mojo. Frank bediente sich und begann augenblicklich zu essen, ungeachtet dessen, ob die anderen auch schon angefangen hatten.

»Da hat aber jemand Hunger«, sagte Wolfgang.

»Jetzt lass ihn doch!« Hilde sah Frank freundlich an. »Wandern macht ja auch hungrig.«

»Hast du Angst, zu kurz zu kommen?« Julius lachte. »Du verhungerst schon nicht. Nachher im Hotel gibt's ja auch noch was.«

Frank merkte, wie er errötete, weil sich alle Augen auf ihn gerichtet hatten, und senkte den Kopf. Aber er ließ sich trotzdem nicht beirren. Er aß so viel, wie er konnte, von dem gegrillten Fisch, der bald serviert wurde, noch mehr Brot, und auch beim Wein langte er ordentlich zu.

Die Männer, vornehmlich Julius und Holger, sprachen über den Euro, Steuern und Einkommen, brutto und netto, ohne dabei jedoch ihre Berufe zu offenbaren. Julius machte hin und wieder Scherze, und alle lachten, auch Miriam. Wahrscheinlich war er Arzt, Architekt, etwas in der Art. Er brannte darauf, dass ihn endlich jemand nach seinem Beruf fragte, das war ihm anzusehen. Am liebsten hätte er es selbst gesagt – doch das durfte man bei der IWO ja nicht – und konnte sich kaum beherrschen. Die lässige Beiläufigkeit, mit der er Geld erwähnte, ließ darauf schließen, dass er und seine Frau Anja welches hatten. Häufig betonte er, dass sich Wandern mit der IWO ja nicht jeder leisten könne; »Gott sei Dank«, sagte er, weshalb man hier garantiert nur auf »Menschen seinesgleichen« treffe.

Miriam lachte die ganze Zeit, als hätte sie noch nie so lustige Witze gehört. Wenn sie wüsste, wie bedroht alles ist, dachte er. Noch bedrohter als der Lebensraum seltener Tierarten. Sie müsste auch wieder arbeiten gehen. Immer und nicht nur Teilzeit. Ihre monatlichen Ratenzahlungen für das Haus wären noch bis zur Rente fällig. Einfamilienhaus in der tristen Neubau-Peripherie, winziger Garten, alle Häuser sahen gleich aus. Der Lebenstraum seiner Frau. Lukas und Lisa wurden mit zunehmendem Alter immer teurer. Der mit Abstand am häufigsten fallende Satz aus dem Mund seiner Kinder lautete: *Ich brauche das aber.* »Ich brauche das aber, das haben doch alle aus meiner Klasse, wie stehe ich denn sonst da! Als wären wir arm. Asozial oder so was.« Ihre Zimmer waren vollgestopft mit modernsten elektronischen Geräten und Bergen an neuer Kleidung. Sie besaßen mindestens fünfmal so viel Kleidung, wie sie tragen konnten. In Franks Kindheit hatte es in seinem Zimmer nicht einmal ein Fernsehgerät gegeben. Der Familienfernseher hatte im Wohnzimmer gestanden, und sein Vater hatte über das Programm bestimmt.

»Es geht uns doch allen gut«, sagte Julius, hob sein Weinglas und prostete der Runde zu, »auch europaweit, und wem es nicht gut geht, der ist selbst schuld. Auf unsere Wanderungen!«

Keine Einwände, von niemandem, allerdings war das Lachen jetzt leiser geworden.

In Berlin waren Frank die ganzen Flaschensammler aufgefallen, an jeder Ecke sah man sie, bis zum Ellbogen in öffentlichen Abfalleimern auf der Suche nach Leergut, wie Tierärzte, die ihre Arme in kalbende Kühe schoben; bloß wurde am Ende kein Kälbchen herausgezogen, sondern, mit Glück, eine Pfandflasche. In den Flaschensammlern auf Berlins Straßen hatte Frank sich selbst gesehen. Als hätte die Zukunft die Gegenwart längst eingeholt.

Beim diesem ersten Mittagessen mit der Wandergruppe, nahe beim Leuchtturm und der Salzgewinnungsanlage Fuencaliente, fühlte er sich so einsam wie niemals zuvor. Es war nicht mal ein schlechtes Gefühl, wie er verblüfft feststellte. Miriam saß zwar neben ihm, war aber unmerklich von ihm abgerückt. Erst millimeterweise, jetzt bereits um einige Zentimeter. Frank beobachtete die anderen Paare, Richard und Hilde, Julius und Anja, Holger und Sabine. Nach ihrem Missgeschick auf dem Vulkan wirkte Sabine nun etwas kleinlaut. Die Paare saßen einträchtig aneinandergeschmiegt, berührten sich zwischendurch an den Händen. Julius war pausenlos um Anja bemüht, fragte, ob sie noch Wasser wolle, schenkte ihr Wein nach, küsste ihre Wange, streichelte ihre Hand. Was für ein Theater, dachte Frank. Nachher im Hotel, sagte Julius so laut, dass alle es hören konnten, werde er Anjas Füße massieren. War ein solches Zurschaustellen von Intimität in Anwesenheit Fremder unbedingt nötig? Frank ärgerte sich darüber, war beinahe angeekelt, und gleichzeitig hörte er in Gedanken Miriam sagen: *Du bist ja nur neidisch.*

Auch Rebecca und Eva saßen eng beisammen und flüsterten miteinander. Rebecca. Ein viel zu schöner Name für eine widerwärtige Person. Ihr Zögern bei der Wahl des Platzes war Frank nicht entgangen – wie sie abgewartet hatte, bis Miriam und er sich gesetzt hatten, wie sie ihn vorher die ganze Zeit beobachtet hatte, darum bemüht, es unauffällig erscheinen zu lassen, und wie sie sich erst dann einen Stuhl am anderen Ende der Tische gesucht hatte, so weit weg von ihm wie nur möglich. Es gab keinen Platz, der noch weiter von seinem entfernt gewesen wäre. In der Gewissheit, dass er der Grund hierfür war, weidete er sich an ihrer unverkennbaren Nervosität. Rebeccas Nervosität war neben der wiedergewonnen Freude am Essen und der Kellnerin Tatiana sein erstes wirkliches Vergnügen in diesem Urlaub, und er genoss, wie dieses Gefühl ihn durchströmte, wohlig, prickelnd und heiß.

Ähnlich wie zuvor Tobias dozierte jetzt Markus über die Risiken auf der Insel, insbesondere beim Wandern. Es habe schon Tote gegeben. Die Gruppenmitglieder hingen an seinen Lippen. Insgeheim gefiel es allen, sich auf einem so wilden Flecken Erde zu befinden, sieben Tage lang der Hauch von Gefahr, bevor sie wieder in ihre geordnete Welt zurückkehrten. Auch Frank horchte auf. Bislang war ihm La Palma nur als schützenswertes Biosphärenreservat bekannt gewesen, nicht aber als unberechenbare Natur. Gefahren, das klang interessant. Vielleicht konnte er sie für sich nutzbar machen. Er bedauerte, seinem Wandergenossen Tobias unterwegs nicht besser zugehört zu haben, denn der schien sich damit auszukennen.

Allesamt leichtsinnige Touristen, sagte Markus, sie hätten es ja unterwegs gesehen. In Sandalen auf den Berg, unverantwortlich! Tobias nickte eifrig und ernst. Der Rest der Gruppe – mit Ausnahme von Sabine – lachte, im festen Glauben, Unfälle passierten nur anderen und ganz sicher nicht ihnen. Das Lachen der Besseren. Sie trugen schließlich das richtige Schuhwerk, waren auf alles vorbereitet und wussten, worauf es ankam. Sie waren gestandene Wandersleute, keine Spaziergänger. Beim Mittagessen in der Sonne, frischen gegrillten Fisch im Bauch, neben sich der rauschende Atlantik und weiter oben die Vulkane La Palmas, sorgte ein bisschen gepflegter Grusel für die zusätzliche Urlaubswürze.

Miriam wirkte zum ersten Mal an diesem Tag völlig gelöst. Der palmerische Wein, der nicht weit entfernt von ihnen auf kargem Vulkangestein wuchs, war ihr in die jetzt leuchtend roten Wangen gestiegen. Frank hatte gar nicht mitbekommen, wie viel sie getrunken hatte. Miriams Stimme war lauter als sonst, fast ein wenig schrill. Sie goss sich unentwegt Wein nach, und er war zu fragen versucht, ob sie nicht langsam genug habe, ließ es aber. Seine erhitzte, rotgesichtige, übertrieben lachende Frau diskutierte mit Hilde, Anja und Sabine angeregt darüber, dass Sabines zerrissene Wanderhose wohl nicht mehr zu retten sei und sie sich in Puerto Naos in einem der Geschäfte auf der Strandpromenade eine neue kaufen müsse. Sabine beklagte den Verlust und erzählte, dass Holger und sie sich vor dem Urlaub extra mit neuer Kleidung ausgestattet hätten. Sie nannte etliche Markennamen, und die anderen Frauen nickten wissend.

Von der Wanderhose wechselten sie übergangslos zu Musik und Opernbesuchen. Hilde erwähnte, dass sie vor ihrer Pensionierung mit Musik zu tun gehabt habe, und erntete dafür einen strafenden Blick von Markus.

Hilde beachtete ihn nicht. »Jemand, der klassische Musik hört, kann keine schlechten Gedanken haben«, sagte sie.

Anja, Sabine und sogar Miriam nickten, als hätten sie es schon immer gewusst. Ausgerechnet Miriam. Was hatte seine Frau denn zu Opernbesuchen beizutragen? Daheim hörte Frank seine Musik meist unter Kopfhörern, weil sie ihr auf die Nerven ging.

Hildes Aussage zufolge hatte er also niemals schlechte Gedanken. Er nahm einen großen Schluck Wein, Miriam musste ja nicht die Einzige bleiben, die betrunken war, und lächelte. Er hatte keine schlechten Gedanken. Selbst die, die auf den ersten Blick schlecht wirkten, waren in Wahrheit gute Gedanken.

Frank hatte Miriam nichts von seinen Misserfolgen in Berlin und München erzählt, und sie hatte auch nicht gefragt. Miriam fragte nie. Sie ging davon aus, dass alles so wäre wie immer, und hatte nicht die leiseste Ahnung, wie es in der Firma um ihn stand. Am Abend vor der Abreise hatte Miriam voller Vorfreude gepackt und er währenddessen seine E-Mails geprüft. »Muss das denn sein?«, hatte sie gefragt. »Du hast doch jetzt Urlaub.« Die Nachricht, vor der er sich fürchtete, hatte wie erwartet in seinem Posteingang gelegen. Frank hatte kaum gewagt, sie zu öffnen. Seine Chefin zitierte ihn gleich am ersten Tag nach dem Urlaub zu sich ins Büro, 8.30 Uhr. Sie hielt sich weder mit Freundlichkeiten auf noch verriet sie, worum es ging. Das musste sie auch nicht. Frank wusste, worum es ging.

Markus schwärmte vom Leben auf La Palma, von der Natur und der Ruhe, was bei vielen einen sehnsüchtigen Glanz in den Augen hervorrief. Die Uhren, sagte er, tickten hier anders, und er vermisse Deutschland überhaupt nicht.

Andere sprachen über Sabines kleinen Unfall und wie sehr er alle erschreckt hatte. »So was gleich am ersten Tag!«, hieß es. Julius und Holger tauschten ihre bisherigen Erfahrungen mit dem Hotel aus und mäkelten insbesondere an den Gästen herum.

»Wirklich bedauerlich, dass man die Hotelgäste nicht gleich mit buchen kann«, sagte Julius. »Das nächste Mal suchen wir uns eine andere Unterkunft.«

Frank nahm an den Gesprächen nicht teil. Er aß, so viel er konnte, auch lange, nachdem die anderen schon fertig waren, und beobachtete die Gruppe. Vor allem Rebecca. Plötzlich kam ihm die Frau wieder in den Sinn, die Szene im Park, bei der er sich immer noch nicht darüber im Klaren war, ob es sich um Fiktion oder Wirklichkeit gehandelt hatte. Wie die Frau zu Boden gerissen wurde. Wie der Mann auf sie eingeschlagen hatte. Diese Gewalt am helllichten Tag, vor seinen Augen, hatte ihn entsetzt, zugleich aber auch ungeheuer fasziniert, wofür er sich jetzt noch schämte. Wegsehen und wieder hinsehen. Er musste doch jemandem Bescheid sagen. Aber wem? Dem Schaffner im Zug? 110? Der klimatisierte Zug mit den Fenstern, die sich nicht öffnen ließen, schottete ihn von dem Geschehen dort draußen gänzlich ab. Er war nur passiver Zuschauer und konnte nicht eingreifen. Er hätte gerne ein Fernglas zur Hand gehabt. Immer wieder fiel ihm ein, dass er sich keine Sekunde in das Opfer hineingefühlt hatte – als wäre er zur Anteilnahme nicht fähig. Es fiel ihm beim Frühstücks- und beim Abendessenbuffet ein, heute bei der Wanderung, wenn er die Frauen aus ihrer Gruppe ansah. Kühl-distanziert hatte er darüber nachgedacht, dass es wehtat, was der Frau angetan wurde. Solche Schläge ins Gesicht taten zwangsläufig weh, obwohl er das aus eigener Anschauung nur von lange zurückliegenden Schulhofprügeleien wusste, und selbst das kaum, da er ihnen nach Möglichkeit immer aus dem Weg gegangen war. Die Schläge ins Gesicht der Frau hatten seinen Puls enorm beschleunigt und seinen Mund vor lauter Adrenalin trocken werden lassen, sodass er doch schon vor dem nächsten Halt des Zuges ins Bordbistro gegangen war, um sich eine Flasche Wasser zu kaufen.

Markus drängte zum Aufbruch. Der Bus stehe sicher schon bereit, erklärte er, und man könne den Fahrer nicht so lange warten lassen. Frank wollte doch noch seinen Wein austrinken! Und noch mehr Wasser. Sein Mund war wieder so trocken. Alle erhoben sich, hinterließen Trinkgeld auf den Tischen, setzten ihre Rucksäcke auf. Frank beobachtete, wer wie viel daließ. Fünfzig Cent, das sollte eigentlich reichen. Die Trinkgeldgaben erinnerten ihn an den Klingelbeutel in der Kirche. Er überlegte es sich anders und legte eine Zwei-Euro-Münze hin, denn er wollte auf keinen Fall geizig aussehen. Oder noch schlimmer – arm.

»Jetzt ist es aber gut, wieder ins Hotel zu kommen«, sagte Miriam. »Ich brauche eine Dusche. Und vielleicht können wir ja heute vor dem Abendessen auch mal zur Promenade in Puerto Naos gehen. Ein bisschen einkaufen.«

»Einkaufen? Wozu das denn?«, sagte Frank. »Unsere Wanderhosen sind nicht kaputt.«

»Jetzt sei doch nicht so ein Spielverderber! Wir können uns doch trotzdem mal in den Läden umsehen.« Miriam zupfte an ihrem Wanderhemd herum. »Was Neues könnte mir nicht schaden. Und dir übrigens auch nicht. Dein Hemd ist bestimmt schon zehn Jahre alt. Als wir es gekauft haben, ist Lisa gerade eingeschult worden. Sollen wir sie nachher mal anrufen?«

»Wen?«

»Unsere Kinder.«

»Lass sie doch mal ein paar Tage in Ruhe.«

»Irgendwann müssen wir sie aber anrufen. Es geht doch nicht, dass wir eine ganze Woche nichts von ihnen hören.«

»Sie vermissen uns bestimmt nicht.«

»Dich vielleicht nicht. Mich aber schon. Ich kümmere mich doch um sie.«

»Vielleicht wär's ihnen ja lieber, wenn du dich zur Abwechslung mal nicht um sie kümmerst.«

Gleich würde Miriam wieder ausführlich über Lukas reden, der ihr Lieblingskind war, was sie aber niemals zugeben würde. Sie würde wie so oft sagen, dass er hoffentlich bald eine nette Freundin mit nach Hause brächte. Er war doch schon siebzehn, fast achtzehn. Aber er arbeite ja auch so viel für die Schule und spare sich eine Liebesbeziehung für später auf. Frank hingegen wusste, warum sein Sohn keine Freundin mit nach Hause brachte, und er hatte es Miriam gegenüber auch schon vorsichtig angedeutet. Frank hatte Lukas mit seinem Schulfreund in seinem Zimmer erwischt. Zwei schmächtige nackte Oberkörper, schweißbedeckt, die Gesichter rot vor Hitze, die Haare zerwühlt und verschwitzt, die Münder wund vom Küssen. Die Hand seines Sohnes hatte sich unter den Hosenbund seines Freundes geschoben, ihre Augen, trotz der Störung durch Franks Eintreten, voller Gier. Miriam wollte in ihrer grenzenlosen Naivität nicht wahrhaben, dass Lukas andersherum war. Und Frank wollte, wenn er ehrlich war, lieber einen normalen Sohn haben.

Wie schon auf dem Hinweg fuhr der Bus an den Spuren vergangener Waldbrände vorbei, die laut Markus regelmäßig auf La Palma wüteten. Frank erinnerte sich an die Erklärungen ihres Wanderführers über die Widerstandsfähigkeit der kanarischen Kiefer, die einen völlig verkohlten Stamm vorweisen konnte, aber darunter keineswegs tot war, sondern, geschützt durch ihre dicke Rinde, bald darauf neues Grün austrieb. Ihre Nadeln sahen nicht wie Nadeln aus, sondern wie weiche lange Haare. Grüne Hexenhaare. Frank sah nach draußen, auf all die schwarzen

Stämme, beeindruckt von dem unbeugsamen Durchhaltewillen der Bäume.

Rebecca saß neben ihrer Begleiterin weiter vorne im Bus. Miriam und er saßen in der Mitte, sodass er Rebecca nur schräg von hinten sehen konnte. Was für ein Zufall. Wie lächerlich klein die Welt doch war. Hatte sie ihn längst vergessen? Hatte sie diesen Tag seiner Demütigung vergessen, weil es für sie ein ganz gewöhnlicher Tag gewesen war, nicht der Rede wert? Hatten sie alle in der Berliner Firma ihn zuerst abgefertigt – »Sie hören von uns« –, und gleich darauf war er sofort wieder aus ihrem Bewusstsein verschwunden? Erinnerte sie sich wirklich nicht? Es lag doch nicht einmal eine Woche zurück.

So einfach geht das also, dachte Frank Hartmann. Er hatte es ja bei Sabine gesehen. Ein einziger falscher Schritt, ein lockerer Stein unter dem Schuh, der kurze Verlust des Gleichgewichts, verursacht durch eine starke Windböe oder einen Stoß, und schon war es passiert. Er müsste sie alleine abpassen. Wenn die anderen fotografierten und »Oh!« und »Ah!« riefen. Er konnte die anderen nicht ausstehen. Wenn sie Eidechsen fütterten. Oder andächtig dem Hirten Markus lauschten. Er hasste die anderen. Hinter einer Wegbiegung müsste es geschehen, nicht einsehbar für die anderen. Er sah es schon vor sich, er machte Pläne. Endlich machte er wieder Pläne! Pläne zu machen, war gleichbedeutend damit zu leben. Endlich lebte er wieder. Heute Abend würde Frank im Hotelzimmer den teuren Reiseführer lesen, den sie gekauft hatten, und ihn mit den

Wanderungen der kommenden Tage vergleichen. Auf diese Weise würde sich der Kauf wenigstens lohnen. Er hatte den Erwerb dieses Buches für überflüssig gehalten – wozu verreisten sie schließlich mit der IWO, die sich um alles kümmerte –, Miriam jedoch darauf bestanden. »Ich will schon ein bisschen in Urlaubsstimmung kommen«, hatte sie gesagt. Kaufen, kaufen, kaufen. Bei ihm hatte sich der Sparinstinkt längst eingenistet. Ob Miriam eigentlich ahnte, dass es damit bald vorbei wäre und nichts mehr zu kaufen gab?

Frank Hartmann erinnerte sich an einen Barranco de las Angustias, davon hatte doch dieser leicht verrückte Tobias unterwegs voller Begeisterung auf den Aschefeldern erzählt. Schlucht der Todesängste. Was für ein schöner, sprechender Name. Fünf Wanderungen standen noch auf dem Programm. Fünf Wanderungen – fünf Gelegenheiten.

Dienstag. Postkarte für Mutter

Sie waren viel früher zurück, als Carina erwartet hatte. Drei Uhr nachmittags. Sie hatte sich wochenlang auf diesen Urlaub gefreut, auf Erholung, doch plötzlich wusste sie nicht, womit sie die verbleibenden vier Stunden bis zum Abendessen ausfüllen sollte. Sie erschienen ihr endlos. Nicht wie vier Stunden, sondern eher wie vier zähe, leere Tage.

Carina war von einer langen, anspruchsvollen Wanderung ausgegangen, Rückkehr zum Hotel so kurz vor dem Essen, dass kaum Zeit zum Duschen blieb, geschweige denn zum Ausruhen, alle erschöpft, auf dem Zahnfleisch, am Ende ihrer Kräfte. Allerdings hatte sie sich zwei schmerzhafte Blasen beim Bergabgehen zugezogen, weshalb ihr die frühe Rückkehr zum Hotel doch ganz gelegen kam. Morgen wanderten sie bestimmt viel länger. Ihre Füße mussten über Nacht gesund werden.

In Puerto Naos herrschten immer noch fast dreißig Grad, und im Unterschied zum Teneguía an der Südspitze war es hier nahezu windstill. In ihrem Zimmer wechselte Carina zuerst ihre Wanderkleidung gegen Shorts und ein ärmelloses T-Shirt aus. Vielleicht sollte sie ihre Blasen vor dem Abendessen versorgen.

Doch hatte Julius ihr nicht erklärt, sie müsse die Pflaster an Ort und Stelle lassen, sonst wirke es nicht? Oder war das Gegenteil der Fall, und sie sollte sie dringend entfernen? Carina konnte sich nicht mehr erinnern. Hätte sie doch besser zugehört. Aus dem Kleiderschrank holte sie das Nähset mit den obligatorischen vier Garnfarben, setzte sich damit aufs Bett, zog eine Nähnadel hervor, löste die beiden Pflaster und stach beherzt in die Blasen. Eine klare Flüssigkeit trat heraus, lief ihr über die Finger und sickerte ins Laken. Anschließend steckte Carina die Nadel wieder in das kleine Heft mit dem Hotelaufdruck und legte es zurück in den Kleiderschrank.

Sie beschloss, sich eine halbe Stunde an den Swimmingpool zu legen, nahm ein Buch, um nicht einsam und bedürftig, sondern entspannt und beschäftigt auszusehen, und ging nach unten. Am Swimmingpool war es sehr heiß. Carina wusste, dass ihre Haut Sonne nicht gut vertrug, blieb aber trotzdem liegen und fiel bald in einen flüchtigen Schlaf. In ihren Träumen vermischte sich die Brandung des Meeres mit der Arbeit zu Hause, Markus' Gesicht, das sie bereits verinnerlicht hatte, mit ihrem gewöhnlichen Alltag in Münster. La Palma und Münster in Westfalen passten überhaupt nicht zusammen, sogar im Traum war ihr diese Unvereinbarkeit bewusst. Bald darauf wurde sie davon wach, dass etwas an ihrem Bein kitzelte. Der Tag ihrer Ankunft kam ihr wieder in den Sinn, der fünfstündige Flug, die Angst vor Thrombosen. Doch Thrombosen kitzelten nicht, sie ließen das Bein anschwellen. Und es war auch keine Thrombose, sondern eine Eidechse, wie sie jetzt sah, als sie die Augen aufriss. Ein braun gestreiftes Tier mit einem ekelhaft langen Schwanz und dünnen Zehen saß auf Carinas Oberschenkel. Ein Urzeitvieh in Miniaturform. Sie schrie, fegte die Eidechse fort, die in hohem Bogen davonflog, und rieb und kratzte sich wie wild über das Bein.

Carina hatte keine Eidechsen am heiligen Felsen gefüttert. Diese Tiere gefielen ihr allenfalls als Aufdruck auf einem T-Shirt, aber nicht in natura. Sie konnte Reptilien nicht ausstehen, mochte nur plüschige Tiere mit weichem Fell. Sie griff nach ihren Sachen und ging eilig in ihr Zimmer. Dort duschte sie, schaltete danach ihr Handy ein, auf dem sich keinerlei Nachrichten befanden, sah auf die Uhr und wartete, dass es endlich Zeit fürs Abendessen wurde. Sie legte sich aufs Bett, versuchte zu lesen, stand kurz darauf wieder auf und trat auf ihren Balkon.

Mit dem ersten Tag war sie zufrieden und unzufrieden gleichermaßen. Ihre Strategie, die sie sich nach dem Abend des Kennenlernens zurechtgelegt hatte, war aufgegangen, und sie hatte beide Ziele erreicht. Zumindest teilweise. Erstens war es ihr gelungen, sich über eine weite Strecke an der Spitze der Gruppe zu behaupten. Carina hatte als Einzige das Tempo durchgehalten – zumindest auf der ersten Etappe. Später war sie gescheitert. Verdammte Blasen.

Zweitens hatte sie den Wanderführer für sich gewonnen. Es war ganz offensichtlich, dass Markus sich mit ihr am besten verstand. Die anderen behandelte er freundlich – das gehörte schließlich zu seinem Beruf –, zu ihr jedoch hatte er diesen besonderen Draht. Etwas Einzigartiges hatte sie von Anfang an miteinander verbunden, was auch den anderen nicht entging, weshalb sie ihr heimlich Blicke voller Neid zuwarfen.

Dann hatte Sabine ihr dazwischengefunkt. Ob ihr kleines Malheur oben auf dem Vulkan nur inszeniert war, um sich in den Mittelpunkt zu drängen? Damit sich die Aufmerksamkeit aller, auch die des Wanderführers, nur auf sie richtete? Oder konnte sie tatsächlich nicht einen Fuß vor den anderen setzen, ohne so dämlich zu stolpern? Gleichzeitig empfand Carina bei dem Gedanken an diesen Zwischenfall große Genugtuung. Sie war trittsicher. Sabine mit ihren teuren Klamotten nicht.

Sie setzte sich an den winzigen Schreibtisch, auf dem auch der Fernseher stand, und nahm die gekauften Ansichtskarten in die Hand. Eine Vulkanlandschaft hatte sie ihrer Mutter bereits geschickt, jetzt wählte sie die beeindruckende Caldera La Palmas im Nebel aus.

Liebe Mutter, die Wanderungen sind sehr anstrengend, aber auch total schön! Sie dauern den ganzen Tag. Das wäre nichts für jeden, man muss absolut fit sein. Eine Frau aus meiner Gruppe hat sich heute den Knöchel gebrochen und musste ins Krankenhaus. So schnell kann's gehen. Für sie ist der Urlaub wohl vorbei. Ich bin die Beste aus der Gruppe. Mit dem Wanderführer habe ich mich angefreundet, er will mich besuchen, wenn er das nächste Mal in Deutschland ist. Deine Carina

Über ihre Kleidung für das erste gemeinsame Abendessen mit der Gruppe machte Carina sich keine großen Gedanken, denn schließlich würde Markus nicht anwesend sein. Sie sah ihn erst wieder morgen früh. Also nahm sie das Erstbeste, das ihr beim Öffnen des Kleiderschrankes ins Auge fiel.

Hilde und Richard waren schon da, ebenso Rebecca und Eva. Hilde rutschte einen Platz weiter und ermunterte Carina, sich zwischen sie und Richard zu setzen. Nun wirkte es so, als säße das Kind behütet zwischen den Eltern. Warum tat Hilde das? Sah sie etwa einsam aus? Die vier tranken Wein, hatten sich aber noch nichts zu essen geholt. Damit wollten sie warten, wie sie sagten, bis die Gruppe komplett war. Sie sprachen darüber, wie sie den Nachmittag verbracht hatten. Alle waren über die kleine Strandpromenade spaziert, Rebecca und Eva danach noch im Meer schwimmen gegangen. Das Wasser sei erstaunlich warm, jetzt Anfang Oktober noch weit über zwanzig Grad, nur vor den Wellen hätten sie sich ein wenig gefürchtet. Am meisten redeten Rebecca und vor allem Hilde. Hilde redete ohne Punkt und Komma und fasste unentwegt nach Carinas Arm. Was wollte diese Alte von ihr? Sie war sicher schon weit über sechzig, und sie sprach in diesem komischen Dialekt. Bayerisch. Carina und sie hatten nichts, aber auch gar nichts gemeinsam.

Hilde ließ erst von ihr ab, als die anderen erschienen. Nachdem sich alle mit Essen versorgt hatten, richtete sich das allgemeine Interesse auf die bedauernswerte Sabine. Sie habe sich vom Schreck erholt und bereits eine neue Hose gekauft, berichtete sie. Holger und sie waren nach der Wanderung nach Los Llanos gefahren, weil es dort mehr Auswahl gab als im kleinen Puerto Naos. »Richtig schöne Sachen«, sagte sie. »Fast wie bei uns zu Hause in Deutschland.« Sie wisse selbst nicht, wie das hatte passieren können, Holger und sie seien doch so geübte Wanderer. Sie seien schon in halb Europa gewesen. Nein, eigentlich sogar in ganz Europa. Aber Europa reiche irgendwann nicht mehr, es sei zu klein und zu eng. Nächstes Jahr wollten sie nach Nepal, das sei im Unterschied zu der – zugegeben schönen – Insel La Palma eine echte Herausforderung. Bis an die Grenzen, sagten Sabine und Holger mehrfach, sie wollten bis an ihre Grenzen gehen. Und ausgerechnet bei einem harmlosen Kurzurlaub passierte dann so etwas! Das sei wie bei den berühmten Unfällen im Haushalt.

Bei den »Unfällen im Haushalt« lachten alle am Tisch. Ihrem Knöchel gehe es gut, versicherte Sabine, er sei nicht einmal angeschwollen, und natürlich könne sie morgen wieder mitwandern.

Nepal, das klang nach dünner Luft und lauter Gefahren. Carina war bislang immer nur in Europa im Urlaub gewesen. Das Leben war doch leichter, wenn man es nicht alleine verbrachte, und für einen Moment beneidete sie die Paare an ihrem Tisch. Es gab diesmal niemanden, dem sie sich gerne angeschlossen hätte, abgesehen von Julius und Anja. Oder besser: abgesehen von Julius. Ohne Anja.

Ihr reservierter IWO-Tisch befand sich ganz hinten in der Ecke, kein Fenster in der Nähe, und dort wurde es allmählich unerträglich heiß. Den Salat hatte sie hinter sich, jetzt stand Carina auf und ging zum *Live-cooking*-Bereich, hinter dem heute eine streng aussehende Köchin mit rot gefärbten Haaren, in Bratfettdämpfe gehüllt, Schweinekoteletts und Thunfischfilets auf dem Grill wendete. Julius und Frank waren auch da. Frank hielt der Köchin, obwohl er schon mehr als genug hatte, erneut seinen Teller hin. Die Frau strahlte ihn an. Es schien ihr zu gefallen, ihn mit Essen zu versorgen.

Julius zeigte auf Franks Teller. »Wandern macht zwar hungrig, wie unsere Hilde richtig bemerkt hat«, sagte er, »aber man muss ja auch Maß halten können.«

Frank reagierte nicht, sah weder Julius noch Carina an, sondern wie gebannt auf seinen Teller. Gleich würde er anfangen zu sabbern. Carina hatte das Bild schon vor Augen, wie ihm der Speichel vom Kinn tropfte.

»Dieses ganze Fett«, sagte Julius. »Mensch, denk doch mal an deine Arterien und an dein Herz. Heutzutage essen nur die Armen fettes, ungesundes Zeug. Sie essen fett, und sie sind fett. Die Zeiten haben sich geändert.«

Carina teilte Julius' Meinung. Beim Anblick des vollgeladenen Tellers überkam sie fast ein Gefühl von Ekel. Bereits beim Mittagessen am Leuchtturm hatte Frank übergebührlich zugeschlagen und sich auch vorhin eine Riesenportion Fleisch geholt. Das hier war seine zweite, nicht minder riesige. Seinen offenbar nie zu stillenden Hunger sah man ihm allerdings nicht an, wie sie zugeben musste, denn er war ein Mann von normaler Statur, nicht dick und nicht dünn. Normal und absolut unauffällig. Ob er bei den Mengen, die er fraß, regelmäßig Sport trieb? Nein, entschied Carina, dazu sah er nicht trainiert genug aus.

»Kümmer dich um deinen eigenen Kram«, zischte Frank leise, aber deutlich zu verstehen.

»He, ist ja schon gut, immer mit der Ruhe!«, sagte Julius. »Wir sind doch mit der IWO unterwegs. Leute mit Stil.«

»Du meinst, so wie du?«, sagte Frank.

»Ja, zum Beispiel.«

Frank murmelte etwas Unverständliches und rempelte Julius im Vorbeigehen leicht an. In bösartiger Absicht, Carina hatte es genau gesehen. Julius hätte beinahe seinen Teller fallen lassen und konnte ihn gerade noch festhalten.

Nachdem Frank ohne ein weiteres Wort davongegangen war, wandte sich Julius an Carina. »Was ist denn mit dem los? Was hat der denn für Probleme? Kannst du mir das sagen? Passt überhaupt nicht in unsere Gruppe. Hast du die Fleischberge auf seinem Teller gesehen?«

»Ja, hab ich. Abstoßend. Wir haben doch heute Mittag schon so viel gegessen. Ich kann mit vollem Bauch gar nicht gut schlafen.«

Carina nahm sich vor, Frank künftig zu meiden. Sowohl sie als auch Julius hatten sich für mageren Thunfisch und gegen fettes Schwein entschieden.

»Geht mir genauso«, sagte Julius. »Von Frank sollte ich mich in den nächsten Tagen wohl besser fernhalten. Komischer Typ. Ich habe doch nur eine harmlose Bemerkung gemacht! Er scheint was gegen mich zu haben.«

»Kann ich mir nicht vorstellen«, sagte Carina. »Wahrscheinlich hat er irgendwelche anderen Probleme.«

»Ja, den Hals nicht vollzukriegen.« Julius lachte. »Aber egal, was für Probleme er hat, uns könnte er damit ja verschonen. Wir sind schließlich eine Wandergruppe und keine Therapiegruppe. Und deinem Fuß geht's gut?«

»Ja, alles bestens«, sagte Carina. »Nett, dass du fragst.«

»Wenn ich dir wieder behilflich sein kann, sag einfach Bescheid.«

Mit seiner freien Hand berührte Julius ihren Arm, und Carina genoss es. Zusammen gingen sie quer durch das Restaurant zurück zu ihrem reservierten Tisch, in spontaner Eintracht, als hätten sie soeben einen gemeinsamen Feind besiegt. Frank saß ganz außen neben seiner Frau und war so sehr damit beschäftigt, seine Koteletts zu verschlingen, dass er nicht einmal aufsah. Anja unterhielt sich mit Miriam, musterte aber Carina und Julius, als sie den Tisch erreichten, genau. Wie ein wachsames Tier, dem nichts entging. Schon wieder eine eifersüchtige Ehefrau, dachte Carina. Die Wandergruppen waren voller eifersüchtiger Gattinnen. Sie nahm wieder zwischen Hilde und Richard Platz. Hilde wandte sich ihr sofort zu und begann zu reden. Über das Essen, über ihr Zimmer, mit dem sie nicht ganz zufrieden war, über die Wanderungen, die ihr Mann Richard und sie schon unternommen hatten. Carina nickte und lächelte. Sie hatte einen strategisch ungünstigen Sitzplatz. Zwischen Hilde und Richard, gegenüber von Rebecca und Eva. Eva sprach kaum, was sie mit Frank gemeinsam hatte. Ob Carina den anderen jetzt erzählen sollte, dass Eva abends wie eine betrunkene Mallorca-Urlauberin voll bekleidet in den Hotel-Pool gesprungen war? Am Tisch wurde es immer heißer, und dafür war Carina mit ihrer langärmeligen Bluse falsch angezogen. Den meisten anderen schien es genauso zu gehen. Auf ihren geröteten Gesichtern glänzte der Schweiß. Carina hätte gerne auf der Terrasse gesessen, aber das war mit der Gruppe nicht möglich. Gott sei Dank sprach jetzt niemand mehr über Sabines Missgeschick.

Julius lächelte gequält und fächelte sich mit der Weinkarte Luft zu. »Entschuldigung, es tut mir leid, aber mir ist einfach zu warm.« Mit diesen Worten zog er sein blauweiß gestreiftes Oberhemd aus, unter dem er ein weißes T-Shirt trug.

Carina verstand seine Not. Er war ein attraktiver Mann, der auf seine äußere Erscheinung achtete und dem es folglich widerstreben musste, im Hotelrestaurant das elegante, gut geschnittene Hemd gegen ein ordinäres weißes T-Shirt zu tauschen. Aber das Weiß war strahlend und das T-Shirt sorgfältig gebügelt, nur am Rand konnte sie einige Knitterfalten erkennen, die vermutlich von der Reise im Koffer herrührten.

»Hier ist es wirklich furchtbar warm«, bestätigte Hilde und wischte sich mit ihrer Serviette über die Stirn.

»Aber der Tisch ist die ganze Woche für uns reserviert, und wir müssen uns nicht jeden Abend was Neues suchen wie die anderen Leute«, bemerkte Wolfgang.

»Dreizehn Körper sondern eine Menge Hitze ab«, sagte Holger. »Damit könnte man jetzt Anfang Oktober zu Hause gut heizen.«

»Wie viel Hitze erst dreizehn Frauen in den Wechseljahren absondern würden«, sagte Richard, sah in die Runde und wartete darauf, dass die anderen lachten, was jedoch niemand tat.

Hilde ignorierte die Bemerkung ihres Mannes, als hätte er gar nichts gesagt. »Dreizehn?«, fragte sie stattdessen, blickte sich um und begann durchzuzählen. »Sind wir etwa dreizehn?«

»Ja. Eine ziemlich große Gruppe, wenn ihr mich fragt«, antwortete Holger. »Ich glaube, fünfzehn sind das Maximum.«

»Hoffentlich bringt das kein Unglück!«

»Aber wir sind doch nicht abergläubisch! Außerdem sind es mit Markus ja vierzehn.«

»Was hast du denn da?«, fragte Hilde plötzlich, streckte den Arm aus und griff nach Julius' Nacken, als wollte sie ihn an sich ziehen und umarmen. Carina erschrak im ersten Moment über diese intime Geste. Doch Hilde umarmte ihn nicht, sondern zog am Etikett seines T-Shirts.

»Du hast es falsch rum angezogen«, sagte sie. »Aber mach dir nichts draus. Mein Mann Richard zieht oft zwei verschiedene Socken an, eine schwarze und eine braune. Oder eine blaue und eine braune.«

»Was? Wirklich?«, sagte Julius, fasste sich selbst an den Nacken und besah sich die Nähte an seiner Schulter und am runden Ausschnitt des T-Shirts. Dann wurde er zu Carinas Erstaunen rot. Sie konnte ihn zwar verstehen, aber war es wirklich so tragisch, ein Hemd versehentlich auf links zu tragen?

»Uns stört das nicht«, sagte Carina und beugte sich vor, um ihn besser sehen zu können; sie lächelte ihn an und hoffte, er würde das Lächeln erwidern, doch er blickte nur starr nach unten auf seinen Teller. Seine Miene hatte sich schlagartig verfinstert. Er trank sein Glas leer, palmerischer Rotwein, schenkte sich sofort nach und trank auch das nächste Glas in einem Zug bis zur Hälfte.

Kurz schwiegen alle, bis Hilde das Wort ergriff, woraufhin sich die Gruppe merklich entspannte und das Gemurmel der Stimmen wieder einsetzte. Hilde fragte Sabine, was für eine neue Wanderhose sie gekauft, was diese gekostet habe und ob sich ein Ausflug nach Los Llanos lohne.

Carina achtete als Einzige noch auf Julius. Verstohlen blickte sie zur Seite. Sie konnte ihn nicht richtig erkennen, da Hilde im Weg saß und ihr die Sicht versperrte; sie sah nur, dass er jetzt leise mit seiner Frau sprach und verärgert schien.

Carina beschloss, sich ein Dessert vom Buffet zu

holen, und stand auf. Sie ging sehr langsam an Julius und Anja vorbei und schnappte ein paar Gesprächsfetzen auf.

»Hättest du mir das nicht sagen können?«, sagte Julius.

»Ich habe es nicht gesehen«, sagte Anja.

»Hättest du nicht richtig hingucken können, statt mich so ins Restaurant gehen zu lassen?«, sagte Julius.

»Aber es ist doch nicht so schlimm.«

»Doch, das ist es! Es ist schlimm!«

Carina ging weiter. Sie machte einen Umweg und trat kurz auf die Terrasse des Restaurants, denn sie brauchte dringend frische, kühlere Luft. Draußen war es immer noch sehr warm, aber kein Vergleich zu ihrem Tisch, an dem es sich anfühlte, als säße man unter einer Hitzeglocke. Am Nachtischbuffet ließ sie sich Zeit mit der Auswahl, entschied sich dann für ein kleines Stück Kuchen und Obst. Auf dem Rückweg zu ihrem Platz ging sie ganz dicht an Julius' Stuhl vorbei, sah von oben das Etikett seines T-Shirts am Nacken. Sie strich über die Rückenlehne seines Stuhls, schnell und nur ganz leicht, ohne ihn dabei selbst zu berühren. Er goss sich gerade neuen Wein ein, schien sich wieder gefangen zu haben und lachte mit den anderen. Anja neben ihm war hingegen verstummt und aß die letzten Reste auf ihrem Teller in quälender Langsamkeit.

Obwohl die erste Wanderung viel kürzer ausgefallen war, als sie erwartet hatte, wurde Carina allmählich müde. Vielleicht war die unerträgliche Hitze am Tisch daran schuld. Oder der Wein. Miriam und Frank waren in der Zwischenzeit gegangen, auch Rebecca und Eva. Carina verabschiedete sich von den Verbliebenen und wünschte ihnen eine gute Nacht.

»Bis morgen«, sagte Hilde. »Morgen passieren uns dann keine Unfälle mehr. Das haben wir jetzt hinter uns. Ist auch besser so, wenn das Unglück gleich am ersten Tag abgehakt ist.«

Carinas Blasen machten sich wieder bemerkbar, aber sie bemühte sich trotzdem um einen forschen Schritt zum Ausgang des Restaurants, weil ihr bestimmt alle hinterhersahen. Nachdem sie die Tür passiert hatte, verlangsamte sie sofort ihr Tempo, die Blasen taten plötzlich höllisch weh, sie musste die Tränen unterdrücken und hinkte leicht. Da sie keine Treppen steigen wollte, wartete sie mit anderen Hotelgästen vor dem Aufzug. Sie spürte den Wein und sehnte sich jetzt nach ihrem Bett. Das Ehepaar im Aufzug sprach schwedisch. Oder war es Niederländisch? Sie stiegen vor ihr aus und verabschiedeten sich höflich. In ihrem Stockwerk sah Carina, bevor sie in den Gang zu ihrem Zimmer bog, noch aus den großen Panoramafenstern im Flur. Der Parkplatz war von hier zu sehen, der kleine Garten mit den Kakteen und Sukkulenten auf schwarzem Vulkangestein und, weiter oben auf dem Berg, Lichter, die hier allerdings viel gedämpfter waren als zu Hause, nicht grell-weiß, sondern gelb. Markus hatte es ihr heute unterwegs erklärt, als alles noch gut war: Zu helles Licht würde die Sternwarten stören, die oben auf dem höchsten Berg angesiedelt waren, daher gab es auf La Palma ein »Gesetz zum

Schutz des Himmels«, das auch Leuchtreklame verbot.

Sie würde sich nur noch kurz auf den Balkon setzen und dann ins Bett gehen. Die Wanderung morgen dauerte sicher länger als heute, und Carina wollte sie unbedingt wieder an der Spitze der Gruppe bestreiten. An der Seite von Markus. Ob Markus heute auf dem Weg nach unten zum Leuchtturm sehr enttäuscht von ihr war, als sie nicht mehr mitkam? Carina dachte jetzt wieder an diesen Moment zurück. Ihr waren fast die Tränen gekommen – vor Wut, vor Scham und vor Schmerz. Sie hatte sich dafür gehasst, dass sie schwach war, hilflos beinahe, als sie nach und nach von allen überholt wurde, sogar von dieser linkischen Eva, die wahrscheinlich noch nie in ihrem Leben gewandert war, und Markus hatte sie einfach zurückgelassen, ohne sich um sie zu kümmern. Er hatte sie eiskalt stehen lassen. Sie war zum Gespött der Gruppe geworden, mehr noch als vorher Sabine; natürlich hatte es niemand direkt gesagt, aber ihre versteckt hämischen Blicke hatten Bände gesprochen. Arme Carina. Arme Carina, was ist denn mit ihr? Kommt wohl nicht mehr mit. Macht schon so schnell schlapp.

Mit Ausnahme von Julius. Julius war zu ihr gekommen, hatte in seinem Rucksack gewühlt und eine Packung mit Pflastern hervorgeholt. Er hatte sich neben sie auf einen Stein gesetzt, sie angehalten, Wanderschuh und Strumpf auszuziehen, und war ihr dann mit den Pflastern behilflich gewesen. »So, das sollte reichen«, hatte er gesagt, »mehr kann ich erst mal nicht für dich tun.« Anschließend war er aufgestanden, viel zu schnell, wie Carina fand, und wieder zu seiner Frau Anja gegangen.

Sie sah ihn nicht sofort, denn sie war in Gedanken und außerdem leicht beschwipst. Sie sah ihn erst, als sie ihn fast erreicht hatte. Vor der Tür ihres Zimmers stand Markus. Markus, der auf La Palma lebte und deswegen nicht an den gemeinsamen Essen der Gruppe im Hotel teilnahm.

»Was machst du denn hier?«, sagte sie, und im selben Moment kam es ihr wie die dümmste Frage der Welt vor.

Markus antwortete nicht.

»Hast du nicht gesagt, du musst dringend nach Hause? Wieso warst du denn nicht unten beim Essen, wenn du sowieso schon hier –«

Carina sprach nicht weiter. Sie konnte nicht. Markus' Blick hinderte sie daran, schnitt ihr die Worte ab, um die sie sonst nicht verlegen war – oder besser: sein fehlender Blick. Er sah vollkommen ausdruckslos aus. Wie eingefroren. Gab es das überhaupt, außer vielleicht im Schlaf oder nach Botox-Spritzen, einen Menschen ohne jedwede Mimik? Jetzt ärgerte Carina sich wegen ihrer nachlässig gewählten Kleidung. Außerdem war sie verschwitzt, der Geruch drang unter ihrer Bluse hervor. Frischer Schweiß, der sich bald zersetzen und unangenehm riechen würde. Wenn sie gewusst hätte, dass sie ihn heute Abend doch noch sehen würde, hätte sie mehr Zeit vor dem Spiegel verbracht, wenn sie gewusst hätte, dass er plötzlich vor ihrer Zimmertür stehen würde, hätte sie ihre gesamte Abendgarderobe für sieben Tage Urlaub inspiziert und das Eleganteste ausgewählt. Andererseits war Markus naturverbunden und bevorzugte vielleicht auch bei Frauen einfache und bequeme Kleidung.

»Also, wenn ich gewusst hätte …«, begann sie, aber sie sprach nicht weiter. Seine Augen, auf sie gerichtet, ließen sie frösteln, der fehlende Ausdruck darin, sie sahen so aus wie die Glasaugen eines ausgestopften Tiers, das verstaubt im hintersten Winkel des Biologieraums der Schule stand und vor dem sich alle ein wenig gruselten. Blinzelte er überhaupt? Carina wandte den Blick von ihm ab und zog die Ärmel ihrer Bluse über die Ellbogen. Auf dem Weg nach oben, im Aufzug mit dem schwedischen oder niederländischen Paar, war noch die gesamte Hitze des Restauranttisches in ihr gespeichert gewesen, dreizehn Menschen, Wein, warmes Essen. Jetzt war ihr kalt. Unpassenderweise musste sie an die Schweinekoteletts auf Franks Teller denken. Markus lächelte nicht. Er zeigte keine Reaktion, sondern stand nur da. Seine Arme hingen an seinem Körper herab wie bei einer Figur aus der Augsburger Puppenkiste, die nicht bewegt wurde. War er in Wahrheit schüchtern? Ein großer, schüchterner, muskulöser Junge? Aber so hatte er bei der heutigen Wanderung gar nicht gewirkt. Irgendwo brummte eine Belüftungsanlage, und der Aufzug war zu hören. Die Fliesen auf dem Boden waren reparaturbedürftig, wie Carina jetzt sah, einige hatten Sprünge. Normale Verschleißerscheinungen, aber in diesem Moment kamen sie ihr wie ein Zeichen für den Verfall des Hotels vor. Als würde es langsam zerbröseln, bis irgendwann Unkraut zwischen den Steinen hervorbrach. Ihr war kalt, und dennoch brannte ihr Gesicht; sie wusste nicht, ob es an der Sonne lag, der ihre helle Haut den ganzen Tag ausgesetzt war, am Wein oder an dieser unerwarteten Begegnung. Sie dachte daran, dass der Wein hier einfach auf Vulkangestein direkt am Boden wuchs, wo er prächtig gedieh, und keine Berge brauchte. Der Aufzug hielt in ihrem Stockwerk, Schritte und Stimmen kamen näher. Bitte nicht, dachte Carina. Niemand soll diesen Moment stören. Schlimmstenfalls kam jetzt auch noch jemand aus der Wandergruppe. Zum Beispiel die lästige Hilde. Wohnte jemand aus der Gruppe überhaupt auf derselben Etage und demselben Gang wie sie? Sie wusste es nicht. Sie hatte nicht richtig zugehört, als sie über ihre Zimmer gesprochen hatten.

Als sich die Schritte dann aber rasch entfernten, wünschte Carina sie sich plötzlich zurück, wünschte sich andere Menschen herbei, die heiter und satt vom Abendessen kamen und lachend an ihnen vorbeigingen. Doch der Aufzug blieb still, es war nichts mehr zu hören. Nichts, bis auf seinen Atem. Sie fand, Markus atmete unnatürlich laut, dafür, dass er sich nicht vom Fleck rührte. Er schnaufte fast. Obwohl der Abstand zwischen ihnen sicher einen knappen Meter betrug, klang sein Atmen so laut, dass Carina es dicht an ihrem Ohr zu hören glaubte, dass sie fast spürte, wie die ausgestoßene Luft seines Atems die feinen

Härchen am Eintritt zu ihrem Gehörgang kitzelte. Sie wich einen Schritt vor ihm zurück.

Warum sprach Markus denn nicht? Es fühlte sich plötzlich ganz anders an als heute Mittag. Von einem Moment auf den anderen fühlte es sich nicht mehr gut an. Die starke Anziehung, die er auf sie ausgeübt hatte, war verschwunden, und Carina wollte bloß noch in ihr Zimmer. Ins Bett. Sie wollte, dass er ging, dass er ihr nicht länger den Weg zu ihrer Tür versperrte. War er extra hergekommen, um ihr mitzuteilen, wie enttäuscht er von ihr war, weil sie beim Abstieg das Tempo nicht mehr hatte halten können? Das war doch nicht möglich. Woher kannte Markus überhaupt ihre Zimmernummer? Aber wahrscheinlich wussten die IWO-Wanderführer über alles Bescheid. Seine Augen waren unergründlich, und seine Miene verriet nichts. Ein ausgestopftes Tier in einem rot karierten Hemd, das sie aus seinen Glasaugen fixierte.

»Wolltest du zu mir?« In dem menschenleeren Gang klang Carinas Stimme viel zu laut. Was für eine unsinnige Frage. Noch vor wenigen Minuten hatte sie sich genau das gewünscht. Sie war so enttäuscht gewesen, dass Markus nicht an den Mahlzeiten im Hotel teilnahm. Wenn er doch endlich etwas sagen würde. Heute bei der Wanderung war er ihr nicht so schweigsam vorgekommen, im Gegenteil, er hatte ununterbrochen geredet, über seine Familie, sein Haus, dessen genaue Lage er ihr genannt hatte, sodass sie sich schon gefragt hatte, ob es eine Einladung war, ihn dort zu besuchen, über die Insel und sein glückliches Leben.

Ein Muskel unter seinem Auge zuckte. Carina starrte auf diese pulsierende Stelle, es sah unheimlich aus, als würde dort in seinem Gesicht gleich etwas explodieren. Sie steckte die Schlüsselkarte, die sie die ganze Zeit in der Hand gehalten hatte, in ihre Handtasche. Auf dem Kopfkissen ihres Bettes saß Schnuff. Sie konnte Markus unmöglich in ihr Zimmer bitten.

»Ich musste die ganze Zeit an dich denken«, sagte er plötzlich.

Das war ein Satz, ein geradezu magischer, den sie schon lange nicht mehr gehört hatte, außer von ihrer Mutter, ein Satz, nach dem Carina sich sehnte, aber hier in diesem Flur, mit den zerbrochenen Fliesen auf dem Fußboden und dem Brummen der Belüftung, dem Hotelflur, der plötzlich so menschenleer wirkte wie der einsamste Ort auf der Welt, klang er nicht wie erhofft.

Markus ballte die Fäuste und lächelte. Gleichzeitig. Carina musste an den Hund der Nachbarn in ihrer Siedlung im Ruhrgebiet denken, der hinten mit dem Schwanz gewedelt und vorne geknurrt hatte. Als Kind hatte sie seine Zeichen nicht zu deuten verstanden, war arglos auf ihn zugelaufen und hatte ungeschickt seinen Kopf getätschelt, woraufhin er zugeschnappt hatte. Ihre Hand war verletzt und blutete stark, so viel Blut, und ihre Mutter hatte sie zum Krankenhaus bringen müssen, wo man ihr eine Tetanusspritze gegeben und sie mit fünf Stichen genäht hatte.

»Du hast auch an mich gedacht«, sagte er. »Das weiß ich.«

Das Pulsieren unter Markus' Auge sah schrecklich aus, es ließ seine eine Gesichtshälfte viel größer erscheinen als die andere, sodass er asymmetrisch wirkte. Oder kam das vom Wein? Markus trat auf sie zu und streckte den Arm nach ihr aus. Carina hörte seinen Atem. Und ihren eigenen. Als atmeten sie um die Wette. Dann erlosch plötzlich das Licht im Gang.

Mittwoch. Die Ersten werden die Letzten sein

Eva saß um fünf Uhr früh in einem dünnen Schlafanzug auf dem Balkon ihres Hotelzimmers. Es war noch immer stockdunkel. Im Unterschied zu Berlin war die Nacht auf La Palma tiefschwarz. Das Meer rauschte und schlug unten gegen die Felsen.

Als Rebecca vor dem Schlafengehen eine Weile im Bad verschwunden war, hatte Eva endlich ihr Handy aus der Seitentasche ihres Rucksacks geholt, jedoch nicht gewagt, es einzuschalten. Die Gefahr, dass Rebecca plötzlich wieder aus dem Bad herauskam, sie interessiert beobachtete und einen allzu neugierigen Blick auf das Handy warf, war zu groß. Stattdessen hatte sie den Geräuschen gelauscht, Zähneputzen, Wasserhahn, Klospülung, und weiter auf eine günstige Gelegenheit gewartet.

Nachdem sie am Tag zuvor wie durch ein Wunder sofort eingeschlafen war, hatte sie angenommen, dass es nun immer so sein würde. Doch das war leider ein Irrtum. Einmal gut schlafen musste wohl für eine ganze Weile reichen. Die jetzige Nacht fühlte sich genauso an wie alle anderen in den vergangenen Wochen. Abgesehen davon, dass sie zu Hause nicht auf den Atlantik blickte, wenn sie schlaflos herumsaß, sondern auf die Häuser gegenüber. Sie hatte Rebeccas gleichmäßigen Atem neben sich gehört, draußen das Meer und irgendwann einen wüsten Streit zwischen einem Mann und einer Frau unten in der Hotelanlage. Sie hatte einzelne deutsche Wortfetzen herausgehört: *Das Letzte – deine Launen – wie konnte ich nur – was bildest du dir ein – tickst ja nicht mehr richtig.* Irgendwann waren die Streitenden schließlich weitergezogen, oder sie hatten sich versöhnt.

Jetzt, um fünf Uhr früh, war sie zum ersten Mal ungestört. Mit klopfendem Herzen betätigte Eva die Taste zum Einschalten des Handys und wartete. Funktionierte es noch? Wie gewohnt gab es ein leises Piepsen von sich, was auf seine Unversehrtheit hinzudeuten schien. Warum hatte sie dieses Piepsen eigentlich nie deaktiviert? Hoffentlich wurde Rebecca davon nicht wach. Aber Rebecca schlief ja immer gut.

Es hatte sich nichts daran geändert, dass Eva Gruppen hasste, und bisher war ihr die Reise auch nicht wie eine Belohnung für die Arbeit erschienen, für das klaglose Funktionieren im Alltag, sondern wie eine Strafe. Außerdem dachte sie pausenlos ans Sparen, es war wie ein Zwang. Urlaub passte nicht zum Sparen. Sie ging zwar nicht verschwenderisch mit Geld um, aber Urlaub wäre künftig vielleicht der erste verzichtbare Luxus. Verzicht. Luxus. Das gemeinsame Auto, das oft sowieso nur herumstand. Essen gehen. Während ihres Studiums und auch noch ein paar Jahre danach hatte ihr der Mangel an Geld nichts ausgemacht. Sie hatte sich damit arrangiert und irgendwie durchs Leben geschlagen. Sich irgendwie durchs Leben zu schlagen war damals lustig gewesen. Schließlich war es allen anderen um sie herum genauso gegangen. Mit Mitte zwanzig stellten provisorisch eingerichtete Wohnungen noch den Normalfall dar. Matratzen direkt auf dem Fußboden oder auf Paletten, an deren rissigem Holz man sich beim Darüberstreichen Splitter in die Finger bohrte. Billiges Essen. Ravioli aus der Dose. Würde sie wieder Ravioli aus der Dose essen müssen? Wie hatte sie die damals überhaupt runterbekommen? Oder müsste sie Hartz-IV-Rezepte nachkochen? Riesige Cremetöpfe und Shampooflaschen aus dem Discounter kaufen, statt teure Naturkosmetik im Bio-Supermarkt? All die vielen kleinen Dinge, die das Leben angenehmer machten und die sie längst als Selbstverständlichkeit betrachtete, als etwas, das ihr zustand. Die kleinen Dinge und auch die großen. Müssten sie aus ihrer Wohnung ausziehen, wenn Eva nicht mehr die Hälfte der Miete beisteuern könnte? Ja, das müssten sie wohl. Würde Rebecca überhaupt mitziehen? Mit Mitte vierzig war der Gedanke an Armut niederschmetternd.

Ihr Handy hatte jetzt Empfang; eine Textnachricht ging ein. Zweites Piepsen. Evas Herz klopfte. Zum einen wegen der Sorge, Rebecca könnte wach werden, auf den Balkon kommen und sie fragen, was sie denn da mitten in der Nacht treibe, zum anderen wegen der Nachricht, vor der sie sich fürchtete. Sie kam von ihrem Kollegen Sebastian aus der Presseabteilung. Eva wagte kaum, sie zu lesen. Seine Nachricht bestand aus sechs Worten, keine Anrede, keine Grüße, kein dämliches Smiley: »Ich bin der Mitarbeiter des Monats.«

In zwei Stunden würde der Wecker klingeln, dann mussten sie duschen, sich anziehen, unten zusammen mit den anderen frühstücken. Eva fühlte sich viel zu erschöpft, um die zweite Wanderung zu überstehen. Aber es war unmöglich, eine Wanderung ausfallen zu lassen – schließlich hatten sie dafür bezahlt. Sie war müde und nach Sebastians Mitteilung gleichzeitig aufgewühlt. Ihre nächtlichen Gedanken glichen oft einer aufgescheuchten Tierherde; um sie alle zu beruhigen, musste Eva jedem einzelnen über den Kopf streichen und gut zureden.

Seit die Wanderungen begonnen hatten, verhielt Rebecca sich eigenartig. Sie war stiller als sonst, nervös, blickte dauernd hektisch umher, als fühlte sie sich von etwas getrieben. Gestern Abend hatte Eva sie darauf angesprochen und gefragt, ob sie von der ersten Wanderung enttäuscht sei.

Rebecca hatte die Überraschte gespielt und gesagt: »Wie kommst du darauf?«

»Ich weiß auch nicht. Ich dachte nur.«

»Was dachtest du?«

»Dass dir die Wanderung vielleicht nicht gefallen hat. Dass du dir was anderes vorgestellt hast.«

»Wenn man auf La Palma wandert, gehört der Teneguía natürlich zum Pflichtprogramm«, hatte Rebecca geantwortet.

»Oder die Gruppe?«, hatte Eva daraufhin gefragt.

»Was ist mit der Gruppe?«

»Vielleicht magst du die Leute nicht?« *Das könnte ich verstehen*, hatte sie noch nachschieben wollen, *das könnte ich so gut verstehen, ich mag sie nämlich auch nicht* – doch Rebecca hatte ihr dazu keine Gelegenheit gelassen.

»Unsinn!«, hatte sie entrüstet gesagt. »Wie kommst du denn darauf? Wieso sollte ich sie nicht mögen?«

Wanderurlaub in der Gruppe, das war Rebeccas lang gehegter Traum. Und nun wurde dieser Traum endlich erfüllt, nachdem Eva sich acht Jahre lang dagegen gesträubt hatte. Als sie sich kennengelernt und Rebecca ihr das erste Mal davon erzählt hatte, hatte Eva sich gefragt, ob das ein warnendes, deutliches Zeichen dafür war, dass sie überhaupt nicht zusammenpassten.

Eva konnte niemanden aus der Gruppe wirklich leiden. Tobias mit seiner Faszination für tödliche Unfälle am Urlaubsort war ihr unheimlich, Hilde redete zu viel und war aufdringlich, ihr Mann Richard grapschte die Frauen an, Holger, Sabine und Julius hielten sich für was Besseres. Und Julius' Frau? Die schöne Anja vom Swimmingpool mit den schönsten Augenbrauen der Welt? Eva hegte noch immer den Wunsch, einen Moment abzupassen, in dem sie nicht an ihrem Mann klebte, einen Moment, in dem sie mit ihr allein sein konnte. Obwohl sie gar nicht wusste, worüber sie mit ihr reden sollte, wären sie allein, und was sie sich davon versprach. Wahrscheinlich fühlte sie sich nur von diesem makellosen Äußeren angezogen. Carina fand sie ebenso seltsam wie Tobias. Blieben noch Miriam, Frank und Wolfgang. Miriam war so unauffällig, dass Eva Mühe hatte, sich an ihr Gesicht oder ihre Stimme zu erinnern. Frank, Herr Grauemaus, sprach so gut wie kein Wort und drückte sich immer am Rand herum, am Schluss der Gruppe, am äußersten Ende des Tisches. Vielleicht sollte sie sich an den älteren Wolfgang halten, falls Rebecca auch bei der heutigen Wanderung darauf bestand, dass sie sich unter die Gruppe mischten, statt nebeneinander zu gehen. Wolfgang schien ein höflicher Mann mit Manieren zu sein, hilfsbereit, freundlich, und weder die Frauen der Gruppe anzufassen noch schlechte Witze zu machen.

Eva mochte auch den Wanderführer nicht. Handelte es sich hierbei um eine Art Antihaltung? Hauptsache dagegen? So wie sie auch am Sonntag die Langzeiturlauberin Valerie möglicherweise nur deshalb sympathisch gefunden hatte, um anderer Meinung zu sein als Rebecca? Als wäre sie in der Pubertät und nicht Mitte vierzig und als wäre Rebecca ihre Mutter, gegen die es aufzubegehren galt, und nicht ihre Lebensgefährtin. Rebecca hatte vor dem Urlaub von den IWO-Wanderführern geschwärmt, sie als halbe Götter dargestellt, die den Teilnehmern nicht nur das richtige Gehen, sondern auch die richtige Einstellung zur Natur beibrachten. Menschen, die ausschließlich Gutes in sich vereinten. So etwas gab es doch gar nicht. Eva hielt Markus für einen Aufschneider, und Fürsorge oder Verantwortungsbewusstsein hatte sie bei ihm bislang nicht feststellen können.

Aber vielleicht, wenn sie sich Mühe gab, würde es ihr auch noch gelingen, sich an den Wanderführer zu gewöhnen, ihn sogar für einen begnadeten Lehrmeister zu halten. Rebecca zuliebe. Rebecca sollte einen schönen Urlaub haben. Vielleicht brauchte sie nur eine gewisse Anlaufzeit und heute würde alles anders sein. Wenn sie allerdings an Julius' großspuriges Gequatsche dachte, an Richards frauenfeindliche Witze und an Hildes vertrauliches Getue, bezweifelte sie es. Noch fünf Wanderungen. Zuhause war allerdings auch nicht verlockender. In wenigen Stunden säße Heike König in ihrem gemeinsamen Büro, sie würde wie immer vor allen anderen erscheinen, um ihren Fleiß und ihre Bedeutsamkeit zu demonstrieren. La Palma war, trotz allem, der bessere Ort.

Beim ersten Frühstück nahm die Gruppe automatisch die Sitzordnung des gestrigen Abends ein, als wäre sie bereits für immer und ewig so festgelegt. Am selben Tisch, an dem es morgens genauso stickig war wie am Abend, kein Fenster in der Nähe, keine frische Luft. Sie saßen wie unter einer Glasglocke im eigenen Dunst. Niemand beschwerte sich deswegen oder bat um einen anderen Platz. Alle fügten sich. Es war schließlich der für sie reservierte Tisch. Reservada. IWO.

Und auch im viel zu großen Bus schien anfangs alles genauso wie bei der ersten Wanderung. Eva und Rebecca saßen wieder im vorderen Teil. Hinter ihnen war das Geplapper der Gruppe zu hören, am lautesten Hildes und Julius' Stimmen. Wie gut gelaunt sie doch alle waren. Eva hasste auch Morgenmenschen und neidete den anderen ihren sicher erholsamen Schlaf.

Doch heute war die Stimmung zwischen Carina und Markus eisig. Gestern hatte diese auffällige Vertrautheit zwischen ihnen geherrscht, die Eva zu der Überlegung gebracht hatte, ob sie sich möglicherweise schon kannten und dies nicht Carinas erster Wanderurlaub unter Markus' Leitung war. Gestern noch waren sie ein Herz und eine Seele gewesen. Heute drehte er sich im Bus nicht einmal mehr zu ihr um, während sie um seine Aufmerksamkeit buhlte.

Eva warf einen kurzen Blick zu Rebecca. Ob es ihr auch auffiel? Die anderen Teilnehmer saßen im gesamten Bus verteilt, die meisten viel zu weit hinten, um etwas von diesem Schauspiel mitzubekommen. Markus schimpfte vor sich hin, als spräche er mit der Windschutzscheibe und nicht mit Carina, Eva konnte nur seinen Rücken sehen. Er sagte, dass er sie am liebsten von der Wanderung ausschließen würde. Jawohl, das werde er tun, er habe schließlich die Entscheidungsgewalt.

»Aber wieso denn?«, erwiderte Carina, und in ihrer Stimme lag dieses verräterische Zittern. Gleich weint sie, dachte Eva. Carina saß wie gestern auf dem Platz direkt vor ihnen, Eva sah ihren Hinterkopf und hörte die aufsteigenden Tränen und wie sie dagegen anzukämpfen versuchte. In diesem Augenblick tat Carina ihr leid. Ärgerte Markus sich so sehr darüber, dass sie heute schon wieder zu spät zum Bus gekommen war und sich die Abfahrt dadurch um einige Minuten verzögert hatte? Oder war sie ihm gestern zu langsam gegangen?

Um kurz nach halb neun hatte Markus die Gruppe in den Bus gescheucht und aufbrechen wollen.

»Aber du willst doch nicht ohne Carina fahren, oder?«, hatte Wolfgang gefragt.

»Wenn sie nicht rechtzeitig kommt! Das Theater hatten wir doch gestern schon! Ich habe mich klar ausgedrückt!«

Dann war Carina aus dem Hotel geeilt. Zehn Minuten zu spät. Der Busfahrer hatte das Gepäckfach erneut öffnen müssen. Die Teilnehmer hatten kollektiv die Luft angehalten, denn niemandem war entgangen, wie sehr Markus Verspätungen verabscheute. Markus hatte die Fäuste geballt. Wenn er den Bus selbst gesteuert hätte, wäre er bestimmt vor Carinas Augen losgefahren und hätte sie einfach vor dem Hotel stehen lassen.

Eine Verspätung um zehn Minuten, selbst wenn es nicht zum ersten Mal geschah, erschien Eva als recht harmlos. Sie wunderte sich darüber, dass jemand, der sich so gern in der Natur aufhielt, wie Markus von sich behauptete, der sagte, sie würden natürlich nicht nach der Uhr wandern, er besitze nicht einmal eine Armbanduhr, beim Wandern komme es nicht auf die Zeit, sondern auf das Erlebnis an, jemand, der die Worte *Uhr* und *Zeit*, das enge, krank machende Korsett der kranken Zivilisationsmenschen, so verächtlich ausspie, derart penibel sein konnte.

»Das ist mein voller Ernst«, sagte Markus, noch immer an die Windschutzscheibe gerichtet, »ich bin der Meinung, du darfst heute nicht mitwandern.«

»Aber wieso denn?«, jammerte Carina.

»Aber sie hat doch dafür bezahlt!«, flüsterte Eva Rebecca ins Ohr.

Warum verbot er nicht stattdessen ihr das Mitwandern? Das wäre doch eine gute Idee. Eva hätte am Hotelpool schlafen können. In Ruhe Nachrichten an Sebastian und Christine versenden, ohne dabei beobachtet zu werden. Oder dem griesgrämigen Frank. Ihm hätte Markus mit einem Wanderverbot sicher auch einen großen Gefallen getan.

»Weil du die Gruppe behinderst«, sagte Markus. »Du bist schon wieder viel zu spät gekommen. Am besten wär's gewesen, wenn du überhaupt nicht aufgetaucht wärst. Wie sollen wir denn mit dir vorwärtskommen? Da brauchen wir ja glatt zwei Stunden länger, wenn wir immer auf dich warten müssen. Du bist eine Belastung für die Gruppe. Du bist ungeeignet.«

Eva dachte an die gestrige Wanderung zum Vulkan. Ungefähr an dem Punkt, als sie es langsam zu genießen begonnen hatte, die weiche Vulkanasche unter den Füßen, das Ziel, der Leuchtturm, in Sicht, war Carina weit hinter den anderen zurückgeblieben. Ausgerechnet Julius, dem Eva so viel Hilfsbereitschaft am wenigsten zugetraut hätte, hatte sich um sie gekümmert und ihre Füße versorgt. Eva hätte sich ungern mit den verschwitzten Füßen ihrer Mitwandernden beschäftigt. Bedeutete Markus' heftige Reaktion, dass niemand aus der Gruppe es sich erlauben durfte, im Tempo nachzulassen? Dass Blasen an den Füßen oder sonstige Gründe, die es erforderlich machten, langsamer als die anderen zu gehen, sofort die Androhung von Ausschluss nach sich zogen?

»Kriegt sie denn das Geld für diesen Tag zurück, wenn sie nicht mitwandert?«, flüsterte Eva.

»Keine Ahnung«, sagte Rebecca. »Von so einem Fall habe ich noch nie gehört.«

Irgendwann wurde es vorne still, Markus und Carina verstummten. Eva schloss daraus, dass er sich nur aufgespielt und es sich um eine leere Drohung gehandelt hatte.

Auch heute hatte Eva kein Interesse an den Unterlagen gezeigt und wusste folglich nicht, wohin sie überhaupt fuhren. »Höchster Berg«, mehr hatte sie sich nicht gemerkt. Die Stimmen im hinteren Teil des Busses wurden leiser, und langsam kehrte Ruhe ein.

Dann, nach etlichen Minuten, nahm Markus das Mikrofon in die Hand. Er drehte sich allerdings nicht um, sondern sprach wieder zur Windschutzscheibe.

»Einen guten Morgen wünsche ich euch allen noch mal.« Er klang jetzt wieder freundlich, von seinem Verhalten Carina gegenüber war nichts mehr zu merken. »Die erste Wanderung gestern habt ihr ja sicher alle gut überstanden und auch den kleinen Ausrutscher von … äh … von …«

»Sabine«, rief jemand von hinten.

»Sabine, ja genau, den kleinen Ausrutscher von Sabine habt ihr sicher längst vergessen. Wir fahren heute auf den höchsten Berg La Palmas, den Roque de Los Muchachos. Er ist rund 2400 Meter hoch, die Luft ist also schon etwas dünner. Oben befindet sich das Observatorio Astrofísico, die internationale Sternwarte. Es sieht ein bisschen aus wie im Science-Fiction-Film. Ich erzähle euch mehr darüber, wenn wir oben sind. Man hat eine einzigartige Sicht in die Caldera, wenn das Wetter mitspielt. Aber jetzt genießt erst mal die Fahrt. Wir haben uns heute etwas früher getroffen als gestern, weil die Fahrt recht lange dauert. Und noch etwas«, er drehte sich halb zu Carina um, »seid in Zukunft bitte pünktlich. Wenn jemand zu spät kommt, muss die ganze Gruppe darunter leiden.«

Carina auf dem Platz vor ihnen sagte etwas, aber so leise, dass Eva es nicht verstand. Offenbar redete sie mit sich selbst. Leute, die mit sich selbst sprachen, waren ihr unheimlich.

Die Fahrt dauerte so lange wie von Markus angekündigt. Sie führte zunächst durch den Tunnel im Herzen der Insel auf die Ostseite. Die drei Kilometer lange Tunnelstrecke schien sie in eine ganz andere Welt zu bringen, denn im Gegensatz zum Westen war es hier bewölkt und kühl. Dann fuhren sie über endlose Serpentinen aufwärts. Immer wenn der Bus auf der schmalen Straße dem Abgrund bedrohlich nahe kam, schloss Eva die Augen. Die Wandergruppe hatte das Reden inzwischen komplett eingestellt, und das Dröhnen des Motors, der sich Meter für Meter nach oben arbeitete, war lange Zeit das einzige Geräusch. Es ging spürbar bergauf, der Druck auf die Ohren nahm zu, und die Vegetation wurde immer karger. Der Nebel verdichtete sich, trotz der geschlossenen Fenster glaubte Eva die feinen, sprühenden Tröpfchen sogar hier im Bus spüren zu können. Oder waren es Wolken? Gab es einen Unterschied zwischen Nebel und Wolken? Die Fahrt schien niemals zu enden, ächzend schraubte sich der Bus weiter und weiter nach oben, in den Nebel hinein.

Dann durchstießen sie die Wolkendecke, und über ihnen erstreckte sich plötzlich ein weiter Himmel, so blau, so unwirklich tiefblau, wie Eva ihn selten gesehen hatte. Auf dem steppenähnlichen Gelände waren weiße, futuristische Kuppeln verteilt, die im gleißenden Sonnenschein so schmerzhaft blendeten, dass Eva die Augen schließen musste. Die Sternwarten. Das Dach der Insel.

Der Bus hielt. Markus und Diego wechselten einige Worte auf Spanisch, dann stand Markus auf. Auch alle anderen erhoben sich. Sie verließen den Bus, Rucksäcke und Wanderstöcke wurden aus dem Gepäckfach geholt. Anschließend wendete Diego den großen Bus und fuhr wieder zurück.

Im Vergleich zu den hochsommerlichen Temperaturen in Puerto Naos war es hier oben eiskalt. Und gleichzeitig heiß, denn die Sonne brannte ungehindert auf sie herab.

»Denkt an eure Haut!«, ermahnte Julius die Gruppe. »Ihr müsst euch eincremen. Die UV-Strahlung ist hier viel stärker. Ihr braucht einen hohen Lichtschutzfaktor.«

Er entnahm seinem Rucksack eine Flasche Sonnenschutzmittel, eine teure Marke, wie Eva erkannte, öffnete sie, verteilte etwas davon in seinen Handflächen und begann, liebevoll die Wangen und die Stirn seiner Frau einzucremen. Anja wandte ihm mit geschlossenen Augen das Gesicht zu. »Ich vergesse deine Nase immer«, sagte Julius leise – aber laut genug, dass die anderen es verstehen konnten und sollten –, gab einen Klecks Sonnenmilch auf ihre Nasenspitze und verrieb sie. Einige aus der Gruppe sahen den beiden fasziniert und, angesichts ihrer Innigkeit, insgeheim wahrscheinlich voller Neid zu, andere blickten verlegen zur Seite. Anja müsste jetzt eigentlich lächeln, dachte Eva. Das würde zu diesem Bild passen, wie sie auf dem Berg in der Sonne stand und sich von ihrem Mann das Gesicht eincremen ließ. Doch sie lächelte nicht. In Anjas Gesicht war nicht einmal die Andeutung von Wohlbehagen zu erkennen.

Die Wolken hingen unter ihnen, sie konnten auf einen riesigen Teppich aus Wolken sehen, und es schien so, als wären sie jetzt dem Himmel ganz nah. Eva beobachtete Carina, während Markus seine Wanderführer-Ansprache hielt. Carina stand heute weit von ihm entfernt, nestelte geschäftig an ihrem Rucksack herum und band sich danach die Schuhe neu.

»Noch sieht es ja gut mit dem Wetter aus«, sagte Markus. »Aber das kann sich auf La Palma ganz schnell ändern. Wir befinden uns jetzt also auf ungefähr 2400 Meter Höhe, einige von euch merken das vielleicht. Die Muskeln können schneller wehtun, oder ihr glaubt, nicht so gut Luft zu kriegen. Ich hoffe, keiner von euch hat Herzprobleme. Das wäre schlecht.« Er lachte. »Eine Herzattacke mitten bei der Wanderung. Das wäre wirklich schlecht. Wir werden gleich wunderschöne Einblicke in die Caldera haben. Also, dann wollen wir endlich mal loslegen, wir sind schon spät dran. Da vorne« – er wies zu einer Reihe von Informationstafeln – »könnt ihr euch noch kurz schlau machen.«

Die Gruppe marschierte los. Markus passte Carina ab, was niemandem außer Eva aufzufallen schien, denn sie alle strebten zu den Hinweistafeln.

»Ich wollte nicht, dass du bei dieser Wanderung dabei bist«, zischte er. »Ich habe dir gesagt, du sollst wegbleiben. Habe ich dir das nicht gesagt?«

Eva fiel alles Mögliche ein, was sie an Carinas Stelle erwidert hätte: Wie redest du denn mit mir? Ich werde mich bei der IWO beschweren. Ich habe für sechs Wanderungen bezahlt, nicht bloß für fünf. Carina jedoch schwieg mit gesenktem Kopf.

Sie befanden sich am oberen Rand der Caldera de Taburiente. Beim Blick auf die Informationstafel verstand Eva, warum dieses beeindruckende, riesige Loch im Herzen der Insel ihr Wahrzeichen war. Die Caldera wirkte wie ein gigantischer Uterus.

»Inzwischen weiß man, dass die Caldera nicht durch einen Vulkanausbruch entstanden ist«, erklärte Markus, »sondern durch den Einsturz mehrerer Vulkankrater. Also durch Erosion.«

Alle nickten beeindruckt und andächtig, wie brave, aufmerksame Schüler. Ein großer schwarzer Vogel mit rotem Schnabel flog heran, stieß ein *Krähkräh* aus und landete elegant auf einer der Informationstafeln. Er ordnete zuerst akribisch die Federn seiner Flügel und beäugte danach wachsam die Wandergruppe.

»Eine Alpenkrähe«, sagte Wolfgang.

»Nicht ganz. Das ist eine spezielle Unterart der Alpenkrähe«, korrigierte Markus. »Die *Graja.* Sie ist endemisch, es gibt sie nur auf La Palma.«

»Nur auf La Palma«, sagte Hilde. »Ach so. Das ist ja interessant.«

Wolfgang holte ein in eine Serviette eingewickeltes belegtes Brötchen aus seinem Rucksack – Eva erkannte die Chorizo vom Frühstücksbuffet wieder –, brach ein großzügig bemessenes Stück davon ab und warf es auf den Boden. Die endemische Alpenkrähe ließ sich nicht lange bitten, holte sich die Beute und flog damit ein paar Meter weiter.

Hilde lachte. »Na, hoffentlich schmeckt ihr das auch.« Sie tätschelte Wolfgangs Arm und suchte in ihrem eigenen Rucksack herum. »Wer Vögel füttert«, sagte sie, »muss ein guter Mensch sein! Ob sie auch Bananen frisst? Was anderes hab ich nicht dabei.«

Außer der Wandergruppe schlenderten noch zahlreiche andere Touristen herum, blickten auf die Informationstafeln, aßen, tranken, fotografierten die Krähe. Eva erkannte unter ihnen die Frau, mit der sie am letzten Sonntag in einem Lokal am Strand von Puerto Naos ein paar Worte gewechselt hatten. Valerie, die Spanisch konnte und mehrere Monate des Jahres auf La Palma verbrachte. Sie trug weder Bergschuhe noch Rucksack. Über ihrer Schulter hing eine Stofftasche, und sie sah so aus, als würde sie einen Ausflug in die Stadt machen. Spanier gingen so in die Berge, hatten Hilde und Richard erzählt. Immerhin hatte Valerie einen Hut aufgesetzt, der sie vor der Sonne schützte. Sie wühlte in ihrer Tasche und zog ein Stück Käse hervor, das sie in kleine Stücke zerteilte. Die Käsebrocken warf sie in Richtung der Krähe. Markus machte eine verächtliche Bemerkung über »diese Touristen«, die nichts Besseres zu tun hatten, als wilde Tiere zu füttern, und wurde sichtlich ungeduldig. Er trug nie eine Uhr, wirkte aber so, als würde er permanent auf eine blicken und dabei unruhig von einem Bein aufs andere treten. Vielleicht hatte er eine innere Uhr? Oder irgendwo eine am Körper versteckt, die niemand bemerkte?

Valerie betrachtete mit unverhohlener Neugier der Reihe nach die einzelnen Teilnehmer der Gruppe. Dann trat sie auf Eva und Rebecca zu und sagte: »Hallo, wir sind uns schon mal begegnet, oder? Vor ein paar Tagen, am Strand in Puerto Naos. Sie haben die Katzen mit Sardinen gefüttert. Wie Sie sehen, füttere ich auch gerne Tiere.«

Rebecca blickte skeptisch auf Valeries Stofftasche und ihre Straßenschuhe. »Und Sie gehen heute auch wandern?«, fragte sie.

Valerie lachte. »Nein, nein, wie ich Ihnen vor ein paar Tagen schon sagte, Wandern klappt nicht mehr so gut. Knieprobleme. Ehrlich gesagt will ich nur ein bisschen spazieren gehen. Ich bin mit meinem Wagen raufgefahren und werde auch mit meinem Wagen wieder runterfahren, wenn ich genug habe oder es zu kalt ist. Ich hatte ein bisschen Sehnsucht. Ich war schon lange nicht mehr hier oben. Aber bald kann man sowieso nicht mehr viel sehen, es zieht sich zu.« Sie zeigte in die Caldera. »Das ist hier oft so.«

»Ach ja, Sie kennen sich hier ja so gut aus«, sagte Rebecca leicht spöttisch. Sie verachtete Leute, die nicht fürs Wandern gerüstet waren und alles per Auto erkundeten.

»Ich glaube, Sie müssen jetzt weiter«, sagte Valerie. »Da will jemand keine Zeit verlieren.«

Markus hatte sich in Bewegung gesetzt und schwang demonstrativ seine Stöcke.

»Vielleicht sehen wir uns ja noch mal«, sagte Eva.

»Wie lange sind Sie denn noch hier?« Valerie wühlte erneut in ihrer Tasche und zauberte eine Nuss für die Krähe hervor.

»Noch fünf Tage.«

»Das würde mich freuen. In fünf Tagen kann noch allerhand passieren.«

Was soll in fünf Tagen schon groß passieren?, dachte Eva. Außer, dass ich sie mit diesen Leuten verbringen muss? Und nicht in Ruhe mein Handy einschalten kann?

Eva und Rebecca folgten ihrer Gruppe. »Mir ist diese Valerie nicht ganz geheuer«, sagte Rebecca, als sie außer Hörweite waren. »Die sucht wohl Anschluss. Wahrscheinlich ist ihr langweilig, wenn sie monatelang auf La Palma hockt und nichts mit sich anzufangen weiß. Falls das überhaupt stimmt. Wer weiß, was die uns erzählt. Die wirkte schon in dem Lokal so, als wollte sie mit uns anbändeln. Man könnte fast meinen, dass sie uns verfolgt. Ist doch ein seltsamer Zufall, dass sie ausgerechnet heute hier oben ist.«

»So groß ist die Insel ja auch wieder nicht«, sagte Eva. »Du kannst sie bloß nicht leiden, weil sie nicht wandern geht und keine schicken Outdoor-Klamotten trägt. Sie hat Probleme mit den Knien, hast du ihr nicht zugehört? Und der Berg steht ja wohl allen zur Verfügung.«

»Ja, ja«, sagte Rebecca, »auch den Lahmen.«

»Außerdem hat sie mit dem Wetter recht.« Eva deutete zu den sich nähernden Wolken, die unaufhaltsam aus der Caldera nach oben krochen.

»Habt ihr gestern eigentlich auch was von dem Kurzschluss im Hotel mitbekommen?«, fragte Hilde. »Ich wollte gerade den Wasserkocher anstellen, weil ich meinen Gute-Nacht-Tee vorm Schlafengehen brauche, natürlich mit Mineralwasser, das gechlorte Wasser aus der Leitung kann man ja nicht trinken, und mein lieber Mann musste unbedingt fernsehen. Dann Licht aus, alles dunkel, gar nichts geht mehr. Bei euch auch? Es waren wohl nur Teile des Hotels betroffen. Ich habe mich heute Morgen an der Rezeption erkundigt. Das tat ihnen natürlich schrecklich leid.«

»Bei uns war das auch«, sagte Julius. »Ich war schon gestern Abend an der Rezeption und habe denen die Hölle heiß gemacht.«

»Das kann doch mal vorkommen«, sagte Wolfgang.

»Aber doch nicht in einem guten Hotel, das angeblich vier Sterne hat!«

Eva hatte sich inzwischen an Anjas Seite begeben. Anja drehte den Kopf zu ihr und lächelte kurz, dann blickte sie wieder auf den Boden und achtete konzentriert darauf, wohin sie ihre Stöcke setzte. Tack tack tack. Eva überlegte, was sie sagen, womit sie ein Gespräch beginnen sollte. Mit dem Wetter? Den bedrohlich wirkenden Wolken? Anjas tollem Ehemann? Die Gelegenheit war günstig, denn Julius debattierte gerade mit Wolfgang und Holger darüber, was ein gutes Hotel zu leisten habe. Überhaupt sprach Julius gerne von »Leistung«. Von der Leistungsgesellschaft. Oder wahlweise von den Leistungsschwachen.

»Du meinst aber hoffentlich nicht, dass wir auch beim Wandern etwas leisten müssen, oder?«, sagte Hilde. »Wir haben schließlich Urlaub!«

Weiter entfernt schwappte ein träger Wasserfall aus Wolken über die umliegenden Berggipfel. Markus stapfte wie immer voran, die Gruppe folgte. Eva drehte sich um. Carina ging heute ganz am Schluss, blieb sogar noch hinter den grauen Mäusen Frank und Miriam. Aber viele, die da sind die Ersten, werden die Letzten sein, dachte Eva. Und die Letzten die Ersten.

Anjas Hemdsärmel rutschte nach oben, als sie sich mit einer anmutigen Bewegung die Haare aus dem Gesicht strich. Auf ihrem Unterarm erkannte Eva Hämatome, der Farbe nach zu urteilen waren es diesmal keine älteren, sondern frische. Anja bemerkte Evas Blick, rollte ihren Ärmel schnell nach unten und zog zusätzlich ihre Jacke an.

Inzwischen konnte Eva das Ende der Gruppe nicht mehr sehen. Aus dem Schlund der Caldera stiegen unaufhörlich Wolken und hüllten die vierzehn Wanderer ein. Sie waren in einer riesigen Blase aus sprühenden Wassertröpfchen gefangen. Wenn jemand von ihnen jetzt verschwunden wäre, hätte es keiner bemerkt.

Unterwegs kamen sie an einem toten Vogel mit gelblichem Gefieder vorbei, dem der Kopf fehlte. Abgebissen, dachte Eva. Für alle überraschend brach Anja bei seinem Anblick in Tränen aus. Eva wunderte sich, dass sie hier oben überhaupt auf ein Tier trafen, und sei es auch nur ein totes. Neben den Astronomen, die in den Sternwarten arbeiteten und von denen man aber nichts sah, schien die Alpenkrähe die einzige Bewohnerin dieser Höhe zu sein. Nicht einmal Insekten gab es.

»Aber das ist doch nur ein Vogel«, sagte Julius. »Jetzt stell dich nicht so an.«

»Frauen haben halt ein weicheres Herz«, sagte Hilde und streichelte über Anjas Rücken.

Richard legte den Arm um Anja, um sie zu trösten. Kein Wunder, dass er sich diese Gelegenheit nicht entgehen lassen wollte.

In Julius' Gesicht blitzte für einen Augenblick Wut auf. Doch er fasste sich schnell und sagte: »Anja nimmt sich manche Dinge sehr zu Herzen. Eben auch einen toten Vogel. Da kann man nichts machen.«

Carina hatte sich bereits am zweiten Tag von der Klassenbesten zur Versetzungsgefährdeten gewandelt. Heute humpelte sie leicht und wirkte so, als bereitete ihr jeder Schritt abwärts große Mühe. Richard gesellte sich zu ihr.

In der Hoffnung, dadurch die Müdigkeit nach der zur Hälfte schlaflos verbrachten Nacht zu vertreiben, hatte Eva morgens beim Frühstück Unmengen an Kaffee in sich hineingeschüttet. Verdammter Kaffee. Ihre Blase drückte. Die letzten beiden Tassen hätte sie nicht mehr trinken sollen. Nirgendwo Wald, nicht mal vereinzelte Bäume, nur kümmerliche Sträucher, Vulkangestein und die Caldera, die wegen der beständig aufsteigenden Wolken jedoch nur zu erahnen war. Aber es ging nicht mehr anders. Sie würde sich gleich in die Hose machen. Sie müsste einen Hügel auskundschaften, der ein wenig Schutz bot. Rebecca unterhielt sich vorne angeregt mit Hilde, Miriam und Frank gingen als Vorletzte, hinten half Richard Carina beim Abstieg.

Eva wurde langsamer. Miriam und Frank marschierten wie Wandersoldaten an ihr vorbei und sprachen kein Wort. Carina redete auf Richard ein, der sie die ganze Zeit am Ellbogen hielt. Auch sie überholten Eva, ohne weiter auf sie zu achten.

Eva hasste es, im Freien zu pinkeln. Sie hasste diese entwürdigende Haltung und dass sie darauf achtgeben musste, dass nichts auf die Schuhe geriet. Sie entfernte sich ein Stück vom Wanderweg und suchte sich eine Stelle hinter einer kleinen Erhebung. Um zu überprüfen, ob ihre Gruppe jetzt weit genug entfernt war und ob aus der anderen Richtung fremde Wanderer kamen, blickte sie erst nach vorne, dann nach hinten. Sie setzte ihren Rucksack ab und hockte sich hin. Mittendrin fiel ihr ein, dass sich die Taschentücher im Rucksack befanden. Also musste sie mit heruntergezogener Hose im Rucksack wühlen und gleichzeitig darauf achten, nicht in die Pfütze zu treten.

Ein riesiger Wolkenballen zog gerade nach oben, als Eva ihre Hose zuknöpfte und sich dann beeilte, den Weg wieder zu erreichen. Im ersten Moment konnte sie sich nicht orientieren, die Wolken waren so dicht und die Gruppe plötzlich verschwunden. Das hier war doch der Weg? Sie konnte Carinas rote Jacke nicht mehr sehen, die praktischerweise die Funktion des Schlusslichtes an einem Fahrzeug erfüllte.

Auf einem Stein entdeckte Eva ein Wegzeichen, aber was bedeutete es noch mal? Dass sie hier richtig war? Gab es nicht sowieso nur diesen einzigen Weg? So blöd, wieder zurückzugehen, wäre sie doch wohl nicht. Daneben war eins dieser Männchen aufgebaut, bestehend aus drei aufeinandergestapelten Steinen. Manche Leute machten sich einen Scherz daraus, solche Männchen an der falschen Stelle zu platzieren, um ahnungslose Wanderer in die Irre zu führen. Niemand wartete auf sie. Fragte sich denn keiner, wo sie war? Nicht einmal Rebecca? Einen kurzen Moment schien es so, als wäre ihre Wandergruppe samt ihrer Lebensgefährtin verschluckt worden. In die Caldera gestürzt. Auch von hinten kamen keine anderen Touristen. Als wäre sie ganz alleine im Nebel auf diesem verdammten Berg.

Dann hörte Eva eine Stimme. Natürlich Hildes durchdringende Stimme. Und sie sah auch Carinas Jacke endlich wieder, das rote Rücklicht, und ihren schwerfälligen, humpelnden Gang. Eva rannte jetzt fast, geriet ins Stolpern, konnte sich aber im letzten Moment noch fangen, überholte Carina, Richard, Miriam und Frank und ging zu Rebecca.

»Wo warst du denn?«, fragte Rebecca.

»Hast du mich etwa vermisst?«

»Sicher habe ich dich vermisst! Gleich gibt's übrigens was zu essen.«

»Wo? Hier oben? Siehst du hier irgendwo ein Haus oder wenigstens eine Hütte?«

»Picknick«, sagte Rebecca. »Hat Markus gerade erzählt.«

Picknick?, dachte Eva. Alte Brötchen vom Frühstücksbuffet und Bananen?

Markus blieb stehen, und die Gruppe versammelte sich bei ihm.

»Vielleicht kommt von den Männern jemand mit und hilft mir beim Tragen«, sagte er.

Julius, Holger und Tobias kamen dieser Aufforderung sofort nach. Markus ging in Richtung Straße, die man hier plötzlich wieder erkennen konnte, dieselbe Straße, auf der sie hinaufgefahren waren, und dort wartete der Bus mit Diego am Steuer. Diego stieg aus, als er die Männer kommen sah, und öffnete das Gepäckfach. Die Männer hoben Taschen heraus.

Markus griff nach einem weiteren Rucksack. Anschließend stieg Diego wieder in den Bus und startete ihn.

»Heute erwartet euch etwas ganz Besonderes«, verkündete Markus. »Ein unvergessliches Picknick. Essen in der freien Natur, mit Blick auf die Caldera, was kann es Schöneres geben?«

Auf einer kleinen Anhöhe packte er die Taschen und den Rucksack aus, wobei ihm jetzt die Frauen halfen. Wie romantisch, dachte Eva. Ein Picknick im Nebel. Markus drapierte Käse, Wurst, Oliven, Brot und Butter, holte Rotweinflaschen aus einem Rucksack, öffnete sie und verteilte vierzehn Plastikbecher.

Eva stand zufällig neben Frank. »Da hat sich der Herr Wanderführer aber in große Unkosten gestürzt«, murmelte er und zwinkerte ihr zu.

Eva, zuerst verwundert darüber, dass Frank überhaupt sprach, pflichtete ihm bei. »Dir macht dieser Urlaub auch nicht so viel Spaß, oder?«, sagte sie leise.

»Nein. Aber verrate das bloß nicht meiner Frau.«

Eva schüttelte den Kopf und legte den Finger auf ihre Lippen.

»Kommt doch jetzt alle mal zusammen, zu mir!«, rief Markus. »Hier die besondere Aufmerksamkeit des Hauses.« Aus Pappbehältern holte er hartgekochte weiße Eier hervor. Sie waren mit schwarzem Filzstift beschriftet. Auf jedem Ei stand ein Vorname.

»Bedanken müsst ihr euch bei meiner Frau«, sagte Markus. »Sie hat die Eier gestern für uns gekocht.«

»Ach, wie originell!«, sagte Sabine.

Alle suchten nach dem ihnen zugedachten Ei. Es war ausgeschlossen, dass Hilde das Ei mit der Aufschrift Tobias nahm oder Rebecca das für Holger bestimmte. Auch Eva suchte und war einen Moment beunruhigt, weil sie ihren Namen nicht finden konnte. Ich wurde vergessen, war ihr erster Gedanke, ich bin ausgeschlossen, so wie früher oft in der Schule, und es versetzte ihr einen ungeahnt heftigen Stich. Dann entdeckte sie endlich das Ei namens Eva. Kindliche Handschrift.

Während die Ersten ihre Eier schon schälten und aßen – es gab kein Salz – und so taten, als machte ein hartgekochtes Ei mit ihrem Vornamen sie überglücklich, suchte Carina vergeblich. Die Pappbehälter waren leer.

»Hast du das Ei für Carina vergessen?«, fragte Tobias.

»Was? Wieso?« Markus blickte auf die leeren Behälter, gespielt überrascht, wie Eva schien. Kein Ei für Carina. »Es war für jeden eins da. Dachte ich zumindest. Sollte meine Frau aus Versehen nur dreizehn Eier gekocht haben und nicht vierzehn? Tja, also, was soll ich sagen, das tut mir leid.« Er vermied es, Carina anzusehen. »Aber es gibt ja noch genug anderes.«

Carinas Lippen zitterten, ihre Augen glänzten, sie stand kurz vor den Tränen. Zuerst Anja wegen eines toten Vogels, jetzt Carina, weil ihr Ei vergessen worden war. Hatte Markus es wirklich vergessen?

Wolfgang erhob sich, ging zu Carina und bückte sich. Er bot ihr sein noch ungeschältes Ei an. »Hier«, sagte er, »nimm meins. Das geht doch nicht, dass du keins hast. Und so viel Cholesterin tut mir sowieso nicht gut.« Beim Überreichen ließ er seine Hand einen Moment auf Carinas liegen.

»Mach dir nichts draus«, sagte Hilde, als Carina sich eine Träne von der Wange wischte. »Vielleicht bringt das ja Glück.«

Dann schwiegen alle und aßen. Anjas Wanderhemd unter der offenen Jacke verrutschte am Kragen, als sie sich weit zum Brot vorbeugen musste, und Eva sah blaue Flecken neueren Datums am Übergang von der Schulter zum Hals. Anja bemerkte, dass Eva sie ansah, dass sie auf genau diese Stelle sah, und schloss sofort die beiden obersten Knöpfe ihres Hemdes. Die anderen hielten sich beim Essen genauso wie Eva zurück. Es war zu wenig für vierzehn hungrige Wandersleute. Wie immer, wenn etwas zum Mangel wurde, verspürte Eva plötzlich unerträgliches Verlangen danach. Sie sah auf die Wurst, auf den Käse, schnitt sich von beidem ein winzig kleines Stück ab und nahm sich zusätzlich fünf Oliven. Sie sah auf die Wurst, auf das Brot und den Käse, und sie dachte, dass sie das alles mit einem Happs hätte verschlingen können, so hungrig war sie auf einmal. Alle schnitten sich nur bescheidene Stücke ab. Niemand wagte, den letzten Rest Käse zu nehmen, denn es war klar, dass es keinen Nachschub gab. »Will den keiner?«, sagte Markus und zeigte darauf. Alle schüttelten mit dem Kopf. »Na gut, bevor ich das wieder mit nach Hause schleppe, nehme ich ihn.«

Sogar von den knapp bemessenen Oliven blieben noch welche übrig, denn niemand wollte derjenige sein, der sich gierig die letzten griff. Eva war gar nicht daran gewöhnt, mittags viel zu essen, aber dieser augenscheinliche Mangel bewirkte, dass sich ihr Hunger ins Unermessliche steigerte. Sie wollte wenigstens noch einen halben Becher Rotwein trinken, wenn es schon nichts mehr zu essen gab, aber gerade, als sie ihren Arm nach der letzten offenen Flasche ausstreckte, verkorkte Markus sie und schob sie in seinen Rucksack.

»Wir haben jetzt lange gegessen und getrunken«, sagte er, »so schön und gemütlich das auch ist, aber wir müssen weiter. Wir haben noch ein ganzes Stück Weg vor uns. Ihr wollt ja auch was von der Insel sehen.«

Eva lief das Wasser im Mund zusammen, als sie Markus dabei zusah, wie er die restliche Wurst und die Oliven in seinem Rucksack verstaute. Sie träumte schon jetzt vom Abendessenbuffet im Hotel.

»Bist du auch so hungrig?«, flüsterte sie Rebecca zu. »Und es dauert noch so lange bis zum Abendessen.«

Rebecca reagierte kaum, nickte nur abwesend, als hätte sie ihr gar nicht zugehört. Was war mit ihr los? Es drängte Eva danach, sie erneut zu fragen, aber sie wollte kein weiteres Mal abgewiesen werden und die Antwort erhalten: Nichts! Was soll denn sein?

Eva setzte sich ihren Rucksack auf. Rebecca blieb an ihrer Seite. Zwar war Eva unverändert der Ansicht, ein gemeinsamer Urlaub sei dazu da, ihn auch gemeinsam zu verbringen, aber ihr Stolz – oder vielleicht auch ihr Trotz – gebot ihr, Rebecca jetzt stehen zu lassen. Rebecca hatte darauf bestanden, dass sie auch mit den anderen kommunizierten, nicht nur mit sich, und genau das würde sie jetzt tun.

Die Gruppe hatte sich, angeführt von Markus, wieder in Bewegung gesetzt. Carina ging inzwischen für sich alleine. Sie betrachtete nicht die Landschaft, sondern achtete fortwährend auf ihre Füße. Eva konnte sich nicht dazu durchringen, ihr Gesellschaft zu leisten. Ebenso wenig wollte sie neben Tobias gehen, denn sie legte keinen Wert auf seine Urlaubsgruselgeschichten. Er ging weit vorne, mit schnellem, kraftvollem Schritt und schwingenden Stöcken, die er so energisch in den Boden rammte, als wollte er jemanden damit aufspießen.

Wolfgang freute sich über die Begleitung an seiner Seite. Eva hatte eine Weile darüber nachgedacht, mit welchen Worten sie sich ihm anschließen sollte, aber zumindest in diesem Punkt hatte Rebecca recht: die IWO-Wandergruppen waren unkompliziert. Sie fragte ihn nach der Krähe oben auf dem Berg und stellte rasch fest, dass Wolfgang eine Art Hobby-Ornithologe war. Er begann sofort, eifrig von irgendwelchen Blaumeisen zu sprechen, und Eva fragte sich, was an Blaumeisen so Besonderes war, die gab es sogar in Berlin, aber Wolfgang erzählte von einer palmerischen Unterart, die tatsächlich ganz anders aussehe als die zu Hause.

»Du kennst dich aber gut aus«, sagte Eva.

»Das hat mich schon immer interessiert«, sagte Wolfgang, »und jetzt, wo ich in Pension bin, kann ich mich damit ja auch intensiver beschäftigen. Oh, das war ein Fehler.«

»Ein Fehler? Was war ein Fehler?«

»Zu sagen, dass ich frischgebackener Pensionär bin. Bei der IWO sind Berufe doch tabu. Falls Pensionär ein Beruf ist.«

»Ich sage auch niemandem, dass du dich offenbart hast. Warum hast du dich eigentlich von Markus abkanzeln lassen, wegen der Krähe, meine ich? Du weißt doch wahrscheinlich selbst, dass sie endemisch ist, und musst dir das nicht von ihm erklären lassen.«

»Ach, was soll ich mich mit ihm streiten«, sagte Wolfgang. »Das bringt doch nichts. Außerdem kommt es wahrscheinlich besser an, wenn der Wanderführer über so was Bescheid weiß.«

Dann fragte er sie, ob sie schon oft mit der IWO gewandert sei. Nein, zum ersten Mal, lautete die Antwort, worüber er zuerst aufrichtig verwundert war.

»Ach ja, stimmt«, sagte er dann, »es gab ja einen Neuling. Tut mir leid, dass ich das vergessen habe, aber an dem ersten Abend konnte ich mir die ganzen Gesichter nicht merken. Ich denke immer, alle, die mitwandern, haben das so oft gemacht wie wir. Wie ich, meine ich. Ich gehe schon seit Jahrzehnten mit der IWO wandern. Früher auch mit meiner Frau. Aber sie ist letztes Jahr gestorben.«

»Oh, das tut mir leid.«

»So ist halt das Leben«, sagte Wolfgang. »Im Leben ist auch der Tod einprogrammiert.«

Eva sah ihn verstohlen von der Seite an. Wolfgang zeigte keinerlei Reaktion, er blickte abwechselnd auf den Weg und in die Caldera.

»Es hätte ruhig etwas später sein können«, sagte er nach einer Pause. »Dass der Tod kommt, meine ich. Gerade, als wir uns noch ein paar richtig schöne Jahre machen wollten.«

Wolfgang und sie gingen einige Minuten schweigend nebeneinander her, aber es fühlte sich nicht wie ein unangenehmes, sondern vielmehr wie ein einvernehmliches, von beiden Seiten wohlwollendes Schweigen an. Wenn sie kurz ins Stolpern geriet, stützte Wolfgang sie galant, kam ihr dabei aber nie zu nahe.

Rebecca ging neben Hilde, so dicht vor ihnen, dass Eva ihr Gespräch verfolgen konnte. Hilde redete lebhaft über »Schmerzen am Großzehengrundgelenk«, danach tauschten sie sich über Hallux valgus und Hallux rigidus aus, und es klang so, als wäre Eva in der Orthopädie gelandet und nicht auf einem Berg.

Wolfgang hatte es offenbar auch gehört, denn er sagte: »Wir kümmern uns viel zu wenig um unsere Füße. Sie müssen uns unser ganzes Leben mit sich herumschleppen, so viele Kilos, und wir achten gar nicht auf sie und bemerken sie erst, wenn es ihnen nicht gutgeht.«

Füße. Es ging immer um Füße. Um das Großzehengrundgelenk, Deformationen durch zu enges Schuhwerk und um schmerzende Füße am Abend.

Nach Carina klagte nun die zweite Person über Blasen: Miriam stützte sich mit schmerzverzerrtem Gesicht am Arm ihres Mannes ab und setzte sich dann auf einen größeren Stein. Julius horchte auf, nahm seinen Rucksack ab und suchte darin herum. Er bat Miriam, den Schuh auszuziehen, und ging neben ihr in die Hocke. Alle waren stehen geblieben und sahen ihm gebannt zu – bis auf Miriams Mann, der etwas abseits stand, und Markus, der verärgert über diese Unterbrechung schien –, als wäre Julius der Wunderarzt, auf den alle gewartet hatten und der endlich eintraf.

Er verteilt Blasenpflaster wie Manna, dachte Eva. Langsam interessierte sie doch, welchen Beruf er eigentlich ausübte. Bislang hatte sie ihn vor allem über Leistung reden gehört, darüber, dass es uns allen gutgehe und kein Grund für Klagen bestehe, und über teuren Rotwein.

Rebecca und Hilde sprachen jetzt andächtig im Flüsterton über Julius' segensreiche Pflaster. »Die kaufe ich mir auch«, sagte Rebecca. »Ja, ich auch«, entgegnete Hilde, »man weiß ja nie, was passiert. Ob man die hier auf La Palma überhaupt bekommt?«

»Farmacia«, sagte Rebecca.

»Was?«

»So heißen hier die Apotheken. Auf einer Insel, auf der die Touristen vor allem wandern, gibt es garantiert auch Blasenpflaster.«

Nach einer langen vegetationsarmen Strecke erreichten sie weiter unten ein Gebiet mit mehr Wald.

Markus ging, wie schon bei der ersten Wanderung, die ganze Zeit vorneweg, ohne sich nach seiner Gruppe umzusehen. Dicht gefolgt von Sabine und Holger. Sabine wirkte so, als wollte sie ihren ungeschickten Fehltritt am Teneguía vergessen machen.

Rebecca löste sich von Hilde, kam zu Eva und zog sie an die Seite.

»Ich muss mal«, sagte sie leise.

»Soll ich Wache halten?«, fragte Eva.

»Nein, nicht nötig. Dauert ja nicht lange. Hast du Taschentücher? Ich kann meine nicht finden.«

Eva kramte die Taschentücher aus ihrem Rucksack. »Soll ich nicht besser auf dich warten?«

»Ach was«, sagte Rebecca, »ich bin doch gleich wieder da. Geh ruhig weiter.«

Rebecca ging in die andere Richtung, am Schlusslicht Carina vorbei. Eva sah ihrer Freundin noch einen Moment hinterher, bevor sie sich umdrehte und wieder in Bewegung setzte.

Mittwoch. Präsentation ohne Publikum

Auf so eine Gelegenheit hatte Frank Hartmann gewartet. Sie kam zwar völlig überraschend und außerdem viel früher, als er gedacht hatte, er war gar nicht richtig darauf vorbereitet, hatte es gedanklich auf die dritte oder vierte Wanderung verschoben, aber er sollte die Gunst der Stunde nutzen und die Gelegenheit ergreifen. Vielleicht bot sich keine zweite mehr.

Wenn auf eines Verlass war, dann auf das verschämte Pinkeln der Frauen hinter irgendeinem Busch. Frauen mussten dauernd pinkeln. Hatten sie so kleine Blasen? Sie verrichteten es weitab vom Weg, damit ihnen ja niemand dabei zusah.

Frank ließ sich zurückfallen. Noch weiter zurück, er ging ja ohnehin meistens ganz hinten. Heute jedoch war ausnahmsweise nicht er, sondern die verrückte Carina die Letzte der Truppe. Frank wollte ihr nicht zu nahe kommen. Aber um ihn anzusprechen oder auch nur zu bemerken, als er immer langsamer wurde und sich von ihr überholen ließ, war sie viel zu sehr mit ihren eigenen Füßen und ihren Stöcken beschäftigt. Und Miriam fiel sowieso nichts auf. Sie hatte sich bis nach vorne durchgearbeitet und redete gerade angeregt mit dem teuren Julius und seiner teuren Frau Anja. Diese vier Wanderkollegen hatte Frank inzwischen als *teuer* klassifiziert: Julius, Anja, Holger und Sabine. Er hätte noch immer auf dem Gipfel des Bergs stehen können, während die anderen bereits seinen Fuß erreicht hatten, und vermutlich wäre erst dann jemandem aufgefallen, dass er fehlte. Wo ist denn eigentlich Frank? Ach, der Frank ist ja gar nicht mehr da. Hat jemand Frank gesehen?

Widerlich, wie Miriam sich bei Julius und Anja anbiederte. Sie wollte unbedingt dazugehören. So sein wie sie. Ihr war es nicht recht, immer ganz hinten zu gehen; er hatte die ganze Zeit ihre Unruhe gespürt, ihr Drängen nach vorne, zu denjenigen aus der Gruppe, deren Nähe sie als erstrebenswert erachtete, weil das Gras bei ihnen grüner war und das Brot schmackhafter.

Wie er vermutet hatte, war Rebecca im Gebüsch verschwunden. Er war so dezent, nicht hinterherzugehen, um nach ihr zu suchen. Ihre Erleichterung würde er ihr noch lassen. Frank war ein guter Mensch. Er würde keine Frau aufscheuchen, die mit heruntergelassenen Hosen würdelos auf dem Boden kauerte. Er wollte auch diese gelbliche Lache nicht sehen, die sich zwischen ihren Füßen ausbreitete.

Er wartete auf dem Weg, ein Auge wachsam auf Carina gerichtet, die Letzte der Gruppe, die sich jedoch immer weiter von ihm entfernte. Sie drehte sich kein einziges Mal zu ihm um. Es war genauso, wie er gedacht hatte, keinem fiel auf, dass er fehlte, und er wusste nicht, ob er deswegen froh oder unendlich deprimiert sein sollte.

Doch der positive Aspekt seiner Unauffälligkeit überwog, und ihm war bald klar, dass es ein Grund zur Freude war. Frank hatte Glück. Einmal im Leben hatte er Glück. Fragte sich nur, wie lange es dauerte, bis Rebecca vermisst wurde. Er musste sich beeilen.

Schließlich kam sie, halb in gebückter Haltung, aus dem Gebüsch hervor. Sie sah aus wie eine Hexe mit Buckel in einem Kinderfilm. Ein lächerlicher Anblick. Franks Atem ging so schnell, als wäre er gerannt, und der Schweiß brach ihm aus. Es kribbelte am ganzen Körper. Dieser kurze Augenblick, in dem sie ihn noch nicht bemerkte, war berauschend. Ein Gefühl von Macht durchflutete ihn. Jetzt war er derjenige, der alles in der Hand hatte.

Rebecca spähte in alle Richtungen – wahrscheinlich wollte sie sichergehen, unbeobachtet geblieben zu sein – und war gerade dabei, sich ihren Rucksack aufzusetzen, als sie ihn endlich entdeckte und mitten in der Bewegung innehielt.

Er ging langsam auf sie zu. Natürlich musste ihr klar sein, dass er die falsche Richtung einschlug, weg von der Gruppe, die längst nicht mehr in Sichtweite war.

Er sah, wie es in ihrem Kopf arbeitete, wie sie sich bemühte, die Fassung entweder zu bewahren oder sie wiederzugewinnen. Erstaunlich, wie nett ihre Freundin war, die das Gruppenwandern ebenso wenig zu mögen schien wie er. Vorhin hatten Frank und sie sich sogar angelächelt. In großem Einvernehmen. Rebeccas Freundin und er, sie waren die anderen. Die Außenseiter. Diejenigen, die nicht hierhin gehörten. Das war mit einem Blick klar gewesen.

Rebecca wollte ohne ein Wort an ihm vorbeigehen, so wie man in einer großen Stadt einem völlig unbekannten Menschen auf dem Gehweg ausweicht. Frank musste fast lachen. Hier war keine große Stadt, sondern nur ein einsamer Wanderweg. Hier war niemand sonst. Hier war nichts. Nur er und sie.

»Sie wissen, wer ich bin, habe ich recht?«, sagte er.

»Wir duzen uns«, sagte Rebecca. »Beim Wandern duzen sich alle.« Sie stand nun vor ihm, den Rucksack auf dem Rücken, und er sah ihr an, dass sie am liebsten davongerannt wäre, es aber nicht wagte.

»Es fällt mir schwer, Sie zu duzen«, sagte er.

»Wir sollten das jetzt alles vergessen, oder?«, sagte Rebecca.

»Was sollten wir vergessen?«

»Diesen Tag in meiner Firma. Deine Präsentation.« Rebecca blickte unruhig in die Richtung, in der sie wahrscheinlich noch jemanden aus der Gruppe zu erkennen hoffte, dann in die andere. Sie hoffte. Auf bekannte Wanderer in Bergschuhen oder zur Not auch auf fremde in Sandalen, das war ihr vermutlich egal. Vielleicht war sie auch schon zum Beten übergegangen.

»Wie könnte ich das vergessen?«, schnaubte Frank und trat ganz nah an sie heran. Spucketröpfchen schossen aus seinem Mund und landeten in Rebeccas

Gesicht. Sie wischte sie nicht weg. »Wahrscheinlich verliere ich deswegen meinen Job.«

»Das tut mir leid«, sagte Rebecca. »Das tut mir ehrlich leid. Aber es ist doch nicht meine Schuld. Das war … an dem Tag, als du bei uns warst … ich habe … es war doch nicht meine Schuld!«

»Willst du damit sagen, es war meine?«

»Nein, natürlich nicht«, sagte Rebecca schnell, »ich will damit nur sagen … es war einfach … ein schlechter Tag.«

»Ein schlechter Tag?«

»Ja, kommt doch mal vor. Lass uns wieder zur Gruppe gehen. Die sind doch schon so weit vorne, ich kann sie gar nicht mehr sehen.«

»Für mich war es in der Tat ein schlechter Tag. Ein sehr schlechter sogar.« Frank versperrte ihr den Weg. Er konnte Rebeccas Herzschlag unter der Bluse erkennen. Der karierte Stoff pulsierte so hektisch, als wäre darunter ein flügelschlagender kleiner Vogel gefangen. Ein Funke Angst blitzte in Rebeccas Augen auf, und der Anblick ihrer Angst prickelte wie Kohlensäurebläschen, die ihm in die Nase stiegen und am Gaumen kitzelten. Ihre Angst war für ihn Sekt. Eiskalter Sekt. Nein, kein Sekt, sondern Champagner. Er könnte heute Abend eigentlich Sekt bei Tatiana bestellen. Oder wäre das geschmacklos? Doch dann fiel ihm ein, dass Tatiana ja auf der Terrasse eingesetzt war und er neuerdings zusammen mit der Gruppe im Inneren sitzen musste.

»Die vermissen uns sicher schon«, sagte Rebecca.

»Uns vermisst keiner. Die sind alle mit sich selbst beschäftigt, mit ihren teuren Klamotten und ihren Wehwehchen und was weiß ich noch, womit. Und hast du mir nicht zugehört? Wegen dir verliere ich wahrscheinlich meinen Job!«

»Ich habe dir zugehört«, sagte Rebecca. »Aber können wir darüber nicht später reden? Nach dem Urlaub, wenn wir wieder in Deutschland sind? Ich gebe dir meine Telefonnummer. Ich gebe sie dir jetzt gleich, wenn du willst. Ich rede noch mal mit meinem Chef. Oder wir können, wenn du willst … wir können doch heute Abend darüber reden. Heute Abend nach der Wanderung, wie wäre das? Wir setzen uns im Hotel zusammen und reden. An der Poolbar nach dem Abendessen. Wie wäre das?«

»Reden, reden, reden«, sagte Frank, »was sollte es darüber noch zu reden geben?«

Sie schwiegen und rührten sich beide nicht vom Fleck. Ihm fiel auf, wie still es auf einmal war. Kein Laut weit und breit. Jetzt war die Gelegenheit. Er stand hier alleine mit Rebecca, auf einer kleinen Kanarischen Insel, weit weg von zu Hause, im Nichts. Die Stille war überwältigend.

»Aber was willst du denn dann?«, sagte Rebecca und zerstörte damit augenblicklich die Stille. »Hör mal, Frank, ich habe nichts gegen dich, das weißt du doch, oder?«

»Das sah in Berlin aber anders aus.«

»Wieso? Nein, das hast du dir nur eingebildet.«

»Ich kann deine Stimme nicht leiden«, sagte er und hörte gleichzeitig, wie seine eigene an Festigkeit und

Entschlusskraft verlor. »Es war so schön ruhig, bevor du angefangen hast zu reden.«

Mit einem Mal wurde Frank klar, dass er nicht ausreichend darüber nachgedacht hatte. Er hatte gar keinen Plan, war nur beseelt vom günstigen Augenblick. Dort, wo sie standen, gab es bedauerlicherweise keinen steilen Abhang wie gestern auf dem Vulkan oder weiter oben auf dem Berg, jedenfalls keinen in unmittelbarer Nähe. Das wäre es gewesen. Das Einfachste. Ein kleiner Stoß. Kaum Mühe. Keine Überwindung und keine größere Anstrengung. Im Grunde überhaupt keine Anstrengung, nur der richtige Moment. Anschließend wäre er aufgelöst zur Gruppe gerannt und hätte in geheuchelter Verzweiflung berichtet, dass Rebecca abgestürzt sei, dass er es natürlich hatte verhindern wollen, aber zu spät gekommen sei. Die Caldera war auf dieser Wegstrecke zu weit entfernt. Er müsste sie erst dorthin schleifen, und sie würde sich bestimmt wehren. Er kannte sich mit so etwas gar nicht aus. Wie auch – beim ersten Mal. Hätte sich Rebecca nicht eine günstigere Stelle zum Pinkeln aussuchen können? Hier gab es nichts. Nichts außer seinen eigenen haarigen Händen. Er sah sich um, ohne Rebecca dabei aus den Augen zu lassen, nach einem Stein, einem Werkzeug, nach irgendetwas zur Unterstützung.

»Komm, lass uns zurück zur Gruppe gehen«, sagte Rebecca.

Er hätte es viel weiter oben machen sollen. Oben gab es so schöne Abhänge, direkt neben dem Weg.

Aber dort war sie nie allein gewesen, er hätte darauf warten müssen, sie in den Nebel zu locken, ohne dass es den anderen aufgefallen wäre. Er hatte das alles einfach nicht gut genug geplant. Eigentlich hatte er es überhaupt nicht geplant. Nicht dass Frank je die Bekanntschaft mit einem gemacht hätte, aber er ging davon aus, dass gute Mörder sich vorher mit äußerster Sorgfalt um die Gegebenheiten kümmerten. Um den Ablauf. Er konnte nicht einmal das, verdammt. Er wurde wütend und merkte, wie ihm vor Wut über sich selbst die Hände zu zittern begannen.

»Lass uns zurück zur Gruppe gehen«, wiederholte Rebecca. Konnte sie nicht mal was anderes sagen?

Er musste jetzt seine Kraft bündeln. Eine gute Präsentation hinkriegen. Genau genommen die beste seines Lebens. Durchatmen. Er versuchte, alle Kraft, über die er verfügte, in seine Stimme zu legen, und sagte: »Nein, wir bleiben jetzt hier!«

Mittwoch. Orangenbäume

Liebe Mutter, die Landschaft auf La Palma ist wild und romantisch. Am liebsten würde ich für immer hierbleiben. Ein Haus mit Avocados und Orangen im Garten! Es müsste auch gar nicht groß sein. Aber natürlich muss ich auch an meine zahlreichen Verpflichtungen zu Hause denken. Heute habe ich einen deutschen Astrophysiker kennengelernt, der auf dem höchsten Berg in der Sternwarte arbeitet. Deine Carina

Was wäre für diese spezielle Karte besser geeignet als ein Foto des Observatoriums? Ihre Mutter würde beeindruckt sein und sicher auch ihren grässlichen Freundinnen aus der Nachbarschaft davon erzählen. Allerdings wusste ihre Mutter gar nicht, was ein Astrophysiker war. Hoffentlich konnte sie das Wort richtig aussprechen, wenn sie den Nachbarinnen die Karte vorlas.

Nach der Rückkehr von der Wanderung lief Carina nachmittags im Hotel der Frau aus Bösensell über den Weg. Sie schlenderte lachend mit ihrer neuen Freundin, die so gut zu ihr passte, herum und grüßte sie nicht, sah einfach an ihr vorbei. Sie hielt es nicht einmal mehr für nötig, ihr guten Tag zu sagen! Daraufhin wollte Carina sich zuerst bis zum Abendessen in ihrem Zimmer verkriechen. Doch sie entschied sich anders. Genau genommen hatte der ihr inzwischen bekannte alte Toyota, den sie vom Hotelparkplatz hatte wegfahren sehen, sie auf die Idee gebracht.

Bei der heutigen Wanderung auf dem Roque de Los Muchachos hatte Markus sie vor der ganzen Gruppe beschämt. Nicht erst da, sondern schon vorher im Bus. Sie sah doch die mitleidigen Blicke ihrer Wanderkollegen – mit Ausnahme von Julius –, die wie Feuer brannten. Am schlimmsten war Hilde, die vordergründig immer so viel Verständnis zeigte. Hüte dich vor Leuten, die nett tun!

Nachdem gestern Abend das Licht im Hotel ausgefallen war, hatte Markus eine Taschenlampe hervorgezaubert und sie eingeschaltet. Trugen Wanderführer für jede Gelegenheit Taschenlampen bei sich? Im Schein der Lampe hatte sein Gesicht noch gespenstischer ausgesehen als vorher. Carina hatte ihm unmissverständlich klargemacht, dass sie ihn nicht in ihr Zimmer bitten würde, wovon er wohl selbstverständlich ausgegangen war. Und das lag nicht nur an Schnuff, der auf dem Bett saß. Markus war ihr im Hotelflur mit einem Mal unheimlich geworden, sein starrer Blick, sie hatte sich regelrecht vor ihm gefürchtet.

Einige Minuten später hatte das Licht wieder funktioniert. Seine Wut über die Abfuhr war unverkennbar gewesen.

»Weiß deine Frau das eigentlich?«, hatte sie gefragt.

»Was?«

»Dass du abends die Teilnehmerinnen deiner Gruppe im Hotel besuchst.«

»Ich rate dir eins – lass meine Frau aus dem Spiel!«

Mit diesen Worten war er gegangen, und sie hatte endlich ihr Zimmer aufschließen können.

Carina fragte sich, ob sie einen Leihwagen hätte mieten sollen, aber hierbei war sicher Vorbestellung nötig, es fiel also weg. Und selbst wenn sie sofort einen Wagen hätte bekommen können, sie brauchte ja kein Auto für den ganzen Tag. Der reguläre Linienbus? Er fuhr alle dreißig Minuten von Puerto Naos nach Los Llanos, aber sie musste nicht ins Zentrum des Ortes und kannte sich nicht aus. In Randbezirke zu gelangen, war auf einer fremden Insel sicher nicht so leicht zu bewerkstelligen.

In ihrem Zimmer unterzog sie sich einer Katzenwäsche, tauschte rasch Wander- gegen legere Stadtkleidung, verließ das Hotel und nahm sich kurzerhand ein Taxi, das beim Ortsausgang in der Nähe des Kreisverkehrs auf Kundschaft wartete. Ein Taxi, was für ein Glück! Im Reiseführer stand, dass Taxis hier gar nicht so leicht zu bekommen waren. Sie kannte ja die Adresse, die er ihr selbst verraten und die sie geistesgegenwärtig schnell notiert hatte, mangels Papier mit Kugelschreiber auf ihrer Handfläche. Natürlich würde sie sich nicht direkt vor dem Haus absetzen lassen. Mit dem Taxi könnte sie auch gleich wieder zurückfahren, wenn sie genug gesehen hatte. Das war dem Fahrer sicher auch ohne Spanischkenntnisse zu vermitteln. Nur hinfahren und sich aus sicherer Entfernung umsehen, das war Carinas Plan. Einen Eindruck gewinnen. Vielleicht hatte er ja maßlos übertrieben und wohnte in einer heruntergekommenen, windschiefen Hütte. Vielleicht würde sie einen Blick von seiner ahnungslosen Frau erhaschen, die im Garten neben einem Orangenbaum stand. Voller Stolz hatte Markus mit ihren Orangen- und Feigenbäumen geprahlt und erzählt, wann die Früchte reif waren. Anschließend hätte Carina noch ausreichend Zeit, um vor dem Abendessen eine Weile am Swimmingpool zu liegen. Mit Hilde hatte sie heute über das Essen im Hotel und kanarische Speisen geredet und dabei betont, wie wichtig ihr landestypisches Essen sei. Dabei sehnte sie sich inzwischen nach Spinat mit Spiegelei und Kartoffeln.

Nur ein kleiner Ausflug. Hinfahren und sich umsehen. Sehen, ob er wirklich so lebte, wie er es beschrieben hatte. Wie seine Frau aussah, interessierte Carina am meisten. Sie war Deutsche, das hatte Markus ihr auch erzählt, und hieß Jenny. Also würde es keine Verständigungsprobleme geben, kämen sie miteinander ins Gespräch. »Hallo, Jenny, ich wandere in einer Gruppe Ihres Mannes«, würde sie einleitend sagen. Oder sollte sie seine Frau duzen? Dass sie miteinander ins Gespräch kamen, hielt Carina von Minute zu Minute für wahrscheinlicher, als das Taxi viel zu schnell über die von Palmen gesäumte Hauptstraße LP 213 fuhr.

Es war aufregend, alleine unterwegs zu sein. Er sollte büßen. Dafür, dass er sie vor der ganzen Gruppe lächerlich gemacht hatte. Dass er sie von den Wanderungen ausschließen wollte, auf die sie sich seit

Wochen freute und für die sie bezahlt hatte wie alle anderen auch. Das Taxi fuhr an erstarrten Lavaströmen vorbei, passierte die Ortschaften Todoque und La Laguna, und mit jedem Meter, den sie zurücklegten, stieg Carinas Laune.

Donnerstag. Drachenbäume

Aber sie muss doch irgendwo sein!«

»Ich verliere auch dauernd meinen Schlüssel oder mein Handy.«

»Meistens taucht es ja dann wieder auf.«

»Genau, und zwar immer an einem Ort, an dem man gar nicht damit gerechnet hätte.«

»So wird es auch in diesem Fall sein.«

»Und wenn nicht?«

»Wer von uns hat sie denn eigentlich zuletzt gesehen?«

»Ich musste auf den Weg achten. Es war ja so steil. Ich habe mich gar nicht umgedreht.«

»Ich mich auch nicht.«

»Ich habe neulich tatsächlich eine Radkappe verloren und es nicht gemerkt.«

»Hat denn keiner von euch geguckt, wo sie bleibt? Wanderer achten doch aufeinander!«

»Was soll das? Mach jetzt nicht die anderen dafür verantwortlich. Du hast doch wohl auch nicht auf sie geachtet, oder?«

»Leute, es hat überhaupt keinen Sinn, sich jetzt auch noch zu streiten.«

»Sie muss doch irgendwo sein. Warten wir noch ein bisschen.«

»Sollen wir sie nicht lieber suchen?«

Zunächst hielt sich die Aufregung über ihr Verschwinden noch in Grenzen. Anfangs bemerkte es nicht einmal jemand, denn alle waren mit der Hitze und dem vorgelegten Tempo beschäftigt. Sie hatten zu sprechen aufgehört. Sogar Hilde und Julius. Der Weg war streckenweise so schmal, dass sie ihn im Gänsemarsch zurücklegen mussten und nichts anderes sahen als die Stiefel ihres jeweiligen Vordermanns. Eva wünschte sich an den Swimmingpool des Hotels, ein kühles Getränk neben sich statt des warmen Mineralwassers aus dem Rucksack, das inzwischen ungefähr Körpertemperatur erreicht hatte. Die Hitze war kaum auszuhalten. Manchmal blieb jemand stehen, um sich den Schweiß aus dem Gesicht zu wischen und einen Schluck zu trinken, aber bloß nicht zu lange, denn es ging unbarmherzig voran. Wer nicht aufpasste und zu lange pausierte oder gar für einen Moment Schatten unter einem der großen Drachenbäume suchte, verlor sofort die Gruppe aus den Augen.

Markus wartete auf niemanden. Er hatte das Tempo, wie es schien, noch gesteigert. Als wollte er einen Rekord aufstellen. Jeden Tag schneller zum Ziel und wieder zurück. Keine Muße. Keine Zeit, auf den blauen Atlantik zu blicken, der vor ihnen lag, keine Zeit, die Natur ringsherum zu betrachten, nur Augen für den staubigen, ausgetrockneten Weg.

Die Feigenkakteen, die hier überall wuchsen, waren gespickt mit roten, zum Bersten prallen Früchten.

Es roch süßlich. Eidechsen waren unterwegs keine zu sehen, obwohl es auf dieser Insel doch von ihnen wimmelte. Kein Wunder, achtundzwanzig trampelnde Füße in schweren Bergstiefeln verscheuchten sie. Hörten sie die Schritte und die klackernden Stöcke, oder spürten sie die Vibrationen?

Sie waren wie immer mit dem zu großen Bus losgefahren. Erst der dritte Wandertag, und schon kam es Eva so vor *wie immer*. Wie immer war Carina zu spät erschienen, doch Markus hatte sie diesmal gar nicht beachtet, ihr auch nicht mehr damit gedroht, sie auszuschließen. Heute war sie einfach Luft für ihn. Dass eine neu entstandene Zuneigung so schnell erkalten konnte. Er kündigte ihnen ein köstliches und schon wieder »unvergessliches« Essen in einem landestypischen Lokal in Puntagorda an, wenn sie von ihrer Tour zu den Höhlen zurückgekehrt waren. Rauer Nordwesten, jahrhundertealte Drachenbäume, eine Schlucht mit dem Namen »Barranco del Buracas« und Felshöhlen der palmerischen Ureinwohner standen auf dem Programm. Der Bus hatte sie nach Las Tricias gebracht, ein winziger Ort im Nordwesten mit wenigen weiß gestrichenen Häuschen und einer kleinen Kirche. Zwischen Januar und Mai sei es hier besonders schön, sagte Markus, zuerst blühten die Mandelbäume, danach zahlreiche Wildblumen auf den Terrassenfeldern und in der Schlucht. Jetzt im Oktober war die Landschaft ausgedorrt. Rebecca und Eva hätten besser im Frühjahr herkommen sollen, im April oder Mai. Dann hätten sie nicht nur die Mandelblüte bewundern können, sondern die Rückreise wäre für Eva weniger strapaziös gewesen. Unmittelbar nach ihrer Ankunft in Berlin musste sie sofort wieder den Koffer packen, einen kleineren diesmal, nicht mit Wander-, sondern mit Businesskleidung. Hosenanzüge. Sie würde zur Frankfurter Buchmesse fahren. Heike König vertrat zwar die Meinung, sie alleine würde das Lektorat auf der Messe ausreichend vertreten und Evas Anwesenheit sei gar nicht nötig, aber natürlich wollte ihre Kollegin alles an sich reißen und sie ausbooten. Evas Fehlen bei der Messe wäre nur ein weiterer Mosaikstein in diesem Plan, und Eva durfte ihr auf keinen Fall das Feld überlassen.

Es ging bergab. Eva musste an die deutsche Dauerurlauberin und ihre Knieprobleme denken. Hier würden sie garantiert nicht zufällig auf Valerie stoßen, denn mit schwachen Knien wäre diese Strecke nicht zu bewältigen gewesen. Zum ersten Mal bereute Eva, dass sie die Wanderstöcke im Hotel zurückgelassen hatte. Sie verfluchte ihren Trotz. Sie hätte Rebecca um einen ihrer Stöcke bitten können, aber mit ihrer Freundin war zurzeit nichts anzufangen. Seit gestern benahm Rebecca sich so, als wäre sie nicht ganz bei sich. Sie war ungewohnt schweigsam, von der Vorfreude und der Begeisterung für ihren Traumurlaub schien nichts mehr übrig. Sowohl nach der Rückkehr von der gestrigen Wanderung im Nebel als auch später beim gemeinsamen Abendessen hatte sie nur das Nötigste gesagt. Rebecca sprach jetzt wenig und Eva, die sich mit dem verhassten Urlaub abzufinden begann, immer mehr, auch mit den meisten anderen aus der Gruppe. Möglicherweise hatte diese Insel tatsächlich eine unerwartet wohltuende Wirkung. Zumindest auf Eva. Die wechselnden Farben des Meeres. Am Meer empfand sie eine fast kindliche Freude, als würde sie es zum ersten Mal sehen. Tiefes Blau, so wie heute. Türkis, heller und dunkler schattiert. Petrol. Hellgrün. Wenn es bewölkt war, graubraun wie die Ostsee. Dunkelgrau direkt am Stand, wenn schwarze Steine aufgewirbelt wurden. Ob sich die eigene Stimmung wohl der Farbe des Wassers anpasste, wenn man hier lebte? Danach hätte sie gerne Valerie gefragt. Aber vermutlich würden sie Valerie nicht mehr über den Weg laufen, was Eva bedauerte.

Sie redete inzwischen mit Hilde und hatte sich an ihre muntere Art gewöhnt. Sie redete sogar freiwillig mit Richard. Tobias mied sie weiterhin und beobachtete heimlich die schöne Anja. Anjas Hemdsärmel reichten auch heute bis zu den Handgelenken, und Eva fragte sich, wie sie das bei der Hitze nur ertrug. Julius hatte bislang keine weiteren Blasenpflaster verteilen müssen, und Sabine und Holger führten am dritten Tag eine komplett neue Garnitur Kleidung vor. Wie viel Geld sie wohl dafür ausgegeben hatten? Neulich hatte Eva im Fernsehen einen Bericht über Outdoorkleidung gesehen. Sie steckte voller giftiger Chemikalien, die durch das Waschen auch ins Trinkwasser gelangten. Vierzehn wandernde Chemiebomben.

Der unverändert schweigsame Frank stürzte auf einer steilen Passage, rappelte sich aber sofort wieder auf. Es war ihm sichtlich peinlich, er wurde rot. Als Wolfgang ihm behilflich sein wollte, schlug er seinen Arm weg und fauchte: »Lass mich!«

»Diese Wanderung hätte man auch alleine machen können«, schimpfte Tobias, als Markus weit genug von ihm entfernt war, »dafür braucht man eigentlich keinen IWO-Bergführer.«

»Sei doch nicht so negativ«, sagte Hilde. »Genieß lieber die Landschaft.«

Carina konnte offenbar noch schlechter bergab gehen als Eva. Wahrscheinlich bereiteten ihr die Blasen nach wie vor Probleme. Daran, dass sie seit dem Ende der ersten Wanderung immer am Schluss ging, dass sie noch weit hinter Miriam und Frank zurückblieb, hatten sich alle gewöhnt. Auf dem abschüssigen Stolperpfad wurde der Abstand zwischen ihr und der Gruppe größer und größer. Niemand wartete auf Carina, denn sie alle wollten den Anschluss nicht verlieren.

Das Bio-Café, von dem Markus im Bus erzählt hatte, geführt von einer Aussteiger-Deutschen, war schon zu sehen. Es lag oberhalb der alten Felshöhlen der Guanchen. Eva lechzte nach einem kalten Getränk, aber Markus' straffer Zeitplan sah ganz sicher keinen Besuch des Cafés vor. Also weiter warmes Mineralwasser ohne Kohlensäure. Am allermeisten ersehnte Eva eiskalte Cola, die im Bio-Café vermutlich ohnehin nicht angeboten wurde.

Die Ersten gingen unbeirrt vorneweg, ohne sich ein einziges Mal umzudrehen, als Wolfgang plötzlich rief: »Halt! Wartet doch mal!«

Die Lautstärke und die Eindringlichkeit seiner Stimme bewirkten, dass alle aus ihrer Wandertrance erwachten und stehen blieben.

»Habt ihr nichts mitbekommen?«, sagte Wolfgang. »Carina ist nicht mehr da! Wir müssen sie suchen!«

»Ach, die kommt schon noch. Sie ist doch immer die Letzte.«

Markus blickte sich um. »Wo ist Carina?« Die Besorgnis in seiner Stimme entging der Gruppe nicht, und Unruhe machte sich jetzt breit. Alle redeten wild durcheinander. Carina? – Wo ist Carina? – Ist sie nicht ganz hinten? – Wer hat Carina zuletzt gesehen? – Ihr ist doch wohl nichts passiert?

Wahrscheinlich muss sie pinkeln und hockt hinter einem Drachenbaum, dachte Eva. Ein Meter siebzig mal sechzig Kilogramm konnten kaum vom Erdboden verschluckt worden sein. Es war viel zu heiß, um sich auch noch um jemanden Sorgen zu machen. Hier ging es nur bergab oder bergauf. Carina hatte bestimmt nicht den Weg verlassen und war querfeldein gegangen. Warum hätte sie das tun sollen? Auf einer kleinen Insel konnte doch niemand verloren gehen. Oben war Las Tricias, das Dorf mit der Handvoll weiß getünchter Häuser, unten das Bio-Café, die Höhlen und das Meer. Eva legte keinen Wert mehr auf spiralförmige Felszeichnungen. Schatten. Endlich Schatten. Ein kaltes Getränk im Schatten.

»Wir wollten doch zu den Höhlen«, sagte Sabine. »Sie wird schon noch kommen. Sie muss ja irgendwo da oben sein. Wo soll sie sonst sein? Etwa wieder zurückgegangen?«

»Sicher liegt sie im Hotel am Pool und lässt es sich gut gehen«, sagte Julius und lachte sein unangenehmes Juliuslachen.

Eva fragte sich, ob sie das Carina zutraute – einfach den ganzen Weg wieder nach oben zu gehen, weil Markus sie heute nicht beachtete, bis nach Las Tricias, ein Taxi zu besteigen, falls es dort welche gab, und zurück zum Hotel zu fahren, ohne jemandem Bescheid zu sagen. Es gab einen kleinen Kiosk, fiel ihr ein. Kiosco El Rincón. Von dort konnte man bestimmt ein Taxi bestellen.

»Ich finde, Sabine hat recht, und wir sollten jetzt zu den Höhlen gehen.« Holger zog sein geschmackvolles Multifunktionstuch vom Kopf und wischte sich damit den Schweiß aus dem Gesicht. »Warum müssen wir uns von dieser Trödelliese den Spaß verderben lassen?«

»Vielleicht hatte sie einen Schwächeanfall«, sagte Hilde. »Kann doch sein. Bei dieser Hitze wäre das kein Wunder. Vielleicht braucht sie Hilfe.«

»Ach was«, sagte Holger.

»Was meinst du denn dazu?« Julius sah Markus an. »Du hast schließlich die Verantwortung. Gehen wir weiter, oder suchen wir sie?« Er wühlte in seinem Rucksack. »Hat jemand vielleicht Carinas Handynummer?«

Alle schüttelten den Kopf.

»Ich gehe sie jetzt suchen«, sagte Hilde.

»Du alleine?«, fragte Wolfgang. »Wo willst du denn suchen?«

»Ich gehe den Weg wieder zurück. Sie muss doch irgendwo weiter oben sein.«

»Den ganzen Weg wieder zurück? Dann begleite ich dich«, sagte Wolfgang.

»Hier macht keiner einfach, was er will und was ihm gerade in den Sinn kommt!«, schrie Markus. Eine Ader an seiner Schläfe pochte, und unterhalb seines Auges sah Eva einen zuckenden Muskel. Sein kariertes Hemd war völlig durchnässt, und er stank nach Schweiß. Außerdem waren seine Ärmel wie Anjas heruntergekrempelt.

»Ich finde, wir gehen jetzt wie geplant zu den Höhlen«, sagte Sabine.

»Die einen können ja zu den Höhlen gehen, und die anderen suchen Carina«, schlug Wolfgang vor.

Carinas Verbleib war Eva gleichgültig. Sie war sich sicher, dass sie kein Schwächeanfall und kein Hitzschlag ereilt hatte. Carina gehörte zu dieser unverwüstlichen Sorte und würde schon von selbst wieder auftauchen. Aber Julius' Frage hatte sie auf eine Idee gebracht. Die anderen brauchten sowieso noch eine Ewigkeit, um sich zu einigen. Während Markus mit Richard, Wolfgang und Hilde debattierte, hatte Miriam sich auf einen Stein gesetzt und fächelte sich mit ihrer Mütze Luft zu. Frank und Tobias standen unbeteiligt herum und tranken Wasser. Sabine und Holger schmollten, weil es nicht voranging.

Eva holte ihr Handy aus der Seitentasche des Rucksacks und schaltete es ein. Es brauchte eine Weile, um ein Netz zu finden, dann folgte das Piepsen. Eine neue Nachricht war eingegangen.

»Was machst du denn da?« Rebecca stand plötzlich dicht neben ihr.

»Ich dachte nur …«, sagte Eva. »Hilde hat doch vielleicht recht. Vielleicht müssen wir Hilfe holen, wenn Carina nicht bald wieder auftaucht.«

»Und deswegen schaltest du dein Handy ein?«

»Klar, weswegen sonst?«

»Meinst du nicht, dass unser Wanderführer schon wissen wird, was zu tun ist?«

»Da bin ich mir nicht so sicher.« Eva sah, wie Rebecca auf ihr Handy schielte, wie sie angestrengt versuchte, etwas zu entziffern. Sie entzog das Gerät ihrem Blick und schaltete es aus, ohne die Nachricht gelesen zu haben.

»Was meinst du«, sagte sie, »sollen wir auch Carina suchen?«

»Ich weiß nicht«, antwortete Rebecca. »Die kommt wahrscheinlich gleich den Weg runter und fragt erstaunt, ob sie zu spät ist.«

»Willst du denn die Höhlen sehen?«, fragte Eva.

»Eigentlich schon. Du nicht?«

Eva schob das Telefon zurück in den Rucksack. Sie hatte nicht einmal in Erfahrung bringen können, ob die neue Nachricht wieder von Sebastian stammte. Oder von Christine aus dem Vertrieb. Sie würde die ganze Zeit darüber nachdenken und eine günstige Gelegenheit abwarten müssen.

Donnerstag. Niemals das Gesicht

Die ganze Aufregung wegen Carina kam Anja sehr gelegen, denn wie alle anderen war auch Eva abgelenkt und sah sie endlich nicht mehr die ganze Zeit an.

Anja war sich ganz sicher, dass Eva dahintergekommen war. Nur sie, die lästige Eva, die anderen nicht. Die anderen waren blind dafür und entsprachen deshalb genau ihren Wünschen. Vielleicht hatte Eva eine besondere Beobachtungsgabe. Vielleicht konnte sie aber auch einfach eins und eins zusammenzählen. Sollte sie dahintergekommen sein, war es zwar egal, weil die Wanderungen in ein paar Tagen sowieso beendet wären und sie sich niemals wiedersehen würden – aber es störte Anja trotzdem. Es hinterließ ein scheußliches Gefühl. Scham. Eva wusste es. Eva hatte es gesehen.

Inzwischen kannte Anja diesen Blick. Oder besser die Abfolge der unterschiedlichen Blicke. Zuerst kam das Erstaunen. Schnelles Wegsehen. Dann folgte der zweite Blick, meist ein verstohlener, von dem sie nichts mitbekommen sollte, der sich aber in ihre Haut brannte. Er diente der Vergewisserung. Ob es anders war, als es aussah. Harmlos. Ob man sich möglicherweise getäuscht hatte. Dann, zum Schluss, kam eine Mischung aus Entsetzen und Unverständnis, manchmal sogar Ekel.

Anja hatte nicht damit gerechnet, dass es Anfang Oktober noch so heiß sein konnte. Hieß es nicht, auf den Kanaren lägen die Temperaturen selten über fünfundzwanzig Grad? Gestern nach der Wanderung hatte Eva sie gefragt, ob sie denn nicht schwimmen gehe, nicht einmal bei grüner Flagge und zahmen Wellen. Sie habe sich mittlerweile dazu durchgerungen und es nicht bereut. Das Meer, hatte sie gesagt, sei erstaunlicherweise viel wärmer als der Swimmingpool des Hotels. Ob sie nicht wenigstens in den Pool gehe, es sei so heiß an der Westküste, und nach den Wanderungen ersehne man doch erst recht Abkühlung. Sie nicht auch? Sie hatte eine merkwürdige Andeutung gemacht, dass sie neulich sogar mal in normaler Kleidung ein Bad im Pool genommen habe. Oder hatte Anja etwas missverstanden? Das passte eigentlich gar nicht zu Eva. Eva wirkte wie ein sehr ernsthafter Mensch, oft auch ein wenig abwesend, und keineswegs so, als täte sie verbotene Dinge. Im Swimmingpool etwas anderes als Badekleidung zu tragen, war garantiert verboten.

Schwimmen war natürlich völlig unmöglich. Anja hätte in einem Rollkragenpullover ins Wasser gehen müssen oder in einem Taucheranzug, mit langen Ärmeln und bis oben geschlossen.

»Ich kann nicht besonders gut schwimmen«, hatte sie gesagt und gehofft, damit wäre das Thema beendet.

Aber Eva hatte nicht lockergelassen. »Ich kann auch nicht gut schwimmen«, hatte sie entgegnet, »aber das macht nichts, es ist trotzdem herrlich!«

»Mal sehen, vielleicht«, hatte Anja gesagt.

Eva bekam zu viel mit.

Sie und Rebecca waren nicht nur befreundet, sondern ein Paar, dessen war sich Anja sicher. Wie sie sich manchmal ansahen, die Vertrautheit zwischen ihnen, es war ganz offensichtlich. Sie stritten auch auf eine Art, wie es nur Liebespaare taten. Julius hatte für so etwas keinen Blick. Noch nie gehabt. Julius sah vor allem sich selbst, ihre Apotheke zu Hause und deren Umsatz. Und er sah, wenn sie einen Fehler gemacht hatte. Immer. Alles Mögliche konnte ein Fehler sein, es gab so viele Fallen, der Weg durch den Alltag war ein einziges Minenfeld. Julius war leider nicht berechenbar. Noch heute konnte Anja ihn nicht einschätzen. Das, was sie voller Angst für einen Fehler hielt, bei dem sie fast hundertprozentig überzeugt war, dass es ein Fehler war, ein verhängnisvoller Fehler, wischte er manchmal überraschenderweise lachend und mit großzügiger Geste fort. Und umgekehrt.

Julius ging in seiner Arbeit auf. Er war eher ein Arzt als bloß ein Apotheker. Oder ein Psychologe. Als hätte er nicht nur Pharmazie studiert, sondern auch Psychologie. Er war einfühlsam und nahm sich viel Zeit für ihre Kunden. In der Kleinstadt, in der sie lebten, hatten sie ohnehin nicht viel Konkurrenz, aber die Leute kamen auch gerne zu ihnen, weil sie Julius' Beratung schätzten. Sie sagten oft, von ihm würden sie viel besser beraten als von ihren Hausärzten, er sei so verständnisvoll und könne gut zuhören. Wenn Anja ihm bei diesen Gesprächen zusah, dachte sie, dass das Julius war – nicht das andere. Das andere, dachte sie, das Dunkle, der Albtraum, würde bestimmt bald aufhören. Sie dachte es schon so lange.

Er schlug sie nie ins Gesicht. Er hatte es in all den Jahren tatsächlich nur ein einziges Mal getan. Am nächsten Morgen hatte die alte Frau Schmitz, die schon eine ganze Weile nicht mehr lebte, ihre Betablocker geholt und sich besorgt erkundigt, was denn los sei. Sie sehe aber schlimm aus. Ihr Blick war von Anjas Gesicht zu Julius gewandert, obwohl sie sicher nicht die richtigen Schlüsse gezogen hatte. Anja hatte etwas gemurmelt, das, was vermutlich alle Frauen in dieser Situation murmelten, sie wusste es, all das wusste sie ja, Kellertreppe, dunkel, ich hätte das Licht einschalten sollen, meine eigene Blödheit.

Seit diesem Tag, als Frau Schmitz ihre Betablocker abgeholt hatte, sparte Julius konsequent ihr Gesicht aus, was Anja genau genommen überraschte, bedeutete es doch, dass er dazu in der Lage war, geplant und überlegt jähzornig zu sein.

Eva aus der Wandergruppe sah eindeutig zu viel. Anja musste sie meiden, was jedoch schwerfiel, denn Evas Interesse an ihr schien proportional zu ihren eigenen Bemühungen, sich möglichst weit entfernt von ihr aufzuhalten, zu wachsen. Eva war zu neugierig. Sie hatte sich an ihr festgefressen. Anja musste ihr aus dem Weg gehen. Sie irgendwie loswerden.

Donnerstag. Da waren es nur noch zwölf

Aus dem unvergesslichen Essen in einem landestypischen Lokal in Puntagorda wurde nichts. Für die Wandergruppe gab es nicht einmal frisch gepressten Saft im Café der Aussteiger-Deutschen, womit Eva aber sowieso nicht gerechnet hatte. Es hätte nicht in Markus' Pläne gepasst, und abgesehen davon sprach er, um die Gruppe zu beeindrucken, lieber mit den Einheimischen spanisch. Die Buracas-Höhlen, benannt nach der Schlucht, natürliche Höhlen im Tuffgestein, sahen sie nur aus einiger Entfernung.

Tobias war bei der Suche nach der vermissten Carina vorneweg gegangen. Weder die anhaltende Hitze noch die Tatsache, dass der Weg nun stramm bergauf führte, schien ihm etwas auszumachen. Er entdeckte sie als Erster. Oberhalb des Bio-Cafés, etliche Meter abseits vom Weg. Sie lag halb versteckt hinter einem großen Drachenbaum. Nirgendwo auf den Kanaren fanden sich noch so viele Exemplare dieser selten gewordenen Pflanze wie hier im Nordwesten La Palmas. Obwohl er gigantische Ausmaße annehmen konnte, handelte es sich beim *Drago* streng genommen nicht um einen Baum, denn sein Stamm wies keine Jahresringe auf, weshalb sein Alter nicht präzise zu bestimmen war.

Zuvor war in der Gruppe ein Streit darüber entbrannt, ob sie die Polizei benachrichtigen oder selbst nach Carina suchen sollten. Einige – vor allem Sabine und Holger – vertraten die Ansicht, es sei nicht nötig, in hektische Aktivität auszubrechen, weil die Vermisste von ganz alleine wieder auftauchen würde. Der Weg sei schließlich nicht schwierig. Erst recht nicht gefährlich. Nur ein bisschen anstrengend. Sie hätten auf ihren zahlreichen Wanderungen schon ganz anderes erlebt. Was sollte ihr hier groß passiert sein? Sie befanden sich nicht in der Caldera. Und seit wann werde sie denn überhaupt vermisst? Doch sicher erst seit einer Viertelstunde. Vielleicht seit einer halben Stunde. Oder noch länger?

Wie sich herausstellte, konnte sich niemand wirklich daran erinnern, wann sie zuletzt gesehen worden war, denn sie alle hatten Carina keine Beachtung geschenkt.

»Polizei?«, sagte Holger. »Das ist ja wohl völlig übertrieben. Gibt es hier überhaupt Polizei? Was für ein Theater wir dann am Hals hätten. Das muss doch nicht sein. Meinen Urlaub jedenfalls habe ich mir anders vorgestellt, als ihn mit der spanischen Polizei zu verbringen. Und ihr sicher auch.«

Julius machte eine Bemerkung darüber, dass der Inselpolizei sicher nicht viel zuzutrauen sei, man kenne das ja, südeuropäische Länder, ganz andere Standards.

Halt endlich die Klappe, dachte Eva.

Doch schließlich setzten sich nach einigem Hin und Her diejenigen durch, die beunruhigt waren und die Wanderung unter diesen Umständen auf keinen Fall fortsetzen wollten. Der Unmut über die Abweichung vom ursprünglichen Plan war Markus anzumerken, wenngleich er sich bemühte, ihn zu verbergen.

»Natürlich suchen wir sie«, sagte er, vorübergehend wieder Herr der Lage, »bei uns geht keiner verloren. Bei der IWO kümmert man sich umeinander. IWO-Wanderungen garantieren größtmögliche Sicherheit.«

Tobias war ein paar Meter vor ihr stehen geblieben. Auch die anderen rührten sich nicht, als befände sich zwischen ihnen und der am Boden liegenden Carina eine Begrenzung, wie an Schaltern der Bahn oder vor einem Geldautomaten, *Bitte Abstand halten*, oder als ginge etwas Ansteckendes von ihr aus. Als Einziger überwand Julius die unsichtbare Barriere und kniete sich neben sie.

Eva blickte sich um. Was wollte Carina hier? Warum hatte sie den Weg verlassen? Weil sie dringend Schatten brauchte? Carina lag auf dem Rücken. Julius verdeckte sie zum Teil, aber soweit Eva erkennen konnte, war sie vollkommen unversehrt.

»Carina?«, sagte Julius. »Carina? Hörst du mich?« Er schlug ihr leicht auf die Wange. »Carina? Hallo!«

Die anderen waren erstarrt. Und insgeheim wahrscheinlich dankbar, dass ihr Wanderkamerad sich verantwortlich zeigte und sie von dieser Bürde befreite. Zumindest ging es Eva so. Wäre das nicht eigentlich Markus' Aufgabe gewesen? Carinas helle Augen waren offen und blickten in den wolkenlosen Himmel und die Spitzen des mächtigen Drachenbaums. Sie reagierte weder auf Julius' Ansprache noch auf die zarten Ohrfeigen. Er wiederholte das Leicht-auf-die-Wange-Schlagen mehrfach. Offenbar war sie bewusstlos. Aber ging Bewusstlosigkeit nicht mit geschlossenen Augen einher?

Julius legte die Hand auf Carinas Stirn, tastete nach dem Puls am Hals, dann am Handgelenk.

Hilde war die Erste, die ihre Sprache wiederfand. »Was ist denn mit ihr? Julius, sag doch was!«

Sie sahen nur seinen Rücken. Und plötzlich kippten die Schultern des knienden Julius nach vorne; er schien in sich zusammenzusacken wie ein aufblasbares Schwimmtier, aus dem langsam die Luft entwich.

Er drehte leicht den Kopf zu ihnen. »Ich glaube, sie ist tot«, sagte er.

»Tot?«, echote Hilde. »Aber wie ist das denn möglich? Das kann doch gar nicht sein! Wir haben doch vorhin noch mit ihr –«

Jemandem fiel der Wanderstock aus der Hand. Anja stieß einen gellenden Schrei aus, der in den Ohren wehtat. Wolfgang stand mit vor dem Körper verschränkten Händen da, als würde er beten. Eine Eidechse huschte über Carinas Bein. Die erste Eidechse, die Eva heute zu Gesicht bekam. Kurz erwartete sie, dass Carina sie wegscheuchen würde. Sie hatte ihr gestern erzählt, dass sie Eidechsen nicht mochte, dass sie sich vor ihnen ekelte und bei ihren flinken Bewegungen sogar manchmal in Panik geriet.

»Bist du dir denn wirklich sicher?«, fragte Hilde, die jetzt einen Schritt näher an Julius herangetreten war. »Vielleicht ist sie ja nur … ohnmächtig. Kann das nicht sein?«

»Ja, ich bin mir sicher. Kein Puls.« Julius erhob sich, ging zu seiner Frau und nahm sie in den Arm.

Eva zweifelte nicht an seiner Diagnose. Sicher war er Arzt und konnte die Lage einschätzen. So ein arroganter Schnösel, der sich mit unnötigen neuen Hüftgelenken, die er den Patienten aufschwatzte, eine goldene Nase verdiente. Eva konnte die hellen, offenen Augen nicht länger ertragen, wie sie in den Himmel sahen. Bemerkte das denn niemand außer ihr? Zögerlich und von einer irrationalen Angst begleitet ging sie in Carinas Richtung. Auch von Nahem wirkte sie nicht verletzt. Sie lag fast entspannt da und hatte sich einen guten Platz im Schatten ausgewählt.

Eva drehte sich um, in der Hoffnung, dass ihr jemand zu Hilfe kam, dass es ein anderer erledigte, was aber nicht geschah. Ähnlich wie vorhin Julius kniete sie sich vor Carina, allerdings mit größerem Abstand, hob den Arm, brachte die Hand zu Carinas Gesicht, wozu sie sich überwinden musste, und schloss ihre Augen. Carinas Gesicht war irritierenderweise warm, als würde das Blut noch immer in seinen vielen verzweigten Gefäßen unter der Haut fließen. Warm und tot, das passte nicht zusammen. Aber wer weiß, wie lange es her ist, dachte Eva. Vielleicht ist es erst vor wenigen Minuten geschehen, vielleicht hätten wir sie noch lebendig erreicht, wenn wir früher losgegangen wären. Vielleicht hätten wir noch etwas tun können.

Sie stand auf und ging wieder zu den anderen. Hilde schenkte ihr einen anerkennenden Blick und legte die Hand auf Evas Arm. »Danke, dass du das gemacht hast«, sagte sie. Ihre Hand war tröstlich, und Eva blieb einen Moment bei ihr stehen. Sie suchte nach Rebecca, und als sie sie entdeckte, traute sie ihren Augen nicht. Ihre Freundin hatte sich auf den nächstbesten Stein gesetzt und zu weinen begonnen. Ging ihr der Tod der allseits eher unbeliebten Carina so nahe? Rebecca weinte normalerweise äußerst selten. Eva hätte die Fälle, in denen es in den gemeinsamen acht Jahren vorgekommen war, an einer Hand abzählen können. Sie hätte dazu nicht einmal eine ganze Hand gebraucht. Rebecca weinte nicht vor Wut, nicht bei Schmerz, Kummer und auch nicht vor Erschöpfung. In nahezu jeder Lebenslage, die Eva garantiert zum Weinen brachte, war Rebecca gegen Tränen gefeit. Warum also ausgerechnet jetzt?

Richard setzte sich zu ihr und legte den Arm um ihre Schulter. Rebecca ließ es gleichmütig geschehen. Diese Geste wäre eigentlich Evas Part gewesen. Rebecca hob den Kopf, Richard so dicht neben sich schien sie kaum wahrzunehmen, und ihre Augen suchten nach etwas. Sie sucht mich, dachte Eva und wollte sich gerade in Bewegung setzen, darüber gerührt, dass ihre Freundin eine solch unerwartete und untypische Gefühlsregung an den Tag legte, als sie bemerkte, dass Rebecca gar nicht nach ihr Ausschau hielt, sondern an ihr vorbeisah – als wäre sie nichts weiter als ein Feigenkaktus in der Landschaft. Rebecca suchte jemand anderen. Rebeccas Augen suchten zu Evas großem Erstaunen Frank. Ausgerechnet Frank. Was hatte das zu bedeuten? Was hatte Rebecca mit Herrn Grauemaus zu schaffen? Sekundenlang sahen sie sich über eine Entfernung von zwei, drei Metern hinweg an, mit unergründlicher Miene. Der lange Blick zwischen ihnen, den Eva weder deuten noch sich erklären konnte, war so eigenartig, dass sie trotz der Hitze einen Moment fröstelte.

Plötzlich drehte Frank sich um und entfernte sich mit schnellen Schritten von den anderen. Eva sah ihm nach. Neben einer Opuntie übergab er sich würgend. Offensichtlich ging der Todesfall ihnen allen auf die ein oder andere Weise nahe.

Bis auf Tobias. Tobias holte seine Kamera aus dem Rucksack, fotografierte den imposanten Drachenbaum, die Umgebung und auch Carina. Er sah nicht schockiert wie die anderen aus, nicht einmal berührt, sondern ausgesprochen zufrieden. Und ein bisschen euphorisiert. Als würde er vor Aufregung vibrieren. Außer Eva beachtete ihn niemand. Sie wusste, warum er das tat. Seine ganz persönlichen Erinnerungsbilder. Sein Todesalbum. Und irgendwann vielleicht ein schlechtes Manuskript, das in ihrem Verlag landete. Auf ihrem Schreibtisch. Falls es dann noch ihr Schreibtisch wäre. Tobias war wahrscheinlich begeistert, dass er so hautnah mit dabei sein durfte.

»So etwas Furchtbares«, sagte Hilde und legte wieder ihre Hand auf Evas Arm. Auch sie hatte Tränen in den Augen. »Markus hat ja erzählt, dass La Palma nicht ungefährlich ist und dass es schon oft Unfälle gab, aber ausgerechnet in unserer Gruppe.« Eva legte die Hand auf Hildes und drückte sie leicht.

»Ein Unfall in dem Sinn ist es nicht«, sagte Tobias. »Sie ist ja nicht abgestürzt oder ertrunken oder sonst was, wie die ganzen anderen Touristen.«

»Man sollte halt nicht wandern gehen, wenn man nicht fit ist«, sagte Sabine.

»Jetzt hör aber auf!«

»Ist doch wahr. Sie hat sich zu viel zugemutet. Sie kam doch die ganze Zeit schon nicht mehr mit. Eigentlich sieht sie ja gar nicht unsportlich aus, aber das hat wohl getäuscht.«

»Es war bestimmt ein Schwächeanfall«, vermutete Hilde. »Der Kreislauf. Wegen der Hitze. Wer weiß, vielleicht hatte sie was mit dem Herzen.«

»Oder sie ist unglücklich gestürzt«, sagte Wolfgang.

»Aber hier? Warum ist sie nicht auf dem Weg geblieben? Nein, bestimmt war es ein Schwächeanfall.«

»Na ja, vielleicht wollte sie …«, sagte Wolfgang, »also, vielleicht musste sie …«

Abseits von den anderen sprach Markus eine ganze Weile mit Julius. Zwischendurch wandten sie immer wieder die Köpfe zu Carina. Dann holte Markus sein Handy hervor und telefonierte. Spanisch. Er redete schnell und energisch, dem Ton nach zu urteilen aber auch verzweifelt auf jemanden am anderen Ende ein.

»Kann von euch eigentlich jemand Spanisch?«, fragte Wolfgang.

Alle schüttelten den Kopf.

»Das ist schade, wenn man die Sprache nicht beherrscht. Aber bei einer Woche Urlaub denkt man ja, das ist nicht unbedingt nötig.«

»Bei der IWO sparen wir das Thema Beruf sonst zwar aus«, sagte Markus an die ganze Gruppe gerichtet, »aber ich muss euch jetzt doch fragen, ob unter euch vielleicht ein Arzt ist.«

Niemand meldete sich. Alle sahen in die Runde.

»Ich dachte, Julius –«, sagte Wolfgang.

»Nein, Julius ist Apotheker.«

Eva fragte sich, wozu sie denn noch einen Arzt brauchten. Hier gab es nichts mehr zu retten. Markus war trotz der Hitze blass geworden und sah jetzt so aus, als würde er im nächsten Moment selbst ohnmächtig werden oder als käme ihm sein Frühstück gleich wieder hoch. Er schien von der Situation komplett überfordert. Rebecca hatte ihr vor dem Urlaub erzählt, dass IWO-Wanderführer für alle Eventualitäten gerüstet sein mussten. Sie mussten Blasen versorgen können und Pflaster bei sich tragen. Sie mussten dazu in der Lage sein, verunglückten Personen Verbände anzulegen. Sie mussten verunglückte Personen tragen können, auch den schwersten Mann, notfalls den ganzen Berg wieder hinauf oder hinunter. Aber wer rechnete als Wanderführer schon mit einer Toten?

»Was machen wir denn jetzt?«, fragte Wolfgang. »Wir können doch jetzt nicht weitergehen und sie hier einfach so –«

»Natürlich gehen wir nicht weiter!«, erwiderte Markus scharf. »Was denkst du denn? Die Wanderung wird abgebrochen. Ich muss einen Moment nachdenken. Ich muss – « Er griff sich mit beiden Händen an den Kopf und rieb darauf herum, immer wieder. Ob ihm das beim Nachdenken half? Augenscheinlich wusste er nicht, was in einem solchen Fall zu tun war. »Die Hubschrauber von La Palma sind hier ganz in der Nähe stationiert«, sagte er. »Sie dienen vor allem der Waldbrandbekämpfung. Und es gibt die Grupo de Emergencias y Salvamente. Für Notfälle und Rettung. Aber hier kann natürlich kein Hubschrauber landen, seht euch doch mal um. Wo soll hier ein Hubschrauber landen? Wir müssen sie nach oben bringen. Die Guardia Civil kommt gleich nach Las Tricias.«

Nach oben bringen?, dachte Eva. Müsste sie nicht hier liegen bleiben, für die Polizei?

»Wir tragen sie«, sagte Julius mit einer Bestimmtheit, als wäre er soeben zum Wanderführer-Assistenten befördert worden. »Jeweils zwei Männer. Markus und ich haben das gerade beschlossen. Wir wechseln uns alle paar Meter ab.«

»Tragen? Aber muss nicht jemand – «

»Ihr habt Markus doch gehört. Hier kann kein Hubschrauber landen. Wir müssen sie selbst nach oben bringen. Sie kann doch nicht hier bleiben.«

»Aber sollten wir sie nicht besser an Ort und Stelle liegen lassen? Für Untersuchungen? Für die Polizei? Oder den Arzt?«

»Carina braucht keinen Arzt mehr.«

Julius und Holger machten den Anfang. Immerhin hatte Holger die Meckerei darüber, dass die Besichtigung der Felshöhlen ausfiel und er um mindestens die Hälfte seiner Wanderung betrogen war, jetzt eingestellt. »Eine Trage wäre nicht schlecht«, sagte Richard. Bahre, dachte die Lektorin Eva. Bei Toten heißt es Bahre. Julius richtete von hinten Carinas Oberkörper auf, umfasste ihren quer vor die Brust gelegten Unterarm und hievte sie mit dem Rettungsgriff hoch. Holger nahm die Beine. Erst jetzt sah Eva die Wunde seitlich an Carinas Hinterkopf, die ihr und wahrscheinlich auch allen anderen vorher nicht aufgefallen war. Das blonde Haar drumherum war von Blut verklebt.

Rebecca hatte inzwischen zu weinen aufgehört, aber sie wirkte abwesend und sprach nicht. Sie blickte kein einziges Mal zu Eva, sah nur mit unbewegtem Gesicht auf den Boden. Vielleicht ist das eine Art Schock, dachte Eva. Also hielt sie sich an Hilde, die sie allmählich zu mögen begann, was sie vor wenigen Stunden noch für ausgeschlossen gehalten hätte. Was sie gerade erlebten, schien auch alles andere zu verändern. Rebecca tauschte lange, rätselhafte Blicke mit Frank, und sie selbst fand plötzlich Hilde sympathisch.

»Ich nehme Carinas Rucksack«, sagte Eva.

Hilde wischte sich eine Träne aus dem Augenwinkel. »Stimmt, ihr Rucksack, den hätten wir jetzt glatt vergessen. Und die Wanderstöcke. Die liegen daneben, da vorne, siehst du sie? Wenn dir der Rucksack zu schwer wird, gibst du ihn mir. Zu zweit schaffen wir das schon.«

Eva ging zurück zu der Stelle, an der Carina gelegen hatte, bückte sich und hob den Rucksack hoch. Sie fragte sich kurz, wie sie ihn eigentlich tragen sollte, denn hinten hing ja auch noch ihr eigener. Verdammtes Gepäck. Mühsam schob sie sich die Gurte von vorne über die Schultern, wobei ihr Hilde behilflich war.

Carina wog offenbar mehr als angenommen. Angeblich waren Tote viel schwerer als Lebende, doch wahrscheinlich war das Unsinn. Nur eine Täuschung. Julius und Holger keuchten, der Schweiß strömte ihnen unaufhörlich über das Gesicht, ihre Wanderhemden waren dunkel vor Nässe. Sie ächzten mit ihrer Last nach oben, kamen nur langsam voran und hatten große Mühe beim Tragen, denn der Weg war teils viel zu schmal, um nebeneinander zu gehen.

Wahrscheinlich hat Hilde recht, dachte Eva. Sie versuchte, sich den möglichen Ablauf des Geschehens vorzustellen. Denken tat ihr gut, denn es lenkte sie von dem zusätzlichen Gewicht des zweiten Rucksacks vor ihrem Bauch ab. Carina hat einen Schwächeanfall erlitten, dachte sie. Sie wollte in den Schatten unter dem Drachenbaum, deswegen hat sie den Weg verlassen; der einzige Schatten weit und breit war einfach zu verlockend. Sie hat sich ihres Rucksacks entledigt, der unterwegs immer schwerer und schwerer geworden war, und dann hat sie sich auf die Erde gelegt. Bloß ein bisschen ausruhen. So muss sie gestorben sein, sicher nur wenige hundert Meter von uns entfernt. Aber woher stammte die Wunde am Kopf?

»Da vorne liegt eine Mütze«, sagte Anja und zeigte zu einer Stelle neben dem Pfad. »Gehört die nicht Carina?« Einige glaubten, diese Mütze tatsächlich an Carina gesehen zu haben, andere waren sich nicht sicher. Anja nahm sie mit.

Markus löste nach einer Weile Julius und Holger ab. Er bestand darauf, Carina alleine zu tragen, weil das seiner Ansicht nach schneller ginge. Julius und Holger legten sie vorsichtig auf dem Boden ab. Sie lag nun quer auf dem steinigen Wanderpfad, den sie vorhin alle entlanggekommen waren. Markus entnahm seinem Rucksack ein langes, dickes Kunststoffseil. »Das brauchte ich schon lange nicht mehr«, sagte er. Das zu einer Schlinge gelegte Seil platzierte er unter Carinas Hüfte. Er spreizte ihre Beine und setzte sich dazwischen, mit dem Rücken zu ihr. Die tote Carina und er sahen jetzt so aus, als säßen sie hintereinander in einem Zweierbob. Die überstehenden Enden des Seils zog Markus wie die Gurte eines Rucksacks über seine Schultern. Dann richtete er sich mit Carina auf dem Rücken langsam auf.

»So macht man das richtig«, sagte jemand voller Bewunderung. »Er ist eben ein ausgebildeter Bergführer.«

Richard trug Markus' Rucksack, und Hilde erlöste Eva von Carinas. Eva nahm Carinas Wanderstöcke, die Hilde an ihrem eigenen Rucksack befestigt hatte. Stöcke erleichterten das Gehen tatsächlich, wie sie widerwillig zugeben musste. Das würde sie auch Rebecca sagen. Wenn man mit Rebecca wieder vernünftig reden konnte. Carinas Stöcke waren ihrer Einschätzung nach teuer gewesen, wenn auch nicht ganz so teuer wie die von Sabine und Holger. Eva hatte das Gefühl, sich an einer Toten zu bereichern. Markus schleppte Carina auf dem Rücken, wie einen großen Sack, und lehnte das Angebot der Männer ab, ihm zu helfen. Vermutlich wollte er seiner Rolle als IWO-Wanderführer gerecht werden, der auch mit extremen Situationen umzugehen wusste.

»Nein, es geht noch«, sagte er schwer atmend. »Los, weiter!«

Die Gruppe schraubte sich Meter für Meter den gesamten Weg wieder nach oben. Als würden die stampfenden Schritte der Bergstiefel sie plötzlich nicht mehr stören, sah Eva nun wieder überall vorbeihuschende Eidechsen. Sie pausierten öfter als auf dem Hinweg, um zu verschnaufen oder einen Schluck zu trinken. Tobias trug Carina auch eine Weile alleine, auf Markus' professionelle Weise, anschließend übernahmen Richard und Frank zu zweit.

Kurz bevor sie Las Tricias erreichten, verlangte Markus von den beiden Männern, ihm Carina nun zu überlassen – in einem Ton, der keinen Widerspruch duldete. Das Stammesoberhaupt trug die Tote alleine in das kleine Dorf.

Am Kiosk warteten ein Polizist und eine Polizistin in blauen Uniformen auf sie. Und ein Krankenwagen. Markus, am Ende seiner Kräfte, verhandelte mit den Polizisten, während zwei Sanitäter Carina erst untersuchten und dann in den Wagen verfrachteten.

»Hier, ihr Rucksack«, sagte Hilde. Die Sanitäter blickten sie fragend an.

»*It's her bag*«, sagte Eva. »*Maybe there are some documents in it. For example her passport.*«

Die Sanitäter nickten, nahmen den Rucksack ohne großes Interesse entgegen und warfen ihn achtlos in den Krankenwagen. Sie schlossen die Türen, erst eine, dann die zweite. Danach war Carina, die sie erst seit zwei Tagen kannten, für immer aus dem Blickfeld der Wandergruppe verschwunden.

Anja stand ein wenig verloren mit Carinas Mütze in der Hand da. »Und die hier?«, fragte sie.

»Tja, die kannst du wohl behalten«, antwortete ihr Mann. »Carina braucht sie bestimmt nicht mehr.«

Nach dem Marsch in der Gluthitze sehnte sich vermutlich nicht nur Eva nach einem Getränk – prickelnd und so eiskalt, dass es den Gaumen kurz betäubte –, aber niemand wagte es laut zu sagen. Wie konnte man jetzt erpicht auf kalte Cola sein, wenn jemand gestorben war? Die Polizisten der Guardia Civil redeten mit strengen Mienen auf Markus ein, der die ganze Zeit mit nach oben gerichteten Handflächen die Schultern hob.

»Tut mir leid«, sagte Hilde, »vielleicht ist das ja geschmacklos, aber ich brauche jetzt einfach was zu trinken. Was anderes als das warme Mineralwasser.«

Sie stapfte entschlossen voran, und die anderen folgten ihr in den Kiosk. Dort saßen etliche alte und einige mittelalte palmerische Männer, die in ihren Gesprächen innehielten und die Köpfe hoben.

»Müssen wohl nicht arbeiten«, murmelte Julius.

»Julius, sei doch einfach ruhig«, entgegnete Hilde.

Evas Augen brauchten einen Moment, um sich nach dem gleißenden Sonnenschein an das vergleichsweise schummrige Licht im Inneren zu gewöhnen. Sie wischte sich den Schweiß von der Stirn und dachte gerade darüber nach, ob sie Wasser oder lieber Cola trinken sollte, als sie an einem Tisch ganz in der Ecke Valerie entdeckte.

Sie ging zu ihr. Valerie las in einem Buch und unterstrich einzelne Passagen mit Bleistift. »Hallo«, sagte Eva. »Die Welt ist klein.«

Valerie sah von ihrem Buch auf, erkannte Eva auch und lächelte. »Die Welt vielleicht nicht«, sagte sie, »aber die Insel ganz sicher.«

Rebecca war jetzt auch an ihren Tisch getreten. »Was machen Sie denn schon wieder hier?«, fragte sie.

»Was ich hier mache? Das sehen Sie doch. Einen Kaffee trinken.«

»Ausgerechnet hier?«, sagte Rebecca. »Und bestimmt sind Sie wieder mit Ihrem Auto hergekommen, so wie gestern auch?«

»Richtig. Nach Las Tricias fahren nämlich nicht so oft Busse. Und nur sehr kompliziert. Man muss immer umsteigen.«

Eva verabschiedete sich von Valerie und zog Rebecca schnell zur Theke, wo sie Wasser bestellten.

»Was hast du denn nur gegen sie?«, fragte Eva.

»Ach, ich weiß auch nicht, sie … sie stört mich einfach.«

»Sie stört dich? Wieso?«

»Weil sie überall ist, wo wir auch sind.«

»Ja und? Das nennt man Zufall, oder?«

»Das glaubst du doch wohl selbst nicht.«

Und dann brach Rebecca plötzlich wieder in Tränen aus, mitten im Kiosk in Las Tricias, vor den alten und den mittelalten palmerischen Männern, vor Valerie und ihrer Wandergruppe. Eva nahm sie in den Arm und strich über ihr verschwitztes Haar.

Tränen, die Eva sehr heiß vorkamen, tropften ihr auf Hals und Schulter. Rebecca sagte leise: »Ich hätte das auch sein können.«

»Du? Was hättest du auch sein können?«

»Ich hätte an Carinas Stelle sein können. Dann würde ich jetzt in diesem Krankenwagen liegen. Und du könntest die Wohnung wahrscheinlich alleine gar nicht bezahlen. Aber bestimmt hättest du ganz schnell eine Neue.«

»Was redest du denn da? Wieso hättest du an Carinas Stelle sein können?«

Doch Rebecca sprach nicht weiter.

Donnerstag. Wir haben schließlich dafür bezahlt

Einer der Hubschrauber war fündig geworden. Der vermisste Urlauber, ein Deutscher aus dem Hotel Princess, war in die Caldera gestürzt und hatte sich das Genick gebrochen. Soweit Frank es verstand, schloss die hiesige Polizei Fremdverschulden aus. Ein Wanderunfall wie so viele. Keine gute Reklame für die Insel, dachte er. Oder möglicherweise erst recht?

Er schnappte diese Neuigkeit an der Hotelrezeption auf, als er auf dem Weg zum Strand war. Verschwinden ist doch nicht so leicht, dachte er. Irgendwann taucht man wieder auf.

Miriam hatte ihn nicht begleiten und auch nicht verstehen wollen, wie er ausgerechnet jetzt auf die Idee kommen konnte, schwimmen zu gehen. »Findest du das angemessen?«, hatte sie gefragt. »Heute, wo Carina … wo das mit Carina passiert ist?«

»Angemessen? Was wäre denn stattdessen angemessen?«, hatte er geantwortet. Er sah keinen Zusammenhang zwischen Schwimmen und dem, was Carina »passiert war«, und er erinnerte seine Frau daran, dass sie Carina kaum gekannt hatten.

»Dann pass aber wenigstens auf«, hatte Miriam gesagt. »Übertreib es nicht. Du weißt doch, dass du nicht der beste Schwimmer bist.«

Dass sie ihn darauf noch hinweisen musste.

»Ich bleibe im Hotel«, hatte sie auch noch gesagt. »Vielleicht gehe ich runter zum Pool. Ich habe das Bedürfnis, mit jemandem aus der Gruppe darüber zu sprechen. Und mit dir ist das ja nicht möglich. Vergiss nicht, dass die Polizei noch ins Hotel kommt.«

Nein, das würde er nicht vergessen. Er hatte sowieso nicht vor, allzu lange am Strand zu bleiben. Nur eine Runde schwimmen. Die Guardia Civil hatte sie bereits im Kiosk in Las Tricias befragt; allerdings hatten alle bald eingesehen, dass die Sprachbarriere ein Gespräch erschwerte. Eine Deutsche, die Frank schon einmal zu sehen geglaubt hatte, war auch im Lokal gewesen und hatte neugierig die Wandergruppe gemustert, wie sie alle völlig verschwitzt dort gestanden hatten, die Gesichter noch vom Schock gezeichnet, und wie sie sich dann gierig über kalte Getränke hergemacht hatten. Frank hatte sich zuerst ein *agua con gas* bestellt – Sprachschulung durch Tatiana aus dem Hotel –, danach ein Glas Weißwein, das er fast genauso schnell geleert hatte wie das Wasser. Das hatte er gebraucht.

Die Deutsche hatte sich als Übersetzungshilfe angeboten, aber diese Einmischung von außen war Markus sichtlich nicht recht gewesen. Der Polizist und die Polizistin hatten eine ganze Weile mit Markus geredet, dann untereinander, dabei wild gestikuliert und ratlos zur Gruppe geblickt. Schließlich hatten sie ihnen einen Kollegen angekündigt, der deutsch sprach und sie später im Hotel noch einmal befragen würde.

Auch der Weg vom Hotel zum Strand lag in sengender Sonne. Innerhalb weniger Tage war Franks Haut im Gesicht und an den Armen verbrannt. Sein Gesicht war inzwischen dauerhaft gerötet, und auf den Armen begann sich die Haut zu schälen. Dieser widerwärtige Julius hatte ihn heute darauf aufmerksam gemacht. Als wäre Frank nicht dazu in der Lage, es selbst zu sehen. »Du hättest dich besser eincremen sollen«, hatte Julius gesagt, in seinem Rucksack gekramt und ihm eine Flasche Sonnenmilch gereicht. Eine teure Sorte aus der Apotheke – klar, was sonst. Miriam kaufte sie auch immer, als täte es nicht auch welche für ein paar Euro weniger. Sie war für »besonders empfindliche Haut«. Dabei hatte Miriam gar keine besonders empfindliche Haut. Plötzlich hatte dieser Zorn Frank gepackt, ein blinder, betäubender Zorn auf den Apotheker, der ihn immer auf diese herablassende Art belehren musste, und er hatte Julius die Flasche aus der Hand geschlagen, die in hohem Bogen auf der Erde flog.

»He, he, immer langsam«, hatte Julius gesagt, »jetzt reiß dich mal zusammen! Wir sind doch alle zivilisierte Menschen.«

Schon vom Weitem sah Frank die gelbe Fahne am Strand. Er störte sich nicht daran. Er würde jetzt wie geplant schwimmen gehen. Er würde keine

Angst haben. Die Wut stieg erneut in ihm hoch, wie ein Schwall Magensäure, er dachte an Julius, an Rebecca, an die Präsentation in Berlin, und dann wurde ihm mit einem Mal klar, dass sich die Wut in Wahrheit nicht gegen die anderen richtete, gegen keinen von ihnen, sondern einzig gegen sich selbst.

Im Wasser waren nur wenige Schwimmer. Die meisten Leute spazierten über den schwarzen Sand und sprangen kreischend nach hinten, sobald eine Welle kam. Die Wellen waren hoch und hätten nach Franks Dafürhalten auch die rote Fahne verdient. Er strebte ohne zu zögern dem Wasser entgegen.

Frank schwamm ein paar Züge, in der Hoffnung, wieder jenes wunderbare Gefühl von Freiheit zu empfinden, das ihn beim letzten Mal im Meer so berauscht hatte. Doch es blieb aus. Er fühlte sich heute im offenen Wasser nicht frei, und er sah ein, dass es zwecklos war, darauf zu warten oder es zu erzwingen.

Als er das Wasser verlassen wollte, wurde er hinterrücks von einer riesigen Welle erfasst, die er nicht hatte kommen sehen. Sie traf Frank mit voller Wucht, riss ihm die Beine weg und wirbelte ihn herum. Für einen Moment sah er nur Schaum; salziges Wasser drang ihm in Mund und Nase, und er wusste nicht mehr, wo oben und unten war, wo Land und wo das Meer – als hätten sich alle vertrauten Bezugspunkte aufgelöst.

Er schnaufte und hustete, krabbelte auf allen vieren an Land, kurz bevor die nächste Welle ihn erreichte. Die schwarzen Steine schmerzten an den Knien.

Von einem »feinen Sandstrand« konnte keine Rede sein. Er stand auf, ging zu seinem Handtuch und presste es sich ans sonnenverbrannte Gesicht. Das Gefühl des Versagens überwältigte ihn, während um ihn herum Kinder lachten und spanische Wortfetzen an sein Ohr drangen. Versagen auf ganzer Linie. Er trocknete sich nachlässig ab und schlug den Weg zum Hotel ein, ohne die Dusche am Strand zu benutzen.

Wahrscheinlich hatte Miriam diese Form des Urlaubs gewählt, weil sie in der Gruppe ständig von anderen umgeben waren und nicht miteinander reden mussten. Zu Hause in seiner Firma versammelten sich jetzt die Aasgeier, Frank konnte es vor sich sehen. Er würde mit Miriam reden müssen. Bald. Aber wie sollte er anfangen? Wie sollte er es sagen? *Wir werden uns einschränken müssen.* Vermutlich war das noch weit untertrieben. Ihm wurde angst und bange. Ihm wurde übel, dabei hatte er das Kotzen heute bereits hinter sich. Peinlich. Das halb verdaute Essen war ihm wie unter Hochdruck in die Speiseröhre gestiegen, er hatte es nicht verhindern können, obwohl Carina gar nicht abstoßend aussah, sondern eher so, als würde sie schlafen. Abgesehen von den offenen Augen. Miriam würde aus allen Wolken fallen. Für sie wäre eine Welt zerstört. Ihre schöne kleine Einfamilienhauswelt. Das Haus würden sie verkaufen müssen, so viel stand fest. Sie wären niemals dazu in der Lage, die erforderlichen Raten weiterzuzahlen, was schon jetzt schwerfiel. Selbst wenn Miriam wieder Vollzeit arbeitete, würde es nicht reichen.

Frank wollte um nichts in der Welt arm sein. Und auch wenn er das Haus im Unterschied zu Miriam nicht besonders mochte, hatte er sich längst an alles gewöhnt. In seinem Leben sollte sich nichts ändern. Es schnürte ihm die Kehle zu, wenn er daran dachte, wenn er sich die bevorstehende Zukunft auch nur ansatzweise vorzustellen versuchte. Armut. Was für ein hässliches Wort. Ungefähr so widerlich wie das Wort Krebs. Oder Aids. Oder Colibakterien.

Armut? Bei uns?, hatte Julius erst gestern wieder gesagt. Bei uns gibt es das nicht. Uns geht es doch allen gut.

Frank hatte es gestern nicht geschafft, obwohl er so kurz davor gewesen und die Gelegenheit so günstig war. Eine solche Gelegenheit böte sich kein zweites Mal. Jetzt erst recht nicht. Würden die Wanderungen nach dem heutigen Vorfall überhaupt noch fortgesetzt? Er hatte es nicht geschafft, und jetzt war jemand ganz anderer tot. Das war beinahe so, als hätte er es heraufbeschworen.

Die Befragung durch den deutsch sprechenden Polizisten fand im selben Raum statt wie das erste Treffen der Wandergruppe, gleich neben dem Hotelrestaurant. Die nunmehr zwölf verbliebenen Teilnehmer waren anwesend, auch Markus.

Carina war in das Krankenhaus der Insel gebracht worden, das auf der Ostseite in der Nähe der Hauptstadt Santa Cruz lag. Es war die beste Möglichkeit, eine Tote aufzubewahren, erklärte ihnen der Polizist – er benutzte das Wort »aufbewahren« –, zumal sie ja möglicherweise auch noch genauer untersucht werden musste. Ihre Angehörigen in Deutschland seien bereits verständigt worden.

Er fragte, ob jemand etwas von Krankheiten wusste. Ob Carina heute über Unwohlsein geklagt habe. Wie gut sie sie gekannt hatten. Wann sie zum letzten Mal gesehen worden war. Und von wem. Nein, die genaue Todesursache sei noch nicht klar. Möglicherweise die Kopfverletzung, obwohl sie ja unspektakulär aussehe, aber man wisse ja nie, was eine Kopfverletzung anrichte. Wenn noch weitere Untersuchungen nötig seien, sagte der Polizist, müsse sie nach Teneriffa überstellt werden, dort gebe es bessere Möglichkeiten. Er stehe auch in Kontakt zu den deutschen Behörden, aber zunächst falle es in den Bereich der palmerischen Polizei. Auf Frank machte der Mann den Eindruck, als wollte er Carina möglichst schnell loswerden und als absolvierte er hier nur eine halbherzige Pflichtübung.

Zum Schluss befragte er alle der Reihe nach, bis wann ihr Aufenthalt auf La Palma noch andauere, und notierte ihre Namen. Und wie sei die Tote eigentlich aufgefunden worden? Einige aus der Gruppe beschrieben es. Wie in der Schule gab es die besonders Eifrigen, die redeten, obwohl sie nichts zu sagen hatten, und die Stillen wie ihn. Als Letzter meldete sich Tobias zu Wort. Er zeigte auf seine Kamera und erklärte zögerlich, dass er Carina fotografiert habe. Er errötete leicht. Der Polizist besah sich die Fotos, gab Tobias seine Visitenkarte und bat ihn, ihm die Fotos per Mail zu schicken.

Später beim Abendessen blieb der Platz zwischen Hilde und Richard frei.

»Setzt euch doch endlich nebeneinander«, forderte Sabine sie auf. »Wie sieht das denn aus. Da muss man ja erst recht immer dran denken, was mit Carina –« Sie stockte mitten im Satz. Alle schwiegen betreten.

Sie saßen unverändert auf ihren angestammten Plätzen, Frank ganz außen, so weit von Rebecca entfernt wie möglich. Die Stimmung an diesem Abend war gedrückt, wenngleich sich einige bemühten, so etwas wie Normalität aufkommen zu lassen.

»Wisst ihr eigentlich ob die Wanderungen weitergehen?«, fragte Wolfgang. »Ich weiß, das ist jetzt nicht der richtige Moment für diese Frage, aber man will ja wissen, woran man ist. Vielleicht hat jemand von euch mit Markus darüber geredet.«

»Ich finde die Frage ganz berechtigt«, sagte Holger. »Was steht für morgen denn auf dem Programm?«

»Der Lorbeerwald im Nordosten bei Los Tilos«, antwortete Wolfang, der sich offenbar gründlich mit den Reiseunterlagen beschäftigt hatte.

»Oh, der Lorbeerwald!«, sagte Sabine. »Den Lorbeerwald wollten Holger und ich doch unbedingt sehen!«

»Ja, wir auch«, stimmte Miriam mit ein und stieß Frank mit dem Ellbogen in die Seite, »nicht, Frank?«

»Hat Markus denn was über den weiteren Verlauf gesagt?«, fragte Holger.

»Ich glaube, er kommt morgen wie immer um neun zum Hotel«, sagte Eva.

»Woher weißt du das? Hat er das gesagt?«

»Ich habe ihn vorhin so verstanden. Sicher bin ich mir aber nicht.«

»Wir hätten daran denken sollen, ihn zu fragen. Wir alle.«

»Aber dass man in so einer Situation nicht daran denkt, ist doch wohl normal«, sagte Hilde.

»Markus hätte heute ruhig am Abendessen teilnehmen können.«

»Er wollte wahrscheinlich zu seiner Familie.«

»Wäre das nicht geschmacklos, wenn wir morgen ganz normal wandern gingen, als wäre nichts passiert?«, fragte Hilde.

»Aber wir haben doch dafür bezahlt«, sagte Holger. »Ich will mir deswegen nicht den Urlaub verderben lassen.«

»Ja, und Carina wird auch nicht wieder lebendig, wenn wir hier im Hotel hocken bleiben.«

Die Gruppe schwieg einen Moment. Dann erhob sich Julius. »Leute, essen müssen wir aber auch. Ich zumindest habe langsam Hunger.« Er sah Anja auffordernd an. »Kommst du?« Sie entfernten sich zusammen in Richtung der Buffets.

Frank stand ebenfalls auf. Er hatte seit dem Frühstück nichts mehr gegessen, und davon war das meiste oberhalb der Felshöhlen neben einem vertrockneten Kaktus gelandet. Er sah zu, dass er Julius nicht ins Gehege kam, und nahm deshalb einen Umweg über die Terrasse. Voll besetzt wie immer. Auch hier war es warm, die tief stehende Sonne beschien einen Teil der Tische. Tatiana räumte gerade Teller ab, bemerkte ihn, sagte »Hola« und schenkte ihm ein umwerfendes Lächeln. Die Deutsche, die am Nachmittag in Las Tricias Hilfe beim Übersetzen angeboten hatte, saß zu Franks Überraschung alleine an einem der Tische, trank von ihrem Wein und beobachtete den Sonnenuntergang. Wohnte sie auch im Hotel? Bisher hatte Frank sie noch nicht hier gesehen.

Er blickte in die untergehende Sonne über dem Meer und dachte an Carina. Auf der ersten Wanderung hatte sie keineswegs kränklich gewirkt, im Gegenteil, sie war allen davonmarschiert. Und Blasen an den Füßen lösten doch wohl keinen Schwächeanfall aus. Ihr plötzlicher Tod, den sich niemand erklären konnte, erinnerte Frank daran, was er einen Tag vorher zu tun beabsichtigt hatte. Er war so kurz davor gewesen.

An den Buffets gelang es ihm, Julius aus dem Weg zu gehen. Dafür fand er sich im *Live-Cooking*-Bereich unversehens neben Rebecca wieder. Sie hantierte gerade mit einer Portion gegrilltem Fisch. Er konnte nicht mehr fliehen, denn Rebecca hatte ihn bereits bemerkt, und die Köchin mit den rot gefärbten Haaren begrüßte ihn freundlich.

Frank wartete und nahm sich dann auch von dem Fisch. Es war so, als würde sie jetzt etwas Besonderes miteinander verbinden. Sein zweimaliges Scheitern. Er hatte sich zum Idioten gemacht. Wahrscheinlich hatte Rebecca es ihrer Begleiterin erzählt. Sah Eva ihn seit gestern nicht so merkwürdig an? »Reisebegleiterin«, dieses Wort verwendete Miriam. Rebecca und Eva waren ein Paar, das hatte er sofort gesehen. Nur Miriam sah so etwas nicht. Nicht bei ihrem Sohn Lukas und nicht bei Urlaubsbekanntschaften. Vielleicht war Eva Rebeccas Ehefrau. Heute konnten solche wie sie ja auch heiraten. Frank dachte an seine eigene Ehe und fragte sich, ob es tatsächlich das war, was sie ersehnten.

Vielleicht würde Rebecca ihn sogar anzeigen. Konnte er deswegen belangt werden? Er hatte sie ja kaum angerührt. Nur einmal kurz geschubst. Er hatte sie gestoßen, und sie hatte das Gleichgewicht verloren und war gestürzt, so wie vielleicht auch Carina heute gestürzt war, aber Rebecca hatte nicht einmal einen Kratzer davongetragen und war sofort wieder aufgestanden. Das war keine Körperverletzung. Möglicherweise so etwas wie Nötigung? Wenn sie ihn nicht anzeigte, würde sie sich in Deutschland vielleicht bei seiner Firma über ihn beschweren. Vielleicht würde sie seine Chefin anrufen und ihr sagen, dass er verrückt sei und sie bedroht habe. Vielleicht würde sie bereits vor seinem ersten Arbeitstag nach dem Urlaub angerufen haben. Wenn er dann erschien, ginge es nicht nur um die zwei vermasselten Präsentationen und den daraus eventuell entstehenden Schaden für die Firma, sondern auch um das Gerücht, Frank Hartmann würde Frauen belästigen und bedrohen. Das musste er verhindern.

Der verfluchte Lorbeerwald morgen war Frank vollkommen egal. Und Carina, wenn er ehrlich war, auch. Carina war sowieso nicht mehr zu helfen. Ihm vielleicht doch.

Freitag. Das Cabinet der Carina

Obwohl die Vorhänge den ganzen Tag zugezogen blieben, war es auch nachts sehr warm in ihrem Zimmer. Eva und Rebecca hatten einige Tage zuvor einen Versuch unternommen und die Klimaanlage eingeschaltet, die aber sofort einen unverwechselbaren bitteren Geruch nach Schimmel verströmt hatte, sodass sie fortan lieber darauf verzichteten.

Wie jeden Tag hatte das Zimmermädchen morgens die Laken kunstvoll unter der Matratze festgesteckt. Eva hatte schon seit Stunden das Gefühl, eingesperrt zu sein, ihre Beine nicht mehr bewegen zu können. Dass Rebecca hier so ruhig schlafen konnte. Wie spät war es überhaupt? Es musste mitten in der Nacht sein. Draußen war es stockfinster und der Morgen noch nicht in Sicht.

Freitag. Heute war Freitag. Sie waren jetzt seit genau einer Woche hier. Der zurückliegende Tag fühlte sich im Nachhinein so an wie ein doppelter Tag, als wäre entweder doppelt so viel passiert oder als hätte er zweimal so lange gedauert wie üblich. Eine Weile hörte Eva Rebeccas gleichmäßigem Atem zu. Was sollte sie jetzt tun? Leise aufstehen, auf den Balkon gehen und nachsehen, ob eine neue Nachricht von Christine oder Sebastian eingegangen war?

Sie fragte sich, ob sie Heike König morgen eine SMS schicken sollte. In der sie ihr ankündigte, dass sie sich auf die Buchmesse freue. So dreist, sie von der Messe auszuladen, würde Heike König nicht sein. Überhaupt konnte ein Mensch allein doch nicht so viel Macht haben. Selbst wenn sie mit dem Verlagsleiter ins Bett ging und versuchte, hinter dem Rücken der anderen Strippen zu ziehen. Sie könnte Heike König eine ganz freundliche Nachricht schicken, denn, so dachte sie, es musste doch möglich sein, sich zu vertragen, nicht im Krieg miteinander zu leben. Saßen sie nicht alle im selben Boot?

Vorsichtig befreite Eva sich aus dem Lakengefängnis und versuchte, dabei ruckartige Bewegungen und Rascheln zu vermeiden. Rebecca sollte auf keinen Fall wach werden; es reichte, dass sie nicht schlafen konnte. Die Luft, die von der offenen Balkontür hereinwehte, war immer noch warm. Eva könnte sich jetzt aus dem Zimmer schleichen und Valerie anrufen. Und sie endlich fragen, ob die Farbe des Meeres die Stimmung beeinflusste. Nein, um diese Zeit schlief Valerie natürlich. Alle schliefen jetzt.

Gestern Abend war sie ihr unverhofft begegnet. Eva hätte abends im Hotelrestaurant mit vielem gerechnet – sich wahrscheinlich nicht einmal gewundert, wenn Carina, ihren ewigen Salatteller in der Hand, dort herumgestreunt wäre, obwohl sie natürlich wusste, dass es unmöglich war –, aber nicht mit Valerie.

»Hallo! Was für eine nette Überraschung!« Eva

hatte sich unauffällig umgedreht, um zu sehen, ob Rebecca ihr nachkam. »Ich dachte, Sie wohnen nicht im Hotel, sondern irgendwo in einem kleinen Haus?«

»Das ist richtig«, hatte Valerie erwidert. »Aber hin und wieder esse ich abends hier. Das ist auch möglich, wenn man kein Hotelgast ist. Und Puerto Naos ist nur einen Katzensprung von meinem Haus entfernt. Die Terrasse ist einfach schön im Sonnenuntergang. Wenn man einen Platz bekommt.«

»Ich würde Sie ja gern an unseren Tisch bitten«, hatte Eva gesagt, »aber Sie wissen ja, geschlossene Gesellschaft. Außerdem ist es an unserem Tisch unerträglich heiß.«

»Irgendetwas ist hier faul.«

Faul? Eva hatte geglaubt, sich verhört zu haben. »Hier im Hotel? Sie meinen aber nicht das Essen, oder?« Sofort hatte sie die Paella auf ihrem Teller kritisch beäugt. Vielleicht die Muscheln?

Valerie hatte gelacht. »Nein, nicht das Essen. Ich meine den Tod Ihrer Wanderkollegin.«

»Wieso das denn? Es heißt, Kreislaufkollaps wegen der Hitze.«

»Ja, ich weiß, das habe ich in Las Tricias schon mitbekommen.«

»Und Sie zweifeln daran?«

»Na ja.«

»Aber Sie kannten sie doch gar nicht. Wir alle kannten sie erst seit ein paar Tagen. Seit die Wanderungen angefangen haben. Wer weiß, ob sie irgendwelche Krankheiten hatte.«

»Ich konnte Ihre Gruppe zufällig bei einigen Gelegenheiten beobachten«, hatte Valerie gesagt. »Und außerdem kenne ich Ihren – wie sagt man? Kursleiter?«

»Wanderführer.«

»Ich kenne Ihren Wanderführer flüchtig. Ich bin seit vielen Jahren regelmäßig auf La Palma, manchmal für zwei, drei Monate am Stück. Wie ich Ihnen schon sagte, die Insel ist klein. Da läuft man sich früher oder später automatisch über den Weg.«

»Und was ist mit unserem Wanderführer?«

Doch bevor Valerie diese Frage beantworten konnte, hatte sich Rebecca, offenkundig auf der Suche nach Eva, genähert.

»Ihrer Freundin möchte ich ehrlich gesagt lieber nicht begegnen. Sie ist immer so giftig und fragt mich bestimmt wieder, warum ich hier bin.« Valerie holte einen Zettel und einen Bleistiftstummel aus ihrer Handtasche und schrieb ihre Handynummer auf. »Hier, vielleicht haben Sie ja Lust, mich anzurufen. Ich würde mich freuen. Dann erzähle ich Ihnen, was ich von Ihrem Wanderführer weiß. Und übrigens, wenn's nach mir geht, können wir gerne Du sagen.«

Eva blickte auf den Reisewecker auf ihrem Nachttisch. 3.07 Uhr. Sie tastete nach ihrer Armbanduhr, als wäre es wichtig, stets zu wissen, wie spät es war, nahm auch die winzige LED-Taschenlampe aus der Schublade, die Rebecca ihr geschenkt und die sie noch nie benutzt hatte, schlich zu einem der beiden Sessel, griff nach den Kleidungsstücken, die sie zum Abendessen getragen und später achtlos über die Rückenlehne geworfen hatte, und zog sich im Dunkeln an. Rebecca hängte ihre Kleidung immer ordentlich in den Schrank und fluchte andauernd über Evas Angewohnheit, ihre Sachen überall im Zimmer zu verstreuen. Eva war jetzt dankbar für ihre Unordnung. Sie fand ihre Schuhe, nahm die Schlüsselkarte vom Tisch – die einzige, über die Rebecca und sie verfügten – und verließ das Zimmer.

So leise wie möglich schloss Eva die Tür und stand danach im beleuchteten Hotelflur. Niemand war zu sehen oder zu hören, was um drei Uhr nachts allerdings auch kein Wunder war. In den breiten Panoramafenstern, die tagsüber Ausblicke auf den Berg boten, begegnete Eva ihrem Spiegelbild. Sie sah müde aus, eigenartig hohlwangig und ein wenig fremd, mit riesigen, dunklen Augen. Die Aufzüge blieben ruhig. Das ganze Hotel schlief.

Dann fiel Eva ein, dass sie ihr Handy im Zimmer vergessen hatte. Verdammt verdammt verdammt! Sie hatte an ihre Armbanduhr gedacht, sogar an diese nutzlose Miniaturtaschenlampe, aber nicht an ihr Telefon. Sie konnte unmöglich zurückgehen und in ihrem Rucksack kramen, sie wusste nicht einmal, wo sie ihn abgestellt hatte, denn das würde Rebecca aufwecken.

Ohne zu wissen, wohin sie überhaupt wollte, nahm Eva die Treppe und ging langsam nach unten. Das Geräusch des Fahrstuhls wäre jetzt einfach zu laut gewesen. Der Fahrstuhl passte nicht in die Nacht.

Zur Nacht passte die Fortbewegung auf den eigenen Füßen. Ganz dem Credo der IWO gemäß, dachte sie, sich die Welt per pedes zu erschließen. Es zog sie in den Hotelgarten mit den Palmen, Kakteen und Sukkulenten und von dort zu den hinteren Swimmingpools. Es war paradiesisch still, abgesehen von den rauschenden Wellen weiter unten, die sich am Felsen brachen. Eva konnte sich in diesem Moment gut vorstellen, einen der aufeinandergestapelten Liegestühle herunterzuheben, ihn bis nach vorne zum Zaun zu tragen, der die Hotelanlage von den schwarzen Felsen trennte, und darauf zu schlafen. Sogar ohne Unterlage, auf dem harten Plastik. Wenigstens ein, zwei Stunden. Vielleicht fände sie hier draußen endlich Ruhe. Wann tauchten wohl die Hotelmitarbeiter auf, um morgens den Garten zu wässern? Oder erledigte das eine Anlage vollautomatisch? Eva kam sich wie eine Verbrecherin vor, als wäre es verboten, sich um diese Uhrzeit hier herumzutreiben.

Dann sah sie eine Gestalt. Zuerst nur ihre Umrisse. Eine schmale Gestalt, die auf einem der weißen Hotelliegestühle nahe beim Zaun hockte. Entweder war dieser einsame Liegestuhl vergessen worden, oder jemand anders war auf dieselbe Idee gekommen wie sie, hatte ihn sich vom Stapel gegriffen und dorthin getragen. Eva wusste nicht, ob sie besser umkehren oder ganz selbstverständlich weitergehen sollte – als wäre es drei Uhr am Nachmittag und nicht in der Nacht. Sie könnte guten Abend sagen. Oder guten Morgen?

Die Gestalt, die ein wenig zusammengesunken auf der vorderen Kante der Liege saß, war Tobias. Er sah aufs Meer und bemerkte sie nicht.

»Na, kannst du auch nicht schlafen?«, sagte Eva viel zu laut.

Tobias fuhr zusammen und drehte sich ruckartig um. »Was?«

»Ich hab dich gefragt, ob du auch nicht schlafen kannst.«

»Ach, du bist es.« Er griff sich ein wenig übertrieben, wie Eva fand, an die Brust, als müsste er seinen Herzschlag beruhigen. »Mein Gott, hast du mich erschreckt! Ich hab dich gar nicht kommen hören. Ich war mir ganz sicher, dass hier um diese Zeit niemand ist.«

»Tut mir leid. Ich wollte dich nicht erschrecken.«

»Nein, ich kann auch nicht schlafen«, sagte Tobias. »Ist ja auch verständlich, nach gestern.«

Eva murmelte etwas Bestätigendes und blieb neben dem Liegestuhl stehen. Konnte Tobias nicht schlafen, weil er von Carinas Tod entsetzt war oder weil sich einer seiner geliebten Urlaubsunfälle mit Todesfolge in seiner unmittelbaren Nähe ereignet hatte?

»Willst du dich setzen?«, fragte er und klopfte auf das weiße Plastik.

»Ja, warum nicht.«

Sie saßen eine Weile schweigend nebeneinander und blickten auf die dunkle Fläche vor ihnen, die nur schwer vom Himmel zu unterscheiden war. Weiter entfernt konnten sie Licht auf dem Wasser ausmachen. Ein Fischerboot.

»Dass man in den leer gefischten Meeren überhaupt noch was fängt«, sagte Tobias. »Es ist eine Schande. Weißt du, ich bin in einer Umweltschutzorganisation aktiv.«

Das hatte Eva nicht von ihm erwartet, und er wurde ihr sympathischer. Sie schwieg. Er hatte ja recht, und dazu gab es nichts weiter zu sagen. Eigenartigerweise empfand sie es nicht als unangenehm, nachts so eng neben Tobias in einer ansonsten menschenleeren Hotelanlage zu sitzen, obwohl sie die ganze Zeit auf ein Gefühl des Bedrängtseins wartete und ihr außerdem plötzlich der Gedanke in den Sinn kam, ob er möglicherweise bei Carinas vermeintlichem Unfall, ihrer Kreislaufschwäche oder was auch immer angenommen wurde, nachgeholfen hatte, um sein Todesalbum zu erweitern.

»Wie alt bist du eigentlich?«

»Neunundzwanzig. Wieso fragst du?«

»Ach, nur so.«

Eva versuchte sich daran zu erinnern, wie sie mit neunundzwanzig gewesen war. Es schien unvorstellbar lange her zu sein. In ungefähr diesem Alter hatte sie, unfreiwillig, Thorbens Bekanntschaft gemacht. Sie hatte etwas mit einer Frau angefangen, die mit Thorben liiert war und eine ganze Weile beides parallel laufen ließ. Dann hatte sie sich von ihm getrennt, und den Grund für diese Trennung sah er einzig und allein in Eva. In Thorbens Augen hatte Eva ihm die Freundin ausgespannt, dabei war sie von selbst gegangen, weil sie die Nase voll von ihm hatte. Und »ausspannen« war ohnehin das falsche Wort, zumal die Frau nicht lange bei Eva blieb. Eva hatte nur als Absprung gedient. Thorbens Hass auf Eva dauerte hingegen an, auch lange, nachdem seine Exfreundin ins Ausland gegangen war, nach Norwegen, wenn Eva sich richtig erinnerte; sie hatte nie in Erfahrung bringen können, ob mit einer anderen Frau, einem Mann oder alleine. Thorbens Anrufe bei Eva gingen weiter, sein Erscheinen zu den unmöglichsten Zeiten vor ihrer Haustür, seine widerlichen Nachrichten im Briefkasten, Hundescheiße und tote Mäuse, seine Drohungen, bis hin zu der, sie endlich »kaltzumachen«, weil sie es nicht anders verdient habe.

Eva drehte vorsichtig den Kopf und betrachtete Tobias' Profil. Er blickte unverändert aufs Meer und schien vergessen zu haben, dass sie immer noch neben ihm saß.

»Ich gehe mal wieder nach oben«, sagte sie und stand auf. »Vielleicht kann ich jetzt schlafen. Ich wünsche dir eine gute Nacht.«

Er sah zu ihr hoch, und einen kurzen Moment dachte sie, dass er gleich den Arm nach ihr ausstrecken und sie festhalten würde, aber er rührte sich nicht.

»Ja, wünsche ich dir auch«, sagte er. »Ich bleibe noch ein bisschen. Bis morgen. Na, ist ja eigentlich schon heute.«

»Bis heute.«

In gemächlichem Schritt ging Eva quer durch den Garten zum unteren Hoteleingang. Vielleicht würde sie nun wirklich einschlafen können. Sie musste nur so leise ins Zimmer huschen, dass Rebecca nicht wach wurde. Um ihr Handy würde sie sich später kümmern. Sie vermied auch jetzt den Aufzug. Als sie den ersten Stock erreicht hatte, blieb sie stehen. Carina hatte vorgestern beim Abendessen ihre Zimmernummer erwähnt, weil sie sich über ihre unterschiedlichen Zimmer unterhalten hatten, und Eva, von jeher ausgestattet mit einem guten Gedächtnis für Dinge, die für sie ohne Bedeutung waren, hatte sich die Nummer gemerkt.

Die erste Etage war genauso aufgeteilt wie die dritte, auf der Rebeccas und ihr Zimmer lag, und sie fand den richtigen Gang schnell. Sie wusste nicht, warum sie das tat. Was wollte sie hier? Der Gang sah aus wie alle anderen Gänge des Hotels auch. Wollte sie die geschlossene Zimmertür einer Toten sehen? Was gab es an einer Tür, die sich in nichts von den anderen unterschied, groß zu sehen? War das eine Art Sensationslust? Als würde Blut an der Tür kleben? Auf dem Fußboden entdeckte Eva einige gesprungene Fliesen. Sie hörte das Brummen einer Belüftungsanlage. Und dann stand sie vor Carinas Zimmer. Sie irrte sich nicht, es war ganz sicher die richtige Nummer. Die Tür stand sperrangelweit offen – andernfalls wäre sie von selbst zugefallen. Ohne nachzudenken übertrat Eva die Schwelle. Ihr Herzschlag beschleunigte sich. Sie wunderte sich nicht einmal über die geöffnete Tür. Sie wunderte sich heute über gar nichts mehr, nach dem schrecklichen Vorfall bei der Wanderung, nach Rebeccas seltsamem Verhalten, nach dem Aufeinandertreffen nachts im Hotelgarten mit Tobias, der nicht nur Tode sammelte wie kleine Mädchen früher

Glanzbilder, sondern aktiver Umweltschützer war. Bestimmt hatte ein Zimmermädchen nach dem Putzen vergessen, die Tür zu schließen. Vielleicht hatte das Hotel ja schnell reagiert, und das Zimmer war bereits geräumt, mit frischer Bettwäsche, Handtüchern und dem obligatorischen Obstteller ausgestattet, alle Spuren Carinas beseitigt. Oder die Guardia Civil hatte die Tür nicht geschlossen? Sicher war auch die Polizei hier gewesen.

Das Zimmer sah so ähnlich aus wie Rebeccas und Evas, nur kleiner. Bett, Nachttisch, Sessel, Schreibtisch mit Fernseher im Stand-by-Modus. Die Miniaturlampe war lächerlich. Sie war als Schlüsselanhänger gedacht, wenn man im Dunkeln das Schlüsselloch nicht fand, für mehr nicht. Ihr bleiches Licht tauchte das Zimmer in ein unheimliches Halbdunkel, eine grau-schwarze Welt mit monströsen Schatten wie im *Cabinet des Dr. Caligari*, die sich zu bewegen schienen. Als sie genauer zum Bett blickte, schrak Eva zusammen. Das Bett war gemacht, keine Falte zu sehen, und auf dem weißen Kopfkissen saß etwas Unförmiges, Dunkles. Ein Wesen. Es sah aus wie ein Hund oder eine Katze. Eva musste näher heran, um etwas erkennen zu können. Sie leuchtete. Streckte zögerlich die Hand aus und erwartete beinahe, dass sich gleich Zähne hineinschlugen. Leuchtete wieder.

Vor Erleichterung musste sie sich auf das Bett setzen. Es war ein Hase mit Schlappohren. Relativ groß. Ein Stofftier. Die erwachsene Carina nahm Plüschtiere mit in den Urlaub.

Sofort sprang Eva wieder auf, weil sie sich plötzlich vor allem ekelte, vor dem Bett, in dem eine Frau, die jetzt tot war, einige Nächte geschlafen hatte, vor der Frau selbst, weil sie mit Stofftieren verreiste wie eine Fünfjährige. Sie wollte das Zimmer schon verlassen, aber ihre Neugier war größer. Und auch der Ekel bannte sie an diesen Ort. Sie sah auf ihre Uhr. 3.58 Uhr. Dann in den Kleiderschrank, in dem sich nichts Auffälliges befand – auch keine weiteren Stofftiere –, in das kleine Bad – lauter übertrieben teure Kosmetikprodukte – und zuletzt auf den Schreibtisch. Darauf lagen ein paar schwarze glatte Steine, die mit Sicherheit vom Strand in Puerto Naos stammten, Informationsbroschüren des Hotels und Reiseführer über La Palma. In einem der Reiseführer steckte eine Postkarte. Eva zog sie heraus und richtete den jämmerlichen Strahl ihrer Schlüsselanhänger-Lampe darauf.

Lieber Erik, las sie, *hier ein zweites Lebenszeichen von mir. Wahrscheinlich bin ich früher wieder in Münster als diese Karte. La Palma ist toll! Ich wusste gar nicht, was für eine gute Kondition ich habe. Aber unser Wanderführer –*

Eva war so sehr in die kleine, ordentliche Handschrift vertieft, dass ihr das Geräusch zunächst gar nicht auffiel. Schritte, die sich näherten und dann haltmachten. Geraschel, wie von aneinanderreibendem Stoff. Atmen, in der Stille des Hotels unnatürlich laut. Jemand war an der Tür. Jemand war an der Tür und atmete. Eva hielt noch immer die Ansichtskarte in der Hand und wagte nicht, sich umzudrehen.

Freitag. Im Nebelwald

Was? Noch ein anderer? Auch ein deutscher Tourist? Jetzt, während wir hier sind? Zur selben Zeit? Das ist ja furchtbar! Nein, das haben wir überhaupt nicht mitbekommen!«

»Abgestürzt. Ist in der Caldera passiert.«

»Vielleicht die falschen Schuhe. Oder er war nicht gut beieinander. Nicht trittsicher.«

»Ja, die Leute sind oft so leichtsinnig.«

»Oder es war ein Einheimischer.«

»Ein Einheimischer? Ich dachte, es wäre ein deutscher Tourist?«

»Ich meine, vielleicht hat ein Einheimischer nachgeholfen.«

»Aber es waren doch beides Unfälle, oder etwa nicht?«

»War es bei Carina wirklich ein Unfall? Woher wissen wir das denn? Eigentlich wissen wir doch gar nichts.«

»Was soll es denn sonst gewesen sein? Ein Unfall oder eine körperliche Schwäche. Vielleicht, wenn sofort ein Arzt zur Stelle gewesen wäre –«

»Zweimal zur selben Zeit, das ist doch auffällig.«

»Und wieso nur deutsche Urlauber und keine englischen oder holländischen oder was weiß ich was?«

»Auf La Palma sind halt viele Deutsche.«

»Aber Carina ist doch nicht mal etwas gestohlen worden.«

»Stimmt. Ihr Geldbeutel war noch da, hat die Polizei gesagt. Und beim Wandern trägt man ja auch nicht wirklich wertvolle Sachen mit sich herum.«

»Also, Holgers und meine Kleidung ist schon ziemlich wertvoll, möchte ich mal anmerken.«

»Vielleicht hat jemand die Zimmerkarte und ihren Safeschlüssel gestohlen und sich dann im Hotel bedient.«

»Stimmt, das wissen wir nicht, und dazu hat die Polizei auch nichts gesagt.«

»Vielleicht waren es ja die Ureinwohner von La Palma. Vielleicht ist der sagenumwobene Anführer Tanausú wiederauferstanden.«

»Wer?«

»Tanausú. Der tapfere Stammesführer, der sich den Spaniern entgegengestellt hat, als sie peu à peu die Kanaren erobert haben. Muss im fünfzehnten Jahrhundert gewesen sein. Ungefähr zur selben Zeit, als Amerika entdeckt wurde.«

»Und dieser Tanaudings soll Carina und diesen anderen Urlauber aus dem Princess umgebracht haben, oder was?«

»Mensch, das war ein Witz. Du verstehst wohl überhaupt keinen Spaß.«

»Findest du gerade irgendetwas spaßig?«

Markus hörte ihnen gar nicht richtig zu. Die Ohren verschließen, aber nach außen hin den aufmerksamen Zuhörer spielen. Diese Fähigkeit hatte er im Laufe der Jahre erworben. Abschalten. Sie alle ausblenden. In seiner Vorstellung ging er für sich alleine, die anderen waren nicht da. Zu dumm, dass er langärmelig wandern musste. Er schwitzte so leicht. Gut, dass heute Los Tilos auf dem Programm stand. Osten. Wald. Passatwolken, prall gefüllt mit Wasser. Auf die Passatwolken im Osten war fast immer Verlass. Wahrscheinlich würden sie heute zur Abwechslung sogar frieren.

Diese verfluchten Kratzer auf dem Arm. Tief und blutig, als hätte eine wild gewordene Katze ihn angefallen. Obwohl er verständlicherweise sehr in Eile gewesen war, hatte Markus die Kratzer sicherheitshalber noch vor Ort desinfiziert, damit sich nichts entzündete. Wer weiß, wo sie vorher ihre Finger gehabt hatte. Seine Frau hatte ihn abends gefragt, was er denn da habe, und er hatte ihr den Arm entzogen und etwas von dornigem Gestrüpp gemurmelt. »Ach, du Armer«, hatte Jenny gesagt, »immer voll im Einsatz, was?«

Hin und wieder scheuchte Markus seine Gruppen tatsächlich durch Gestrüpp, selbst wenn ein bequemer Weg oder eine Straße außen vorbeiführte. Kriechen auf allen vieren. Abenteuer Wildnis. Sie sollten das richtige IWO-Gefühl bekommen.

Von Carinas Tod hatte er Jenny noch nichts erzählt. Das würde er nachholen.

Vielleicht kam ihm der gestrige Vorfall ja ganz zupass. Er hatte sich kurzerhand für die wesentlich kürzere Strecke im Lorbeerwald entschieden, statt der mühsamen, elendig langen durch die dreizehn Tunnel. Die Angst, dass auch heute etwas passieren könnte und die Gruppe sich immer weiter dezimierte, war ihnen anzumerken. »Aus gegebenem Anlass umdisponiert«, so hatte er es auf der Fahrt im Bus genannt. Die lange Strecke ist gefährlich, hatte er gesagt. Richtig gefährlich. Erdrutsche, wenn es vorher geregnet hatte, was dort fast immer der Fall war. Schlecht befestigte Wege. Hundertprozentige Schwindelfreiheit erforderlich. Mögliche Panikattacken in den dunklen, feuchten, niedrigen Tunneln. Hatte er alles schon erlebt. Welche, die sich strikt weigerten hineinzugehen und andere, die man nicht mehr herausbekam, weil sie vor Angst erstarrt waren. In den Tunneln hätten es auch schon gefestigte Charaktere mit der Angst zu tun bekommen. »Richtige Todesangst«, hatte er eindringlich gesagt, woraufhin betretenes Schweigen im Bus eingetreten war. An einem solchen Tag könne er ihnen keine unnötigen Gefahren zumuten. Er trage schließlich die Verantwortung.

Rebecca, Eva und Hilde hatten sich vor der Abfahrt am Eingang des Hotels zusammengerottet und lang und breit darüber debattiert, ob sie die Wanderung heute nicht besser ausfallen lassen sollten. Weil es geschmacklos sei, einfach zur Tagesordnung überzugehen. Ob das denn jetzt überhaupt noch ein Urlaub sei? Sie hatten versucht, die anderen aufzustacheln. Doch die hatten protestiert – »Wir wollen aber unbedingt wandern!« –, und das Querulantinnentrio musste sich fügen. Er hatte natürlich jedem freigestellt mitzugehen oder nicht, aber zu bedenken gegeben, dass die Wanderung das jetzt umso wichtigere Gemeinschaftsgefühl stärken werde.

Im Bus hatten sie ihn mit ernsten Gesichtern angesehen und genickt. »Ja, die kürzere Strecke! Auf keinen Fall die gefährliche!« Nur Holger und Sabine hatten wie immer ein bisschen gemeckert. Für ihr Geld hätten sie eine anspruchsvolle Tour erwartet. »Ihr werdet schon auf eure Kosten kommen«, hatte er erwidert.

Sie waren anstrengend, zeitraubend und nervtötend. Jedes Jahr mehr. Oder war das auch früher so gewesen, und es fiel ihm nur seit einiger Zeit viel deutlicher auf? Und sie waren so langsam. Manchmal hätte er am liebsten einen Stock zur Hand gehabt, um sie wie eine Viehherde anzutreiben. Immer gab es jemanden am Schluss, der herumtrödelte oder nicht mitkam, weil ihm die Puste ausging oder die Füße wehtaten. Heute fehlte die lahmste Schnecke zwar, aber Frank und Miriam waren auch nicht viel schneller.

Markus bekam von der IWO einen festen Betrag für die Verpflegung, pro Person und für jeden Tag. Wie er es ausgab, war ihm überlassen. Picknick war natürlich das Beste. Verursachte die geringsten Kosten. Und diese Wanderer freuten sich über ein Picknick wie die Kinder. Mit den Jahren hatte Markus gut haushalten gelernt. Was am Ende übrig blieb, gehörte ihm. Die Schweinekoteletts in der Kneipe bei Los Tilos waren nicht ganz billig, aber er hatte ja beim Picknick gespart. Hoffentlich tranken nicht alle so viel Wein wie Miriam.

Unterwegs erklärte er ihnen das Übliche, er konnte es natürlich herunterbeten. Dass sie jetzt den Regenwald La Palmas kennenlernen würden. Das Wort »Regenwald« entzückte stets alle Wanderer. Dass Lorbeerwälder vor Millionen Jahren in ganz Südeuropa verbreitet waren, in der Eiszeit jedoch ausstarben, mit Ausnahme weniger Atlantikinseln. Dass zuerst der Lorbeerwald im Nordosten La Palmas zum Biosphärenreservat erklärt wurde, später dann die gesamte Insel. Er zupfte ein Lorbeerblatt ab und ließ sie der Reihe nach daran riechen. Oh! Ah! Bei der Wanderung gestern hatte er wie jedes Mal eine Cochenillelaus von einem Feigenkaktus gepflückt und sie vor aller Augen zwischen den Fingern zerquetscht, um ihnen die rote Farbe zu demonstrieren.

Es war neblig und kühl, und bald begann es zu regnen. Markus kannte das. Es war nicht die Sorte Regen, die in absehbarer Zeit wieder aufhörte. Es würde jetzt den ganzen Tag so weitergehen. Die dichten Lorbeerbäume boten zwar ein wenig Schutz, aber trotzdem waren alle schnell durchnässt.

»Ich hoffe, ihr habt an Regenzeug gedacht«, sagte Markus, blieb stehen und holte seine Jacke aus dem Rucksack. Auf die Hose zum Überziehen verzichtete er, sie war lästig und ungeheuer schweißtreibend, als würde man im eigenen Saft schmoren. Die anderen taten es ihm nach – bis auf Eva.

»Und was ist mit dir?«, fragte er.

»Ich habe jeden Tag die Regenjacke mitgenommen, sie aber kein einziges Mal gebraucht. Sie hat nur Platz im Rucksack weggenommen. Heute dachte ich, ich lasse sie im Hotel.«

»Tja, selbst schuld«, sagte er, »dann musst du wohl nass werden.« Diese Urlauber, die Wandern für einen Spaziergang in der Stadt hielten, bei dem man sich in ein Café flüchten konnte, wenn man vom Regen überrascht wurde. Allerdings waren solche Teilnehmer eher die Ausnahme, wie er zugeben musste. Ihm fiel ein, dass Eva zum ersten Mal mit der IWO wanderte. Aber er hatte sie alle beim Kennenlernen ausreichend über Wetterumschwünge und die richtige Ausrüstung informiert, hatte sie eindringlich daran erinnert, dass sie für Regenzeug, Sonnenmittel, Kopfbedeckung und genug Wasser sorgen mussten.

Der Regen wurde stärker. Der Regen und der sekündlich dichter werdende Nebel bewirkten, dass die Gruppe für eine Weile Ruhe gab. Markus machte einen Abstecher mit ihnen nach unten zum Grund des Barranco del Agua. Er wollte ihnen ein bisschen Angst einjagen, damit sie auch weiterhin schwiegen. Der Abstieg war tückisch, und die ungeschickte Miriam rutschte an einer glitschigen Stelle aus und fiel der Länge nach hin, woraufhin Richard und alle Frauen zu ihr eilten. Ein paar Abschürfungen, weiter nichts, Markus sah es sofort. Konnten sie nicht die Augen aufsperren und schauen, wohin sie ihre Füße setzten? Danach bestanden nicht einmal mehr Holger und Sabine auf der längeren Strecke durch die dreizehn Tunnel.

Endlich waren sie still. Der Nebel dämpfte alle Geräusche und betäubte die Gruppe wie ein Sedativum. Er liebte das. Sie gingen wie durch Watte. Um sie herum dampfte alles vor Feuchtigkeit, und sie waren umhüllt von diesem grünen, atmenden Universum. Er musste jetzt in Ruhe nachdenken. Nachts hatte er nicht schlafen können und war halb verrückt geworden, weil er sich plötzlich gefragt hatte, ob es möglicherweise irgendwelche Spuren in ihrem Hotelzimmer gab. Das war natürlich Blödsinn, wie er wusste, denn er hatte das Zimmer nie betreten. Doch seine Unruhe blieb. Vielleicht führte so eine wie sie Tagebuch? Ja, das würde zu ihr passen. Jeden Tag ein kleiner Bericht über ihre öden Erlebnisse. Aus einer Eingebung heraus hatte er ohne zu überlegen die Schlüsselkarte für ihr Hotelzimmer an sich genommen. Er hatte nicht suchen müssen, sondern das Fach sofort gefunden. Sie steckten die Karte immer in das gleiche Fach ihrer schicken, neu gekauften Wanderrucksäcke. Mitten in der Nacht war er nach Puerto Naos zum Hotel gefahren, hatte es durch einen seitlichen Eingang betreten, weil er keinesfalls von jemandem an der Rezeption gesehen werden wollte, die seines Wissens auch nachts besetzt war, und war zu Fuß in den ersten Stock bis zu ihrem Zimmer gegangen. Er hatte mit einer verschlossenen Tür gerechnet, doch sie war offen gewesen. Innen ein schwacher, bläulicher Lichtschein, der hektisch hin- und herzuckte. Jemand hatte sich im Zimmer befunden. Um diese Zeit? Jemand war ihm zuvorgekommen. Sicher kein Mitarbeiter des Hotels.

Schnell war Markus umgekehrt, zurück zu den Treppen, die Stufen nach unten, hinaus durch den Hintereingang, bloß nicht an der Rezeption vorbei, ein langer Fußweg, endlich, sein Wagen neben der Bananenplantage, einsteigen, aufatmen.

Im Grunde war es ja nur ein Unfall, redete Markus sich ein. Bloß dieser eine Schubs, oder vielleicht zwei, um sie zur Räson zu bringen. Ganz harmlos. Er konnte doch nicht damit rechnen, dass ein kleiner Stoß sie sofort aus dem Gleichgewicht brachte. Beim ersten Stoß hatte sie sich an ihm festgekrallt und dabei seinem Unterarm diese tiefen Kratzer verpasst. Dabei hatte sie lautstark geschrien – sie werde alles sagen, sie werde der Wandergruppe und seiner Frau von seinen Annäherungsversuchen berichten, ob seine Frau eigentlich davon wisse, nein, natürlich sei sie ahnungslos, ob er das mit allen Frauen aus den Wandergruppen tue. Annäherungsversuche. Als hätte er damit angefangen und nicht sie! Dieses ohrenbetäubende Gekreische. Sie hörte einfach nicht auf. Hinzu kam, dass sie Jennys Namen beschmutzte, indem sie ihn in den Mund nahm. Die Wut hatte ihn gepackt. Und er musste dringend ihr Schreien unterbinden. Wenn er ihr nicht Einhalt gebot, sie nicht auf irgendeine Art stoppte, würden die anderen sie hören und nach dem Rechten sehen wollen. Der ritterliche Richard. Julius. Oder die schwatzhafte Hilde, die sich in alles einmischte. Sie waren nicht weit von ihnen entfernt; wenn sie nicht bald aufhörte, wenn er noch länger zögerte, würden die anderen auf sie aufmerksam. Oder fremde Wanderer, die von oben kamen. Es musste schnell gehen. Schnell etwas tun.

Nichts davon war geplant. Und hätte sie nicht gedroht, Jenny etwas zu sagen, hätte sie nicht schon am Abend zuvor plötzlich vor seinem Haus herumgelungert wie so eine verrückte Stalkerin – wie hatte er nur so dumm sein können, ihr zu verraten, wo er wohnte, ein unverzeihlicher Fehler –, wäre gar nichts passiert und sie würde jetzt mit ihnen durch den Lorbeerwald gehen. Carina war selbst schuld.

Die Gruppe hatte er mit den Worten, er müsse mal kurz austreten, zu den Felshöhlen vorgeschickt. Wie erwartet spielten Holger und Sabine gerne vorübergehend die Anführer an der Spitze. Carina war vom Weg abgekommen, aber Markus hatte sie bald gefunden. Zuerst hatte er nur in Ruhe mit ihr reden wollen, aber sie war sofort laut geworden. Diese hysterische Kuh. »Verdammt, jetzt sei doch endlich still!«, hatte er mehrfach gesagt, aber damit das Gegenteil ausgelöst. Statt still wurde sie immer lauter. Er hatte sie beschworen, Ruhe zu geben, erst Carina, dann, als es nichts nützte, sogar eine höhere Macht, doch bald war ihm klar geworden, dass es einzig und allein in seiner Hand lag.

Es ging schnell. Es ging so schnell, dass Markus im ersten Moment verblüfft über die plötzlich eingekehrte Ruhe war. Danach hatte er sie ein Stück weitergeschleift, damit sie nicht gleich jedem ins Auge sprang, zu einem großen Drachenbaum, und erst dabei die Wunde am Hinterkopf gesehen. Er hatte nicht überprüft, ob sie noch atmete. Um Carina war es nicht schade, fand er. Zu Hause wartete bestimmt niemand auf sie.

Er war zurück zur Gruppe gegangen und hatte, nachdem ein paar Minuten verstrichen waren, besorgt gefragt, wo Carina eigentlich abgeblieben sei. Ganz der verantwortungsbewusste Wandergruppenleiter. Er konnte gut den Besorgten spielen. Genau genommen hatte Wolfgang zuerst gefragt, aber das war sowieso besser. Viel unauffälliger.

Der Regen im Wald nahm noch zu. Etwas Besseres hätte ihm nicht passieren können. Der Regen gewährleistete das pünktliche Ende der Wanderung. Alle waren pitschnass, vor allem Eva, und sahen verfroren und todunglücklich aus. Sie hatten die Nase voll vom Lorbeerwald und waren froh, als sie die Kneipe betraten.

Markus begrüßte den Wirt und wechselte ein paar Worte mit ihm. Wir sind ziemlich nass, siehst du ja. Klar, deine Schweinekoteletts habe ich ihnen als absolute Spezialität angepriesen. Insgesamt dreizehn Personen. Ja, eine weniger als angekündigt. Ach, das hat sich schon rumgesprochen? Ja, es gab gestern einen Unfall. Sehr bedauerlich. Erst mal nur wenig Wein, mehr Wasser.

Sie setzten sich an die für sie reservierten, zusammengeschobenen Tische. Die anderen Gäste waren überwiegend Palmeros, außerdem ein paar Wanderer. Ihrem Aussehen nach Engländer. Inzwischen fielen die Touristen hier ein, weil die Kneipe in jedem Reiseführer erwähnt wurde. Mit dem Geheimtipp war es bald vorbei. Als Markus den Blick schon wieder abwenden wollte, entdeckte er sie, an einem entlegenen Tisch, halb versteckt hinter den Engländern. Nicht schon wieder. Sie war die Pest. Was hatte sie hier zu suchen? Gestern war sie auch in Las Tricias gewesen. Bestimmt nicht, um Drachenbäume zu sehen. Und davor auf dem Roque de Los Muchachos. War sie ihnen gestern die ganze Zeit gefolgt und hatte etwas beobachtet? Markus konnte sich an niemanden erinnern. Nur er und Carina auf weiter Flur, oben die brennende Sonne und unten das Meer. Carinas Geschrei kam ihm wieder in den Sinn, es hallte abscheulich in seinem Kopf nach, in seinem Kopf schrie Carina so laut, dass er sich mitten im Lokal die Hände gegen die Ohren pressen musste.

Er wurde nicht schlau aus dieser Person. Sie war oft auf La Palma. Manchmal lief er ihr ständig über den Weg, auch ein paar Mal in Los Llanos, als er dort mit Jenny einkaufte, dann war sie wieder für Monate verschwunden. Markus wusste ihren Namen nicht, und sie grüßten sich nie. Wenn er ihr begegnete, tat er so, als würde er sie nicht kennen. Schon immer hatte sie ein auffallendes Interesse für seine Gruppen und die Wanderungen gezeigt, sich aber nie für eine angemeldet. Anfangs hatte er vermutet, sie würde ihn ausspionieren, um seine Routen zu stehlen. Das kannte man ja, dass Reiseführerschreiber, die die Insel gar nicht kannten, sich ruchlos am Wissen der IWO-Bergführer bedienten, weil sie zu faul waren, nach eigenen Strecken zu suchen. Doch ihr Interesse schien anderer Natur. Später hatte sie ihn in der Nähe eines Rastplatzes in einer Senke hinter ein paar Kiefern überrascht. Mit dieser einen, wie hieß sie noch gleich, die Blonde, sie kam aus Düsseldorf oder Bonn und hatte ihn vom ersten Tag an angehimmelt. Sie hatte so offenkundig für ihn geschwärmt, dass es keiner großen Überredungskünste bedurfte, sie dazu zu bewegen, sich einen Moment von der Gruppe zu entfernen. Was hatte diese Person im Wald an der dunklen Stelle hinter den Kiefern gesucht, weitab vom Weg, an seinem Geheimplatz, an dem er sich immer so sicher gefühlt hatte, weil sich normalerweise kein Wanderer dorthin verirrte? Es war peinlich. Ein wahrhaftiger Coitus interruptus. Die Blonde aus Düsseldorf oder Bonn war sofort aufgesprungen, hatte hektisch ihre Kleidung gerichtet und ihn für die restliche Zeit gemieden.

Markus bemühte sich, nicht dauernd zu ihr zu sehen, denn damit zog er bestimmt erst recht ihre Aufmerksamkeit auf sich. Soweit er wusste, ging diese Person nicht wandern. Aber wenn sie gestern eine Ausnahme gemacht hatte? Wenn sie viel besser zu Fuß war, als es den Anschein hatte? Wenn sie ihm gefolgt war, wie damals zu der Senke im Kiefernwald, und Carinas Geschrei gehört hatte?

Der Wirt brachte die Koteletts. Sie waren riesig. Frank griff als Erster zu.

Freitag. Ohne die Weite des Blicks kann ich nicht leben

Tobias suchte in seinem Rucksack herum und zog von ganz unten ein kleines weißes Handtuch hervor, das Eva als eines aus dem Hotel identifizierte.

»Hier.« Er reichte es ihr. »Hilft zwar nicht viel, aber vielleicht ein bisschen.«

»Danke! Das ist meine Rettung! Nimmst du immer Handtücher zum Wandern mit?«

»Ach, ich schleppe alles Mögliche mit mir herum«, sagte Tobias. »Meistens viel zu viel. Aber dann denke ich, man weiß ja nie.«

»In diesem Fall hast du es ganz bestimmt nicht umsonst mitgeschleppt. Danke, Tobias!«

Mit seinem Handtuch trocknete Eva sich notdürftig das Gesicht und die Haare. Kurz darauf entdeckte sie Valerie. Sie wunderte sich überhaupt nicht über ihre Anwesenheit hier mitten im nebligen Wald. Ihr Fehlen hätte sie mehr erstaunt. Und enttäuscht.

Eva behielt sie die ganze Zeit im Auge, bis das Essen gebracht wurde, denn sie fürchtete, sie könnte das Lokal verlassen, ohne dass sie mit ihr gesprochen hatte. Ihr Kotelett vertilgte sie in Windeseile, war sogar schneller als Frank. Dann stand sie auf, sagte leise

»Ich bin gleich wieder da« zu Rebecca und ging zu Valeries Tisch.

»Darf ich mich kurz zu dir setzen?«

»Ja, sicher.«

Eva hielt sich nicht mit der Wanderung, dem Wetter oder Ähnlichem auf, sondern kam sofort auf den Punkt. Freimütig berichtete sie Valerie von ihren Schlafproblemen und der nächtlichen Exkursion in Carinas Hotelzimmer. Valerie unterbrach sie kein einziges Mal.

»Es stand offen«, sagte Eva, »wieso stand das Zimmer denn mitten in der Nacht offen? Carinas Sachen waren noch drin. Der Hase auf dem Kopfkissen.«

»Hase?«

»Auf ihrem Kopfkissen saß ein großer Stoffhase.«

»Oh.«

Dann erzählte Eva ihr im Flüsterton von der Postkarte, die sie aus dem Reiseführer gezogen und mitgenommen hatte und auf der in Carinas kleiner, akkurater Handschrift etwas über Markus zu lesen war.

»Du hast die Karte mitgenommen?« Valerie flüsterte jetzt auch.

»Ja.«

»Ich frage dich nicht, warum du das getan hast.«

»Das ist auch besser so, denn ich weiß es selbst nicht. Sie schien mir wichtig zu sein.«

»Und wo ist sie jetzt?«

»Die Karte? Sie steckt in dem Krimi, den ich gerade lese. Du wolltest mir gestern doch was über unseren Wanderführer erzählen und bist nicht mehr dazu gekommen.«

Valerie sagte auch jetzt nichts über Markus, sondern fragte Eva stattdessen, ob sie einen Kaffee wolle. Eva bejahte. Valerie bestellte zwei *café con leche* und sah zu den Tischen, an denen die Gruppe saß, noch immer mit dem Essen beschäftigt.

»Meinst du, wenn man sehr scharfe Ohren hat, kann man uns bis da hinten hören?«, fragte Valerie. »Ich möchte vor allem vermeiden, dass er mich hört.«

»Meinst du Markus? Du kannst ja leise reden.«

Eva hätte sich umdrehen müssen, um die Gruppe zu sehen. Sie spürte die verwunderten Blicke ihrer Wanderkollegen – und vor allem Rebeccas – im Rücken, verwunderte und teils auch missbilligende. Aber hatte Rebecca ihr nicht die ganze Zeit in den Ohren gelegen, geradezu auffordernd, sie würden nette Leute kennenlernen? Valerie war die Einzige, der sie bislang von der Postkarte erzählt hatte. Valerie wusste etwas über Markus. Etwas Dunkles. Etwas, das über die Liebe zur Natur und den »geprüften Bergwanderführer« hinausging.

Beim Kaffee sprach sie so leise, dass Eva näher an sie heranrücken musste. Wenn wir die ganze Zeit flüstern, dachte Eva, fallen wir umso mehr auf. Valerie sagte, vor Jahren habe ihr eine Frau, die mit der Gruppe wanderte, von Markus' Nachstellungen erzählt. Seitdem beobachtete sie ihn hin und wieder, wenn sie auf La Palma war. Es hatte sich so ergeben. Fast wie eine Art Sport. Markus absolviere immer haargenau dieselben Touren, weshalb es nicht schwer sei, der Gruppe auf den Fersen zu bleiben und immer wie zufällig genau dort anwesend zu sein, wo sie früher oder später auftauchen würde. Und genauso leicht sei es, ein Muster zu erkennen – er hängte sich an allein reisende Frauen, die »ganz passabel« aussahen. Natürlich nur, wenn das Alter stimmte.

Eva lachte. »Wann sehen sie denn ganz passabel aus?«

»Na ja«, sagte Valerie, »du zum Beispiel siehst ganz passabel aus. Du wärst aber nichts für ihn, glaube ich. Zu kurze Haare. Er steht auf längere und blondere Haare. Außerdem reist du ja nicht alleine. Glaubst du denn auch, dass es ein Unfall war?«

»Keine Ahnung«, antwortete Eva. »Ich war ja nicht dabei. Aber solche Dinge passieren doch, oder?«

»Was für Dinge?«

»Ich weiß nicht. Hitzschlag. Plötzlicher Herzstillstand.«

»Ja, klar passieren solche Dinge. Die Guardia Civil möchte es wohl auch am liebsten so einordnen. Sie wollen sich keine Arbeit machen. Und hier passieren tatsächlich öfter Unfälle, wenn sie auch meistens nicht mit Toten enden, sondern mit Knochenbrüchen. Oder Wanderer überschätzen sich und ihre Fitness. Sie haben einen Palmero befragt, den sie schon lange auf dem Kieker haben, weil er ein nicht genehmigtes Lokal betreibt. Lokal ist vielleicht etwas übertrieben. Eigentlich nur eine Bretterbude. Davon gibt es auf La Palma eine ganze Menge, früher noch viel mehr, die meisten haben übrigens ausgezeichnetes Essen. Aber die Verwaltung ist mittlerweile sehr hinterher, das zu unterbinden.«

»Und was hat ein nicht genehmigtes Lokal mit Carina zu tun?«

»Nichts«, sagte Valerie. »Aber gestern befand er sich wohl ganz in der Nähe.«

»Und warum sollte er eine Touristin umbringen? Das klingt doch sehr weit hergeholt.«

»Das weiß ich auch nicht.«

Eva hatte bislang nicht ernsthaft in Erwägung gezogen, dass eine andere Person für Carinas Tod verantwortlich sein könnte. Warum auch? Und wenn überhaupt, traute sie es noch am ehesten Julius zu. Ihm traute sie alles zu. Eva war davon überzeugt, dass der smarte Julius, der unermüdlich seine Verachtung für die Unterschicht – oder das, was er dafür hielt – kundtat, seine schöne Frau verprügelte. Anders konnte sie sich die verräterischen Hämatome nicht erklären – wenngleich das blaue Auge, das geschwollene Gesicht und die Sonnenbrille fehlten – und die Tatsache, dass Anja selbst in der größten Hitze langärmelig und zugeknöpft herumlief. Und dass sie nie schwimmen ging, kein einziges Mal. Lange Hemdsärmel, dachte Eva. Markus.

»Weißt du, was mir gestern aufgefallen ist?«, sagte sie. »Es war doch ganz heiß auf unserer Wanderung, und wir hatten natürlich alle kurze Ärmel. Abgesehen von einer Frau aus unserer Gruppe, aber das ist eine andere Geschichte. Jedenfalls waren Markus' Ärmel plötzlich heruntergekrempelt. Wer läuft denn freiwillig bei solchen Temperaturen mit langen Ärmeln herum? Und einmal ist ihm der Ärmel verrutscht, und ich habe Kratzer auf seinem Arm gesehen. Frische Kratzer. Ziemlich tiefe. Aber das muss ja nichts heißen. Vielleicht hat er unterwegs eine endemische Raubkatze getroffen oder ist in einen Dornbusch gefallen.«

Plötzlich stand Rebecca neben ihrem Tisch. Sie begrüßte Valerie kühl und fragte dann: »Wie lange bleibst du noch hier sitzen?«

»Ich komme gleich.«

Als Rebecca wieder verschwunden war, sagte Valerie: »Meinst du nicht, du solltest wieder zurück zu deiner Gruppe gehen? Ich glaube, Absonderung wird nicht gerne gesehen.«

»Ich finde es bei dir gerade viel angenehmer. Außerdem kann ich mit meiner Gruppe, in seinem Beisein, schlecht irgendwelche Mutmaßungen über Markus anstellen. Sie vergöttern ihn und würden aus allen Wolken fallen. Allerdings bräuchte ich langsam mal andere Klamotten. Trockene, meine ich.«

»Ich bin mit dem Wagen da. Wenn du willst, kann ich dich fahren«, bot Valerie an. »Falls du das darfst.«

»Falls ich was darf?«

»Anders zum Hotel zurückkommen als mit dem Bus.«

»Das gestatte ich mir jetzt selbst. Warte, ich hole nur meine Sachen.«

»Du solltest deine Freundin fragen, ob sie auch mit uns fahren will.«

Eva ging zum IWO-Tisch, nahm ihre Jacke und ihren Rucksack, beides noch immer feucht, und sagte, dass sie von Valerie zum Hotel gebracht werde.

»Wie, du fährst nicht mit uns?«, fragte Markus giftig. »Das geht aber nicht!«

»Und wieso nicht? Ist das etwa verboten?«

»Das geht schon aus versicherungstechnischen Gründen nicht! Du musst mit uns im Bus fahren!«

»Ich will heiß duschen und mir was anderes anziehen«, sagte Eva. »Ich bin total nass geworden und habe keine Lust auf eine Erkältung. Mit Valerie bin ich schneller in Puerto Naos. Und ihr seid ja wohl noch lange nicht fertig, wie ich sehe.«

Frank aß immer noch, die anderen tranken Kaffee oder Wein und knabberten am letzten Brot.

»Wie kann man nur so blöd sein, ohne Regenzeug loszugehen?«, sagte Markus. »Du bist selbst schuld.«

»Das kann doch mal vorkommen«, sagte Wolfgang. »Eva wandert zum ersten Mal mit der IWO.«

Eva berührte Rebeccas Schulter und beugte sich zu ihr. »Willst du mitkommen?«

»Nein, danke. Ich fahre mit den anderen.«

Einen kurzen Moment zögerte sie noch, dann vergewisserte Eva sich, dass sie die Schlüsselkarte für das Hotelzimmer hatte, und verabschiedete sich.

Als sie im Auto saßen, fragte Valerie, ob Rebecca jetzt nicht verärgert sei.

»Doch, bestimmt. Aber sie benimmt sich im Moment sowieso eigenartig. Du bist also tatsächlich nicht jedes Mal ganz zufällig da, wo wir auch sind? Das hatte Rebecca nämlich schon vermutet.«

Valerie lachte. »Nein, ehrlich gesagt nicht. Eure Touren sind kein Geheimnis, ein Plan davon liegt im

Hotel aus. Ich finde deine Gruppe ausgesprochen interessant. Jedenfalls das, was ich von ihr mitbekomme. Und jetzt ganz besonders. Ich glaube nämlich nicht so recht an Herzversagen oder Hitzschlag, was eure Mitwanderin betrifft.«

»Bist du so eine Art geheime Ermittlerin von der Sondereinheit für ermordete Touristen? Ein anderer ist ja wohl auch ums Leben gekommen.«

»Davon habe ich gehört. Klang aber tatsächlich wie ein Unfall. Obwohl man natürlich nie wissen kann. ›Abgestürzt‹ sagt sich doch sehr leicht. Da ist alles möglich. Wer will am Ende den Unterschied zwischen Abstürzen und Gestoßen-Werden erkennen? Zumal, wenn keiner dabei war?«

Sie fuhren durch den alten Tunnel im Herzen der Insel, der oberhalb des neuen lag. Im Unterschied zum neuen, hell erleuchteten Betontunnel war der alte dunkel und unheimlich und wirkte wie ein Kellergewölbe. Wasser rann von den Wänden. Alle paar Meter prasselten Tropfen auf das Dach des Autos. Vielleicht war Valerie diejenige, die Touristen ermordete. Ihre angeblichen Knieprobleme nur vorgetäuscht. Eine Verrückte, die Urlauber in die Barrancos schubste, weil sie die Insel für sich haben wollte. Und Eva war arglos zu ihr ins Auto gestiegen.

Auf der Ostseite der Insel war es überall regnerisch und kühl gewesen, nicht nur im Lorbeerwald. Im Westen hingegen herrschte strahlender Sonnenschein. Als sie den Tunnel verließen, war es wie der Eintritt in eine ganz andere, helle und warme Welt.

Valerie beschrieb Eva ihr Haus, das sie seit den frühen Neunzigern besaß. Sie komme so oft her wie möglich. Nein, dauerhaft hier leben wolle sie nicht, aber ein, zwei Monate hin und wieder genieße sie sehr.

»Wo wohnst du denn sonst?«, fragte Eva.

»Zehlendorf. Berlin, meine ich. Und du?«

»Kreuzberg. Die Welt ist klein.«

Die Frage, die ihr schon seit Tagen durch den Kopf geisterte, fiel Eva wieder ein. Ob die täglich wechselnden Farben des Meeres die Stimmung beeinflussten, wenn man hier lebte oder längere Zeit verbrachte.

Der Horizont, sagte Valerie. Die Farben. Die dauernde Bewegung des Meeres, die Linien, die Weite des Blicks, ein erhebendes Gefühl. Auf einer kleinen Insel, sagte Valerie, hat man diesen Blick fast von überall. Ohne diesen Blick wäre die Insel nicht denkbar. Es gibt Tage, an denen warmer Wind aus der Sahara kommt, und mit ihm der Staub. Dann verschwindet das Meer hinter einem diesigen, gelblichen Schleier. Wenn diese Wetterlage über längere Zeit anhält, sagte Valerie, werden alle trübsinnig oder aggressiv. Vielleicht beeinflusst eher das Wetter die Stimmung, nicht so sehr die Farbe des Meeres. Sturm, der aus den Bergen nach unten tobt. Hier lebt man viel draußen. Allerdings ist es anders, sagte Valerie, wenn man ganz unten am Meer lebt und nicht so weit oben wie ich. Im Winter gibt es manchmal tagelang hohe Wellen. Im Winter klingt das Tosen der Wellen zum Fürchten. Wie ein Wimmern. Wie Entsetzensschreie.

Sie fuhren durch die schmale Straße mit den Bananenplantagen links und rechts und erreichten den Hotelparkplatz.

Valerie lenkte den Wagen in eine freie Parklücke und schaltete den Motor aus. »Wird deine Freundin nicht verärgert sein?«, fragte sie erneut.

»Doch, bestimmt.«

»Zeigst du mir die Postkarte, die in deinem Krimi steckt? Es kriegt ja keiner mit. Der Bus mit deiner Gruppe braucht sicher noch eine ganze Weile.«

Freitag. Podenco Canario

Der Regenwald war schön. Alle hatten lange Ärmel getragen. Sogar Jacken. Sie war gar nicht aufgefallen. Die geeigneten Wanderungen für Anja wären solche gewesen, die ausschließlich im Nebel stattfanden.

Sie wäre auch gerne mit einem Auto davongefahren wie Eva und nicht mit dem Bus. Neben Julius. Sie hat Eva in diesem Moment so beneidet. Als hätte sie alles hinter sich gelassen und wäre geradewegs in die Freiheit entflohen. Dabei wusste Anja gar nicht, ob Eva etwas hinter sich lassen musste. Andererseits, musste das nicht jeder Mensch?

Die Polizei, Carinas Tod, all das kam Anja durchaus gelegen. Sie hatte sich fieberhaft gefragt, wie sie die neugierige Eva nur loswerden sollte, sie hatte sich so sehr bemüht, ihr aus dem Weg zu gehen, aber sie ließ sich nicht abschütteln, zum Teufel. Dann mit einem Mal Ruhe. Das Interesse, auch Evas, richtete sich jetzt auf ganz andere Dinge.

Nachdem Eva mit der Fremden das Lokal verlassen hatte, war Markus' Zorn ungefiltert ausgebrochen, sein hässliches Gesicht, das Anja vertraut war, wenn auch nicht von ihm. Er hatte mit der Faust auf den Tisch geschlagen, dass die Gläser klirrten. So ginge das nicht, was sie sich einbilde, hier könne doch nicht jeder machen, was er wolle, es gebe Regeln, an die sie sich zu halten hätten, und diese Regeln bestimme er, weil er die Verantwortung trage. Sie hätten sich gefälligst nach ihm zu richten. Sei denn nicht schon genug passiert? Und wenn Eva nun mit dieser Urlauberin im Auto verunglückte?

»Es wird schon kein zweites Unglück geschehen«, hatte Hilde gesagt. »Das eine reicht nun wirklich.«

Julius hatte sich sofort auf Markus' Seite geschlagen und mitgewettert. Er sei ganz seiner Meinung. Eva nehme sich ziemlich viel heraus. Das wirke ja beinahe so, als wäre sie unzufrieden mit der Organisation der IWO. Unverschämtheit. Er werde ihr nachher den Kopf zurechtrücken, spätestens beim gemeinsamen Abendessen. Markus könne sich auf ihn verlassen. Was sei das überhaupt für eine Frau, mit der sie gefahren war? Eine Wanderin doch bestimmt nicht.

Anfangs hatte nur Rebecca ihre Freundin verteidigt. Sie seien schließlich im Urlaub, hatte Rebecca gesagt, und keine Gefangenen, Eva könne ins Auto steigen, zu wem sie wolle. Wolfgang und Hilde waren Rebecca beigesprungen und hatten zu beschwichtigen versucht. Was daran denn so schlimm sei. Vielmehr sei es doch schön, eine Urlaubsbekanntschaft zu schließen. Und ob er an nichts Wichtigeres denke als an Evas Fortbewegungsart. Immerhin war eine der ihren gestorben. Bei der Erwähnung Carinas gaben Markus und Julius endlich Ruhe.

Sie brachen schweigend auf, Diego und der Bus warteten schon auf sie. Niemand sprach während der Fahrt. Jetzt, wo Eva sich ein anderes Beförderungsmittel gesucht hatte, wirkte der Bus erst recht viel zu groß für die nunmehr verbliebenen zwölf Personen. Sie wurden immer weniger. Markus schaltete kurz sein Mikrofon ein und sagte, dass sie sich schon auf die morgige Wanderung freuen könnten, durch Kiefernwälder, über weiche Vulkanasche, zu den Vulkanen San Martin und Fuego, mit herrlichen Ausblicken. Freuen. Als könnte sich noch jemand von ihnen richtig freuen.

Den Rest des Nachmittags verbrachten Anja und Julius harmonisch. Julius ging wie jeden Tag im Meer schwimmen, und Anja legte sich währenddessen mit einem alten Hemd und einer Leinenhose bekleidet an den Pool. Als er zurückkam, schwärmte Julius vom Wasser, küsste sie und brachte ihr Kaffee, wie sie ihn mochte, nicht zu viel und nicht zu wenig Milch. Später zogen sie sich für das Abendessen um, und Anja achtete peinlich genau darauf, dass seine Kleidung richtig saß, dass er auf keinen Fall das T-Shirt unter dem Hemd auf links trug oder verschiedenfarbige Socken.

Alle trafen pünktlich um neunzehn Uhr an ihrem reservierten Tisch ein, auch Eva.

»Na, hast du dich inzwischen aufgewärmt?«, fragte Hilde.

»Ja, alles bestens. Hoffentlich habe ich mir keine Erkältung eingefangen.«

Julius sprach beim Essen mit Holger und schien die angekündigte Zurechtweisung Evas, als Markus'

Stellvertreter, entweder vergessen zu haben oder nicht mehr als notwendig zu erachten.

Anja hatte sich geschworen, jedes Zusammentreffen zu zweit mit Eva zu vermeiden, aber am Käsebuffet stand sie plötzlich neben ihr. Nur zufällig, oder hatte Eva sie gezielt abgepasst? Sie musste etwas sagen. Ganz normal wirken. Nichts zu sagen, würde Evas hartnäckige Neugier wieder auflodern lassen und Anja weitere prüfende Blicke bescheren.

»Musst du auch immer an Carina denken?«, fragte Anja.

»Ja, die ganze Zeit.«

»Wie schnell so was geht. Und wenn man dran denkt, dass das jedem von uns hätte passieren können.«

»Das glaube ich nicht«, sagte Eva. »Es hätte nicht jedem von uns passieren können.«

»Du meinst, weil sie wahrscheinlich krank war?«

»Nein, das meine ich nicht«, sagte Eva.

»Was meinst du denn dann? Wir waren uns doch alle sicher, dass wahrscheinlich die Hitze schuld –«

»Oder eine Person«, sagte Eva.

»Eine Person?«

»Es könnte doch sein, dass eine Person an ihrem Tod schuld ist und nicht die Hitze.«

Eva wandte den Kopf und sah sie an. Lange. Automatisch wollte Anja ihre Bluse am Hals zusammenraffen, aber dann fiel ihr ein, dass sie geschützt war, weil sie einen Schal trug – ein sündhaft teures Ding aus Seide, das Julius ihr vor ein paar Monaten als

Wiedergutmachung geschenkt hatte –, dass sie einen Teller in der Hand hielt und in der anderen ein Stück Brot und dass es verdächtig gewirkt hätte.

»Darf ich dir mal was sagen?«, fragte Eva.

»Was? Ja, sicher.«

Was kam jetzt? Anja wusste es. Es war so weit. Eva würde sie auf die blauen Flecken ansprechen. Anja wollte es verhindern, wollte es nicht hören, wollte, dass Eva den Mund hielt.

»Du hast schöne Augenbrauen«, sagte Eva.

Vor Überraschung und auch vor Verlegenheit musste Anja lachen.

»Worauf du alles achtest.« Und es stimmte ja auch. Leider achtete Eva auf eine ganze Menge. »Das hat mir noch nie jemand gesagt.«

Am IWO-Tisch erwähnte anfangs niemand Carina, doch dann fing irgendjemand an, und die Spekulationen gingen wieder los. Hitzschlag. Herz. Schwächeanfall. Kreislaufkollaps, verbunden mit einem unglücklichen Sturz. Einige schilderten ähnliche Fälle von Verwandten und Bekannten, Schlaganfälle, Kammerflimmern, plötzliche Tode. Eva beteiligte sich nicht an diesem Gespräch. »Schrecklich«, sagte Hilde immer wieder, »das ist ja so schrecklich. Sie war doch noch so jung.«

»So jung nun auch wieder nicht«, fand Holger.

»Jetzt komm, sie war doch höchsten Anfang vierzig! Für mich ist das jung.«

»Frauen sind nur bis neununddreißig jung«, sagte Richard, doch über diese Bemerkung gingen alle hinweg.

»Selbst wenn sie sechzig gewesen wäre«, sagte Wolfgang. »Oder noch älter. Auch dann wäre es schrecklich.«

»Im Urlaub zu sterben«, sagte Hilde. »Mein Gott.«

Miriam und Frank verließen den Tisch als Erste, gefolgt von Rebecca und Eva. Julius fragte sie überraschenderweise, ob sie noch einen Wein an der Poolbar trinken sollten, der Abend sei so schön. Sonst wollte er immer gleich auf ihr Zimmer, und außerdem mochte er die Gäste nicht, die an der Poolbar saßen. Holger und Sabine schlossen sich ihnen an. Julius war gut gelaunt, hatte die Spendierhosen an und ließ alle Getränke auf ihr Zimmer schreiben. Sie sprachen über Aktien und Anlageobjekte. Anja hörte nicht genau hin. Eigentlich konnte sie spazieren gehen. Oder vorgeben, sie wolle spazieren gehen. Einen Moment allein sein. Julius würde sie nicht vermissen. Meistens war er verärgert, wenn sie alleine etwas unternahm – was äußerst selten vorkam –, sei es auch noch so banal, aber heute sagte er nur: »Ja, ja, klar, geh nur. Entschuldige, wahrscheinlich langweilen dich unsere Gespräche.« Sabine bestellte sich gerade ein neues Glas Wein und machte keine Anstalten, sie zu begleiten.

Ursprünglich hatte sie nur zu den hinteren Swimmingpools und dem kleinen Garten gehen wollen, doch sie entschied sich spontan anders und verließ das Hotel in Richtung Strandpromenade. Lauter unbeschwerte, glückliche Menschen kamen ihr entgegen. Auf einer Bank, halb im Dunkeln, entdeckte sie Rebecca und Frank, in ein Gespräch vertieft. Anja erkannte sie zuerst nur an ihren Stimmen. Rebecca redete eindringlich auf Frank ein. Anja verstand nicht, was sie sagte, und es interessierte sie auch nicht. Sie ging an der Rückseite der Bank entlang, damit die beiden sie nicht bemerkten. Weiter. Schnell hatte sie das Zentrum von Puerto Naos erreicht. Gut, dass sie heute die bequemeren Sandalen zum Abendessen angezogen hatte. Ein wunderschöner Hund mit riesigen Ohren lief zwischen den Menschen, die die Promenade bevölkerten, herum. Er ging so leichtfüßig und elegant, dass es aussah, als schwebte er, als berührten seine Füße den Boden gar nicht. Podenco Canario. Kanarischer Jagdhund. Sie lebten vollkommen frei, selbst wenn sie jemandem gehörten, hatte Wolfgang erzählt. Anja hatte noch nie einen so schönen Hund gesehen. Sein Fell war hellbraun, mit einigen weißen Flecken, und er sah ihr direkt in die Augen, beinahe so, als wollte er ihr etwas mitteilen. Die Tische der Lokale waren besetzt, von überall her drangen Stimmen und Lachen an ihr Ohr. Anja ging weiter. Hatte Eva das ernst gemeint? Ihre Augenbrauen sahen doch ganz gewöhnlich aus. Wie groß oder klein war Puerto Naos überhaupt? Bislang hatte Anja den Ort kaum wahrgenommen. Entweder war sie gewandert oder im Hotel geblieben. Alles zusammen mit Julius. Sie ging weiter. Bald hätte sie bestimmt das Ende des Ortes erreicht. Und dann?

Samstag. Unerwartete Freiheit

Die fünfte Wanderung am vorletzten Tag, durch Kiefernwälder zu den Vulkanen San Martin und Fuego, fand nicht statt. Markus erschien morgens um neun nicht beim Hotel. Weder er noch Diego mit dem großen Bus. Anja fehlte auch. »Sie fühlt sich heute nicht so gut«, erklärte Julius auf Hildes Nachfrage.

»Die Arme. War sie deshalb auch nicht beim Frühstück?«

»Ja, sie wollte lieber im Zimmer bleiben.«

»Was hat sie denn?«

»Ach, bestimmt irgendwelche Frauensachen«, vermutete Richard.

Eva und Rebecca hatten sich beim Frühstück einfach eigenmächtig auf die Terrasse gesetzt und waren dem stickigen IWO-Tisch und dem Gruppenzwang entflohen, was Richard tadelnd mit »separatistische Tendenzen« kommentierte.

Markus erschien nicht um neun. Nicht um Viertel nach neun und auch nicht um halb zehn.

»Dass Markus sich mal verspätet, hätte ich ja nicht gedacht«, sagte Wolfgang. »Er hat doch immer so großen Wert auf pünktliche Abfahrt gelegt und Carina jedes Mal Ärger wegen ein paar Minuten gemacht.«

Sie standen mit ihren Rucksäcken und Wanderstöcken herum, gestiefelt und gespornt, trugen ihre Mützen, Sonnenbrillen und ihre *Funktionskleidung*. Sehr zu Rebeccas Freude hatte Eva heute auch die Stöcke mitgenommen. Ihre eigenen, die sie in Berlin vor dem Urlaub gekauft hatten, nicht Carinas, die seit Donnerstag in ihrem Zimmer lagen. Carinas Stöcke konnte Eva nicht mehr anrühren.

Um kurz nach halb zehn machte sich allmählich Unruhe in der Gruppe breit.

»Und was jetzt?«, fragte Holger. »Haben wir überhaupt Markus' Telefonnummer?«

Alle schüttelten den Kopf.

»Ihn anzurufen, war bisher ja auch nicht nötig«, sagte Hilde. »Er wird bestimmt gleich kommen. Vielleicht ist ja was mit seinem Auto.«

»Aber dann hätte er uns doch Bescheid gesagt, meint ihr nicht?«

Ein solcher Fall war nicht eingeplant. Er war undenkbar. Sie verließen sich darauf, jeden Tag, dass ihnen die schöne Natur präsentiert wurde. Sie verließen sich darauf, dass der Wanderführer sie morgens um die verabredete Zeit beim Hotel abholte und nachmittags am selben Ort wieder ablieferte. Dass sie sich um nichts kümmern mussten. Sie verließen sich darauf, dass sie alle lebend davonkamen.

»Ist das früher bei deinen anderen Wanderungen mit der IWO auch schon mal vorgekommen?«, fragte Eva.

»Nein, nie«, sagte Rebecca. »Allerdings haben da die Wanderführer auch immer im selben Hotel gewohnt. Man hätte zur Not einfach an der Tür klopfen können. Aber wir wissen ja nicht mal, wo Markus überhaupt lebt.«

»Irgendwo bei Los Llanos«, sagte Julius. »Wo genau, weiß ich aber auch nicht.«

»Fühlt sich an wie bestellt und nicht abgeholt, was?«, sagte Tobias.

»Fühlt sich nicht nur so an. Das ist ›bestellt und nicht abgeholt‹. Jetzt weißt du, woher die Redewendung kommt.«

Seit Tobias ihr gestern im Wald das Handtuch gereicht hatte, war Eva ihm sehr zugetan. Und erst jetzt fiel ihr auf, dass er sie ein wenig an Sebastian aus der Presseabteilung erinnerte.

»Verdammter Mist«, schimpfte Holger. »Hier geht wirklich alles schief.«

Um Viertel vor zehn gingen Julius, Holger und Sabine gemeinsam in die Hotellobby, um den Reiseveranstalter zu suchen und zu erfragen, wo Markus abgeblieben war. Die anderen warteten draußen. Die exotischen Vögel in der Voliere gegenüber dem Hoteleingang zwitscherten, andere Gäste gingen, ebenfalls in Wanderkleidung, zu ihren bunten, neuen Mietwagen, die in der Sonne funkelten. Es versprach wieder ein schöner Tag an der Westküste zu werden. Eva betrat auch das Hotel, sah von Weitem Julius, Holger und Sabine um den Schreibtisch des Reiseveranstalters stehen und auf die Mitarbeiterin einreden. Sie riss zwei Bananen von der Staude beim Eingang und gab eine davon Rebecca.

Julius, Holger und Sabine kamen zurück. »Die Wanderung fällt aus«, sagte Julius. »Ersatzlos. Die Mitarbeiterin hat es selbst gerade erst erfahren.«

»Wo ist Markus denn?«, fragte Wolfgang. »Wieso fällt die Wanderung aus? Was ist hier überhaupt los?«

»Viel konnte sie uns auch nicht sagen. Wohl ein plötzlicher Krankheitsfall in seiner Familie.«

»Ach je«, sagte Hilde. »Auch das noch. Als wäre nicht schon genug passiert.«

Die Teilnehmer diskutierten darüber, was das bedeutete und was sie mit diesem freien Tag anfangen sollten, auf sich allein gestellt, ohne Wanderführer. Bereits nach diesen wenigen Tagen waren ihre Gesichter Eva sehr vertraut. Sie blieben in kompletter Montur vor dem Eingang stehen, wie zum Aufbruch bereit, als bestünde doch noch die Hoffnung, dass sich gleich der große Bus seinen Weg durch die Bananenplantagen bahnte und vor dem Hotel hielt.

Eva sah Valeries Auto kommen und verfolgte es mit den Augen. Valerie erwischte einen Parkplatz vor dem kleinen Supermarkt. Es war zehn Uhr.

»Holger, Sabine und ich haben uns überlegt, dass wir auf eigene Faust wandern gehen«, verkündete Julius. »Es wäre doch schade um den Tag. Wir haben ja schließlich einen Aktivurlaub gebucht und wollen nicht stundenlang am Swimmingpool liegen. Kommt jemand mit?«

»Wohin wollt ihr denn?«, fragte Tobias.

»In die Caldera. Barranco de las Angustias. Diese Wanderung hat uns die IWO sowieso vorenthalten.«

Schlucht der Angst. Die berühmteste Schlucht in der Caldera, die schon so manchem Wanderer zum Verhängnis geworden war.

»Ist es dafür nicht schon ein bisschen spät?«, fragte Rebecca. »Sollte man nicht früher losgehen?«

»Ach was. Das ist für uns kein Problem«, sagte Julius mit der Selbstverständlichkeit eines Mannes, der sicher war, alles zu schaffen.

»Ich komme mit«, sagte Tobias.

Miriam und Frank redeten leise miteinander. Wolfgang gesellte sich zu Hilde und Richard, Tobias zu denen, die ohne Führung in die Caldera aufbrechen wollten. Aus der ursprünglich vierzehnköpfigen Gruppe waren nun lauter Splittergruppen geworden.

Rebecca griff nach Evas Hand. »Ein Tag am Strand würde uns auch ganz gut tun, was meinst du? Da kommt Valerie.«

Alle aus der Gruppe – bis auf Eva und Rebecca – sahen Valerie skeptisch an, weil sie nicht zu ihnen gehörte. Ein Eindringling. Rebecca hingegen hatte am Tag zuvor ihren Frieden mit Valerie gemacht, und sie waren inzwischen zum Du übergegangen. »Ich hatte überhaupt nichts gegen sie«, behauptete sie nun. Eva sah das zwar anders, ließ es aber auf sich beruhen. Hauptsache, die Stimmung zwischen Rebecca und ihr war wieder gut. Und das war sie. So gut wie schon seit Wochen – oder sogar Monaten – nicht mehr. Jetzt, am vorvorletzten und am vorletzten Tag ihres Urlaubs. Vielleicht könnten sie ja wirklich im Winter noch mal wandern gehen. Über Weihnachten und Silvester. »Und Valeries und deine Geheimniskrämerei gestern hat mich neugierig gemacht«, sagte Rebecca auch.

Der Vortag war der Tag der Aussprachen gewesen. Der Bus mit der Gruppe war etwa eine halbe Stunde nach Valerie und Eva beim Hotel eingetroffen. Diese halbe Stunde hatte Eva genutzt, um Valerie in ihr Hotelzimmer zu bitten, dann auf den Balkon, zwei Tassen Instantkaffee zuzubereiten und Carinas Ansichtskarte aus dem Krimi zu ziehen. Sie hatten nacheinander den kurzen Text gelesen.

»So was Ähnliches habe ich mir fast schon gedacht«, hatte Valerie gesagt. »Aber es jetzt schwarz auf weiß zu lesen … Das klingt nicht gut.«

»Nein, das klingt bedrohlich«, hatte Eva gesagt. »Meinst du, das bedeutet, unser Wanderführer –«

»Ja. Zumindest halte ich es für sehr wahrscheinlich.«

Dann hatte Valerie die Karte eingesteckt und gesagt, sie werde sie der Guardia Civil zeigen.

Als Rebecca eintraf, war sie weder wegen Evas Alleingang und der Fahrt in Valeries Auto verstimmt noch wegen des Besuchs auf ihrem Balkon.

»Willst du auch einen Kaffee?«, hatte Eva gefragt, nachdem Valerie sich verabschiedet und das Zimmer verlassen hatte.

»Ja, gerne. Erinnerst du dich noch an das, was ich dir vor einer Woche beim Hinflug erzählt habe? Ist das erst eine Woche her? Es kommt mir vor wie ein ganzer Monat. Mindestens.«

Eva hatte, den Wasserkocher in der Hand, einen Moment überlegen müssen. »Beim Hinflug? Meinst du die Geschichte von deiner Arbeit?«

»Ja genau. Die schlechte Präsentation, über die ich mich ziemlich lustig gemacht habe, wie ich gestehen muss. Die Sache ist die – es war Franks Präsentation.«

»Frank? Etwa der Frank aus unserer Wandergruppe?«

Die Welt war so klein. Eva verriet ihr nicht, dass sie ihn insgeheim seit dem ersten Tag Herrn Grauemaus nannte.

»Ja, der Frank aus unserer Wandergruppe.«

»Ich nehme an, das war kein freudiges Wiedersehen.«

»Das kann man so sagen.«

»Ich habe überhaupt nichts davon bemerkt. Ich habe mich nur über dich gewundert.«

»Du solltest ja auch nichts merken. Ich musste das erst mal mit mir alleine klären.«

Dann erzählte Rebecca ihr, dass sie ihn natürlich sofort wiedererkannt habe, gleich beim ersten Treffen der Gruppe, dass sie im Folgenden immer versucht habe, ihm aus dem Weg zu gehen, dass sie überlegt habe, gar nicht an den Wanderungen teilzunehmen, an keiner einzigen, und am liebsten das Hotel gewechselt hätte.

»Warum hast du denn nichts gesagt?«

»Ich habe mich geschämt. Auch weil ich im Flugzeug so hässlich über ihn dahergeredet habe. Und ich habe gehofft, dass er mich nicht erkennt. Das war natürlich Quatsch. Er wusste auch sofort, wer ich bin. Das alles war ja erst ein paar Tage her, kurz vor unserem Flug. Und dann habe ich tatsächlich eine Weile gehofft, ich könnte mich täuschen und er wäre es gar nicht, er würde ihm nur ein bisschen ähnlich sehen.«

Rebecca schilderte die angsterfüllten Minuten auf dem Berg, alleine mit Frank, die Gruppe außer Sichtweite.

»Hattest du richtige Angst vor ihm?«

»Ja, eine Weile schon. Er sah so entschlossen aus. Und so unendlich wütend.«

»Dachtest du, dass er dich … dass er dir …«

»Eine Weile schon. Ich habe es mir ausgemalt. Ich habe mir vorgestellt, wie ich mich wehren würde, und mich gefragt, ob ich überhaupt eine Chance gegen ihn hätte. Entschlossene, wütende Menschen sind sehr stark. Und du hast ja gesehen, wie schnell so was passiert. Wahrscheinlich wäre das dann unter einem der üblichen Wanderunfälle verbucht worden, um die sich niemand richtig kümmert, weil sie immer wieder vorkommen. Deswegen habe ich in der Kneipe gesagt, dass ich auch an Carinas Stelle hätte sein können. Irgendwann sah Frank aber nicht mehr entschlossen aus. Und auch nicht mehr wütend. Nur noch traurig. Oder vielleicht verzweifelt. Das Zeiterfassungs-Programm, das seine Firma entwickelt hat, ist im Prinzip gut, und der Preis ist auch in Ordnung. Franks Präsentation war leider wirklich miserabel. Vielleicht hatte er einen schlechten Tag. Aber wenn wir wieder zu Hause sind, rede ich als Erstes mit meinem Chef. Ich glaube, da ist noch was zu machen.«

Wie verbrachte man einen Urlaubstag in unerwarteter Freiheit?

Julius, Holger, Sabine und Tobias bestellten an der Rezeption ein Taxi und fuhren zum Ausgangspunkt ihrer Wanderung. Wolfgang schloss sich Hilde und Richard an. »Wir machen uns einen schönen Tag«, sagte Hilde. »Mal sehen, wohin es uns treibt.« Miriam und Frank kannten ihr Ziel bereits; sie wollten in die Hafenstadt Tazacorte fahren.

Die Einzigen, die jetzt noch vor dem Hoteleingang standen, waren Valerie, Rebecca und Eva.

»Ich gehe fast jeden Tag in Puerto Naos schwimmen«, sagte Valerie. »Habt ihr Lust, mit zum Strand zu kommen, oder habt ihr was anderes vor?«

Der Strand war um diese Zeit noch sehr leer. Grüne Flagge. Alle drei gingen im Meer schwimmen. Anschließend legten sie sich auf den anthrazitfarbenen Sand; Eva und Rebecca nahmen Hotelhandtücher als Unterlage, Valerie hatte ein eigenes mitgebracht.

Valerie sagte, dass es Neuigkeiten über Markus gebe. Sie gehe davon aus, dass die Guardia Civil ihn gestern befragt hatte oder dies spätestens heute tun werde.

»Deshalb heute keine Wanderung«, sagte Rebecca. »Von wegen ein Krankheitsfall in der Familie.«

»Und wie kam es dazu?«, fragte Eva. »Nein, halt, sag nichts, ich kann es mir schon denken. Du bist dafür verantwortlich.«

»Ich habe ihnen gestern Carinas Postkarte gezeigt. Gleich nachdem ich von euch weggefahren bin. Und sie übersetzt.«

»Hast du ihnen auch gesagt, woher du die Karte hast?«

»Mir blieb nichts anderes übrig. Aber keine Sorge, ich habe gesagt, Carina hätte sie im Café beim Swimmingpool liegen lassen, du hättest es zufällig gesehen und sie eingesteckt, um sie ihr später zu geben. Kein Wort also von deinem nächtlichen Ausflug in ihr Zimmer.« Valerie sah von Eva zu Rebecca. »Entschuldigung, ich weiß nicht, ob ich das überhaupt sagen durfte.«

»Sie hat mir gebeichtet, was sie nachts im Hotel treibt«, sagte Rebecca. »Ich hatte ja gehofft, dass Eva im Urlaub besser schläft. Sie glaubt tatsächlich, zu Hause bekomme ich nichts von ihrer Schlaflosigkeit mit.«

»Haben deine Schlafprobleme einen bestimmten Grund?«, fragte Valerie.

»Ach, nur das Übliche, wie bei Millionen anderer Leute auch«, sagte Eva. »Stress bei der Arbeit. Aber ich glaube, es wird in Zukunft besser.«

»Was stand eigentlich auf dieser Ansichtskarte?«, fragte Rebecca. »Ich habe sie ja gar nicht gesehen.«

»›Unser Wanderführer verfolgt mich nachts.‹ Wörtlich. ›Ich habe Angst vor ihm.‹«

»Carina liegt wohl immer noch im Krankenhaus bei Santa Cruz«, sagte Valerie. »In irgendeinem Kühlfach. Ich habe die Guardia Civil davon überzeugen können, dass sie untersuchen werden, was unter ihren Fingernägeln steckt. Ich wette, es ist Haut. Und ich wette, ich weiß auch, um wessen Haut es sich handelt.«

»Sind solche Untersuchungen auf La Palma möglich?«

»Keine Ahnung, wie gut sie hier ausgestattet sind. Kann sein, dass die Proben nach Teneriffa geflogen werden. La Palma ist normalerweise nicht gerade ein Hort des Verbrechens. Höchstens mal Diebstähle, aber selbst das nicht oft. Verunglückte Wanderer sind hier zwar keine Seltenheit, ermordete Wanderer aber schon. Ich weiß nicht, ob sie mit diesen ganzen DNA-Sachen vertraut sind. Die Kratzer auf seinem Arm dürften sie aber schon gestern genauer in Augenschein genommen haben. Oder spätestens heute.«

»Bist du zur Polizei gegangen, weil du unseren Wanderführer nicht leiden kannst und ihm unbedingt was am Zeug flicken willst?«, fragte Eva.

»Ich kann ihn übrigens auch nicht leiden«, sagte Rebecca zu Evas Überraschung, »vom ersten Moment an.«

»Ich finde ihn zwar nicht sympathisch«, sagte Valerie, »aber den Ausschlag hast du gegeben, Eva. Als du erzählt hast, wie er Carina in den letzten Tagen behandelt hat. Dass er sie nicht mehr mit auf die Wanderungen nehmen wollte. Außerdem habe ich nie vergessen, was mir vor Jahren diese Wanderin anvertraut hat. Dass er ihr nachgestellt hat. Sie hat die Wanderungen damals mittendrin abgebrochen, weil es nicht aufhörte und ihr zu viel wurde. Sie fühlte sich um ihren Urlaub betrogen. Ihr müsst übrigens damit rechnen, dass die Guardia Civil euch noch mal befragt.«

»Glaubst du denn wirklich, dass er es war?«, fragte Eva. »Und nicht doch ein Hitzschlag oder so was? Und warum hätte er das tun sollen? Zwischen Belästigung und Umbringen liegen doch Welten.«

»Gekränkte Eitelkeit vielleicht, weil sie ihn abgewiesen hat? Bei manchen Frauen aus den Wandergruppen hat es ja wohl durchaus geklappt. Vielleicht dachte er, es klappt immer. Es gab schon mal Beschwerden über ihn. Auf einer kleinen Insel spricht sich das meiste schnell herum.«

»Was hat er der Frau damals getan?«

»Er hat sie nicht angegriffen und ist ihr nicht zu nahe gekommen, jedenfalls nicht körperlich. Er war aufdringlich, hat nicht lockergelassen, stand auch immer wieder vor ihrem Zimmer im Hotel.«

Eva vergegenwärtigte sich die Wanderung auf der steilen Piste nach unten, vorbei an den Drachenbaumhainen zu den Felshöhlen der Guanchen. Markus hatte sie noch mehr gehetzt als bei der ersten und zweiten Tour. Dann war er kurz verschwunden, worüber Eva sich keine Gedanken gemacht hatte. Sie alle verschwanden früher oder später unterwegs hinter einem Busch und mussten sich dann beeilen, um die Gruppe wieder einzuholen. Wolfgang war als Erstem aufgefallen, dass Carina nirgends mehr zu sehen war. Als Markus zurück zur Gruppe kam, fragte er erstaunt und beunruhigt – das Beunruhigtsein überwog –, wo sie abgeblieben sei. Er war besorgt. Zumindest hatte er so getan, als wäre er besorgt. Glaubhaft. Eva hatte zwar gedacht, dass er bei diesem mörderischen Tempo selbst schuld war, wenn die Lahmen ihnen unterwegs abhandenkamen, aber sie hatte keinen Moment an seiner aufrichtigen Sorge um die ihm Anvertraute gezweifelt.

Wie lange war er weg gewesen? Hätte die Zeit ausgereicht? Und wofür ausgereicht? Für einen kräftigen Stoß, der Carina zu Fall brachte, woraufhin sie mit dem Kopf auf einem Stein aufschlug?

Mittags fuhren Eva und Rebecca mit Valerie zu ihrem Haus nach Las Manchas. Sie saßen stundenlang auf der Terrasse, betrachteten den Atlantik und das Aridane-Tal von oben. Mit dem Fernglas waren etliche Plastikvierecke zu erkennen. »Bananenplantagen«, erklärte Valerie. Sie aßen Brot, Käse und Obst. »Schade, dass ihr nicht bleibt, bis es dunkel wird«, sagte Valerie, »dann könntet ihr noch meine Geckos sehen.« Die Palmeros, sagte sie, betrachteten Geckos als willkommene Gäste, weil sie die Fliegen fraßen. Sie sprach von ihnen wie von liebgewonnenen Haustieren.

Als es langsam Zeit für das Abendessen im Hotel wurde, chauffierte sie Eva und Rebecca zurück nach Puerto Naos.

Sie betraten das Hotel und waren auf dem Weg zum Aufzug, um sich oben im Zimmer umzuziehen, als ihnen Anja begegnete.

»Hallo«, sagte sie. »Ich wollte gerade im Supermarkt Wasser kaufen.«

»Fährst du schon mal nach oben?«, sagte Eva leise zu Rebecca. »Ich komme gleich nach. Ich muss kurz mit ihr reden. Entweder jetzt oder nie.«

»Viel Glück«, sagte Rebecca, bevor sich die Fahrstuhltüren schlossen.

»Dein Mann hat heute Morgen gesagt, dir geht's nicht so gut«, begann Eva. »Ist es jetzt besser?«

»Ja, viel besser. Die Wanderung heute fiel ja sowieso aus, habe ich gehört.«

Wenn sie es jetzt nicht täte, würde sie es nie sagen. Übermorgen flogen sie zurück nach Hause, und sie würden sich nicht wiedersehen. Doch warum sollte Eva sich einmischen? Anjas Probleme waren nicht ihre. Sie könnte jetzt einfach kehrtmachen, auf den nächsten Aufzug warten und das Ganze vergessen.

»Du musst ihn verlassen«, sagte sie.

»Aber …«

»Nichts aber. Es wird sich nichts ändern. Darauf kannst du lange warten. Ich will lieber gar nicht wissen, warum es dir heute nicht gut ging.«

»Gestern Abend war ich sehr lange weg«, sagte Anja, ohne Eva anzusehen. »Ich bin einfach immer weiter gegangen. Der Hund war so schön. Die Hunde hier gehen doch auch den ganzen Tag. Meinst du, sie haben ein Ziel?«

»Und dann bist du doch wieder zurückgekommen.«

»Ja, sicher. Wohin sollte ich hier auch gehen?«

Zum Flughafen, dachte Eva. Fort. In ein anderes Leben.

»Du musst ihn verlassen«, wiederholte sie.

»Das stellst du dir so einfach vor. Aber das Haus, unsere Apotheke, alles. Es geht um meine Existenz.«

»Ja, genau, es geht um deine Existenz«, sagte Eva. »Du wirst wohl auf kleinerem Fuß leben müssen. Aber ist es das nicht auch wert?«

Samstag. Jemand, der die Natur liebt

Die beiden blau uniformierten Männer der Guardia Civil kamen mitten während des Abendessens. Immerhin hatten sie ihre Mützen abgesetzt und wirkten dadurch etwas weniger bedrohlich. Um diese Zeit war das Restaurant gut gefüllt – gestern waren neue Urlauber eingetroffen –, und sie arbeiteten sich, an den Hotelgästen vorbei, bis zum reservierten IWO-Tisch durch.

Ihr Erscheinen beunruhigte den Restaurantchef sichtlich. Er ging hinter ihnen her – sie machten große, weit ausholende Schritte und er viele kleine – und redete auf sie ein, aber sie ließen sich nicht von ihm beirren. Wie jeden Abend trug der Restaurantchef einen schwarzen Anzug. Er schwitzte stark.

Die Polizisten blieben neben ihrem Tisch stehen, an der Seite, an der sich ganz außen Rebecca und Richard gegenübersaßen. Der schwitzende Restaurantchef gab seinen Protest auf und entfernte sich. Einer der Polizisten sprach deutsch. Er entschuldigte sich für die Störung beim Essen – und dann noch um diese Uhrzeit. Aber sie hätten alle gemeinsam antreffen wollen, bevor sie wieder in die Heimat flogen. Es gebe neue Erkenntnisse.

»Erkenntnisse?«, sagte Miriam neben Frank und legte ihm die Hand auf den Arm. »Was denn für Erkenntnisse? War es nicht ihr Herz?«

Sie baten sie wieder in den Raum neben dem Restaurant, diesmal jedoch einzeln. Damit würden sie die Gruppe am wenigsten stören, wie sie sagten, und anschließend könnten sie unbeschwert ihren Abend genießen.

Frank war als Erster an der Reihe. Er folgte den Polizisten in den Raum und fing wie der Restaurantchef zu schwitzen an. Als würden sie ihn gleich zu etwas befragen, das er nicht getan, aber geplant hatte. Als wäre allein seine Absicht für alle sichtbar, auch für die Polizei, ihm auf die Stirn geschrieben. Ein begangenes Verbrechen, obwohl es gar nicht begangen worden war. Ein Verbrechen in Gedanken.

Im Freizeitraum baten sie ihn, Platz zu nehmen. Einer der beiden machte sich an einem Notebook zu schaffen. Der Raum mit seinen vielen Sesseln war viel zu groß für drei Personen.

»Kannten Sie Señora Michaelsen gut?«

»Wen?«

»Karin Michaelsen. Die Tote.«

»Karin?«, sagte Frank. »Wieso Karin? Uns hat sie sich als Carina vorgestellt. Nein, ich kannte sie gar nicht. Nicht einmal ihren Nachnamen. Wir alle kannten uns vorher nicht, bis auf die Paare natürlich.« Das stimmte zwar nicht ganz, tat jetzt aber nichts zur Sache.

»In ihrem Pass steht Karin«, sagte der Polizist.

»Dazu kann ich Ihnen nichts sagen. Für uns war sie Carina.«

Der deutsch sprechende Polizist übersetzte für seinen Kollegen, der daraufhin etwas in sein Notebook tippte. Beide sahen verwirrt aus.

Ob er sich daran erinnern könne, dass ihr Wanderführer zwischendurch die Gruppe für längere Zeit verlassen habe. Frank dachte nach. Miriam und er waren nicht ganz hinten gegangen, aber fast. Hinter ihnen war nur noch Carina gewesen – oder Karin –, allerdings mit großem Abstand. Davon, was sich weiter vorne abspielte, hatte Frank kaum etwas mitbekommen. Außerdem hatte er die ganze Zeit auf diesen verfluchten Weg achten müssen, auf dem man dauernd ins Rutschen geriet, und je mehr er darauf geachtet hatte, desto tückischer schien das Geröll zu werden, bis er schließlich gestürzt war. Er hatte den Boden unter den Füßen verloren, als wäre er nicht auf einem festen Weg, sondern auf lauter rollenden Kugeln gegangen. Sein linker Knöchel tat immer noch weh. Aber dann fiel ihm ein, dass Markus tatsächlich für kurze Zeit verschwunden, bald darauf aber wieder zur Gruppe gestoßen war. – Wie lange verschwunden?, fragte der Polizist. – Ein paar Minuten vielleicht, sagte Frank. – Wie viele Minuten? – Frank dachte nach. Zehn, sagte er. Oder vielleicht fünfzehn, ich weiß nicht mehr. – Eher zehn oder eher fünfzehn Minuten? – Eher fünfzehn. Oder vielleicht auch zwanzig. Langsam begriff er, dass es diesmal vor allem um Markus ging. – Ob ihm an ihrem Wanderführer danach etwas aufgefallen sei. – Aufgefallen? Was hätte mir denn auffallen sollen? Nein, nichts. – Gar nichts? – Er hat nach Carina gefragt. Karin, meine ich. Wo sie denn ist. – Sah er genauso aus wie vorher? – Ob er so aussah wie vorher? – War er so angezogen wie vorher? Hatte sich an seiner Kleidung etwas verändert? – Er hat nach Schweiß gerochen, sagte Frank. Sein Hemd war ganz nass. Er hat richtig gestunken, dachte er. Und auch sein Gesicht war völlig verschwitzt, das Wasser strömte nur so. Aber das ist ja auch kein Wunder, sagte Frank, so heiß, wie es an dem Tag war.

Ihm behagten ihre Blicke nicht. Er sah auf seine haarigen Hände und erwartete die nächste Frage. Doch sie baten ihn nur noch einmal um seinen vollständigen Namen, den er buchstabieren musste, entließen ihn und wünschten ihm einen schönen restlichen Urlaub auf ihrer schönen Insel.

Einer der Polizisten begleitete ihn zu ihrem Tisch und forderte als Nächste Miriam auf, ihm zu folgen. Frank setzte sich. Alle Augen waren auf ihn gerichtet. Niemand aß, niemand trank, und niemand sagte ein Wort.

»Sie haben nach der Wanderung am Donnerstag gefragt«, sagte Frank. »Was wir schon erzählt haben. Ich weiß nicht, ob ich alles richtig beantwortet habe.«

Wie lange war Markus fort gewesen? Länger als zehn Minuten? Fünfzehn? Zwanzig? Wie lange dauerte eine Viertelstunde, und was ließ sich in diesem Zeitraum alles erledigen?

Rebecca lächelte Frank vom entgegengesetzten Ende des Tisches an, und er erwiderte es. Nicht er hatte Rebecca gestern Abend um ein Gespräch gebeten, sondern sie. Er hatte sich alles Mögliche ausgemalt, während sie schweigend vom Hotel zur Strandpromenade gegangen waren – den Ort hatte sie ausgesucht –, eine Anzeige, mindestens aber die Ankündigung, zurück in Deutschland seine Chefin zu informieren, einen kräftigen Schubser, der ihn in die Wellen beförderte, die unten direkt beim Hotel sehr hoch und zu gefährlich fürs Schwimmen waren. Doch nichts davon war geschehen. Rebecca hatte über die Software geredet. Sie hatte gesagt, dass sie das Programm ihrem Chef nachdrücklich empfehlen werde, gleich nach ihrer Rückkehr. Entschieden sei es nämlich noch nicht, sondern werde noch geprüft. Frank hatte sie sprachlos angesehen. Womit hatte er das verdient? Mit nichts. Mit gar nichts. Kurz hatte er mit dem Gedanken gespielt, ihr vor Erleichterung um den Hals zu fallen. Die Erleichterung war so groß, dass sie ihn fast um den Verstand brachte. Am liebsten wäre er schwimmen gegangen, in den nachtschwarzen, tosenden Wellen.

»Es tut mir leid«, hatte er gesagt, »es tut mir so leid. Ich weiß nicht, was da in mich –«

»Vergiss es einfach«, hatte Rebecca geantwortet.

Auf dem Weg von der Befragung zurück zum Tisch hatte Miriam sich gegrillten Fisch geholt und ihm auch einen Teller mitgebracht. Die goldenen Punkte in ihren grünbraunen Augen leuchteten auf.

Nachdem auch die letzten beiden, Rebecca und Richard, aus dem angrenzenden Raum zurückgekehrt waren, sprachen sie darüber, wonach man sie gefragt hatte. Es lief alles auf dasselbe hinaus: auf Markus. Die Polizisten hatten angedeutet, dass sie ihn inzwischen in einen direkten Zusammenhang mit Carinas Tod brachten. Die Untersuchungen hatten ergeben, dass sie an der Kopfverletzung gestorben war. Aber nicht sofort. Aller Wahrscheinlichkeit nach hatte sie noch eine Weile gelebt.

»Markus?«, sagte Hilde, als alle das Essen beendet hatten und zum Wein übergegangen waren. »Das kann doch nicht sein. Unser Wanderführer? Könnt ihr euch das vorstellen?«

»Es klingt alles danach«, sagte Rebecca.

»Das wäre ungeheuerlich. Unser Wanderführer. Jemand, der die Natur liebt.«

»Er hatte ja von Anfang an was gegen sie«, sagte Sabine.

»Nein, von Anfang an nicht«, korrigierte Rebecca.

»Was zwischen den beiden wohl vorgefallen ist?«

»Ein deutscher Staatsbürger, der in Spanien eine deutsche Staatsbürgerin umbringt«, sagte Julius. »Wo würde ihm dann eigentlich der Prozess gemacht? Sind Juristen unter uns?«

Julius war bislang auffallend schweigsam gewesen, ebenso Holger und Sabine. Sie hatten sich bei ihrer Wanderung durch den Barranco de las Angustias offenbar verschätzt, hatten mittendrin umkehren müssen und waren mit etlichen Blessuren zurückgekommen, verschwitzt, schmutzig und unzufrieden. Miriam und er hingegen hatten einen schönen Tag in Tazacorte verbracht. Sie hatten sich aus einer Laune heraus im Ort ein großes Plastikkrokodil gekauft und darum gebeten, es gleich im Laden aufzublasen. Dank der künstlichen Bucht, die durch die alte Hafenmauer gebildet wurde, war das Meer dort sehr ruhig. Sogar Miriam war schwimmen gegangen. Mit ihm und dem Krokodil.

»Die Wanderung morgen fällt ja wohl auch aus?«, fragte Wolfgang.

»Nach Lage der Dinge schon.«

»Bekommen wir denn trotzdem eine Anstecknadel?«

»Eine Anstecknadel?«, fragte Eva.

»Ach, ich vergesse immer, dass du zum ersten Mal mit der IWO wanderst. Man bekommt immer Anstecknadeln. Ich sammle sie. Ich besitze schon, wie viele –«, er begann, seine Finger zum Zählen zu Hilfe zu nehmen, »lass mich mal nachdenken, es müssen jetzt ungefähr –«

Montag. Willkommen an Bord

Auch auf der Rückreise trugen sie ihre Wanderstiefel, und genauso wie hinwärts mussten Eva und Rebecca sie an der Sicherheitskontrolle des Flughafens ausziehen und den Detektor in Socken passieren. Inzwischen sahen die Stiefel nicht mehr neu aus. Sie waren dreckig und hatten Kratzer vom Vulkangestein davongetragen.

»Sogar Zeitungen aus Berlin«, sagte Rebecca, als sie das Flugzeug bestiegen. »Willst du eine?«

Eva nickte. Aber vielleicht war es noch zu früh, wieder in den Alltag zurückzukehren? Außerdem machten die engen Sitze im Flugzeug das Lesen einer Zeitung nahezu unmöglich.

Sie hatten tatsächlich ihre Anstecknadel erhalten, die Wolfgang so wichtig war. Die Mitarbeiterin des Reiseunternehmens hatte sie ihnen gestern beim letzten gemeinsamen Abendessen an ihrem Tisch überreicht.

»Für den Abend war eigentlich eine kleine Feier geplant«, hatte sie entschuldigend gesagt. »Es tut mir aufrichtig leid, dass dieser Wanderurlaub ganz sicher nicht nach Ihren Wünschen verlaufen ist.«

Rebecca überließ ihr auch heute den Fensterplatz. Im Flugzeug holte Eva die unscheinbare Nadel aus ihrer Tasche und betrachtete sie zum ersten Mal richtig. La Palma. IWO. Darunter ein winziger Wanderschuh. Eva steckte sie wieder ein. Wahrscheinlich würde sie sie in der Tasche vergessen und erst viele Monate später erstaunt wiederfinden. Auf das Seepferdchen-Abzeichen vor rund vierzig Jahren war sie wesentlich stolzer gewesen.

Kurz nach dem Start sahen sie wieder den Teide auf Teneriffa. Rebecca nahm Evas Hand. »Ich werde heute garantiert keinen Tomatensaft trinken«, sagte sie, beugte sich zu ihr und küsste ihren Hals. »Ich glaube, ich war ein Ekel in diesen Ferien.«

»Ja, warst du.«

Eva sah aus dem Fenster. Einen Moment lang konnte sie die gesamte Insel überblicken. Sie ist wirklich die Isla Bonita, dachte sie. Ein eigener kleiner Planet für sich, auf einer Fläche von nur siebenhundert Quadratkilometern, mit allen erdenklichen Landschaften, trocken, feucht, üppig, karg. Meer. Fast von überall war es zu sehen. Sie dachte an Valeries Worte zurück. Die Weite des Blicks, ohne die die Insel undenkbar wäre. Der Horizont. Die Farben. Die Bewegungen des Wassers. Vor zehn Tagen hätte Eva ganz sicher nicht erwartet, wie sehr es sie schmerzen würde, die Insel wieder zu verlassen.

Gestern hätte ihre sechste und letzte Wanderung stattfinden sollen, von Barlovento aus an der Nordküste entlang, mit Einblicken in schroffe, beängstigende Schluchten. Sabine, Holger und Tobias hatten diese Wanderung alleine unternommen. Miriam, Frank, Anja und Julius waren nach Santa Cruz gefahren. Hilde, Richard und Wolfgang hatten im Norden den archäologischen Park La Zarza besucht, in dem man auf einem gemütlichen Rundwanderweg Felszeichnungen der Guanchen ansehen konnte.

Eva und Rebecca waren mit Valerie zur Cumbrecita gefahren. Valerie hatte auf diesem Ausflug bestanden. Ein Spaziergang in rund 1300 Metern Höhe, den auch sie bewältigen konnte und auf dem man bei jedem Schritt Sicht in die gewaltige Caldera und auf die Berggipfel ringsherum hatte.

Auf dem Rückweg nahmen sie zwei junge Holländer in *Funktionskleidung* mit, die sie oben am Parkplatz angesprochen hatten und denen die Lust auf den Weg nach unten zu Fuß vergangen war. Eva, Rebecca und Valerie hatten eine Alpenkrähe mit Nüssen gefüttert, und wahrscheinlich hatten die jungen Männer sie deshalb ausgewählt. Menschen, die Vögel fütterten, hielt man für nett und vertraute ihnen. Im Auto saß Eva hinten neben ihnen und unterhielt sich mit ihnen auf Englisch. Sie waren ja zu dritt, Rebecca, Valerie und sie. Hätte Valerie die beiden auch alleine mitgenommen? Wanderer schenkten sich gegenseitig Vertrauen. Begegneten sich Wanderer unterwegs, grüßten sie sich, egal, welche Sprache sie sprachen, lächelten sich an. Niemals würde man denken, dass von anderen Wanderern Unheil drohte. Das wäre die perfekte Tarnung, dachte sie neben den jungen Männern. Ein Touristenmörder, verkleidet als Wandersmann.

Kurz vor dem letzten gemeinsamen Abendessen hatte Eva tatsächlich Thorben im Hotel gesehen, als sie ihn längst wieder vergessen hatte. Also war er der mürrisch dreinblickende Urlauber nach der Ankunft am Flughafen gewesen, und sie hatte es sich nicht eingebildet. Er sah fast noch genauso aus wie früher, allerdings mit deutlich gelichtetem Haar. Sie hatte den Blick nicht abgewandt, sondern ihm direkt in die Augen gesehen. Es hatte ihr überhaupt nichts ausgemacht. Ihr einstiger Feind war nun endlich das, was sie immer erhofft hatte: bedeutungslos.

Nachdem die erste Runde Getränke durch den Mittelgang des Flugzeugs gerollt war, fragte Rebecca: »Hast du eigentlich manchmal das Gefühl, dass wir nicht zusammenpassen?«

»In diesen zehn Tagen Urlaub ehrlich gesagt schon«, antwortete Eva.

»Die ganzen zehn Tage?«

»Nein. Vielleicht fünf Tage. Oder noch weniger. Und du?«

»Nein, nie«, sagte Rebecca. »Ganz im Gegenteil. Ich finde, wir passen hervorragend zusammen. Und beim Wandern bist du ja wohl auf den Geschmack gekommen, oder? Jedenfalls hast du dich nie über das Wandern an sich beklagt. Und deine Kondition ist ganz gut. Also steht weiteren Urlauben dieser Art nichts im Weg, oder? Auf den Kanaren ist es auch im Winter warm.«

»Aber nicht mit der IWO«, sagte Eva.

»Normalerweise ist Wandern mit der IWO schön. Wir hatten wohl einfach Pech mit der Gruppe.«

»Mit manchen aus der Gruppe ganz sicher«, sagte Eva. »Vor allem aber hatten wir Pech mit dem Wanderführer.«

»Mit dem ganz besonders. Ein Wanderführer, der seine eigene Kundschaft umbringt. Wie gut, dass deine Valerie so neugierig und so hartnäckig war und dem nachgegangen ist.«

»Sie ist nicht meine Valerie.«

»Vielleicht wird sie ja unsere Valerie«, sagte Rebecca. »Ich mag sie sehr.«

»Obwohl sie in unzulänglichem Schuhwerk auf den Berg geht und nicht wandert?«

»Das ist mir inzwischen ehrlich gesagt sogar lieber. Sind dir Sabine und Holger mit ihren Klamotten und ihrer Angeberei auch so auf die Nerven gegangen? Wir können Valerie doch mal einladen, wenn sie nächsten Monat wieder in Berlin ist. Oder sie in Zehlendorf besuchen.«

Eva spürte ein Kratzen im Hals, untrügliches Zeichen für eine herannahende Erkältung. Der Nebelwald. »Ich schulde dir übrigens noch eine Flasche spanischen Sekt«, sagte sie. »Das haben wir gestern vergessen.«

»Eine Flasche Sekt? Weswegen?«

»Du hast ganz am Anfang gewettet, dass ich im Urlaub meine Schlafprobleme los sein würde.«

»Heißt das, du bist sie los?«

»Ich habe drei Nächte wunderbar geschlafen. Nein, sogar vier. Vor allem die letzten.«

Die zum Einschlafen benötigte Zeit hatte in den vergangenen Nächten unter dreißig Minuten gelegen –

für Eva ein absoluter Rekord. Am nächsten Morgen hatte sie sich an keinen Traum erinnern können, und nichts hatte sie geweckt, bevor es hell wurde, nicht die Brandung, die unten gegen den Fels schlug, keine Geräusche im Hotel. Schliefen Eidechsen eigentlich?

Markus hatte noch am Wochenende der Guardia Civil gestanden, was sich bei der Wanderung zu den Felshöhlen zugetragen hatte. Der drohende Abgleich der Hautpartikel unter Carinas Fingernägeln mit seiner DNA hatte ihn anscheinend zu diesem Geständnis bewogen. Außerdem hatten sie bei ihm die Schlüsselkarte zu Carinas Zimmer gefunden, die das Hotel bereits vermisste. Er hatte das Ganze als Unfall dargestellt. Das wussten Eva und Rebecca von Valerie, die jemanden bei der Polizei kannte. Wo ihm der Prozess gemacht würde, in Deutschland oder auf den Kanaren, wofür Julius sich so interessierte, würden sie nicht erfahren. Höchstens durch Valerie.

»Ich glaube, du bist ein guter Mensch«, sagte Rebecca. »Und du hast gute Gedanken. Ich allerdings auch.«

»Ein guter Mensch? Wie kommst du denn darauf?«

»Das haben wir doch gelernt.« Rebecca zählte auf: »Jemand, der Vögel füttert, muss ein guter Mensch sein. Jemand, der klassische Musik hört, kann keine schlechten Gedanken haben. Menschen, die wandern und die Natur genießen, sind gute Menschen.«

Eva sah eine Weile auf den Wolkenteppich draußen. Dann nahm sie eine der Zeitungen und begann zu lesen. In ihrer gewohnten Reihenfolge, zuerst Kultur, dann Politik, zum Schluss Berlin. Wirtschaft und Finanzen überflog sie nur flüchtig. Wie mühsam, mit der Zeitung auf diesen engen Plätzen zu hantieren.

Als sie die Zeitung schon zusammenfalten wollte, entdeckte sie im Berlinteil eine kurze Meldung ganz unten, die sie beinahe übersehen hätte.

Der Tod der Berliner Verlagsmitarbeiterin Heike K. ist nach Mitteilung der Polizei aufgeklärt. Sebastian W., ein Kollege des Opfers, hat die Tat gestanden. Als Motiv gab er Angst vor dem Verlust des Arbeitsplatzes wegen anstehender Umstrukturierungen im Verlag an. Vergangene Woche war Heike K. von einem Spaziergänger im Park am Gleisdreieck gefunden worden. Der Notarzt hatte sie ins Krankenhaus gebracht, wo sie ihren schweren Verletzungen erlag, ohne das Bewusstsein wiedererlangt zu haben.

Gestern, zwischen Cumbrecita und Abendessen, hatte Eva ihr Handy seit Tagen zum ersten Mal wieder eingeschaltet. Sie hatte es eine Weile tatsächlich vollkommen vergessen. Eine schon ältere Nachricht von Sebastian war eingegangen: »Habe uns vom Teufel befreit!« Fünf Worte, keine Anrede, keine Grüße, kein dämliches Smiley. Aber ein Ausrufezeichen.

Sie hätte nie gedacht, dass Sebastian so weit gehen würde. Bis zum Letzten. Bis zur äußersten möglichen Konsequenz. Abgesprochen war, dass er ihr ein wenig Angst einjagen solle. Oder vielleicht auch viel Angst. Heike König musste sehen, dass sie sich nicht alles erlauben konnte, dass andere sich gegen sie zur Wehr setzten.

Sebastian, Christine und Eva hatten sich nach der letzten Weihnachtsfeier mehrfach getroffen. Mal bei Sebastian zu Hause, mal bei Christine, nie bei Eva. Meistens in Restaurants. Anfangs nur aus purer Verzweiflung, doch dann, nach einiger Zeit, hatten sie begonnen, Pläne zu schmieden. Wilde Fantasiepläne zunächst, die nichts mit der Realität zu tun hatten. Eva konnte sich noch genau an den Zeitpunkt erinnern, als es anfing. Als es kippte. Es war im Molinari in Kreuzberg gewesen, bei Pizza und Bier, im Frühling, als es zum ersten Mal so warm gewesen war, dass man auch abends draußen sitzen konnte. Sie hatten eigentlich schon gehen wollen, aber Eva hatte sie zu einer letzten Runde überredet. Bei diesem letzten Bier des Abends hatten sie zum ersten Mal ausgesprochen, dass sie nicht nur passiv abwarten durften, was mit ihnen geschehen würde.

»Aber was sollen wir denn tun?«, hatte Christine, die Ängstliche, gefragt.

»Ja, was sollen wir tun?« Sebastian hatte angefangen, systematisch die gesamten Bierdeckel auf dem Tisch in kleine Schnipsel zu reißen. »Sie sitzt einfach am längeren Hebel.«

Eva hatte auf seine Hände geblickt, auf die Kraft, die darin zu erkennen war, und die Bierdeckelschnipsel, die sich vor ihm häuften. Sebastian und Christine hatten niedergeschlagen und resigniert ausgesehen. Sie hatten aufgegeben. Sich nur noch selbst bemitleidet. Es war nicht mit anzusehen. Ihre Resignation und die Schnipsel und auch die sichtbare Kraft in Sebastians Händen hatten etwas in Eva ausgelöst. Etwas war in ihr entstanden. Etwas Großes. Sie mussten handeln. Sich wehren.

Zuerst hatten sie es als Scherz abgetan. Als eine wohltuende Fantasie, die ihnen morgens den Weg zur Arbeit erleichterte. Lasst es uns nicht vergessen, hatte Eva beim Abschied vor dem Molinari gesagt.

Sie hatte es nicht vergessen. Nie. Sie hatte jeden Tag daran gedacht. Aber sie merkte bald, dass es Christine und Sebastian am nötigen Ernst mangelte. Die Sachlage war doch denkbar einfach. Christine war noch ängstlicher als Sebastian und Eva zusammen. Also musste er es tun. Eva gelang es, Sebastian einzuimpfen, es wäre sein eigener Einfall. Es war erstaunlich leicht gewesen. Sie hatte ihn hin und wieder alleine getroffen, ohne Christine, und es ihm direkt in seine Gedanken geträufelt, jedes Mal ein kleiner Zentiliter Abscheu und Hass, bis das Fass – Sebastians Seele – gefüllt war. Sicher kam ihr dabei zugute, dass er ein wenig in sie verliebt war.

Als es ernst wurde und an die konkrete Planung ging, hatte sich Sebastian allerdings als bemerkenswert fantasielos erwiesen. Alles hatte sie ihm erklären müssen, den Tag, die Uhrzeit, den Ort, unter welchem Vorwand er sie dorthin locken sollte. Heike König wohnte nicht weit vom Park am Gleisdreieck entfernt, auf der Schöneberger Seite, deswegen hatte Eva diesen Ort von Anfang an auserkoren. Sie hatte ihm eingeschärft, dass er es an einem Tag tun sollte, an dem sie schon auf La Palma sein würde, längst mit dem

Wandern beschäftigt und weitab vom Geschehen. Sebastian hatte wohl etwas durcheinandergebracht. Wahrscheinlich hatte er es auch noch ganz brutal und unüberlegt getan, hatte sich blind von Wutimpulsen leiten lassen, das wollte sie sich lieber gar nicht vorstellen. Doch es war ja noch mal gut gegangen.

Nach einem knapp fünfstündigen Flug landeten sie fast pünktlich. In Deutschland hatte der Herbst eingesetzt; Eva und Rebecca rochen ihn in der Luft.

Eva bat Rebecca, auf ihr Gepäck zu warten, sie müsse kurz mit Christine wegen der Messe telefonieren.

Es war zehn Uhr abends. Sie zögerte mit dem Anruf. Wurde man heutzutage nicht allerorts überwacht und abgehört?

Christine meldete sich sofort. »Hallo, Eva! Bist du wieder aus dem Urlaub zurück?«

»Ja, gerade gelandet.«

»Wir reden in Frankfurt auf der Messe«, sagte Christine. »Nur so viel: die Polizei kam letzten Freitag in den Verlag und hat Sebastian abgeführt. Er hat gesagt, es sei ganz allein seine Idee gewesen.«

Wie beruhigend, dachte Eva. Aus der Schlucht der Angst konnte man auch wieder nach oben klettern. Sogar ohne Wanderschuhe. Sie ging zum Gepäckband, wo sich die Flugpassagiere drängten, um Rebecca mit den Koffern zu helfen.

Zwischen Albtraum und Alltag:

Die Thriller-Reihe im konkursbuch-Verlag.
Interessant ist nicht der Mord, sondern die Geschichte, die dazu führt. »Die Geschichte beginnt eigentlich vorher, manchmal viele Jahre vorher, mit all den Ursachen und Geschehnissen, die bestimmte Menschen an einem bestimmten Tag zu einer bestimmten Stunde an einem bestimmten Ort zusammenführen.« (Agatha Christie)
In den meisten unserer Thriller steht kein/e Ermittler/in im Zentrum des Geschehens, sondern das anfangs »ganz normale« Alltagsleben der Figuren. Die Spannung entsteht in den Psychen der Beteiligten, durch ein Ereignis aus der Vergangenheit, das die Figuren einholt oder aus alltäglichen Situationen heraus, die sich plötzlich umkehren und zum Horror werden.

Annette Berr
Die Stille nach dem Mord

448 Seiten, ISBN 978-3-88769-362-6. Glauserpreisnominiert.
Frisch verliebt verbringen die Freundinnen Jana und Frike ihren ersten gemeinsamen Urlaub in einer einsamen Ferienhaussiedlung irgendwo im tiefsten Brandenburg. Jana wird krank, ihr Fieber steigt. Die Siedlung liegt in einem Funkloch. Frike beschließt, trotz scheußlichen Wetters noch in der Nacht Hilfe zu holen. Einige Tage später erwacht Jana aus ihren Fieberträumen. Frike ist verschwunden. »Es war Annette Berrs klarer Blick auf die Menschen, ihre Leidenschaften und Obsessionen, ein Blick, der mich tief in den Abgrund der Liebe hat schauen lassen … Nur selten schaffte es ein Buch, mich wirklich so in Angst zu versetzen.« (R. Jahn, WDR)

Litt Leweir
Am Ende des Fegefeuers

448 Seiten, ISBN 978-3-88769-771-6.
1972. Ein Dorf im Schwarzwald. Im Fernseher laufen die Olympischen Spiele. Da passiert in der Familie Schreckliches. Die Geschwister werden auseinandergerissen. Erst Jahrzehnte später erfahren sie voneinander und machen sich auf die Suche nach dem düsteren Geheimnis ihrer Vergangenheit.

Regina Nössler
Auf engstem Raum

416 Seiten., ISBN 978-3-88769-756-3.
Ein Schreibwarenladen in Berlin. Auf engstem Raum arbeiten studentische Aushilfskräfte und das Chefehepaar. Spannungen wachsen. Konflikte werden nicht ausgetragen. Die Geschäfte gehen immer schlechter. Schleichend kippt die Stimmung in dem von außen so liebenswert altmodisch wirkenden Geschäft. Eines Tages liegt ein Toter vor dem Laden. »Selten waren in einem Kriminalroman Ort und Personal so miteinander verwoben, so abhängig vom anderen. Diesen Kriminalroman lesen bedeutet Platz vor einer Theaterbühne nehmen und mehrere Stunden gebannt draufstarren!«
(Christian Koch, Krimi-Buchhandlung Hammett)
»Wer Kammerstücke mit ihrem begrenzten Personal mag, menschliche Abgründe und seelische Verletzungen, facettenreich aufgeblättert, besser verstehen will, wird den Krimi lieben!«
(Krimilady.de)
»Kriminalliteratur at its best … Fein und unaufdringlich erzählt. Mit einem ganz, ganz trockenen Humor … beschreibt sie einfach, was ist, und da ist eine große Keimzelle für Unzufriedenheit, die sich gesellschaftlich als eine Gefahr erweist.«
(Kathrin Fischer, HR)

Kleiner toter Vogel,

416 Seiten, ISBN 978-3-88769-751-8. 2. Auflage.
Beziehungskrise, Probleme im Job. Johanna reist von Berlin in das schwäbische Dorf, erhofft sich Entspannung, Abstand. Sie soll den Haushalt ihrer verstorbenen Tante auflösen. Als sie ankommt, erwarten sie düstere Herbstnebel. Im Haus unheimliche Geräusche. Anonyme Anrufe. Ein kleiner toter Vogel auf der Terrasse. Panik. Alle im Dorf starren sie an. Bildet sie sich alles nur ein? Und dann: Ein Mord direkt vor dem Haus, als sie sich gerade wohlzufühlen beginnt. Zufall – oder ist Johanna gemeint? »Nervenkitzelnder Psychothriller. Als I-Tüpfelchen gibt es ein überaus überraschendes Ende, das nach all den Lynch'esken Gräulichkeiten mit einem positiven Gefühl aus dem Lesesog entlässt.« (AVIVA-Berlin)

Alle auch als E-Book

Kanarische Inseln:

Eine Reihe mit Literatur kanarischer und reisender Autorinnen und Autoren und mit teils zweisprachigen Reise-Lesebüchern, litearischen Reiseführern.

CANARIAS Kanarisches Lesebuch

512 Seiten, ca. 300 Bilder und viele Texte, Hardcover, zweisprachig spanisch-deutsch,
ISBN 978-3-88769-338-1
Orginalbeiträge: Sachtexte, Erzählungen, Tagebuchnotizen, Gedichte bekannter kanarischer und deutschsprachiger Autorinnen und Autoren, sowie historische Texte und viele historische Bilder, zeitgenössische Kunst und Fotografie.
Ein opulentes Reise-Lesebuch. »Eine gedruckte Liebeserklärung an die Inseln im Wind!« (Die Zeit) Das Buch lässt sich auch als Reiseführer nutzen, zu den versteckten unbekannteres Orten und der geheimen Geschichte der bekannten Orte und Landschaften.
»Für alle ist etwas dabei: Naturliebhaber, Literaturbegeisterte, an neuen Orten Interessierte …« (Hispanorama)

LA PALMA

288 Seiten, Hardcover, viele teils historische Fotografien, Essays, Prosa, Lyrik, spanisch-deutsch.
ISBN 978-3-88769-022-9. 6. Auflage.
Texte über das Theater, die Geschichte der Frauen, über Orte, Wanderungen, Reisende, Kultur, Feste, Natur. Der Klassiker unter den Büchern über La Palma!
»Das schönste Reisebuch aller Zeiten.« (tip)
»Natur, Leben und Kultur der Insel nicht so sehr beschrieben als vielmehr nahegebracht.« (ekz)

Silvia Volckmann
Literarisches LANZAROTE-ABC

Die Zeit ist schwer zu erzählen auf der Insel.
Ein literarischer Reiseführer

320 Seiten, Klappenbroschur, Fadenheftung, biegsame Bindung, viele Bilder, ISBN 978-3-88769-770-9. 3. Auflage.

Orte, Menschen, Mythen und Realität Lanzarotes aus dem vielschichtigen Blick der Literatur, mit vielen Übersetzungen von Textausschnitten zeitgenössischer und historischer Literatur aus Lanzarote sowie historischen Fotos.

Rafael Arozarena
Mararía

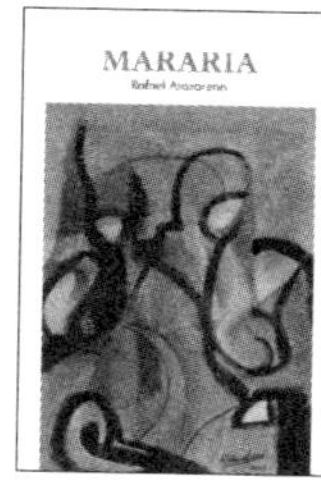

256 Seiten, Roman, Klappenbroschur,
ISBN 978-3-88769-382-4. 3. Auflage.

Der Kultroman der kanarischen Inseln. Wind, Feuer und Sonne, die archaische Vulkanlandschaft Lanzarotes, ein einsames Dorf. Mararía lebt dort. Eine schöne eigenwillige Frau. Sie möchte leben, wie es ihr gefällt. Ein Affront!
Der Autor selbst arbeitete in den 1940er Jahren in diesem Dorf, in das nicht einmal die Lastwagen fuhren.

Harald Körke
Noch ein verdammter Tag im Paradies

244 Seiten, Hardcover, Abbildungen,
ISBN 978-88769-032-8. 8. Auflage.

Geschichten über Menschen, die mit dem Traum vom Paradies anderswo auf eine Insel ausgewandert sind. Ähnlichkeiten mit der kanarischen Insel La Palma sind rein zufällig. »Witzige literarisch exzellent geschriebene Kurzgeschichten. Soviel wir auch lachen können bei der Lektüre, mit Schadenfreude bedient er uns nicht. Harald Körke macht uns immer wieder klar, dass auch wir es sein könnten, die den Trip ins authentische wahre Leben wagten.« (Die Zeit)

Caprichos de mar / Meereslaunen

288 Seiten, Hardcover, Lesebändchen, zweisprachig
spanisch-deutsch, ISBN 978-3-88769-768-6.
Hg. und Übersetzerin: Gerta Neuroth

Abenteuerliche, atemberaubende und romantische Erzählungen, Gedichte und viele Bilder über das Meer. Dramatische Überfahrten, ein Traumschiff, die Kindheit am schönsten Großstadtstrand, der Zauber der Muschel und vieles mehr.

Ich danke Claudia Gehrke für das Auffrischen meiner Erinnerungen an La Palma, ihre vielen hilfreichen Informationen und ihre reiche Kenntnis der Kanaren. Außerdem danke ich Sabine Junietz, die mit ihren Wanderbeschreibungen von Tirol den Stein überhaupt erst ins Rollen gebracht hat.
Und ich danke Anne Bax für den geschenkten Satz!

Impressum

PF 1621, D – 72006 Tübingen
Telefon: 0049 (0) 7071 66551 und +78779
Fax: 0049 (0) 7071 63539
www.konkursbuch.com
E-Mail: office@konkursbuch.com
Gestaltung: Verlag & Freundinnen
ISBN: 978-3-88769-780-8

Der Roman erscheint auch als E-Book
ISBN E-Book: 978-3-88769-980-2